III.

8.–

Linard Bardill

Fortunat Kauer

Linard Bardill

Fortunat Kauer

Roman • Zytglogge

Verlag und Autor danken den folgenden Institutionen für die
Unterstützung dieses Buches:
   PRO HELVETIA, Schweizer Kulturstiftung, Zürich
   Uniun Rumantsch Grischun, Falera
   Quarta Lingua, Zürich
   LIA RUMANTSCHA, Cuira
   Fundaziun Capauliana, Cuira
   Erziehungs-, Kultur- und Umweltschutzdepartement Graubünden
   Heinrich Schmid, Zürich

Alle Rechte vorbehalten
Copyright by Zytglogge Verlag Bern, 1998
Lektorat Deutsch: Hugo Ramseyer, Martin Rengel
Lektorat Romanisch: Manfred Gross
Umschlagfoto: Felix von Muralt, Lookat; Idee: Sanna Wittwer
Gestaltung und Herstellung: Sonja Benz
Druck: Freiburger Graphische Betriebe, Freiburg i. B.
ISBN 3-7296-0552-6

Zytglogge Verlag Bern, Eigerweg 16, CH-3073 Gümligen

«Ins na sto sperar per cumenzar
ni triumfar per far vinavant.»

Gulielm, il taschader

«Es ist leichter, für eine Sache zu sterben
als sie zu begreifen.»

Valeriu Marcu

*P*rolog

I nun è bun ch'in uman resta senza num. Sch'el vul chattar il mund, dovra'l in num. Sch'el vul abandunar il mund, dovra'l er in num. Il num è il bigliet per il mund, ir e turnar. In bun num duai quai esser, in num che porta fortuna.

En il guaud selvadi da l'Amazonas mastgan las dunnas grauns da panitscha fin ch'i dat ina pasta. Quella pasta spidan ellas en in vasch da terracotga e fan biera londerora. Ellas èn las mastgadras da lur schlatta. Ellas mastgan la fortuna da lur pievel.

A nus dentant na mastga nagin la fortuna. Nus stuain mastgar sezs. Perquai duai el avair num il Ruider. Quel che mastga sez sia fortuna. Fortunat Kauer.

Es ist nicht gut, wenn der Mensch ohne Namen ist. Will einer die Welt antreffen, braucht er einen Namen. Will er die Welt verlassen, braucht er auch einen Namen. Der Name ist die Fahrkarte zur Welt, hin und zurück. Ein guter Name soll es sein, ein Name, der Glück bringt. Im Urwald des Amazonas speien die Indiofrauen zu Brei gekaute Hirsekörner in Tontöpfe und brauen Bier daraus. Sie sind die Kauerinnen des Stammes. Sie kauen das Glück ihres Volkes. In den Hängematten trinken die Männer das von den Frauen gekaute Glück und singen von den Taten der Ahnen.
Uns aber kaut keiner das Glück. Selber müssen wir kauen. Darum soll er Kauer heissen. Der selber sein Glück kaut. Fortunat Kauer.

Emprima part

Erster Teil

1

Jau ma svegl, igl è stgir. Lain dir mez stgir, flatgs da glisch che vegnan bittads sin il palantschieu sura. Nua sun jau? Co sun jau vegnì en quest letg? Ina stanza d'hotel, apparentamain, cun ina maisa, ina sutga, ina televisiun e tapetas veglias. Èn ellas propi uschè tschuffas sco ch'i para en il mez stgir? Sut la fanestra sto esser ina giassa detg frequentada, vuschs, rir, ma nagins autos. Jau stun si ed envid la lampa sin la maisina da notg. Sin il tarpun stendì è sang. Jau vom en il bogn. Tut plain stgaglias da spievel. Dapertut sang. Vi da la maniglia, en il lavabo, sin il palantschieu. Mes bratsch dretg! Jau ma stoss avair taglià. Gist dasper l'arteria. Jau scuel cun in sientamauns ils tocs en in chantun, ma tir or e vom en la duscha. L'aua chauda fa bain. Attenziun ch'ella na culia betg sur la plaja che ha fatg ina crusta! Cun bratsch dauzà stun jau en la duscha e tegn il chau sut ils radis d'aua. Pertge sun jau en quest hotel? Co sun jau vegnì nà qua? Jau na ma poss betg pli regurdar da quai ch'è passà. Tge è capità cun mai, diavel!

Jau stun davant il spievel e m'accorsch ch'insatge n'è betg en urden. En il spievel è in auter. In auter e tuttina betg in auter. Jau e tuttina betg jau. Absurd. Jau na sun betg uschia. In sbagl. Jau ma sforz da rir dad aut. Sche mes egls m'engionan, mias ureglias na ma

Ich erwache, es ist dunkel. Sagen wir halb dunkel, Lichtflecken, die von draussen auf die Decke geworfen werden. Wo bin ich? Wie bin ich in dieses Bett gekommen? Ein Hotelzimmer offensichtlich, mit einem Tisch, Stuhl, Fernseher, alte Tapeten. Sind sie wirklich so schmuddelig, wie es im Halbdunkel scheint? Vor dem Fenster muss eine belebte Strasse durchführen, Stimmen, Lachen, aber keine Autos. Ich stehe auf und mache die Nachttischlampe an. Auf dem Spannteppich ist Blut. Ich gehe ins Bad. Alles übersät mit Spiegelscherben. Überall Blut, an der Türklinke, auf dem Waschtisch, am Boden. Mein linker Arm! Ich muss mich geschnitten haben. Ziemlich nahe an der Schlagader vorbei. Ich wische mit einem Handtuch die Scherben in eine Ecke, ziehe mich aus und steige in die Dusche. Das warme Wasser tut gut. Aufpassen, dass es nicht über die verkrustete Wunde läuft! Mit erhobenem Arm stehe ich in der Dusche und halte den Kopf unter den Wasserstrahl. Warum bin ich in diesem Hotelzimmer? Wie bin ich hierher gekommen? Ich kann mich nicht mehr erinnern, was vorgefallen ist. Was ist mir passiert, verdammt!

Ich stehe vor dem Spiegel und merke, dass etwas nicht stimmt. Da ist ein anderer im Spiegel. Ein anderer und doch kein anderer. Ich und doch nicht ich. Absurd. So bin ich nicht. Ein Irrtum. Ich zwinge mich, laut zu lachen. Wenn mich meine Augen täuschen, so werden

vegnan segir betg a bandunar. Il rir tuna irreal e balurd. Anc ina gia, cun tutta calma: la fatscha, ils egls, il nas. Nagin dubi, quel na sun betg jau. Jau sfrusch cun il maun sur il spievel vi. In spievel sco milli auters. Jau fixesch il tip.
«Tgi es ti? Jau n'enconusch betg tai.»
Sbat jau? Plaun a plaun vegn la tema, senza pleds e da davos. Ella conquista tut il corp e metta sia grifla vi dals chavels. Hai jau bavì memia bler ier saira? Jau volv mes sguard, prend mes barschun da dents e cumenz a ma lavar ils dents. Jau ma lasch temp e derschent ina buna pezza, gargarisesch. Lura guard jau danovamain en il spievel. El è anc adina là.
«Ti na vegns betg a ma terrar.»
Ha el sghignà? Jau tir il spievel or da sia fixaziun e guard pitgiv sin il pruoder.
«Sche ti has da dir insatge, sche di.»
El sghigna. Ussa sun jau segir. El ha sghignà, in sghignar perfid e malign.

Jau ma sient, fasch la plaja cun in faziel, ma tir en. Tut cun calma! Tut vegn a sa reglar. Jau baiv uss insatge, lura vegn tut ad esser auter. Uschia spert na perd'ins betg la memoria. La reminiscenza dal spievel m'è gia vegnida endament, era il rest vegn a cumparair. Jau vom giu en la halla da l'hotel. Jau ma met vi d'ina maisa ed empost in Pernod.
«*Stgisa, las quantas èsi?*»
«*Las diesch e mesa.*»
«*Grazia.*»

mich meine Ohren nicht im Stich lassen. Das Lachen klingt irr. Noch einmal, ganz ruhig: das Gesicht, die Augen, die Nase. Kein Zweifel, ich bin es nicht. Ich fahre mit der Hand über den Spiegel. Ein Spiegel, wie tausend andere. Ich fixiere den Kerl.
«Wer bist du? Ich kenne dich nicht, verschwinde!»
Bin ich übergeschnappt? Langsam steigt Angst auf, von innen überzieht sie den Körper und krallt sich an den Schläfen fest. Ob ich zu viel getrunken habe? Ich wende den Blick ab, nehme meine Zahnbürste und fange an, die Zähne zu putzen. Wird sich alles geben. Ich lasse mir Zeit, spüle ausgiebig, gurgle. So, noch einmal. Er ist immer noch da.
«Du kannst mich nicht fertigmachen!»
Hat er gegrinst? Ich ziehe den Spiegel aus der Halterung des Toilettenkastens und schaue hinein:
«Wenn du mir etwas zu sagen hast, dann sag's!»
Er grinst. Jetzt bin ich ganz sicher. Er hat gegrinst, ein hinterhältiges fieses Grinsen.
Ich schlage den Spiegel über den Waschtisch, dass er in Stücke fliegt. Blut ...

Ich trockne mich ab, verbinde die Wunde mit einem Taschentuch, ziehe mich frisch an. Alles mit der Ruhe. Gibt sich wieder. Ich trinke jetzt etwas, dann sieht alles ganz anders aus. So schnell verliert man sein Gedächtnis nicht! Die Erinnerung an den blöden Spiegel ist schon wieder hochgekommen, auch der Rest wird wieder auftauchen. Ich gehe hinunter in die Hotelhalle, setze mich an einen Tisch und bestelle einen Pernod.
«Verzeihung, können Sie mir sagen, wie spät es ist?»
«Halb elf.»
«Vielen Dank.»

Sche jau dumond en tge citad che nus essan, vegn el a pensar che jau saja balurd.
«Aua?»
«Bler, per plaschair.»
Co ch'il liquid transparent vegn alv! Jau hai gugent il gust. Igl è sco lacriza liquida cun alcohol. Jau l'hai adina gì gugent. A quai ma regorda almain! Nua è mes auto? Jau tschertg la clav en las giaglioffas. Nagut! Jau vom a la recepziun. Jau dumond il schef, sch'el sappia anc co che jau saja arrivà.
«Vaira sturn. In tip cun ina cua da chaval As ha purtà. El ha bavì anc set Pernods e tschel almain tantas bieras.»
«Enconuschais Vus per cas quest um?»
«Mai vis.»
El guarda sin ses computer. In tip cun ina cua da chaval? Jau na ma regord da nagin tip cun cua da chaval. Il schef da recepziun auza ils egls da sia tastatura.
«Ses auto ha'l parcà en la zona scumandada. Il schef nun ha pudì sortir da la garascha. Igl ha dà in detg teater. Ma Vus eras là gia en Vossa chombra.»
«Savais per cas anc la marca da l'auto?»
«In Citroën alv. Ma quai duessas Vus savair meglier. A la fin essas Vus quel ch'è vegnì cun el.»
Jau hai ina largia en la memorgia, jau na sai pli nagut. Ma quai n'al di jau betg. Jau met ina bunaman sin la credenza e vom or sin la giassa.

In welcher Stadt wir uns befinden, werde ich ihn nicht fragen, sonst denkt er, ich bin übergeschnappt.
«Wasser?»
«Viel, bitte!»
Wie die durchsichtige Flüssigkeit weiss wird! Ich liebe den Geschmack. Wie flüssige Lakritze mit Alkohol. Habe ich immer schon gemocht. Daran erinnere ich mich wenigstens. Wo ist mein Wagen? Suche in der Hosentasche nach dem Schlüssel. Nichts, gehe an die Rezeption, frage den Concierge, ob er weiss, wie ich angekommen bin.
«Ziemlich verladen. Ein Typ mit Pferdeschwanz hat sie hergebracht. Sie haben noch sieben Pernod getrunken und er mindestens so viele Biere.»
«Kennen Sie den Mann zufällig?»
«Nie gesehen.»
Er schaut auf seinen Computer. Ein Typ mit Pferdeschwanz, ich kann mich an keinen Typen mit Pferdeschwanz erinnern. Der Concierge schaut von seiner Tastatur auf.
«Seinen Wagen hat er im Halteverbot parkiert. Der Chef kam nicht mehr aus der Garage. Hat ziemlich Terror gegeben. Aber da waren Sie schon oben.»
«Wissen Sie zufällig die Automarke?»
«Ein weisser Citroën. Aber das müssten Sie doch besser wissen. Sie sind schliesslich mit ihm gekommen.»
Ich habe eine Lücke, erinnere mich an nichts. Aber das sage ich ihm nicht, lege ein Trinkgeld auf die Theke und gehe hinaus auf die Strasse.

2

Jau entrel en il Degen. In local pitschen, in pèr maisas cun bancs, ina pigna da lain, sfimà. Sur la porta d'entrada penda in'ura da cuschina. Ella mussa l'ina e diesch. Jau ma smatg tranter la maisa davant e la spunda da la sutga davos sin ina sutga e tschertg las cigarettas en mia giaglioffa. Naginas! Enstagl da las cigarettas chat jau in cudesch. Jau al met sin maisa. Insatgi cloma:

«Blanche!»

La camariera vegn vers mai. Jau avr la bucca per empustar, ma ella chamina speravia tar la maisa davos mai.

«Anc in quintin Fendant, per plaschair.»

«Ti has propi cletg. La proxima mes'ura na port jau pli nagut, uschiglio na vegn jau betg pli a fin cun la decoraziun.»

«Pudess jau lura era anc ...»

Ella vegn tar mai.

«Gea?»

«In Pernod.»

Ella dat in sguard sin il cudesch, va davent e cumenza a truschar davos la credenza. Chavels nairs sco charvun, egls che chamegian ed in schlantsch ch'è bunamain memia grond per il pitschen local. Er sch'ella para dad esser enturn ils quaranta, dat ella l'impressiun d'in giuven chaval che siglia il proxim mument sur la saiv ora. Ella porta mia pustaziun.

Ich trete durch die Türe des «Schweizerdegen». Kleines Lokal, ein paar Tische mit Bänken, ein Holzofen, verraucht. Über dem Eingang hängt eine Küchenuhr, sie zeigt elf. Ich quetsche mich zwischen dem Tischblatt vor und der Stuhllehne des Nachbarn hinter mir auf einen Stuhl, suche die Zigaretten in der Jackentasche. Sind keine da. Statt ihrer finde ich ein Taschenbuch. Max Frisch. Keine Ahnung, wie das Buch in die Jacke gekommen ist. Ich lege es auf den Tisch. Jemand ruft: «Blanche.»
Die Serviererin kommt auf mich zu. Ich öffne den Mund, um zu bestellen, sie läuft an mir vorbei an den Tisch hinter mir.
«Noch einen Dreier Fendant, bitte.»
«Du hast Glück gehabt, in der nächsten halben Stunde bringe ich nämlich nichts mehr, sonst kriege ich die Dekoration nicht mehr an die Wand.»
«Dürfte ich auch noch ...»
Sie kommt an meinen Tisch.
«Ja?»
«Einen Pernod.»
Sie wirft einen Blick auf das Buch, rauscht ab und macht sich hinter der Theke zu schaffen. Sie hat pechschwarze Haare, blitzende Augen, und einen Schwung, der fast zu gross ist für das kleine Lokal. Obwohl sie schon über vierzig scheint, wirkt sie wie ein junges Pferd, das jeden Moment über den Zaun springen könnte. Sie bringt den Pernod.

«Voss Pernod.»
«I vesa or sco sch'i dess ina festa.»
«Ordvart perspicazi!»
«Vul dir che jau sun arrivà gist ad uras.»
«Na, i cumenza pir damaun.»
«Ah, e tge datti da festegiar.»
«Na savais Vus propi betg tge festa ch'i dat ils indesch da november ...»
«Nagin'idea.»
«Has dudî Sebi, qua è in che na sa betg che damaun è l'emprim di da tschaiver.»
Ella dat dal chau, turna a la credenza senza ma guardar anc ina gia e cumenza a pender si ghirlandas. Ella va sin ina sutga, prova da dar ina gutta en la paraid. Ses moviments èn svelts ma senza currim. Surprendent ch'en in tal local ...
«Ussa ma croda anc giu la gutta, diavelen!»
Ella stat sin la sutga cun la ghirlanda enta maun e guarda giu sin la gutta. Jau ma squitsch or da mia sutga, prend si la gutta e la dun ad ella.
«Grazia.»
«Jau na chapesch betg pertge che Vus festivais il tschaiver, sche la glieud è balurda l'entir onn.»
«Ah, per quels setgascorts, che n'ans pon betg cuir il tschaiver, hai jau ina simpatia da luffa. Jau enconusch quels tips. I fiss meglier, sche Vus as procurassas in bel costum. Jau scumet che Vus n'avais anc mai participà. Vus dais l'impressiun da n'esser anc mai vegnì or da la stanza da studi, Vus cun Voss cudesch.»
«Jau vuless pelvair s'avair cur che Vus s'avais bittada l'ultima gia en in costum?»
«Insatgi sto scucunar la buttiglia, sche tuts vulan baiver.»

«Bitte sehr.»
«Sieht nach einem Fest aus.»
«Sehr scharfsinnig.»
«Dann komme ich gerade recht.»
«Nein, es geht erst morgen los.»
«Aha, und was wird gefeiert?»
«Sie wissen nicht, was am elften elften …»
«Nein, keine Ahnung.»
«Hast du das gehört, Sebi, da ist einer, der weiss nicht, dass morgen die Fastnacht beginnt.»
Sie schüttelt den Kopf, geht ohne mich anzuschauen zurück zur Theke und fängt an, Girlanden aufzuhängen. Sie steigt auf einen Stuhl, versucht einen Nagel in die Wand zu schlagen, ihre Bewegungen sind schnell doch ohne Hetze. Verwunderlich, in einer solchen …
«Jetzt fällt mir auch noch der Nagel runter!»
Sie steht auf dem Stuhl, die Girlande in der Hand, und schaut wütend auf den Nagel. Ich zwänge mich aus meinem Stuhl und hebe den Nagel auf.
«Danke.»
«Ich verstehe nicht, warum ihr Fastnacht feiert, wenn die Leute doch das ganze Jahr über verrückt sind.»
«Ah, auf die ewigen Studenten, die einem die Fastnacht vergönnen, stehe ich ganz besonders. Ich kenne die Typen. Sie würden sich besser ein schönes Kostüm organisieren. Ich mache eine Wette, Sie sind noch nie dabei gewesen, Sie mit ihrem Buch.»
«Und wann haben Sie sich zum letzten Mal in eine Maskerade gestürzt?»
«Jemand muss wohl am Zapfhahn ziehen, wenn alle trinken wollen.»

«Jau organisesch ina substituta, lura pudessas Vus far la sgolanotga per in pèr uras.»
«Sche jau vuless far la sgolanotga, organisass jau mezza ina substituta.»
Cun quai è noss discurs a fin. Ella sa stenta vinavant cun sia ghirlanda, jau vom enavos sin mes plaz, baiv, guard sias chommas, m'imaginesch ses sain, grond ed alv sco duas glinas plainas. In tal lavachau na m'ha anc mai dà ina dunna. Tgi sa, forsa stuess jau propi empruvar dad ir ina gia a tschaiver. Jau met la munaida sin maisa e vom.
Sortind dal local, collidesch jau cun in um.
«Ah, guarda qua, il docter. Es cuntent cun l'hotel?»
Jau nun enconusch quest um, ma jau respund:
«Cuntent fiss forsa in pau exagerà.»
«Ti vulevas insatge simpel.»
Quest è damai il tip! Ils chavels liads ad ina cua da chaval, chautschas mellen-mustarda, la chamischa blau-turchis, la barba bain fatga.
«Vegns ti a baiver in magiel?»
«Jau hai gist bavì in.»
«In è tant sco nagin. U es ti gia puspè stressà?»
«Pertge gia puspè?»
«Ti has plirà durant tut il viadi dal stress.»
«Hai jau?»
«Vegns u na vegns?»
Nus turnain en il Degen. Jau met mes cudesch demonstrativamain sin la maisa. Blanche ma guarda cun egls verdarom.
«Bun di Manfred, enconuschas ti quest student?»

«Ich treibe eine Aushilfe auf, dann könnten Sie ein paar Stunden auf die Walz.»
«Ich treibe die Aushilfen schon selber auf, wenn ich auf die Walz will.»
Damit ist das Gespräch beendet. Sie müht sich weiter mit der Girlande, ich gehe zurück an meinen Platz, trinke, schaue ihr auf die Beine, stelle mir ihre Brüste vor, gross und weiss wie zwei Vollmonde. So hat mich noch keine Frau abgekanzelt! Vielleicht sollte ich tatsächlich einmal an die Fastnacht. Ich lege ein paar Münzen auf den Tisch und gehe hinaus.
Beim Verlassen der Kneipe stosse ich mit einem Mann zusammen.
«Ah, der Doktor. Und, zufrieden mit dem Hotel?»
Ich kenne ihn zwar nicht, doch ich antworte:
«Zufrieden wäre etwas hoch gegriffen.»
«Du wolltest etwas Einfaches.»
Das ist er also! Das Haar zu einem Pferdeschwanz gebunden, senfgelbe Hose, ein türkisfarbenes Hemd, rasiert.
«Kommst du auf ein Bier?»
«Ich komme gerade davon.»
«Einmal ist keinmal. Oder bist du schon wieder im Stress?»
«Wieso schon wieder?»
«Du hast auf der ganzen Fahrt über den Stress gejammert.»
«Habe ich das?»
«Kommst du, oder kommst du nicht?»
Wir gehen also wieder in den «Schweizerdegen». Ich lege mein Buch demonstrativ auf den Tisch. Blanche blitzt mich mit ihren dunklen Augen an.
«Hallo Manfred, kennst du den Studenten?»

«*Nus avain fatg ier in lung viadi ed alura essans restads in pau pli ditg.*»
«*Ah, perfin star tschentà sa'l, guarda! Alura?*»
«*Ina biera bella fraida!*»
«*A mai anc in Pernod, per plaschair.*»
Ils egls da mes vischin èn clers, sur il nas sa mussan mintgatant duas faudas profundas. I para che la part sura da la fatscha na sa cunfetschia cun la part sut. Ina tartaruga che quinta da rampignar sin ina planta.
«*Student?*»
«*Avant ha'la ditg student perpeten.*»
«*Quai vul dir che ti la plaschas.*»
«*Moda curiusa ...*»
«*Igl è sco en ina plantera, ella ta taglia per che ti ta cunfas cun ses local. Co va quai cun la vita nova?*»
«*Vita nova?*»
«*Ti has bain vulì cumenzar ina vita nova!*»
«*Hai jau pretais insatge dal gener?*»
«*Ti m'has regurdà a mi'atgna fugia. Cur che jau aveva quattordesch onns. Ma tge has ti fatg cun tes maun, docter? Ti na vegns bain betg ad avair taglià si las avainas?*»
«*Vus essas propi in carstgaun plain umor.*»
«*Per l'ina avain nus dà dal ti gia en l'auto, e lura cun umor n'ha quai da far nagut. En tias circumstanzas parevas ti dad esser abel da far sappia Dieu tge.*»
«*Tge circumstanzas?*»
«*Co less jau dir? In novritg sin il precint da far la cupitga, e l'analiticher è gist en vacanzas.*»
«*Jau n'hai nagin analiticher.*»

«Wir haben gestern eine längere Reise gemacht und sind hinterher hängen geblieben.»
«Ach, hängen bleiben kann er auch! Nun?»
«Ein Bier, schön kalt.»
«Für mich noch einen Pernod, bitte.»
Die Augen meines Nachbarn sind hell, über dem Nasenansatz sitzen zwei Falten. Es ist, als ob die obere Hälfte des Gesichtes nicht ganz zur unteren passen möchte. Eine Schildkröte, die sich überlegt, ob sie auf einen Baum steigen will.
«Student?»
«Vorher hat sie mir ewiger Student gesagt.»
«Das heisst, dass sie dich mag.»
«Merkwürdige Art …»
«Es ist wie in der Baumschule. Sie stutzt dich zurecht, damit du ihr in die Kneipe passt. Und, wie geht's mit dem neuen Leben?»
«Neues Leben?»
«Du wolltest doch ein neues Leben beginnen!»
«Hab ich so etwas behauptet?»
«Du hast mich an meine eigene Flucht erinnert. Als ich vierzehn war. Aber was hast du mit deiner Hand gemacht, Doktor? Doch nicht etwa versucht, die Pulsadern aufzuschlitzen?»
«Sie sind ein witziger Mensch.»
«Erstens haben wir im Auto schon du gesagt, und zweitens ist es kein Witz. In dem Zustand, in welchem du gestern warst, hätte ich es dir durchaus zugetraut.»
«Welcher Zustand?»
«Na, ja. Ein Neureicher auf Absturz. Und der Analytiker ist gerade in den Ferien.»
«Ich habe keinen Analytiker.»

«Cur che jau t'hai pestgà a Suagnin, avessas dentant pudì duvrar in senz'auter.»
Blanche porta las bavrondas.
«Ti pudessas prender el ina giada a tschaiver, quai al faschess segir bain.»
«Senza costum n'entra nagin en nossa clicca.»
«El pudess vegnir sco docter Tscharvè.»
«Pertge betg!»
Blanche ma regala in surrir, pelvaira!
«Damai, docter, sche ti vuls vegnir cun nus, ta stos ti organisar in costum e vegnir damaun vers las diesch qua en il Degen.»

«Als ich dich in Savognin eingeladen habe, hättest du aber gut und gerne einen gebrauchen können.»
Blanche kommt mit den Getränken an den Tisch:
«Nimm ihn an die Fastnacht mit, würde ihm gut tun.»
«Ohne Kostüm kommt bei uns keiner rein.»
«Er könnte als Doktor Allwissend gehen.»
«Warum nicht!»
Blanche lächelt mich tatsächlich an.
«Also Doktor, wenn du mitkommen willst, dann musst du dir ein Kostüm organisieren, und morgen gegen zehn hier im «Degen» sein.»

3

Las mascras sautan. Jau sun in falcun. Sut las arcadas dain nus cun bastuns sin ils containers fin che las ureglias sunan. Jau bat ad in batter. Il batter daventa saut. Ustridas, ustridas. E da pint'en pinta. Vin e glisch e colur. Cotschen e mellen e verd.
In maun ma vegn en las plimas, in rir cler.
«Ueh, il student perpeten!»
Ina luffa! Il maun ma prenda e nus sautain. Suaditsch e sturnadad ord mintga pora. Jau prend la luffa e chatsch mias griflas en sia pel. Ella cloma:
«Jau vi tia lieunga!»
Il palantschieu sa storscha, ils tamburs battan, il vin ramura. Sautar, sautar, Segner, co ch'ella svapura! Co ch'ella savura! Las glischs sfundran, cumparan, balluccan en mes tscharvè. Sia bucca savura dultsch da nuschs.
Nus chaminain tras la citad. Ella ma prenda tar ella, ma tir'ora las plimas. Jau sfundrel en la pel traglischanta da la luffa. Fieu e glatsch, stailas che bragian davos il frunt, ulivas splattitschadas sin la pel. Falcun e luffa, chatschadra e rapinader, sfinids. Durmir gist ussa, gist uschia, senza ans mover, airis, ans laschar ir en ils bratschs gronds da la sien.

Suenter uras, dis, onns ma svegl jau. Sper mai la luffa, in agnè, sa sfruscha la sien or dal frunt.

Die Masken tanzen. Ich bin ein Falke. Unter den Lauben trommeln wir mit Stöcken auf die Müllcontainer, bis die Ohren sausen. Ich schlage, schlage. Das Schlagen wird zum Tanz. Windelweich, windelweich. Dann von Kneipe zu Kneipe. Wein und Licht und Farbe. Rot und Gelb und Grün.
Eine Hand fährt mir ins Gefieder, ein helles Lachen:
«Hach, der Bücherfresser!»
Die Hand nimmt mich und wir tanzen. Schweiss und Rausch dringt mir durch alle Poren. Ich packe die Wölfin. Kralle ihr meine Nägel ins Fell. Sie ruft:
«Ich will deine Zunge!»
Die Dielen biegen sich, die Trommeln dröhnen, der Wein rauscht. Tanzen, tanzen, mein Gott, wie sie dampft. Wie sie riecht. Die Lichter versinken, tauchen auf, taumeln durch mein Hirn. Ihre Augen sind wie junge Ziegen, ihre Stimme hell wie eine frische Quelle, und ihr Mund schmeckt süss wie Nüsse.
Wir wandern durch die Strassen der Stadt. Sie nimmt mich zu ihr. Sie streift mir die Federn vom Leib. Ich versinke im glänzenden Fell der Wölfin. Feuer und Eis, Sterne, die aufschreien hinter der Stirn, zerquetschte Oliven auf der Haut. Falke und Wölfin. Räuber und Jäger. Erschöpfung. Einschlafen, ohne zu bewegen, regungslos, dem grossen Bruder Schlaf in die Arme.

Nach Stunden, Tagen, Jahren wache ich auf. Neben mir die Wölfin, ein Lamm, streicht den Schlaf aus der Stirn:

«Ti es in pesch e betg in falcun. Ina litgiva cun egls innocents.»
«Jau sun mo innocent pertge che jau na sun pli bun da ma regurdar da mes malfatgs.»
Lura mangiain nus paun e bavain café. Jau sort. La feglia d'atun travascha.

«Ein Fisch bist du, kein Falke. Eine Forelle mit unschuldigen Augen.»
«Unschuldig nur, weil ich mich an meine Übeltaten nicht mehr erinnern kann.»
Dann essen wir Brot und trinken Kaffee. Ich gehe hinaus. Die Blätter treiben.

4

Dapi che jau hai pers la memorgia, ves jau tut differentamain, chamin sco sin ovs, sun malsegir, ma smirvegl da tut quests carstgauns che paran da savair precis tgi ch'els èn, tge ch'els han da far, tge ch'è stà ier e tge che sto esser damaun. Che spetgan sin il tram. Che baivan lur café. Che sesan en lur biros. Jau ma dumond, sch'els n'han percurschì nagut, ma tschentass gugent vi tar els ed als vuless dumandar, sche tut saja en urden e sche tut giaja bain sco ch'i va. Sch'els prendian serius il baiver café, il spetgar sin il tram, il seser en biro. Ma jau na dumond betg. Persuenter discur jau cun tschels. Cun quels che na spetgan nagut. Che na vulan ir nagliur. Che na paran da savair nua via. In tip che prova adina d'envidar insatgi per ina biera, ma nun ha raps per pajar. In auter che va uras a la lunga d'ustaria ad ustaria faschond in carnaval sco in ghettobuster, fin curt avant che l'ustier trametta el en la chasa dal diavel. U quella dunna giuvna sin l'insla dal tram cun in canister enta maun. Sco sch'ella vuless dar fieu a la citad.

«Has benzin en là?»

«Gea, benzin.»

«Vuls ti dar fieu a la citad?»

«Na, jau port el cun mai per betg dar fieu a mamezza. Has in franc?»

Ella porta in faziel cotschen enturn il chau, jau ves il maletg da la chapitscha cotschna en tschertga dal luf. Jau la dun in franc.

Seit ich ein Stück meiner Erinnerung verloren habe, sehe ich alles anders, laufe wie auf Eiern, bin unsicher, staune über all die Leute, die zu wissen scheinen, wer sie sind, was sie zu tun haben, was gestern war und was als Nächstes kommt. Die aufs Tram warten. Die ihren Kaffee trinken. Die in ihren Büros sitzen. Ich frage mich, ob sie noch nichts gemerkt haben, würde mich gerne zu ihnen setzen und sie fragen, ob alles in Ordnung ist, so wie es ist. Ob ihnen ernst ist mit dem Kaffeetrinken. Mit dem Aufs-Tram-Warten. Mit dem Im-Büro-sitzen. Aber ich tue es nicht. Dafür komme ich mit den anderen ins Gespräch. Mit denen, die auf nichts warten. Die nirgendwo hin wollen. Die scheinbar sinnlos herumlaufen. Der Typ, der dauernd versucht, Leute zum Bier einzuladen, aber kein Geld hat. Ein anderer, der stundenlang von Kneipe zu Kneipe geht und so lange grölt, bis dem Wirt der Kragen platzt. Oder auf der Tramhaltestelle die junge Frau mit dem Kanister. Als wolle sie die Stadt anzünden.
«Ist da Benzin drin?»
«Ja, Benzin.»
«Willst du die Stadt anzünden?»
«Nein, ich trage ihn mit mir herum, damit ich mich nicht selbst anzünde. Hast du mir einen Stutz?»
Sie trägt ein rotes Kopftuch gegen die Kälte, mir kommt die Vorstellung vom Stadtrotkäppchen, das auf der Suche nach dem Wolf ist. Ich gebe ihr den Franken, und sie erklärt:

«Cur ch'i ma passa il gust da viver, guard jau il canister e sai ch'i na sto betg esser. Nagut na sto esser. Gnanc questa vita da merda na sto esser. Jau la poss terminar mintga mument. In'ultima cigaretta e tut è finì.»
«Pertge dar fieu? Tissi fiss pli discret.»
Ella mussa cun il det sin quels enturn nus.
«Jau na vi far la chaussa memia simpla per els. Sche jau ma decid, sto quai esser public. Ils auters vesan co che jau viv, els duain be vesair co che jau mor.»
Alura fa'la misteriusamain:
«Sche jau fatsch quai ina gia ... Forsa arda mes fieu ina fora en il mund ed jau ves tut quai ch'è davosvart.»
«Davos il mund è be la stgiraglia. El stat sco ina culissa en in teater nair. Sche ti ardas la culissa, cumpara be il spazi vid.»
Ella ponderescha in mument, guarda sur la spatla vi sin il tram che parta, serra in egl e ma fixescha.
«Davos il teater datti anc in mund. Ti stos be chattar la sortida. I sto dar in isch u ina fanestra.»
Ella volva il dies e dumonda il proxim, sch'el avess forsa in franc.

«Wenn mir das Leben verleidet, erinnert mich der Kanister: es muss nicht sein. Nichts muss sein. Nicht einmal dieses Leben. Ich kann es zu jeder Zeit beenden. Ein Zündhölzchen, und die Sache ist vorbei.»
«Warum anzünden? Gift wäre diskreter.»
Sie deutet mit ihrem mageren Finger auf die Umstehenden.
«Ich will denen die Sache nicht zu leicht machen. Wenn ich mich entschliesse, soll es öffentlich sein. Die anderen sehen, wie ich lebe. Warum sollen sie nicht auch sehen, wie ich sterbe?»
Dann bedeutet sie geheimnisvoll:
«Wenn ich es einmal tue … Vielleicht brennt das Feuer ein Loch in die Welt, und ich sehe, was dahinter ist.»
«Hinter der Welt ist das Dunkel. Sie steht wie die Kulisse in einem schwarzen Theater. Wenn du sie verbrennst, bleibt das leere Theater übrig.»
Sie überlegt einen Moment, schaut über die Schulter nach dem abfahrenden Tram, kneift ein Auge zu.
«Hinter dem schwarzen Theater hat es noch eine Welt. Du musst nur die Türe finden, die Tür. Da muss eine Tür sein oder ein Fenster, das muss man finden.»
Sie wendet sich ab und geht den Nächsten um Geld an.

5

Jau sun tar Blanche en il Degen. Ella vegn cun ses café a mia maisa e tschenta sin ina sutga.
«Tge fa in docter cur ch'el nun è pli in docter?»
«El baiva café cun ina luffa en pel-nursa.»
«Ed uschiglio?»
«È'l en tschertga.»
«D'in tesor?»
«Na directamain.»
«Ma indirectamain?»
«Jau hai emblidà insatge.»
«Qua?»
«Forsa.»
«Es ti vegnì tar mai pervi da quai?»
«Na be.»
«Has ti insatgi sin quest mund che ti amas davaira?»
«Jau hai decis d'amar be anc quai che jau na poss betg cuntanscher.»
«Tia devisa?»
«Sche ti vuls.»
«Ins na po betg decider sur da l'amur, ubain ta tschiff' la u ella u na ta tschiffa betg.»
«Jau sun scappà dacurt, perquai ch'insatge m'ha tschiffà memia ferm.»
Ella prenda in sierv café. Ils viertgels da ses egls tremblan.
«Tge?»
«Jau na sai betg pli precis tge. Forsa Christina.»

Ich sitze bei Blanche im «Degen». Sie kommt mit ihrem Kaffee an meinen Tisch und lässt sich auf einen Stuhl nieder.
«Was macht ein Doktor, wenn er kein Doktor mehr ist.»
«Er trinkt mit einer Wölfin im Schafspelz Kaffee.»
«Und sonst?»
«Ist er auf der Suche.»
«Nach einem Schatz?»
«Nicht direkt.»
«Aber indirekt?»
«Ich habe etwas vergessen.»
«Hier?»
«Vielleicht.»
«Bist du deshalb zu mir gekommen?»
«Nicht nur.»
«Hast du etwas auf der Welt, das du wirklich liebst?»
«Ich habe beschlossen, nur noch zu lieben, was ich nicht bekommen kann.»
«Dein Lebensmotto?»
«Wenn du willst.»
«Die Liebe kann man nicht beschliessen, entweder es packt dich, oder es packt dich nicht.»
«Ich bin vor kurzem davon gerannt, weil mich vermutlich etwas zu sehr gepackt hat.»
Sie nimmt einen Schluck Kaffee. Ihre Augenlider zucken ganz leise.
«Was?»
«Ich weiss es nicht mehr. Vielleicht Christine.»

«Tgi è Christina?»
«Mia dunna, ma jau na crai betg ch'ella saja realmain il motiv.»
Nun eri plitost questa professiun. Insatgi entra en il local. Ella stat si.
«Tge poss jau purtar?»
«In café, e dus u trais cornets?»
In manster da siemi. Sar docter ... Hai jau spons ina solita gia il sang da mes cor en questa lavur? Ella porta il café ed ils cornets, turna tar mai e sesa giu.
«E pertge na das ti simplamain in clom?»
Jau hai gia ponderà da telefonar. Jau hai gia gì il corn enta maun ed hai lura puspè mess giu el.
«Forsa na vuless jau gnanc savair tut.»
«Tge?»
«Jau hai pers mamez, jau vi er chattar mamez.»
Ella batta cun il tschadun cunter la cuppina.
«Jau hai ina fora en il tscharvè, ina fora en la memorgia. Jau na sun pli bun da ma regurdar ils ultims dis avant d'esser vegnì nà qua. Ma i na ma mancan be quests pèr dis. I ma manca bler dapli. Jau ma sent sco separà da mes passà, da mia vita da pli baud. Sco sch'i fiss rut giu ina punt. Jau sun daventà ester a mamez.»
«E perquai has ti decis d'amar be anc il nuncuntanschibel?»
«Na, quai ha da far cun il fatg che jau hai manà cun Christina ina vita, en la quala jau fiss bunamain stenschentà. Cur che nus ans avain emprais a conuscher, ha'la vulì plantar in paradis sin terra ed jau hai vulì construir in refugi, en il qual jau avess pudì tegnair davent la banalitad dal mund. Nus avain cret

«Wer ist Christine?»
«Meine Frau, aber ich glaube nicht, dass sie der wirkliche Grund ist.»
War es nicht vielmehr der Beruf? Jemand betritt das Lokal. Sie steht auf.
«Was kann ich Ihnen bringen?»
«Einen Kaffee, und haben Sie Gipfel?»
Traumjob Arzt ... Habe ich einmal Herzblut vergossen dabei? Sie serviert den Kaffee und die Gipfel, kommt zurück und setzt sich wieder.
«Und warum rufst du nicht einfach an?»
Ich habe schon daran gedacht zu telefonieren, habe schon den Telefonhörer in der Hand gehabt, ihn aber wieder weggelegt.
«Vielleicht, weil ich es gar nicht wissen möchte.»
«Was?»
«Ich habe es selbst verloren, ich will es auch selbst wieder finden.»
Sie klopft mit dem Löffel gegen die Kaffeetasse.
«Ich habe eine Gedächtnislücke. Ich kann mich nicht mehr an die Tage vor meiner Ankunft erinnern. Aber mir fehlen viel mehr als die paar Tage. Ich fühle mich wie abgetrennt von meinem früheren Leben, als ob eine Brücke abgebrochen wäre. Ich bin mir fremd geworden. Ich finde den Zugang zu meiner Vergangenheit nicht mehr.»
«Hast du darum beschlossen, nur noch zu lieben, was du nicht bekommen kannst?»
«Nein, das hat damit zu tun, dass ich mit Christine etwas aufgebaut habe, worin ich beinahe erstickt wäre. Als Christine und ich uns kennen lernten, wollte sie ein Paradies auf Erden einrichten und ich wollte mir einen Bunker bauen. Wir glaubten beide, wir würden das

da vulair domadus il medem. Ma in buncher è insatge auter ch'in paradis.»
«*E per ella è daventà il paradis in buncher.»*
«*Christina ha cret vi da l'amur. A questa cretta ha'la vulî consacrar in tempel. Jau n'hai cret vi da nagut, jau hai vulî render supportabel questa vita en il vid cun eriger in buncher. Jau hai duvrà Christina pertge che jau nun avess tegnî ora sulet en il buncher, ed ella ha duvrà mai pertge ch'in paradis na po sa popular sulet.»*
«*Per scuvrir quai na dovr'ins betg in studi da medi. Jau hai legî ch'ins possia activar la memorgia cun far in'ipnosa. Pertge na ta laschas ti betg ipnotisar ina giada?»*
«*L'emprim hai jau cret da simplamain pudair emblidar il fatg d'avair emblidà. Ma i na va betg. I na dat nagut pli stinà che l'emblidar.»*
«*Tge è cun tia lavur?»*
«*Mia lavur? Dapi il cumenzament eri cler per mai che mia professiun na possia dar in senn a la vita. Per mai eri impurtant da m'arranschar, d'avair da mangiar ed in pau dapli e surtut: da pudair ma profundar en mes cudeschs. Jau era persvas che quai era tut: assistent, docter FMH, medi superiur e cun quaranta es ti in cadaver. Jau sun î davent, gist a temp sperain.»*
«*Has ti gî era buns temps? U n'ha tut quai che ti has fatg fin uss gî nagina valur per tai?»*
«*Durant il studi hai jau legî mes cudeschs. Quai è stà bel.»*
«*Fin trentotg n'hai jau legî gnanc in cudesch.»*
«*Co?»*

Gleiche wollen. Dabei ist ein Bunker etwas anderes als ein Paradies.»
«Ist für sie das Paradies zum Bunker geworden?»
«Christine hat an die Liebe geglaubt, und diesem Glauben wollte sie einen Tempel bauen. Ich glaube an gar nichts und wollte mir das Leben erträglich machen, indem ich einen Bunker baute. Ich brauchte Christine, weil ich es allein im Bunker nicht ausgehalten hätte. Sie brauchte mich, weil Paradiese allein nicht zu bevölkern sind.»
«Um das herauszufinden braucht's kein Medizinstudium, oder? Ich habe gelesen, dass man mit Hypnose alles wieder heraufholen kann, was man einmal erlebt hat. Du könntest dich hypnotisieren lassen.»
«Am Anfang dachte ich, ich vergesse einfach die Tatsache, dass ich vergessen habe, aber es klappt nicht. Es gibt nichts Hartnäckigeres als das Vergessen.»
«Was ist mit deinem Beruf?»
«Es war mir von Anfang an klar, dass mein Beruf mir keinen Lebenssinn geben könnte. Mir ging es darum, mein Auskommen zu haben und nebenher meine Bücher zu lesen. Mehr würde es nicht sein: Assistent, Unterarzt, FMH, Oberarzt, und mit vierzig bist du eine Leiche. Ich bin weggegangen, gerade noch rechtzeitig, hoffe ich.»
«Hast du auch einmal etwas Schönes erlebt? Oder ist in deinen Augen alles, was du bisher gemacht hast, nichts wert?»
«Während des Studiums habe ich meine Bücher gelesen. Das war schön.»
«Ich habe, bis ich achtunddreissig war, kein einziges Buch gelesen.»
«Was?»

«Jau ta raquint forsa pli tard da quai.»
«Pertge pli tard?»
«L'emprim stoss jau savair sche jau poss fidar a tai.»
«Poss jau fidar a tai?»
«Tge pensas?»
«Jau na sai betg ...»
«Pover docter ... Nagut da bel uschiglio en tia vita?»
«Bain, jau sun viagià cun il tren.»
«Raquinta!»
«Mes bab m'aveva provedì cun daners, da maniera che jau nun era sfurzà dad ir a lavurar durant las vacanzas universitaras. Jau aveva adina bler temp liber. Quest temp duvrav'jau per ir cun il tren. A l'entschatta da l'onn m'acquistava jau in abunament general. Ina giada sun jau ì a Genevra, in'autra gia a Lugano, e là hai jau tschertgà en ils antiquariats cudeschs rumantschs u tudestgs. Quai che fascinava mai eran cudeschs translocads en in territori ester. A maun da notizias u da dedicaziuns empruvav'jau da scuvrir il viadi d'in cudesch a l'ester. Mintgatant bastava gia in num per chattar ils fastizs. Suenter avair chattà il vegl proprietari era quai il pli bel sentiment da seser en il tren e da leger il cudesch. La ballabaina dal vagun ma quieta. Cur che las rodas, cun in curt tädäk', van sur las rodaglias vi, ma tschiffa la segirtad che quai na smetta mai pli. Jau era bunamain dependent da quest sentiment da cuntinuaziun. Sch'i fiss stà pussaivel da prender a fit in'abitaziun en il tren, in'abitaziun sin rodas ch'èn permanentamain en moviment, jau l'avess dalunga prendida.»
«Ti fissas daventà in stupent conductur.»

«Ich erzähle dir vielleicht später davon.»
«Warum später?»
«Zuerst muss ich wissen, ob man dir trauen kann.»
«Kann ich dir trauen?»
«Was meinst du?»
«Ich weiss nicht ...»
«Armer Doktor ... Und sonst nichts Schönes?»
«Doch, ich bin Zug gefahren.»
«Zug?»
«Mein Vater hat mich mit Geld immer gut versorgt. Mutter ist gestorben als ich vierzehn war, und ich bin sehr früh selbstständig geworden. Während der Semesterferien hatte ich viel freie Zeit, die ich damit verbrachte, Zug zu fahren. Ich löste Anfang Jahr ein Generalabonnement und fuhr so oft ich konnte nach Lugano oder Genf und suchte dort die Antiquariate nach deutschsprachigen Büchern ab. Was mich faszinierte, war die Geschichte von Büchern, ausserhalb ihres Sprachgebiets. Ich versuchte anhand von Notizen oder Widmungen herauszufinden, wie sie in die Fremde gekommen waren. Manchmal reichte schon ein Name, um die Spur aufzunehmen. Wenn ich dann den ersten Besitzer herausgefunden hatte, war es das schönste Gefühl, im Zug zu sitzen und dieses Buch zu lesen. Das leise Schaukeln der Wagen hat für mich etwas Beruhigendes. Wenn die Räder über die Schienen rattern, jedes Mal beim Übergang der einen Schiene zur nächsten, dieses kurze ta-dak, das einem die Gewissheit verleiht, dass es immer weiter geht, ich habe es fast gebraucht. Wenn man sich bei der Bahn eine Wohnung mieten könnte, eine Wohnung, mit der man immer unterwegs wäre, ich hätte es sofort gemacht.»
«Du hättest Zugschaffner werden sollen.»

«Ti na ma prendas betg serius, navair?»
«Ti?»
«Tge vul quai dir?»
«Raquinta vinavant!»
«Jau prov da chattar il fil cotschen en mia memorgia. Ma i na va insumma betg. Pli che jau ma sforz da ma regurdar e pli che mias regurdanzas svaneschan en il stgir.»
«Pertge na spetgas ti betg fin ch'ellas turnan da sasez?»
«En mes chau è in sentiment chamitsch, sco sche jau avess vatta en il tscharvè. Igl è sco sche ti fissas en tschertga d'insatge, durant il tschertgar però percorschas che ti na sas pli tge che ti vulevas chattar. Il mument, durant il qual ti tschertgas e na sas pli tge che ti tschertgas. Igl è capità insatge che m'ha sfurzà dad ir davent da chasa. Ma jau na sai betg tge.»
«In café per plaschair.»
«Jau vegn dalunga.»
Ella metta ses maun sin il mes.
«Jau stoss lavurar. Ma ti stos raquintar dapli in'autra gia.»
«Cura?»
«Vegns damaun tar mai.»
«Gugent, las quantas?»
«A las nov.»
«Uschè tard?»
«La damaun. Ad ensolver.»
«Ad ensolver?»
«Gea.»
Cunter las faudas enturn ses egls na datti naginas ervinas.

«Du nimmst mich nicht ernst, was?»
«Du?»
«Was heisst du?»
«Erzähle weiter.»
«Ich bemühe mich, hinter die Gedächtnislücke zu kommen. Aber es ist nichts zu machen. Je mehr ich versuche, mich zu erinnern, umso weiter rutscht es nach hinten.»
«Warum wartest du nicht, bis es von selbst kommt?»
«In meinem Kopf ist ein dumpfes Gefühl, als ob ich Watte im Gehirn hätte. Es ist, wie wenn man irgendwo hinläuft, um etwas zu holen, und während man läuft, merkt man, dass man nicht mehr weiss, was man holen wollte. Es ist etwas geschehen, was mich dazu gebracht hat, von zu Hause wegzugehen. Aber ich habe keine Ahnung, was.»
«Bitte noch einen Kaffee.»
«Ich komme gleich.»
Sie legt ihre Hand auf meine.
«Ich muss wieder arbeiten. Erzählst du mir ein anderes Mal mehr?»
«Wann?»
«Komm doch morgen zu mir nach Hause?»
«Gern. Um welche Zeit?»
«Um neun.»
«So spät?»
«Am Morgen. Zum Frühstück!»
«Zum Frühstück?»
«Ja!»
Gegen ihre Lachfältchen ist kein Kraut gewachsen.

6

Nus ensulvain, panzetta ed ovs, dudesch confituras differentas, jogurt, müasli, ina pluna per encuraschar in boxer.
«Raquinta da tia dunna.»
«Las dunnas vulan dudir da nus surtut istorgias da femnas. Ma nus avain tema da las raquintar pertge che nus savain che las dunnas èn sco reginas che vulan esser unicas ed odieschan mintga concurrenza. Sch'ins raquinta dad autras dunnas vegnan ellas schigliusas. Sch'ins na raquinta nagut, èn ellas permaladas pertge ch'ins na nutrescha betg lur schigliusia.»
«Jau hai fatg tras tant cun umens che nagut na ma po terrar.»
«Sco poss jau raquintar l'istorgia cun Christina senza la spretschar e senza che ti pensias dal mal da mai? Nus ans avain emprais a conuscher a l'ospital. Ella è tgirunza, detg pli giuvna che jau. Jau crai ch'ella m'ha admirà, ed in medi è ina buna partida. Tuna in pau malign, ma perfin per mai eri uschia: questa professiun porta munaida, in pau prestige, malsauns datti adina, in job segir en temps da crisa. Nus avain maridà suenter mes examen ed essan ids a star a Suagnin. Mia mamma era ina da las muntognas e discurriva rumantsch, mes bab vegniva da la Bassa e mintgatant faschevan nus vacanzas en Grischun. Bab però n'aveva betg gugent ils testuns muntagnards. Mamma n'aveva nagina resistenza cunter

Wir essen Frühstück, Speck und Eier, zwölf verschiedene Konfitüren, Joghurt, Müesli, ein Angebot, um einen Boxer in den Ring zu schicken.
«Erzähl mir von deiner Frau.»
«Was Frauen von Männern am liebsten hören, sind Frauengeschichten. Wir Männer dagegen fürchten uns, sie zu erzählen, weil wir wissen, dass Frauen wie Königinnen sind. Erzählt man ihnen von anderen Frauen, werden sie eifersüchtig, erzählt man nichts, sind sie beleidigt, weil man ihrer Eifersucht keine Nahrung gibt.»
«Sehr weise, aber ich bin anders.»
«Aha.»
«Ich habe von Männern so viel erfahren, dass mich nichts mehr umhaut.»
«Wie soll ich dir die Geschichte mit Christine erzählen, ohne sie schlecht zu machen und ohne dass du schlecht von mir denkst? Wir haben uns im Spital kennen gelernt. Sie ist Krankenschwester, ziemlich viel jünger als ich. Ich glaube, sie hat mich bewundert. Ein Arzt ist eine gute Partie. Klingt gemein, aber es war auch für mich so. Der Beruf bringt Ansehen und Geld, Kranke gibt's immer, ein krisensicherer Job. Wir haben nach meinem Examen geheiratet und sind nach Savognin gezogen. Meine Mutter kam aus den Bergen und sprach Romanisch, mein Vater stammt aus dem Mittelland, und wir sind während der Ferien manchmal nach Graubünden gefahren. Vater hielt nicht viel von den «Berggrinden». Mutter litt unter seinen Spötteleien. Als die Stelle

sias beffas e pativa. Legend l'inserat da l'ospital da Suagnin hai jau sentì gronda veglia da m'annunziar. Christina era d'accord, e nus avain lavurà domadus en l'ospital regiunal, in pitschen manaschi cun trenta letgs, il schefmedi, il medi superiur ed in u dus assistents. Mintgin enconuscha mintgin. Suenter trais onns è Christina vegnida en speranza. Jau hai cumprà la chasa dal medi superiur. El na tegneva betg pli ora en quest kaff, sco ch'el scheva. Christina ha lura smess da lavurar ed ha cumenzà a preparar tut per l'uffant. Ella s'allegrava zunt. Jau aveva tema. Tut gieva be pli per quest uffant. Jau hai sentì che jau na vegniss en paucs mais betg pli ad esser patrun en l'atgna chasa. L'uffant vegniss a midar mes refugi da maniera che la chasa perdess per mai sia valur. Jau aveva gia bregias da supportar la vischinanza corporala dals pazients. Almain a chasa vulev'jau mia pasch. Ed uss avess quai stuì esser a fin. Jau na vuleva l'uffant. Ella scheva adina ch'i na saja betg privlus. Tabalori da sa fidar d'ina dunna en questas dumondas. Jau hai tschiffà ina tscherta panica, ed ina saira tard sun jau currì or da chasa e sun chaminà sin il Piz Martegnas, tut la notg fin la damaun marvegl. Alura m'hai jau tschentà sin il banc davant in'acla. Il vent schuschurava en la zundra, ils utschels chantavan, a dus pass pasculava in tschierv. Ina pasch m'ha piglià, sco che jau n'aveva daditg pli sentì. In sentiment da libertad e segirezza. Tuttenina n'haja sentì ch'i dess ina pussaivladad da ma salvar! Jau hai prendì a fit ina chamona, fatg la patenta da chatscha e cumprà in schluppet. Uss er'jau puspè per mai. Jau sun stà sulet là si per plirs dis. Ma jau nun hai cum-

in Savognin ausgeschrieben wurde, verspürte ich grosse Lust, dahin zu gehen. Christine war einverstanden, und wir haben beide im Regionalspital gearbeitet. Ein kleiner Betrieb mit dreissig Betten. Man kennt alle, es gibt nur den Chefarzt, den Oberarzt und ein bis zwei Assistenten. Nach drei Jahren ist Christine schwanger geworden. Ich habe vom Oberarzt das Haus gekauft. Er hat es im «Kaff», wie er sagte, nicht mehr ausgehalten. Christine hörte auf zu arbeiten und hat alles für das Kind vorbereitet. Sie hat sich sehr gefreut. Ich hatte Angst davor. Es drehte sich alles nur noch um dieses Kind. Mir wurde klar: Bald bin ich nicht mehr Herr im eigenen Hause, das Kind wird das Refugium so verändern, dass es für mich wertlos ist. Ich hatte sonst schon genug damit zu tun, die dauernde körperliche Nähe irgendwelcher Menschen zu ertragen. Wenigstens zu Hause wollte ich meinen Frieden, und nun sollte auch das vorüber sein. Ich habe das Kind nicht gewollt, sie hat gesagt, dass nichts passiert. Volltrottel, einer Frau in einer solchen Sache zu vertrauen! Eine Art Panik ergriff mich. Spätabends bin ich aus dem Haus gerannt und hinauf zum Piz Martegnas gelaufen. Die ganze Nacht, bis der Morgen heraufkam. Bei einer Jagdhütte setzte ich mich nieder und sah zu, wie der Tag erwachte. Der Wind rauschte in den Legföhren, die Vögel pfiffen, ein Hirsch trabte vorüber. Mich überkam ein Friede, wie ich ihn schon lange nicht mehr gespürt hatte, das Gefühl von Freiheit und Geborgenheit. Mit einem Mal wurde mir klar, dass ich mich würde retten können. Heimlich habe ich mir eine Jagdhütte gemietet, eine Jagdausrüstung besorgt und das Jägerpatent gemacht. Nun war ich wieder für mich. Oft bin ich mehrere Tage alleine oben geblieben. Aber ich habe die

portà la solitariadad. Er qua m'è vegnì il basegn d'insatgi che parteva cun mai il vid. Igl era per vegnir nar. Jau nun hai tegnì ora da viver ensemen cun Christina, e sulet n'era jau er betg bun da star. En quel temp l'hai jau scuvert.»
«Scuvert tge?»
«Mintga dunna lascha.»
«Ma na mintgin. Botsch che ti es.»
Ella stat si, va en il bogn e lascha ir en l'aua. È'la ussa grittentada? U gioga ella ils medems gieus tups sco Christina? Jau daud sco ch'ella chanta cun ir en la bognera. Jau stun si, vom tar il bogn e guard tras la sfessa da l'isch. Tut plain stgima. Be il chau guarda or da l'aua.
«Ti dovras mia sinceritad sco arma cunter mai.»
«Sche ti raquintas ina tala grascha.»
«Pensa tge che ti vuls. Dastga entrar?»
«Pervi da mai.»
Jau ma tschent sin il viertgel da la tualetta.
«Ti has pia scuvert che tut las dunnas laschan.»
«Gea, ed jau hai giudì. Igl è sco in gieu, ins daventa maniac. Dastga vegnir en l'aua?»
Ella fa plazza. Jau ma tir or e vom en la bognera. Jau met ina chomma sur ses chalun dretg, e l'autra sfrusch jau sut ses schanugl sanester.
«Incredibel, che Christina n'aveva percurschì nagut. Ella aveva be l'uffant en il chau. Ella era perfin cuntenta che jau na vuleva nagut dad ella durant quel temp. Alura ha'la pers l'uffant, ed jau nun era a chasa. Jau era arrivà a chasa ed aveva gist puspè stuì*

Einsamkeit nicht ertragen, auch hier kam nach kurzer Zeit das Bedürfnis nach jemandem, der das Alleinsein mit mir teilt. Es war zum Verrücktwerden. Gemeinsam mit Christine schaffte ich es nicht, und alleine hielt ich es auch nicht aus. In dieser Zeit habe ich es entdeckt.»
«Was entdeckt?»
«Frauen sind fast alle zu knacken.»
«Blöder Hammel!»
Sie erhebt sich und geht ins Bad, lässt Wasser einlaufen. Ist sie jetzt böse? Spielt sie dieselben idiotischen Spiele wie Christine? Sie singt und steigt ins Wasser. Ich stehe auf, gehe zum Bad und schaue durch den Türspalt. Alles voller Schaum, nur ihr Kopf schaut heraus.
«Du verwendest meine Ehrlichkeit als Waffe gegen mich.»
«Wenn du so einen Mist erzählst.»
«Nimm's, wie du willst. Kann ich reinkommen?»
«Von mir aus.»
Ich setze mich auf den Klodeckel.
«Du hast also herausgefunden, dass man alle Frauen knacken kann.»
«Ja, und es hat Spass gemacht. Es ist wie ein Spiel, man wird süchtig danach. Darf ich zu dir ins Bad kommen.»
Sie rutscht hoch und macht mir Platz. Ich ziehe mich aus und steige zu ihr ins Bad, lege ein Bein über ihren rechten Oberschenkel, das andere schiebe ich unter ihrem linken Knie hindurch.
«Das Unglaubliche war, dass Christine nichts gemerkt hat. Sie war nur noch mit dem kommenden Baby beschäftigt und froh, dass ich nichts von ihr wollte in der Zeit. Dann hat sie das Kind vorzeitig verloren, und ich war nicht zu Hause. Als ich kam, musste ich gleich wie-

ir. Ella era cumplettamain sfinida e vuleva vegnir cun mai. Ma jau na vuleva betg. Jau stueva ir ad in congress. Ella na vuleva però star en nagin cas suletta a chasa.Ma jau hai insistì. Jau nun aveva l'intensiun da ma scuntrar cun in'autra dunna, propi betg, jau vuleva simplamain ir sulet a quest congress.»
Ella scurlatta il chau.
«Gea, jau sai. Questa giada è rut insatge. L'emprima badigliada da la fossa.»
«La fossa era gia chavada.»
«Mias aventuras nun han mai mess en dumonda mia relaziun cun Christina.»
Blanche scurlatta be vinavant il chau.
«Jau nun hai er mai fatg faussas speranzas a las dunnas, adina ditg cler e net tge ch'igl è e tge ch'igl n'è betg.»
«Ti enconuschas las dunnas sco ...»
«Jau na di pli nagut!»
«I dat anc menders che ti. Jau avess stuì ta metter gia daditg avant porta, ma jau nun hai fatg quai. Raquinta damai vinavant tge monster che ti es.»
«Ils inscunters, ch'avevan be in solit motiv, eran per mai sco la fugia d'ina praschun, charn senza psicoterrur, brama senza aschezza da plevon. Ma alura m'ha tschiffà Christina per las cornas. In bel di è la vegnida tar mai ed ha ditg ch'ella nun haja anc mai gì in orgassem cun mai, ma ussa sappia ella co che quai saja. Quai m'ha terrà. Jau era uschè perplex che jau nun hai savì tge far: furiar, ina scena da schigliusia, currer davent u bastunar? Il pli gugent avess jau cumenzà a cridar. Ma en tut quests onns nun hai jau cridà gnanc ina giada. Jau nun hai pudì cridar, i na fiss vegnì gnanc ina larma. Uschia hai jau marcà

der weg, an einen Kongress. Sie wollte unter keinen Umständen alleine zu Hause bleiben und mitkommen. Doch ich bin stur geblieben. Nicht, weil ich mit einer anderen etwas vorhatte, ich wollte einfach alleine an den Kongress!»
Sie schüttelt den Kopf.
«Ja, ich weiss. Damals ist etwas zerbrochen. Der erste Spatenstich zum Grab.»
«Das Grab war schon ausgehoben.»
«Meine Abenteuer haben keinen Moment die Ehe und die Beziehung zu Christine in Frage gestellt.»
Blanche schüttelt den Kopf.
«Ausserdem habe ich den Frauen nie falsche Hoffnungen gemacht, immer klaren Wein eingeschenkt.»
«Du kennst die Frauen ...»
«Ich sage nichts mehr.»
«Es gibt noch Schlimmere als dich. Ich hätte dich längst rausschmeissen müssen. Also sei brav und erzähle weiter, was für ein Monster du bist.»
«Für mich waren diese Begegnungen, wo es nur um das eine ging, wie der Ausbruch aus einem selbstgebastelten Gefängnis. Fleisch ohne Psychoterror, Lust ohne Moralinsäure, es war schön. Doch dann erwischte mich Christine auf dem falschen Fuss. Sie kam eines Tages und sagte, mit mir habe sie noch nie einen Orgasmus gehabt, aber jetzt wisse sie, wie es sei. Ich war wie erschlagen, wusste nicht, wie ich reagieren sollte: toben, eine Eifersuchtsszene, weglaufen oder zuschlagen? Am liebsten hätte ich geweint. In all den Jahren habe ich nie geweint, ich konnte es nicht, es wäre keine Träne gekommen. Ich konnte es wirklich nicht. So habe ich den Coolen markiert, ihr gesagt, sie könne es mir

il cool e ditg, sch'ella sappia uss co che quai giaja, ma'l possia ella gea mussar. Ella ha manegià ch'i saja memia tard per quai. Jau hai vulì savair il num dal maister, ma ella ha be ditg ch'i na saja nagin dal vitg.»
Blanche perda il savun ed al tschertga sut la stgima. Noss mauns s'inscuntran. Jau als tegn per in curt mument. Nus ans guardain en ils egls.
«Alura ha cumenzà la lutga. Jau nun hai vulì laschar ir ella. Nus avain discurrì notgs a la lunga. Jau hai insistì ch'ella restia, cun rugar e smanatschar. En in tal vitget discurra mintgin sur da mintgin, ed jau era gist en discussiun per la plazza dal medi superiur ed i fiss propi stà il mender mument. Jau l'hai rugada da spetgar almain in onn, sperond ch'era nossa lètg vegniss en quest temp puspè en urden. Jau manegel, in orgassem vegniss er jau a cuntanscher. Ma bain, ella era d'accord, ed oz sai jau che la chaussa era conclusa per ella. Ella è restada, ma nossa chasa è daventada per ella ina sala da spetga, senza che jau l'avess badà. Jau m'hai sentì segir, hai cret che tut saja puspè bun. Ella avess in amant, ed jau mias aventuras. Nagliur na m'hai jau sbaglià tant sco tar Christina.»
«Ed alura?»
«Jau sai be che jau sun vegnì cun il Citroën da Manfred nà qua. El m'ha stgargià davant quest hotel miserabel. Guardond là en il spievel, n'hai jau betg pli reconuschì mamez. Alura hai jau rut il spievel e ma staglià il maun.»
Blanche ma guarda cun ina tscherta disfidanza. Ma jau na sent nagin motiv da guntgir ses sguard. Jau hai raquintà la vardad, almain quella vardad che m'è a disposiziun. Ella tira il cucun or da la bognera. «Ve, jau ta sient giu!»

ja beibringen. Sie meinte, dafür sei es zu spät. Ich wollte den Namen des Meisters erfahren, aber sie sagte nur, es sei niemand vom Dorf.»

Sie verliert die Seife und sucht sie, unsere Hände begegnen sich. Ich halte sie, schaue ihr ins Gesicht.

«Dann begann der Kampf. Ich wollte sie nicht gehen lassen. Wir haben geredet, nächtelang. Ich habe sie bekniet, mit Bitten und Drohen. In einem solchen Dorf redet bekanntlich jeder über jeden, ich war gerade dabei, zum Oberarzt aufzusteigen, und es wäre der dümmste Moment gewesen. Ich bat sie, wenigstens ein Jahr noch zu warten, und dachte, dass sich mit der Zeit auch die Beziehung wieder einrenkt, ich meine, einen Orgasmus würde auch ich noch hinkriegen. Nun, sie willigte zwar ein, aber heute weiss ich, dass die Sache gelaufen war. Sie blieb, aber unser Haus wurde für sie zum Wartesaal, ohne dass ich es merkte. Ich wiegte mich im Glauben, alles sei wieder gut. Sie hätte ihren Liebhaber, ich meine Abenteuer. Ich habe mich wohl nirgends so verrechnet wie mit Christine.»

«Und dann?»

«Ich weiss nur, dass ich mit Manfred von Savognin hierher gekommen bin. Er hat mich vor dem miesen Hotel abgeladen. Dort habe ich in den Spiegel geschaut und mich nicht wiedererkannt. Dann habe ich den Spiegel zerschlagen und mir die Hand zerschnitten.»

Blanche schaut mich misstrauisch an, aber ich habe keinen Grund, ihrem Blick auszuweichen. Ich habe ihr alles wahrheitsgetreu berichtet, mindestens der Wahrheit getreu, die mir zur Verfügung steht. Sie zieht den Stöpsel aus der Badewanne.

«Komm, ich trockne dich ab.»

Nus giain en la stanza da durmir. Ella tschenta davant mai sin l'ur dal letg. Sias spatlas èn radundas, ses sains gronds e maternals, sco bardigliuns madirs. Ella percorscha mes sguard e sa drizza si, ils viertgels dals egls tremblan.
«Mintga dunna lascha damai ...»
«Sco che ti vesas ...»
Ella sa bitta sco ina giatta selvadia sin mai, s'enschanuglia sin mes bratschs, prenda il sientamauns e ma lia ensemen ils mauns. Alura prenda ella ina tschinta da tgirom e ma lia ils pes cuntut.
«Madame de Sade!»
«Quai pos ti avair, vermet!»
Ella ma volva da l'autra vart e ma morda en la tgilatta. Jau ves las stailas e dun givels sco in purschè.
«Dà pasch! Uschiglio port jau tai davant dretgira e t'inculpesch d'avair tartagnà las figlias dals vischins.»
«Quai vegn jau a ta pajar enavos cun tschains e tschains dals tschains.»
«Grit ma plaschas ti il meglier.»
Ella prenda in bellet da lefs e ma dissegna ieroglifas sin il dies.
«Tge scrivas?»
«Admoniziuns per tut las dunnas che sa laschan en cun tai.»
«Scriva las admoniziuns sin tia atgna pel!»
«Jau na sun tuttina betg pli da salvar.»
«Na dir che ti t'hajas inamurada.»
«Tgi ch'è anc abel da s'inamurar n'è betg pers.»
«E tgi fiss lura pers?»
«Tut quels che crain d'avair surmuntà l'amur.»
«Es ti ina da quellas?»
Ella tascha.

Wir gehen ins Schlafzimmer. Sie sitzt vor mir auf der Bettkante. Ihre Schultern sind rund, ihre Brüste voll und mütterlich. Sie bemerkt meine Blicke, richtet sich auf, ihre Augenlider zittern.
«So, so, Frauen sind alle zu knacken.»
«Wie du siehst ...»
Sie stürzt sich wie eine Wildkatze auf mich, kniet auf meine Arme, nimmt das grosse Badetuch und bindet mir die Hände zusammen. Dann angelt sie sich einen Ledergurt und schnürt meine Füsse damit.
«Madame de Sade!»
«Das kannst du haben, Wurm!»
Sie dreht mich auf die andere Seite und beisst mir in die Pobacken. Ich sehe die Sterne in Holland, schreie wie am Spiess.
«Ruhe, sonst bringe ich dich wegen Versauung minderjähriger Nachbartöchter vor Gericht.»
«Ich werd's dir heimzahlen, du verrückte Indianerin!»
«Wütend gefällst du mir am besten.»
Sie nimmt einen Lippenstift vom Schminktisch und zeichnet mir Hieroglyphen auf den Rücken.
«Was schreibst du?»
«Warnungen für alle Frauen, die jemals auf dich hereinfallen.»
«Schreib die Warnungen auf deine eigene Haut!»
«Ich bin ohnehin nicht mehr zu retten.»
«Sag bloss nicht, du hast dich verliebt.»
«Wer sich noch verlieben kann, ist nicht verloren.»
«Und wer ist es dann?»
«Alle, die glauben, dass sie die Liebe schon hinter sich hätten.»
«Bist du eine von denen?»
Sie schweigt.

7

Insanua en in quartier da la periferia. Jau vom tras la plievgia. Jau na sai betg nua che jau sun. Jau sun chaminà senza savair nua ir. La plipart da las fanestras èn stgiras. Mintgatant bitta ina televisiun sia glisch blaua tremblanta sin la via. Dad ina fanestra averta daud jau a cridar in uffant. I tuna sco sch'el fiss anc fitg pitschen. Las chasas paran d'avair fatschas. Las fanestras èn egls, las portas buccas, pitschnas, grondas. Ellas fan gnifs. I dat da quellas che urlan, autras sghignan, anc autras paran dad esser spaventadas. Qua u là spidan ellas or umans u traguttan in auto. Bleras dorman en il cler da las laternas. L'uffant crida anc adina, lunsch davos mes dies. Jau chamin vinavant, fin che las chasas sa perdan plaunet en la champagna. Tuttenina cumpara in auto, vegn pli damanaivel. Jau guard en ils reflecturs traglischants, e malgrà ch'els ma tschorventan na sun jau betg bun da volver il sguard. L'auto passa sperasvi e per in mument na ves jau pli nagut.

Igl è notg, il vent schuschura enturn la chasa. La plievgia batta cunter la fanestra. Jau guard or da fanestra e ves in pèr plantas, tschajera, in pastg. Insatgi martella cunter l'isch sco sch'el al vuless rumper en. Jau smatg mes frunt cunter il vaider. Ina persuna! Jau hai tema. Silenziusamain vom jau enavos, enturn la platta da fieu, bat cun il chalun cunter la maisina, prend il schluppet giu da la paraid, m'avischin a la

Irgendwo in einer Vorstadt. Ich gehe durch den Regen, weiss nicht, wo ich bin ... Ich bin gelaufen, ohne zu wissen, wohin. Die meisten Fenster sind dunkel. Ab und zu wirft ein Fernseher sein Flackerlicht auf die Strasse. Aus einem offenen Fenster höre ich Weinen, ein Kind. Es klingt, als ob es noch sehr klein wäre. Die Häuser haben Gesichter, die Fenster sind Augen, die Türen sind Mäuler, grosse, kleine, verkniffene, aufgesperrte. Es gibt solche, die weinen, andere grinsen, andere sind entsetzt, spucken Menschen aus oder verschlucken ein Auto. Viele schlafen im Schein der Laternen. Das Kind schreit noch immer, weit hinten in meinem Rücken. Ich laufe weiter, bis die Häuser sich langsam ins Land verlieren. Plötzlich taucht ein Auto auf, rast auf mich zu. Ich schaue in die gleissenden Scheinwerfer, sie blenden mich, aber ich kann den Blick nicht abwenden. Das Auto fährt vorüber, für einen Moment bin ich blind.

Es ist Nacht, der Wind heult ums Haus, der Regen schlägt gegen das Fenster. Ich schaue hinaus und sehe ein paar Bäume, Nebel, eine Alpweide ... Jemand hämmert gegen die Tür, als ob er sie einschlagen wollte. Ich presse meine Stirn an die Fensterscheibe. Eine Gestalt ... Ich fürchte mich. Lautlos gehe ich rückwärts, laufe um den Holzherd, schlage mit dem Oberschenkel gegen den Klapptisch, nehme die Jagdflinte von der Wand,

porta. Fatsch via il schlegn, il schluppet è pront, cun il pè avrel jau la porta ...

Pneus che tgulan, glischs, ina tiba, in um che sbragia si per mai:
«*Essas nar u tge? Vulais far suicidi? Alur al faschai sez!*»
Sco da dalunsch daud jau l'um grittentà. La scena da la chamona è svanida. Jau turn a chasa. Stgaglias da mia fanzegna travaschan tras mes chau. Mia chamona! Ella ma stat pli damanaivel che la chasa. L'affitader, in pur da Salouf, ha ditg surdond la clav:
«*En qua ha guettà gia mes tat ils tschiervs.*»
La persuna che pitgava cunter l'isch, tgi pomai vegn quai ad esser stà? I sto esser capità insatge orribel. In uman che na sa betg nudar vegn chatschà en l'aua, prova da sa salvar, sa tegna ferm a l'ur dal batschigl, vegn puspè chatschà enavos en l'aua, adina puspè, fin ch'el naja, ed jau stun là, guard e na poss far nagut.
Jau stun davant la chasa da Blanche. Ella ha anc glisch. Jau scalin. La fanestra s'avra.
«*Datti qua ina plazza libra per ina notg?*»
«*Be per ina?*»
«*Gea, be per ina. Oz be per ina.*»
Ella bitta giu la clav. Jau la tschif, avrel la porta e munt trais plauns. Ina chasa veglia cun mirs gross e stgalas da crap. Chasas veglias èn sco fortezzas. Dadora fraidas e dominantas, dadens chaudas e amiaivlas. Blanche avra, ella è gia en chamischa da notg.

gehe zur Tür, schiebe den Riegel, das Gewehr im Anschlag. Ich ziehe mit dem Fuss die Tür auf...

Quietschende Autoreifen, Hupen, ein Mann schreit mich zornig aus dem Wagen an.
«Sind Sie wahnsinnig?! Wollen Sie sich umbringen, dann machen Sie es gefälligst selber!»
Wie von weitem höre ich den erbosten Mann. Das Bild der Hütte ist verschwunden. Ich laufe wieder zurück. Fetzen des Traumbilds treiben durch den Kopf: Meine Jagdhütte. Ich liebe sie mehr als das Haus. Der Bauer, von dem ich sie gepachtet habe, sagte bei der Schlüsselübergabe:
«Da drin lauerte schon mein Grossvater auf die Hirsche.»
Ich laufe zurück. Die Gestalt, die gegen die Tür hämmert, keine Ahnung, wer es sein könnte. Es muss etwas Grauenhaftes passiert sein. Ein beengendes Gefühl, Angst. Als ob ich zusehen müsste, wie ein Mensch, der nicht schwimmen kann ins Wasser gestossen wird, wieder hochzukommen versucht, sich an den Rand des Schwimmbeckens klammert, wieder hineingestossen wird, und wieder und wieder, bis er ertrinkt.
Ich stehe vor Blanches Haus, sie hat noch Licht. Ich läute. Ein Fenster öffnet sich.
«Ist hier ein Plätzchen frei für eine Nacht.»
«Nur eine?»
«Ja, nur eine. Heute nur eine.»
Sie wirft den Schlüssel herunter. Ich fange ihn auf, schliesse die Türe auf und gehe die drei Stöcke hoch. Ein altes Haus mit dicken Mauern und Steintreppen. Alte Häuser sind wie Festungen. Aussen kühl und abweisend, innen warm und freundlich. Blanche ist schon im Nachthemd, sie öffnet.

«Ti es tut bletsch e schelà, litgiva!»
«Jau sun stanchel e na poss betg durmir.»
Ella ma dat in sientamauns, jau tir or la vestgadira, ma met tar ella en letg. Ses corp e chaud e tener. Ella piglia mes maun ed al metta sin ses sain.
«Charezzar, uschia.»
Jau fatsch sco cumandà. Plaunet sa calman mes patratgs. Jau la dumond:
«Poss jau ma fidar da tai?»
«Sche ti vuls.»
«Jau na sai betg sche jau t'am.»
«Quai è mal.»
«Jau sun sin ils fastizs da mia memorgia persa. Avant che jau na l'hai chattada n'hai jau naginas energias per pensar ad insatge auter.»
«Tge fastizs?»
«Jau sun stà en la chamona.»
«En tge chamona?»
«En mia chamona da chatscha. Igl era notg, ed insatgi ha martellà cunter l'isch. Jau aveva uschè tema che jau hai prendî il schluppet e ... Ussa ma vegn endament insatge auter ... Davosvart sin la cutschetta sto esser insatgi.»
«Tgi?»
»Jau na sai betg. Tgi sa, forsa è tut be imaginaziun. Jau hai prendî detg savens insatgi cun mai.»
«In vaira gnieu d'amur.»
«Sche ti vuls.»
Ella tegna mes bratsch cun domadus mauns, jau sent mia palma-maun sin ses chavadè. Jau na ta vi mai far mal. Betg anc ina gia quest sentiment da destruir in uman. Ma jau na sai gnanc sche jau t'am. Segner

«Du bist ganz nass und durchfroren, Forelle.»
«Ich bin müde und kann nicht schlafen.»
Sie gibt mir ein Handtuch, ich ziehe mich aus, lege mich zu ihr ins Bett.
Ihr Körper ist rund und weich. Sie nimmt meine Hand, führt sie an ihre Brust.
«Streicheln. So.»
Ich tue, wie mir befohlen. Langsam legt sich der Sturm meiner Gedanken. Ich frage sie:
«Kann ich dir vertrauen?»
«Wenn du willst.»
«Ich weiss nicht, ob ich dich liebe.»
«Das ist schlimm.»
«Ich bin meinem Loch auf der Spur. Bevor ich es nicht gestopft habe, kann ich nichts anderes tun.»
«Erzähle.»
«Ich war in der Hütte.»
«In welcher Hütte?»
«In meiner Jagdhütte. Es war Nacht, und jemand hat gegen die Tür geschlagen. Ich hatte eine solche Angst, dass ich das Gewehr nahm und … Jetzt fällt mir noch etwas ein. Hinten muss jemand auf der Pritsche gelegen haben.»
«Wer?»
«Ich weiss es nicht. Vielleicht bilde ich es mir auch nur ein, weil es öfter einmal vorkam, dass ich jemanden mit in die Hütte nahm.»
«Ein richtiges Liebesnest.»
«Wenn du so willst.»
Sie hält meinen Arm mit beiden Händen, meine Hand liegt auf ihrer Brust. Ich will dir nie weh tun, nie. Nicht noch einmal das Gefühl, jemanden zu zerstören, aber ich weiss nicht einmal, ob ich dich liebe. Mein Gott,

char, igl e per prender e mitschar. Sco sch'ella avess engiavinà mes patratgs, di ella:
«Ti stos puspè amar tatez.»
Nus giaschain sin la vart. Jau sent ses venter vi da mes dies, ses sain. Jau na di nagut, sent sia chalur, sia pel. Il letg è ina bartga, il mar è quiet, las stailas traglischan.

manchmal ist es zum Aus-der-Haut-Fahren. Als ob sie meine Gedanken erraten hätte, sagt sie:
«Du musst dich erst wieder selber mögen.»
Wir liegen auf der Seite, ich spüre ihren Bauch an meinem Rücken, ihre Brüste. Ich sage nichts, spüre ihre Wärme, ihre Haut. Das Bett ist ein Floss, das Meer ist friedlich, die Sterne blinken herunter.

8

Jau sun en viadi per il Degen. Il november tira tras la vestgadira, il tschiel smatga sin la terra. Blanche m'irritescha. Sia franchezza provochescha en mai in sentiment da flaivlezza. Jau ma sent inferiur. Ma ella na nizzegia mai or quai, na ma lascha mai sentir tge noviz che jau sun en chaussas d'amur. Quai ma dat segirezza. Jau tegness nà mia gula a questa luffa, sent ina confidenza envers ella che jau n'hai mai resentì envers Christina.Tut para uschè normal. Ella na pretenda nagut, ella na vegn betg memia datiers. Da l'autra vart è'la adina sasezza, suverana, vivend il mument.
Jau entrel en il Degen. L'ura mussa las duas e mesa. Il local è detg occupà. Manfred sesa sulet vi d'ina maisa.
«Docter!»
Jau avess preferì da seser insanua sulet.
«Nua es restà, ti carnevalist? Ti eras tuttenina svanì.»
«Jau hai entupà insatgi.»
«Vegls enconuschents ...»
Blanche vegn a nossa maisa. Jau la dun dal chau.
«Enconuschents ... per uschè dir.»
«In Pernod?»
«Na, oz in vin. Tgenin ma cusseglias?»
«Sco Vaudoise vegn'la segir a ta cussegliar in Saint Saphorin.»

Ich bin auf dem Weg zum «Degen». Der November zieht durch die Kleider, und der Himmel hängt schwer auf die Erde herab. Blanche irritiert mich. Ihre Offenheit löst in mir das Gefühl von Ohnmacht aus. Hoffnungslos unterlegen komme ich mir vor. Doch sie spielt ihre Überlegenheit nicht aus, gibt mir nie zu merken, welch blutiger Anfänger in Sachen Liebe ich bin. Das gibt mir Sicherheit. Ihr würde ich den Hals hinhalten, dieser Wölfin, weil ich ein Vertrauen zu ihr spüre, wie ich es zu Christine nie hatte. Es ist alles wie selbstverständlich. Sie fordert nichts, sie kommt mir nicht zu nahe, andererseits ist sie stets sich selber. Sie lebt unmittelbar aus dem Augenblick heraus.

Ich betrete den «Degen». Die Tische sind ordentlich besetzt. Manfred ist da.

«Doktor!»

Ich hätte mich lieber alleine irgendwo hingesetzt.

«Wo steckst du denn, du Fastnächtler. Du warst plötzlich weg, wie vom Erdboden verschluckt.»

«Ich habe jemanden getroffen.»

«Alte Bekannte ...»

Blanche kommt an den Tisch, ich nicke ihr zu.

«Sozusagen.»

«Einen Pernod?»

«Nein, heute einen Wein. Was kannst du mir empfehlen?»

«Als Waadtländerin wird sie dir einen Saint Saphorin andrehen.»

Ella stat là, surri, guarda giu sin Manfred e di imitond ses dialect svizzer oriental:
«Jau admet che jau cussegl raramain ils vins dals munts da Walenstadt.»
«Ah, porta ad el in quintin Fendant ed a mai ina stanga.»
Ella va a la credenza.
«Ella prova adina d'imitar mes dialect, ma ella nun è buna.»
«As enconuschais Vus gia daditg?»
«Dapi ch'ella è en questa pinta, sun era jau qua.»
«Ma ella è da la Svizra romanda.»
«Ils paucs vegnan voluntariamain a Turitg. En questa citad vegn ins per destin u per smaladicziun.»
Blanche dat la biera a Manfred e derscha en mes Fendant.
«Il docter vul savair quant ditg che ti sajas gia a Turitg.»
«Memia ditg per restar e memia curt per ir davent.»
Ella ri e sa volva.
«Ella è la dunna la pli speziala che jau enconusch.»
Tgi sa sch'el ha gì insatge cun ella. Jau prend in sierv.
«Viva docter, sin tia vita nova e sin il tschaiver!»
«Viva!»
«Vegn ad esser stà in'enconuschent ordvart vegl.»
Jau driz ils egls sin Blanche.
«Ella.»
«Ella?»
«Gea.»
Ses egls sa spalancan. El tira giu la missella, fa cun ils

Sie steht da, lächelt, schaut auf Manfred herunter und sagt in breitem Ostschweizer Dialekt:
«Ich gebe zu, dass ich die Weine aus deinem Walenstädter Berg selten empfehle.»
«Bring dem Doktor einen Zweier Fendant, und für mich noch eine Stange.»
Sie geht zur Theke.
«Sie versucht mich immer nachzumachen. Aber sie schafft es nicht.»
«Kennt ihr euch schon lange?»
«Seit sie hier ist, bin ich Stammgast.»
«Dann ist sie noch nicht so lange hier?»
«Ich glaube, die wenigsten kommen freiwillig nach Zürich. In diese Stadt wird man verschlagen.»
Blanche stellt Manfred die Stange hin und schenkt mir den Wein ein.
«Der Doktor will wissen, wie lange du schon hier bist.»
«Zu lange um noch zu bleiben, zu kurz um schon zu gehen.»
Sie lacht und dreht sich um.
«Sie ist die eigenwilligste Frau, die ich kenne.»
Ob er mit ihr schon einmal etwas gehabt hat? Ich nehme einen Schluck. Manfred versucht mit mir anzustossen, bevor ich getrunken habe.
«Prost, Doktor, auf dein neues Leben und auf die Fastnacht.»
«Viva!»
«Muss ja eine sehr alte Bekannte gewesen sein.»
Ich werfe Blanche einen Blick zu.
«Sie.»
«Sie?»
«Ja.»
Seine Augen weiten sich, er zieht den Kiefer leicht nach

lefs in arvieut ch'els paran ina fora-tgil d'ina giaglina e dat in tschivelet arius.
«Gea, gea, il tschaiver.»
«Ed ier e stersas ans avainsa er vis.»
«Gratulesch, docter. Jau crai che ti es l'emprim.»
«Quai na m'interessa betg uschè ferm.»
«Vul dir, qua a Turitg. Jau sun segir ch'ella nun ha gì in um suenter il divorzi.»
«Divorzi?»
Jau al guard en fatscha. Sche ti n'has gì nagut cun ella, pertge sas ti da quellas?
«In'istorgia narra. Perfin las gasettas l'han derasada.»
«Blanche?»
«L'entira story cun ses um, las drogas, la praschun.»
«In mument! Pudessas raquintar in suenter l'auter?»
«I dat la versiun uffiziala, in affar da cocaina. Per quai saja ella stada en praschun in onn. Ed alura datti anc la versiun inuffiziala ch'ella saja ida en praschun per ses um. Sch'ins avess condemnà el avess el fatg bancrut cun ses hotel. Ella ha prendì la culpa sin sai, ha cumprovà sia culpa avant il tribunal, e ...»
«Per in dealer da drogas?»
«El n'è betg in dealer. El s'ha surpiglià cun la renovaziun da ses hotel ed ha pruvà da sa salvar cun in deal. Insatgi al ha tradì, probablamain. Ella è stada en fora per in onn. El ha puspè fatg ir l'hotel, malgrà ils debits, ed ella nun è pli turnada tar el suenter quel onn.»

unten, wölbt die Unterlippe vor und gibt einen leisen Pfeifton von sich.

«Ja, ja, die Fastnacht.»

«Und gestern und vorgestern haben wir uns auch gesehen.»

«Gratuliere Doktor, ich glaube, du bist der Erste.»

«Erzähle keinen Unsinn.»

«Ich meine hier in Zürich. Ich wüsste nicht, dass sie nach der Scheidung einen andern ...»

«Geschieden?»

Ich schaue ihm auf die Stirn. Wenn er nichts mit ihr hatte, woher weiss er das?

«Eine verrückte Geschichte, sie war sogar in der Zeitung.»

«Blanche?»

«Die ganze Story mit ihrem Mann und dem Drogendeal und dass sie ins Gefängnis ...»

«Moment. Kannst du der Reihe nach erzählen?»

«Es gibt die offizielle Geschichte, dass sie in einen Kokainhandel verwickelt war und dass sie dafür ein Jahr gesessen hat. Und dann gibt es die inoffizielle, dass sie für ihren Mann gesessen hat. Sein Hotel Pleite gegangen wäre, wenn man ihn verurteilt hätte. Sie hat alles auf sich genommen, hat ihre Schuld dem Gericht bewiesen, und ...»

«Für einen Rauschgifthändler?»

«Er ist kein Rauschgifthändler. Er hat sich bei der Renovation des Hotels übernommen und hat versucht, sich mit dem Deal aus dem finanziellen Sumpf zu ziehen. Wird verpetzt worden sein. Dann hat sie ein Jahr gesessen für ihn. Er hat, trotz der Schulden, das Hotel wieder auf die Beine gekriegt, und sie ist nicht wieder zu ihm zurück.»

«Ord ravgia ch'ella è stada en fora per el?»
«Forsa ha'la emprais ad enconuscher la libertad en praschun.»
«Danunder sas ti quai?»
«In pau da qua, in pau da là, ed insatge cumbinas tez.»
«E questa fatschenta enconuschan gea tuts en qua.»
«L'in in pau dapli, l'auter in pau damain. Nus l'avain gugent. Uschiglio na vegnissan nus betg.»

«Aus Wut, dass sie für ihn gesessen hat.»
«Vielleicht hat sie im Gefängnis gemerkt, was Freiheit ist.»
«Das weisst du von ihr?»
«Etwas von hier, etwas von dort, und etwas reimt man sich zusammen.»
«Und das wissen alle hier?»
«Einer mehr, einer weniger. Hier mögen sie alle, sonst wäre der Laden nicht immer so voll.»

9

La citad è in mosaic incumplet. Ils tocs dal mosaic èn per terra sin in mantun. Dals tocs na pon ins betg engiavinar il maletg. Mintgin è ina part per sai. I dat muments, en ils quals ins crai tuttenina da vesair in entir u almain ina relaziun d'in fragment cun l'auter, ina fatscha, in moviment che dat l'impressiun ch'ins chapeschia il senn. Mintgatant hai jau perfin il sentiment ch'i dettia ina conspiraziun, in cumplot che marscha, jau sent in'enclegientscha, jau surri u salid. Ma d'in mument a l'auter mida quai tut puspè. Mes salid dat en il vid, mes surrir para tgutg. Tut va vinavant: entrar, descender, currer, smaladir, spetgar, sa sgobar, surrir, susdar, tut senza senn, senza pretaisa da far part d'in entir. Stgaglias. Sco il spievel en l'hotel. Stgaglias che na reflecteschan nagut auter che l'atgna absurditad. Quai na para da disturbar nagin. In'enclegientscha mitta, sco tar milliuns da guts che na fan nagut auter che cular vers il mar, senza dumandar ni direcziun ni finamira. Jau ma sent sco in gut ch'è restà pendì vi d'ina feglia e guarda a cular il flum.
Jau hai entupà puspè la dunna giuvna cun il canister. Ella stat adina sin la medema insla dal tram. Jau ma dumond, sche jau duaja discurrer puspè cun ella. Ella ma reconuschess probablamain. Ma jau n'al fatsch. Ella m'ha ditg tut quai ch'ella aveva da dir. Uschè ditg

Die Stadt ist ein unfertiges Mosaik. Die Mosaiksteine liegen auf einem Haufen. Aus den Bruchstücken ist kein ganzes Bild ersichtlich. Jeder ist für sich. Es gibt Momente, da meine ich plötzlich einen Zusammenhang aus den Teilen zu erahnen, ein Gesicht, an dem ich hängen bleibe, ein Blick, eine Geste, von der ich glaube, sie deuten zu können. Dann bekomme ich das Gefühl, eine stille Verschwörung sei im Gange, spüre ein heimliches Einverständnis, ich lächle oder setze zu einem Gruss an. Doch schon ist alles wieder beim Alten, mein Gruss geht ins Leere, mein Lächeln wirkt irr. Alles geht weiter: einsteigen, aussteigen, rennen, fluchen, warten, bücken, lächeln, gähnen, alles ohne Sinn, ohne Anspruch, zu einem Ganzen zu gehören. Scherben. Wie der Spiegel im Hotel, Scherben, in die ich hineinblicke und aus denen immer wieder die ganze Sinnlosigkeit herausschaut. Es scheint auch niemanden zu stören. Eine stille Übereinkunft, wie bei Millionen Tropfen, die einen Fluss ergeben, einig, hinunterzufliessen, einig, nicht zu fragen, weder nach Richtung noch nach Ziel. Ich fühle mich wie ein Tropfen, der an einem Busch hängen geblieben ist und nun zuschaut, wie der Fluss fliesst.

Die junge Frau mit dem Benzinkanister hält sich immer an der gleichen Tramstation auf. Ob ich sie wieder ansprechen soll? Ich lasse es bleiben, Hat sie mir nicht alles gesagt, was sie mir zu sagen hatte? Bevor ich nicht weiss, ob es hinter der Welt mehr hat als den leeren

che jau na sai, sch'i dat propi insatge auter davos il munt, na savess jau tge discurrer cun ella.
Jau vom en il Degen per Blanche. Nus chaminain tras la citad cuverta da la notg.
«Sas ti che Manfred è bunamain vegnì mazzà ier suentermezdi?»
«Mazzà?»
«El suppona per vendetga u intimidaziun.»
«Vendetga?»
«El s'engascha per asilants Bosniacs. Mintgatant dat el enavant infurmaziuns davart las atrocitads dals Serbs ch'el è vegnì a savair dals fugitivs. Ils Serbs al odieschan per quai. Avant dus dis è'l vegnì blessà. El pretenda ch'i sajan stads ils Serbs. Maria, sia marusa, m'ha raquintà quai. Ella sa senta fitg mal. Manfred è a l'ospital. El po esser cuntent ch'el è smitschà cun in pèr costas ruttas.»
Maria, cler! Maria giascheva davosvart sin la cutschetta. Ella aveva pavlà ils vadels si culm, gist sut mia chamona. Jau aveva empermess da prender ella ina gia cun mai a chatscha.
«Ti na ma taidlas.»
«Bain, bain, i m'è simplamain ì tras il chau insatge.»
«Ti pudessas far ina visita a Manfred. El s'allegrass segiramain.»
«Perstgisa, jau n'hai betg chapì dal tuttafatg. Manfred ha gì in accident, ed alura?»
Ella ri, va cun il maun sur mia fatscha vi.
«Tge t'è ì tras il chau?»
«Cur che ti has ditg il num da Maria, m'è tuttenina vegnì endament tgi che giascheva davosvart sin la cutschetta.»
«E tgi?»

Raum, wüsste ich nicht, was ich mit ihr reden sollte, und noch habe ich es nicht herausgefunden.
Ich hole Blanche aus dem «Degen» ab. Wir schlendern durch die nachtverhangene Stadt.
«Hast du schon gehört, dass jemand versucht hat, Manfred umzubringen?»
«Nein ...»
«Er meint aus Rache oder Abschreckung.»
«Wieso denn das?»
«Er setzt sich für bosnische Asylanten ein. Dabei gibt er ab und zu der Presse Informationen weiter. Die Serben hassen ihn deswegen. Vor zwei Tagen ist er angefahren worden. Er behauptet, es seien Serben gewesen. Maria, seine Freundin, hat es mir erzählt. Sie war völlig durcheinander. Manfred liegt im Spital, er kann von Glück reden, dass er mit ein paar gebrochenen Rippen davongekommen ist.»
Maria, natürlich! Maria lag hinten auf der Pritsche. Sie fütterte die Rinder auf einem Maiensäss unterhalb der Jagdhütte. Ich habe ihr versprochen, sie einmal auf die Jagd mitzunehmen.
«Du hörst mir gar nicht zu.»
«Doch, doch, mir ist nur etwas durch den Kopf gegangen.»
«Du könntest Manfred besuchen, er würde sich freuen.»
«Entschuldigung, ich habe es nicht ganz mitbekommen. Einen Unfall hat er gehabt?»
Sie lacht, fährt mir mit der Hand übers Gesicht.
«Was ist dir durch den Kopf?»
«Als du den Namen Maria aussprachst, ist mir plötzlich klar geworden, wer hinten auf der Pritsche lag.»
«Wer?»

«*Ella ha num Maria. Ina da quellas giuvnas da la Bassa che vivan en citad durant l'enviern e che vegnan la stad tar nus ad alp a far da signuna. D'atun, per tardivar il return en citad, pavlan ellas durant dus mais ils vadels si culm. Jau l'hai inscuntrada durant la chatscha, nus avain cumenzà a baterlar. Ella m'ha envidà ad in magiel vin e m'ha declerà ch'ella vegniss uschè gugent ina giada cun mai a chatscha.*»
«*Ah, la chatscha dubla.*»
«*Ella era detg giuvna, ina figura tizianesca. In pau radundetta, ma betg grossa. Ti pos t'imaginar che jau nun hai pudî resister. Ell'era ina cumbinaziun da chaprizi e dultschezza che fascheva smirvegliar. Ella tgirava trenta vadels, sco sche quai fiss il pli simpel dal mund, m'ha mussà la stalla, m'ha dà in pau latg, ed jau l'hai empermess da prender ella ina giada a chatscha. Quai stoss jau avair fatg, jau sun segir ch'ella era en la chamona, cur ch'igl ha spluntà vid la porta.*»
«*È quai tut? Na ta regordas ti da nagut auter?*»
Jau ponderesch.
«*Na, quai è tut. Jau na sai betg co ch'ella è vegnida en la chamona.*»
Jau ma stent da ma regurdar, ser ils egls ed emprov da m'imaginar Maria. Ma jau na sun betg bun.
«*Mes chau è plain abstracziuns. Jau n'hai nagin maletg exact en mai, sai be teoreticamain sco ch'ella avess da vesair or. Jau na la ves betg davant mai, sai be pleds e concepziuns, nagins purtrets vivents, in battibugl da patratgs senza imaginaziun.*»
«*Has quai cun tut uschia?*»

«Sie heisst Maria. Eine der typischen Unterländerinnen, die im Winter in der Stadt leben und über den Sommer als Sennerin eine Alp übernehmen. Später, im Herbst, verlängern sie den Aufenthalt durch eine Ausfütterung, um die Rückkehr in die Stadt zu verzögern. Ich bin ihr während der Jagd begegnet. Wir sind ins Gespräch gekommen, sie hat mich auf ein Glas Wein eingeladen und mir erklärt, ihr grösster Wunsch sei es, einmal auf die Pirsch mitzukommen.»
«Die doppelte Pirsch!»
«Sie war jung und hatte eine Figur ... Füllig, aber nicht dick, weich und rund und ... Du kannst dir vorstellen, dass ich nicht widerstehen konnte. Sie war eine erstaunliche Kombination aus Sanftheit und Eigensinn, betreute die dreissig Rindviecher, als ob es ein Kinderspiel wäre, zeigte mir stolz ihren Stall, gab mir von der Milch zu kosten, und ich versprach ihr, sie auf die Jagd mitzunehmen. Das muss ich offensichtlich getan haben, denn ich bin ganz sicher, dass sie es war, die hinten auf der Pritsche lag, als die Gestalt an die Tür klopfte.»
«Ist das alles? Kannst du dich nicht an mehr erinnern?»
Ich überlege.
«Nein, das ist alles. Ich weiss nicht, wie sie in die Hütte gekommen ist.»
Ich strenge mich an, schliesse die Augen, versuche mir Maria vorzustellen, aber es gelingt mir nicht.
«Ich habe nur abstrakte Einzelteile über sie im Kopf. Ich weiss theoretisch, wie sie aussieht, aber ich sehe sie nicht vor mir. Ich weiss nur Worte und Begriffe, habe kein lebendiges Bild von ihr. Sie ist wie tot, ein Sammelsurium von Gedanken ohne Vorstellung.»
«Geht es dir mit allen Menschen, allen Dingen so?»

«Pli concret ves jau l'intern da la chamona. L'entira visiun è fitg viventa. La platta da fieu, la maisa, la fanestra e la persuna che martella cunter l'isch.»
Nossa spassegiada ans maina en in parc. Blanche è pensiva, tascha ditg, lura ma tira ella giu sin in banc. Jau la guard, ses chavels nairs ritschads en fatscha, ses sain che sa dauza e sa sbassa cun mintga respir, la mustga vi da ses culiez. Jau ser ils egls. Nair. Pli precis: in pitschen mument è ses maletg anc sin mia retina, suenter restan be las conturas che spareschan en pauc temp. Jau ves be pli nair, naginas conturas, naginas colurs.
«Tut è stgir en mai.»
«Curius. En praschun eri tut auter. A las diesch la saira stuevan nus stizzar la glisch. La damaun avevan nus da star si fitg baud e tuttina avev'jau difficultads da ma durmentar. Jau giascheva en letg e laschava passar mia vita avant mes egls interns. L'emprim m'èn cumparids maletgs da mes album da fotografias. Pli tard s'han ils maletgs distatgads da lur original ed èn daventads autonoms. Els han cumenzà a sa muventar, maletgs che furmavan chadainas da maletgs, istorgias da mia vita, films entirs cun colurs, savurs, sentiments, dolurs e daletgs. Oz stoss jau be serrar ils egls e gia sun jau en ina chasa da maletgs.»
La praschun! Manfred ha damai quintà la vardad. La duai jau dumandar? Duaja insister? Er ella m'ha dumandà fin ch'il latg è stà asch.
«Manegias ch'era jau per guarir stuess ir in pau en praschun.»
«Ti es in quac! Ti sas far quai nua che ti vuls. A la cassa, en il tram, en letg.»

«Das Konkreteste, was ich im Moment vor mir sehe, ist das Innere der Jagdhütte, diese Vision. Sie ist sehr lebendig. Ich sehe den Herd, den Klapptisch, die Fenster.»
Wir sind in einen Park gekommen. Blanche ist nachdenklich geworden, sagt lange nichts, dann zieht sie mich auf eine Bank. Ich schaue sie an, ihre schwarzen Haare, die in Kringeln ihr Gesicht umfliessen, ihre Brüste, die sich bei jedem Atemzug heben und senken, ihren Leberfleck am Hals. Ich schliesse die Augen, schwarz. Das heisst: Zuerst habe ich noch ihr Bild auf der Netzhaut, nach kurzer Zeit sehe ich nur noch Umrisse, fluoreszierend, dann verschwinden auch sie. Ich sehe schwarz, keine Konturen, kein Licht, keine Farbe.
«Bei mir ist alles schwarz.»
«Das ist merkwürdig. Im Gefängnis ist es mir genau umgekehrt ergangen. Um zehn Uhr abends mussten wir die Lichter löschen, und obwohl früh Tagwache war, konnte ich lange nicht einschlafen. Ich lag im Bett und habe mein Leben Revue passieren lassen. Dabei kamen mir zuerst die Bilder aus den Fotoalben in den Kopf, später lösten sie sich von den Fotos und wurden selbständig, begannen sich zu bewegen, ganze Filme liefen ab, Gerüche fügten sich hinzu. Heute brauche ich nur die Augen zu schliessen, und ich habe eine Fülle von Bildern vor mir.»
Das Gefängnis. Manfred hat also die Wahrheit erzählt. Soll ich sie fragen? Soll ich bohren? Sie hat mich schliesslich auch ausgefragt.
«Meinst du, ich soll mal ins Gefängnis, um gesund zu werden?»
«Dummkopf, du kannst es überall tun. Ich vergegenwärtige mir den Tag, bevor ich einschlafe.»

Insatge m'impedescha da la dumandar davart la praschun, jau na sai betg tge. Jau ponderesch da tge persuna che jau avess in maletg vivent, emprov da ma imaginar mia mamma. Ma jau ma regord be d'in pèr fotografias or dal album da famiglia. Enstagl da vesair mia mamma, ves jau fotografias dad ella. Ils paucs maletgs che jau hai dad ella èn esters, marvs e senza vita. Il medem vala per mes bab, mes collegas da studi, mias amantas, sch'i va bain: fotografias! Jau n'hai nagins maletgs, mabain be la savida ch'i dat maletgs. Il chau plain pleds morts, in mez uman.
«Cura giais a chatscha?»
«Trais emnas en settember.»
«Ti es vegnì pir il november.»
«Il november. Quai po bain esser. Durant la chatscha regulara na vegnan betg sajettads avunda animals. Perquai datti pli tard ina chatscha speziala.»
«Es ti propi segir che Manfred t'ha prendì da Suagnin nà qua?»
«Jau suppon.»
«Ti duessas far ad el ina visita ed al dumandar! Forsa sa el anc dapli.»
«Gea. Forsa.»

Etwas hindert mich, sie nach dem Gefängnis zu fragen, ich weiss nicht was, überlege, von welchen Menschen ich ein lebendiges Bild in mir habe, versuche mir meine Mutter vorzustellen, doch ich merke, dass ich höchstens ein paar verschwommene Fotos heraufholen kann. Ich erinnere mich gar nicht an meine Mutter, sondern an die Fotos von ihr! Die wenigen Bilder, die ich habe, sind fremd und starr, unbeweglich, wie Blanche es gesagt hat, ohne eigenes Leben. Bei meinem Vater das Gleiche, meinen Studienkollegen, meinen Liebschaften, wenn es hochkommt: leblose Fotos. Ich habe kaum Bilder, nur das Wissen um die Bilder, oder Worte und Begriffe. Ich komme mir vor wie ein halber Mensch.
«Wann ist bei euch Jagdzeit?»
«Drei Wochen im September.»
«Du bist erst im November zu uns gekommen.»
«Im November? Ja, mag sein. Während der Jagd werden nicht genügend Tiere abgeschossen, darum gibt es hinterher eine Hegejagd. Vielleicht habe ich sie da mitgenommen.»
«Bist du sicher, dass Manfred dich von Savognin nach Zürich mitgenommen hat?»
«So hat er es wenigstens gesagt.»
«Du solltest ihn besuchen und ihn fragen, vielleicht weiss er noch mehr.»
«Ja, vielleicht.»

10

L'ospital regna sur la citad sco in arogn grass. Cun passar sperasvi hai jau in sentiment ambivalent. D'ina vart sun jau cuntent che jau n'hai nagut pli da far cun el e che nagut sin quest mund ma sforza dad entrar. Da l'autra vart ma serra el giu la gula. Ussa nun è quai auter. Pli che jau m'avischin a la porta d'entrada, e pli che jau sent l'aversiun. Jau pudess bain anc spetgar cun questa visita. Manfred na curra betg davent.

Kauer, forsa dovras ti tez in medi.

Tgi era quai. Ina vusch, quai era bain ina vusch! Jau ma volv. Nagin.

Illusiun! Jau ma sforz da cuntinuar. La speranza da chattar puspè mia memorgia cumbatta cun il sentiment ch'ils ospitals èn dal diavel e che jau na vuless betg entrar. Manfred na sa tuttina betg dapli co quai ch'el m'ha ditg. Tut ha ses temp. L'istorgia da l'attentat che Blanche m'ha quintà, ma pareva curiusa e da bell'entschatta pauc probabla, in attentat en Svizra? In'invenziun da glieud che ha temp d'inventar pistolas. E sch'i fiss tuttina vaira? Forsa ha'l basegn d'insatge. Tgi sa, forsa è'l propi en privel. Forsa ma dovra'l. Oh, Dieu, sche dunnas han adina in tal caos da sentiments, chapesch jau lur reacziuns, e pertge che Chri-

Das Spital liegt über der Stadt wie eine grosse Spinne. Ich bin schon verschiedentlich daran vorbeigefahren. Jedes Mal dieses zwiespältige Gefühl. Einerseits Erleichterung, dass ich da nicht hinein muss, dass ich nichts mehr damit zu tun habe. Andererseits schnürt es den Hals zu. Es geht mir auch jetzt nicht anders. Je näher ich beim Eingang bin, umso grösser wird die Abneigung. Ich könnte ruhig noch warten. Manfred wird nicht davonlaufen. Je weiter ich mich dem Eingang nähere, umso schlimmer wird es.
Kauer, vielleicht brauchst du selbst einen Arzt.
Wer war das? Da war doch eine Stimme, ich drehe mich um. Niemand da! Muss ich mir eingebildet haben. Ich zwinge mich, weiterzugehen. Die Hoffnung, von Manfred etwas Genaueres zu erfahren, endlich etwas Licht in dieses verdammte Dunkel zu bringen, kämpft mit dem unerklärlichen Gefühl, dass Spitäler vom Teufel sind, dass ich da nicht hinein möchte. Manfred weiss ohnehin nicht mehr als das, was er mir schon gesagt hat. Ausserdem kann ich die paar Tage warten, bis er entlassen ist. Wenn er herauskommt, wird er die ganze Zeit im «Degen» hocken. Es hat alles Zeit. Die Räubergeschichte, die Blanche mir wegen des Anschlages auf sein Leben erzählt hat, kam mir ohnehin unglaubwürdig vor. Doch nun ist da etwas wie eine Ahnung, ein Gefühl, als ob Manfred mich brauchen würde. Mein Gott, wenn Frauen dauernd so viele Gefühle haben, dann verstehe ich jetzt, warum sie so übertrieben rea-

stina aveva reagì uschè exageradamain. Jau m'avischin a l'entrada, ma sforz da far ils ultims pass. La porta s'avra. L'arogn ma tschitscha en. Jau vom a la recepziun. Terz plaun, stanza 312. La tema è svanida e fa plaz a l'auter sentiment che daventa pli e pli ferm. Insatge ma chatscha. Jau acceleresch mes pass. Dieu, sun jau propi nar? Sco medi odiav'jau il currim tras ils corridors. Gea, jau cur. Insatge nun è en urden! Il lift è occupà. Jau vom en tutta furia si da stgala ... Segund plaun ... Anc in ...Terz plaun ... 305 ... Diavel, nua è il dudesch? Jau cur ... Faussa direcziun ... 308, 309, 310, 311 ... finalmain! Senza spluntar avr jau la porta cun in sulet moviment. In sbratg. Jau ser puspè in pau la porta e ves in um en ina gippa alva. El sa tegna la crusch dal dies.

«*Jebem ti sestru, balia!*»
«*Oh, perstgisai! Quai n'hai jau propi betg vulì.*»
L'um sa storscha.
«*Jau stun mal ... Jau vuleva be ... Jau manegel ...*»
Penibel! Pir uss ves jau che l'um ha ina squitta en maun.
«*Ve docter, ve nà qua, ti vegns gist il dretg mument.*»
Jau al guard, daud ad ir la porta e volv il chau. Il medi è svanì.
«*Tai trametta in anghel. Quest tip ma vuleva metter sut pressiun, canaglia! Nus stuain svanir! Ma gida or da letg!*»
El prova da star si. Jau al gid.

gieren und warum mir Christines Reaktionen so hysterisch vorkamen. Ich bin inzwischen vor dem Eingang, zwinge mich zu den letzten Schritten, die Glastüre öffnet sich, die Spinne verschluckt mich. Ich gehe zur Anmeldung. Dritter Stock, Zimmer 312. Die Angst ist weggeblasen, dafür ist das andere Gefühl umso stärker. Es treibt mich zur Eile, ich beschleunige meine Schritte, mein Gott, bin ich tatsächlich übergeschnappt? Als Arzt habe ich nichts mehr gehasst, als wenn auf den Gängen herumgerannt wurde. Ja, ich renne. Etwas stimmt mit Manfred nicht, ich spüre es immer deutlicher. Der Lift ist besetzt. Ich haste die Treppe hoch ... Zweiter Stock ... Noch einer ... Dritter Stock ... 305 ... Mein Gott, wo ist die Zwölf? Ich renne ... Die falsche Richtung ... Zurück ... 308, 309, 310, 311, endlich. Ohne zu klopfen stosse ich die Türe auf. Ein Schrei, ich ziehe die Tür wieder halb zu und sehe einen Mann in weissem Kittel. Er hält sich mit der linken Hand das Kreuz, ich bin ihm offensichtlich mit der Türfalle in den Rücken gekracht.
«Jebem ti sestru, balia!»
«Oh, Verzeihung, das wollte ich nicht.»
Der Mann krümmt sich.
«Es tut mir schrecklich Leid ... Ich habe gemeint ... Ich meine ...»
Die Sache ist mir peinlich. Erst jetzt sehe ich, dass der Mann eine Spritze in der Hand hat.
«Doktor, komm herein, du kommst gerade richtig.»
Ich schaue Manfred an, im selben Augenblick geht die Türe zu, und der Arzt ist verschwunden.
«Dich schickt der Himmel, der Kerl wollte mich erpressen. Wir müssen abhauen. Hilf mir aus dem Bett.»
Er macht Anstalten aufzustehen. Ich helfe ihm.

«Là! Prenda la valisch giu da la stgaffa e pacheta mia rauba.Uschia. Ed ussa, davent da qua! Guarda che nagin na saja en il corridor.»
Jau fatsch per cumond, senza dumandar nagut.
«En il corridor nun è nagin.»
«Davent pia, il pli svelt pussaivel! Na, spetga! Cloma l'emprim il lift, jau vegn lura cur ch'el è qua.»
Cun in pèr passuns sun jau tar il lift e smatg il buttun.
«Ve, ve!»
Manfred curra tras il corridor verd, jau tremblel. Nus descendain cun il lift. En la halla d'entrada è in detg travasch. Nagin na para da s'interessar per nus. Nus giain a la sortida. Manfred è bagnà da suaditsch.
«In taxi, nus duvrain in taxi!»
Jau fatsch in segn, in auto s'avischina, sa ferma, nus entrain.
«Seebach, via Köschenrüti 7.»
«Köschenrüti.»
Il taxist communitgescha per func nossa destinaziun en il lartg dialect turitgais. Manfred guarda dretg ora. Jau crai d'avair plaunsieu il dretg da vegnir infurmà davart quai che curr'e passa.. El gnufla ditg, sa volva plaunet e ma guarda en ils egls. Las duas faudas da gritta sin il frunt, ch'al dattan uschiglio in aspect in pau stgir, al rendan uss energic.
«Docter, els na persequiteschan betg be mai, la chaussa è pli cumplexa.»
«Ah!»
«Il tip cun la gippa alva nun era in medi. El è entrà dascus. Tuttenina era'l en mia stanza. El discurriva serb e m'ha ditg che jau haja gì in cletgun. La proxima gia giaja a finir pli mal cun mai.»

«Da, nimm meinen Koffer aus dem Schrank, pack die Sachen ein. So, und gleich weg! Schau, ob niemand auf dem Gang ist.»
Ich gehorche. Ohne zu fragen.
«Auf dem Gang ist keiner.»
«Also raus hier, so schnell wie möglich! Nein, halt, gehe vor und hole den Lift.»
Mit ein paar schnellen Schritten bin ich vor dem Lift und drücke auf den Knopf.
«Komm schon!»
Manfred hastet über den grünen Korridor. Wir fahren hinunter. In der Eingangshalle ist viel los, wir fallen nicht auf, gehen zum Ausgang. Manfred ist schweissgebadet.
«Ein Taxi, wir brauchen ein Taxi.»
Ich winke eines heran, wir steigen ein.
«Fahren Sie nach Seebach an die Köschenrütistrasse 7.»
«Köschenrütistrasse.»
Der Fahrer gibt über Funk in breitem Zürcher Dialekt unsere Destination durch. Manfred schaut stur nach vorne. Ich meine, langsam eine Erklärung verdient zu haben. Er schneuzt sich, dann wendet er mir sein Gesicht zu, auf der Stirne die beiden Zornfalten, die ihm sonst etwas leicht Finsteres verleihen, jetzt machen sie ihn entschlossen.
«Doktor, die sind nicht nur hinter mir her, es geht um viel mehr.»
«Erzähl!»
«Der Typ im weissen Kittel war kein Arzt. Er hat sich eingeschlichen, stand nach der Visite plötzlich im Zimmer und sprach serbisch mit mir. Ich hätte noch einmal Glück gehabt, das nächste Mal würde es nicht mehr so glimpflich ablaufen.»

«*L'accident?*»

«*Gea, l'accident! Ch'jau possia pustar il vaschè, sche jau cuntinueschia cun mi'agitaziun cunter ils Serbs. Lura ha'l vulì savair l'adressa da Sunaric.*»

«*Tgi è Sunaric?*»

«*In Bosniac. In da quels dals champs da mort. Jau hai gidà el ad obtegnair asil. Avant dus dis ha'l reconuschì in da ses torturaders.*»

«*Qua a Turitg?*»

«*Gea, docter. Sch'ils maltractaders daventan in pau stanchels da torturar, s'annunzian els sco refusaders dal servetsch militar en in pajais occidental.*»

«*Jau na chapesch betg.*»

«*Vus chapis tuts ina merda, docter. Vus rimnais vossas suttascripziuns umanisticas per ils povers refusaders da guerra, ed ils delinquents da guerra sa zuppan davosvart per sa recrear dals strapatschs mortals.*»

«*Jau n'hai mai ramassà suttascripziuns! Ed ussa vuless jau savair, tgi è quest Sunaric?*»

«*Nun hai jau gia ditg quai? Sunaric ha reconuschì ses torturader sin in'insla da tram. Harcovic, el vegn numnà il tschuncader dad Omarska. Per esser segir d'avair davant sai propi il tschuncader, ha Sunaric fixà el fin che quel ha pers la gnerva. El e siglì sin l'autra vart da l'insla ed è ì en il tram. Ils moviments, ils gests, il sguard, i na deva nagin dubi. Sch'insatgi ta pitga uras a la lunga sin il dies, ta chatscha la fatscha en la merda n'emblidas ti pli quel tip. Ma el è*

«Mit dem Unfall?»
«Mit dem Unfall. Ich solle mir merken, dass ich mir, wenn ich weiter gegen die Serben agitiere, den Sarg bestellen könne, und zwar besser heute als morgen. Dann wollte er Sunarics Adresse.»
«Wer ist Sunaric?»
«Ein Bosnier, einer, der in den Todeslagern war, ich habe ihm geholfen, Asyl zu bekommen. Der Mann war im KZ. Vor zwei Tagen hat er einen seiner Folterknechte erkannt.»
«Was?»
«Ja, Doktor, wenn sich die Folterer erholen wollen, dann melden sie sich als Kriegsdienstverweigerer in einem westlichen Land an.»
«Ich verstehe nicht.»
«Ihr versteht alle einen Dreck, Doktor. Ihr sammelt eure humanistischen Unterschriften für die armen Kriegsverweigerer, und die Kriegsverbrecher verkriechen sich hinter den Unterschriftsbögen, um sich ab und zu mal von den Mordsstrapazen auszuruhen.»
«Erstens habe ich keine Unterschriften gesammelt, zweitens will ich wissen, was mit diesem Sunaric los ist.»
«Ich sage es dir gerne noch mal. Sunaric hat an einer Tramhaltestelle seinen Folterer wiedererkannt. Harkovic, sie nennen ihn den «Schnitter» von Omarska. Er hat ihn erst lange angeschaut, um sicher zu sein, ob er es wirklich ist, bis der andere die Nerven verloren hat, auf die andere Traminsel gerannt und ins Tram gestiegen ist. Die Bewegungen, die Gesten, der Blick, alles stimmte, er war es. Wenn dich einer stundenlang schlägt, dir das Gesicht in die Scheisse drückt, dann vergisst du ihn nicht mehr. Aber er ist ihm entwischt.

scappà. Il tram è partì, il tschuncader svanì. Sunaric è ì immediat tar la polizia. Ma quels han tratg la chaussa a la lunga. Alura è'l vegnì tar mai. Jau al hai quietà ed accumpagnà a chasa. L'auter di m'ha telefonà in ester e m'ha dumandà l'adressa da Sunaric. La chaussa ma pareva dubiusa e jau hai ditg che jau na sappia da nagut. In di pli tard sun jau vegnì sut las rodas.»

«Segner, quai è ...»

«Gea, docter. E l'istorgia n'è betg anc finida. Il tip da la gippa alva è il cumpogn dal tschuncader. El vuleva sfurzar mai da tradir l'adressa da Sunaric. L'adressa u la squitta.»

«E pertge vulan els l'adressa?»

«Ma es ti propi uschè cuc, docter? Quai è bain cler sco tinta naira. Els vulan mazzar Sunaric. El è quel che ha vis il tip. El è quel che vegn ad identifitgar la canaglia. Ins vegn a surdar il tschuncader al tribunal da guerra. Giain uss tar Sunaric. El sto svanir da sia abitaziun. Nus stuain chattar in lieu pli segir per el.»

«Tar la polizia! Nus stuain ir tar la polizia!»

«Crais ti che la polizia al vegn a proteger? El è in asilant. Na, nagina polizia avant che Sunaric nun è en segirtad. Dal rest ha'l gia ditg a la polizia tut quai ch'el sa. Sch'els vulan tschiffar il tip, al tschiffani. Els ston be consultar las fischas dals asilants.»

Dapi che jau sun entrà en l'ospital na m'è restà gnanc in mument per reflectar. Jau stun mal per la glieud che vegn involvida en guerras, ma tge ha quai da far cun mai? Manfred ma guarda, sco sche jau fiss ses salvament. Lura blastemma'l per sasez.

Das Tram fuhr ab, der «Schnitter» war weg. Sunaric ging zur Polizei. Doch die haben die Sache verschleppt. Dann kam er zu mir. Ich habe ihn beruhigt und nach Hause gebracht. Tags darauf rief mich ein Unbekannter an und fragte mich nach der Adresse von Sunaric. Die Sache kam mir spanisch vor. Ich sagte, ich wüsste nichts. Und einen Tag später hatte ich den Unfall.»
«Mein Gott, das ist ja …»
«Ja, Doktor. Und die Geschichte ist noch nicht zu Ende. Der Kerl, dem du die Türklinke ins Kreuz geknallt hast, war ein Kollege vom «Schnitter». Er wollte mir die Adresse von Sunaric abpressen. Er machte mir klar, entweder bekommt er die Adresse, oder ich bekomme die Spritze.»
«Und wozu die Adresse?»
«Mensch, lebst du auf dem Mond? Sie wollen ihn umbringen. Er hat den Kerl gesehen, er wird ihn identifizieren. Man wird den Mann dem Kriegsverbrechertribunal übergeben. Wir fahren jetzt zu Sunaric, holen ihn aus seiner Wohnung, und dann müssen wir für ihn einen sicheren Platz finden.»
«Zur Polizei! Wir müssen zur Polizei!»
«Glaubst du, dass sie ihn beschützen wird? Er ist ein Asylant. Nein, keine Polizei, bevor Sunaric nicht in Sicherheit ist. Ausserdem hat er alles, was er weiss, der Polizei schon gesagt. Wenn sie den Kerl erwischen wollen, dann werden sie ihn erwischen. Sie brauchen ja nur die Asylantenkarteien durchzugehen.»
Seit ich das Spital betreten habe, blieb mir kein Moment, mich zurechtzufinden. Es tut mir Leid, dass Leute in Kriege verwickelt werden, aber was kann ich dafür. Manfred schaut mich an, als ob ich seine Rettung wäre. Dann flucht er vor sich hin.

«Tar mai è'l anc bler pli malsegir che tar el sez. Diavelen, quests portgs, jau port l'entira banda a Den Haag, quests violaders, assassins d'uffants, faschists da merda. Sch'i fa da basegn, lasch jau manar enturn Sunaric en il taxi, fin ch'els han chattà quest gnif da ratta, carugna.»
«Alura speras ti tuttina sin la polizia.»
El vegn tuttenina tut quiet, ma guarda e di da bass, ma da maniera resoluta:
«Quai, docter, na poss jau propi ta dir. Ma ina chaussa saja. Nus al vegnin a tschiffar, quai ta dun jau per scrit.»
«Tes torturader vegn senza dubi a svanir il pli spert pussaivel.»
«Alura na ma smanatschassan els betg e n'empruvassan betg da chattar ora a tut pretsch l'adressa da Sunaric. Na, il tip è anc qua en questa citad, ed els fan tut il pussaivel per tschiffer Sunaric. Els han tema tuts ensemen. Sche nus tschiffain la carugna, datti in dretg scandal. Confruntaziun, process, pressa. Quai è bun per nus, ma mal per els. La glieud qua na chapescha anc adina betg che quests faschists mazzacran in pievel paschaivel. I discurran dal genocid dals gidieus, ma il genocid dals Bosniacs als interessa ina pipa tabac. Ma jau ta di, sche nus tschiffain in da quests portgs, lura vegn la chanzun a midar. Tut las gasettas dad Oslo fin a Buenos Aires vegnan a rapportar dal tschuncader. Quai che interessa la massa nun è il destin da las victimas, ma quel dals delinquents. In veritabel mazzacrader, quai fascinescha la glieud. Cur che nus vegnin ad avair tschiffà el, na pon els betg pli dir che guerra saja guerra e tuts sajan

«Bei mir zu Hause ist er noch unsicherer als bei ihm. Scheisse, diese verdammten Schweine, ich werde sie alle nach Den Haag bringen, diese Kindermörder, Frauenschänder, diese verdammten Faschisten. Wenn es nötig ist, lasse ich ihn vier Tage im Taxi herumfahren, bis sie das Rattengesicht erwischt haben.»
«Dann hoffst du also doch auf die Polizei.»
Er wird plötzlich ganz ruhig, schaut mich an, dann sagt er leise und sehr bestimmt:
«Das, Doktor, kann ich dir nicht verraten. Aber erwischen werden wir ihn, darauf kannst du dich verlassen.»
«Dein Folterer wird verschwinden, so schnell wie möglich, wenn er nicht allzu dumm ist.»
«Dann würden sie mich nicht bedrohen und Sunaric nicht umlegen wollen. Nein, der Kerl ist in dieser Stadt, und sie werden alles unternehmen, Sunaric zu bekommen. Die haben Angst, alle zusammen. Wenn wir nämlich das Schwein erwischen, wird das Aufruhr geben. Konfrontation, Prozess, Presse. Das ist gut für uns, aber schlecht für sie. Die Leute hier haben immer noch nicht begriffen, dass ein friedliches Volk vernichtet wird. Die reden vom Genozid an den Juden, und der Genozid an den Bosniern interessiert sie einen Dreck. Aber ich sage dir: Wenn man einen von ihnen erwischt, dann wird sich das Blatt wenden. In jeder Zeitung, von Oslo bis Madrid, werden Interviews mit dem Schlächter zu lesen sein, denn das wird die Weltöffentlichkeit interessieren. Nicht die Opfer interessieren sie, die sind ihnen egal, aber die Täter, so einen richtigen Massenmörder live, darauf sind sie geil. Wenn wir ihn haben, werden sie nicht mehr behaupten können, Krieg sei Krieg, und alle seien gleichermassen schul-

medemamain culpabels, e tut las autras manzegnas ch'els remaglian sco muaglia tgutga.»
«*D'accord. Giain a prender el or da si'abitaziun. Ed alura?*»
«*Jau na sai betg.*»
«*Tar Blanche?*»
«*Quai na va betg. Ella na vul avair nagut da far cun questas fatschentas.*»
«*E sche jau la rugass?*»
«*Faschessas quai, docter?*»

dig, und die ganzen Lügen, die sonst noch verbreitet werden.»
«Okay. Wir holen ihn aus der Wohnung, und dann?»
«Ich weiss nicht.»
«Zu Blanche?»
«Das geht nicht. Sie will mit diesen Sachen nichts zu tun haben.»
«Und wenn ich sie darum bitte?»
«Würdest du das tun, Doktor?»

11

Il taxi sa ferma davant in bloc. Nus sortin, faschain spetgar il manischunz. Manfred smatga il buttun d'in scalin senza num. Ina vusch en l'intrafon. Manfred suspira tut levgià in pèr pleds che jau nun enclegel. In signal mudregià resuna, la porta s'avra. Nus giain cun il lift sin il tschintgavel plaun. L'um ans spetga sut la porta da sia abitaziun, in tip da var quarant'onns, chavels grischs, in pau sgobà, ina preschientscha pauc marcanta. El ma vegn avant sco in chaun che vegn savens pitgà. Nus al suandain en l'abitaziun. Manfred vegn dalunga al fatg, discurra animadamain. Jau na chapesch nagut, uschia hai jau temp per contemplar in pau l'abitaziun. Rauba da la butia da segunda maun, isada, rimnada casualmain e senza attenziun. I para sco sch'insatgi stess qua be per apparientscha, spetgass da far midada. Ils maletgs a la paraid percunter dattan in autr'impressiun. La paraid è plain fotografias or da chalenders a colur, purtrets d'uffants africans u da l'America latina, tipicas fotografias per animar l'aspectatur a dar almosas. Cuntradas selvadias, citads cun sgrattatschiels ed animals exotics, elefants, tighers, giraffas, hienas e da tuttas sorts giats. Quai che dat en egl il pli fitg è ina massa maletgs da songs che pendan in sper tschel, apparentamain senza connex, in panopticum da chichergnim religius. Jesus cun agnè, Jesus senza agnè, cun discipels en in champ da graun, ina Magdalena tremblanta, ina pietà, puspè il salvader, in cor

Vor einem Mehrfamilienhaus bleibt das Taxi stehen. Wir steigen aus, lassen den Chauffeur warten. Manfred läutet an einer Glocke ohne Namensschild. Eine Stimme ertönt. Manfred seufzt erleichtert auf, spricht ein paar Worte in die Gegensprechanlage, die ich nicht verstehe. Ein gequältes akustisches Signal, die Türe öffnet sich. Wir gehen zum Lift, fünfter Stock. Der Mann, zirka vierzig, graue Haare, leicht gebückte Haltung, unscheinbar, erwartet uns an der Türe. Wir folgen ihm in die Wohnung. Manfred kommt schnell zur Sache, redet auf den Mann ein. Da ich nichts verstehe, habe ich Zeit, mich in der Wohnung umzusehen. Brockenhaus, zusammengewürfeltes Zeug! Nicht armselig, aber schäbig, achtlos hineingestellt. Man hat das Gefühl, als wohne da jemand zum Schein, in Wartestellung zum Umziehen. Dieser Eindruck wird durch die Bilder an den Wänden kontrastiert. Alles volltapeziert mit Kalenderfotos, Landschaften, Kinderporträts aus Afrika, Südamerika, die typischen Aufnahmen, die zum Spenden animieren sollen, dann Tiere, Elefanten, Giraffen, Tiger, Hyänen, jede Menge Katzen. Am auffälligsten aber sind die Heiligenbilder, neben- und übereinander, scheinbar wahllos aufgehängt, ein Panoptikum des religiösen Kitsches, Jesus mit Schaf, Jesus mit Jüngern im Kornfeld, eine Schmachtmagdalena, eine Pietà, wieder ein Heiland, diesmal mit blutendem Herzen. Ich kann

sanguinus. Jau na poss ma declerar quest battibugl da verdura religiusa. L'um è bain in mohamedan. Pertge pomai penda el si ina tala lavadira? Nun als èsi scumandà da sa far maletgs? Manfred interrumpa mes patratgs:

«Là, davos la porta fiss in telefon, docter, sche ti vuls telefonar a Blanche ... E di ch'i saja be per in tempet.»

Il taxi spetga. Sunaric prenda plazza sin il sez davos. Jau ma tschent dasper el. Manfred numna la via. Il taxi parta. Jau dun in sguard sin Sunaric. El guarda pitgiv cun ina fatscha senza expressiun. Jau al lasch en paus. El na para d'avair gronda veglia da discutar, e tge al vuless jau dumandar? Co che quai era en il champ? Co che quai è sch'ins vegn torturà? Co ch'in asilant sa senta en Svizra? Jau tasch, la savur da ses vestgids en il nas, ina savur da taila nunlavada e bletscha. La plievgia ha sveglià tut las savurs che durmivan en il tschop vegl. En la chamona da chatscha savuravi sumegliantamain. Sur la platta da fieu pendevan mias chautschas bletschas, la giacca da chatscha ed ils vestgids da Maria. Nus essan stads ditg ordadora. Natiralmain! Nus avain spetgà sin in tschierv en la plievgia.

Jau ses cun Maria sut in pign. Tschajera tira tras il cleragl. Ins na vesa gnanc diesch meters. Mintgatant vegni pli cler ed ins vesa la saiv dal pastg. Maria schela, ma ella na laschass valair.

mir diesen Wust an religiösem Kraut und Rüben nicht erklären. Der Mann ist doch Muslim, warum hängt er sich Jesus- und Marienbilder an die Wand? Ist ihnen nicht jedes Bild verboten? Manfred unterbricht meine Gedanken.
«Dort neben der Eingangstüre ist das Telefon, Doktor, wenn du Blanche anrufen willst. Sag ihr, es ist nur für kurze Zeit.»
Das Taxi hat gewartet. Sunaric nimmt hinten Platz, ich setze mich neben ihn. Manfred nennt die Strasse, wohin wir fahren wollen, der Taxifahrer fährt los. Ich blicke kurz zu Sunaric hinüber. Er schaut gerade aus, mit ausdruckslosem Gesicht. Er scheint nicht viel Lust an einem Gespräch zu haben, und was soll ich schon fragen? Wie er das KZ erlebt hat, wie es ist, wenn man bedroht wird, wie man sich als Asylant in der Schweiz fühlt? Ich käme mir läppisch vor, und so schweige ich, den Geruch seiner Kleider in der Nase, eine Mischung aus Schweiss und muffiger Ausdünstung eines festen Stoffes, der nass geworden ist. Er wird durch den Regen gegangen sein, und das Wasser hat all die Gerüche aufgeweckt, die in der alten Jacke schlummerten. In der Jagdhütte hat es ähnlich gerochen. Über dem Herd hing meine nasse Hose und die Jägerjacke, Frauenkleider, die durchnässten Jeans von Maria. Wir waren lange draussen. Natürlich! Wir haben im Regen auf einen Hirsch gewartet.

Ich sitze mit Maria unter einer Tanne. Nebel zieht durch den lichten Wald, manchmal sieht man kaum zehn Meter weit, dann hebt er sich, und man kann bis hinunter zum Weidezaun schauen. Maria schlottert, aber sie will es nicht zugeben.

«Na, jau na tremblel betg. Nus tschiffain il pruoder e sche nus stuain spetgar fin damaun marvegl.»
Jau ri da bass e tegn mes det davant la bucca.
«Pscht, betg uschè dad aut. Anc duas uras. Sch'el na vegn betg fin las sis e mesa turnainsa puspè en chamona. Da stgir nun ha quai pli nagin scopo.»
Jau tansch en la giaglioffa da mia giacca e prend or il natel per controllar sch'el funcziuna. La lampina glischa.
«Sch'els ma cloman, stoss jau partir dalunga. Il termin da la pagliola è gia spirà.»
«Tut cler, sar docter», di Maria e surri.

«El n'è segir betg en questa citad.»
La vusch da Manfred intervegn. La scena è svanida. Quai ma grittentescha.
«Igl è pauc probabel ch'il torturader stettia er be in di pli ditg en Svizra. Quel è segir gia sur tut las muntognas.»
Sunaric, che seseva dasper mai senza dir in pled, sa fa dudir:
«Vus n'enconuschais betg ils Cetnics. Els n'èn betg carstgauns normals. Els èn killers, gia il bab ed er il non. Igl è sco ina malsogna ereditara. Els ston assassinar. Ston!»
Manfred tuna a rebatter:
«Docter, jau crai che vus nun essas buns d'as imaginar quai. Vus avais auters problems: tschains ipotecars quatter e mez u tschintg pertschient, ina bella crisa matrimoniala, ils pleds dal cussegl federal davart il pais dals camiuns u auters eveniments d'impurtanza stravaganta. Quai èn ils fieus che fan buglir la naziun. Ils Bosniacs percunter stattan cun il

«Nein, ich friere nicht. Den Kerl erwischen wir, und wenn wir bis morgen hier warten müssen!»
Ich lache leise und halte ihr meinen Finger vor den Mund.
«Pscht, nicht zu laut. Nach dem Einnachten ist es zwecklos.»
Ich greife in die Seitentasche der Jacke, hole das Telefon heraus und kontrolliere, ob das rote Lämpchen leuchtet.
«Wenn die mich rufen, muss ich sofort weg. Die Frau ist über Termin.»
«Alles klar, Herr Doktor», sagt Maria und lächelt.

«Er wird hier in dieser Stadt nicht sicher sein.»
Die Stimme von Manfred fährt dazwischen. Ich ärgere mich.
«Ich finde es höchst unwahrscheinlich, dass der Folterer auch nur einen Tag länger hier bleibt, wenn er erkannt worden ist. Der ist bestimmt über alle Berge!»
Da meldet sich Sunaric, der in sich gesunken neben mir sitzt.
«Sie kennen nicht die Cetniks. Sie tun nicht, was normale Menschen tun. Sie sind Killer. Schon der Vater und der Urgrossvater. Eine Krankheit. Sie geht immer weiter. Sie müssen töten. Müssen.»
Manfred doppelt nach.
«Doktor, ich glaube, das sind Dinge, die ihr euch nicht vorstellen könnt. Eure Probleme bewegen sich auf dem Niveau Hypothekarzins fünf oder fünfeinviertel Prozent, einer schönen Ehekrise oder der Aussage vom Bundesrat über Europa, die Lastwagen oder sonst ein weltbewegendes Ereignis. Solche Strohfeuer bringen die Nation zum Kochen. Die Bosnier aber stehen mit

dies cunter il mir, ed ils Serbs als tegnan il cuntè a la gula, persvas ch'els hajan il dretg da far quai, ch'els sajan elegids da l'istorgia d'eliminar ils musulmans rugnus. Els èn da l'avis ch'ils Bosniacs sajan la culpa ch'els na pon s'installar sco pussanza naziunala e ch'els na survegnan betg la posiziun meritada: signurs, manaders da las razzas inferiuras dal Balcan. Perquai èn els pronts d'assassinar a mintga mument, da metter en privel l'atgna vita, da destruir tut quai che pudess cumprometter lur finamiras.»
«Ma a tge serva quai, sch'els mazzan en pajais esters? Els vulan bain conquistar la terra, e basta.»
Sunaric di:
«I dat in destin. Sco ina chadaina. I tutga tut ensemen. El vul mazzar mai. Jau sai.»
El sa sfruscha ils mauns, sin ses frunt sa furman guts da suaditsch. El guarda da quai curius davant sai, sfundra puspè en silenzi.

Kauer, uschè svelt na vegns ti betg a scappar da questa istorgia.
Jau sbragel:
«Tascha giu, diavelen!»
Manfred ma guarda:
«Tge datti docter? Nagin n'ha ditg in pled.»
«Jau na sai betg, jau aveva tuttenina il sentiment ... Emblida!»

dem Rücken zur Wand, und die Serben halten ihnen das Messer an die Kehle. Und diese Serben sind überzeugt, dass sie Recht haben, dass sie von Gott und der Geschichte ausersehen sind, die räudigen Muselmanen auszurotten, die sie seit Hunderten von Jahren daran hindern, endlich zu nationaler Grösse aufzusteigen, endlich den Platz einzunehmen, der ihnen zusteht, Führer des Balkans zu sein, Herrscher über alle Untermenschen. Darum sind sie bereit, jederzeit zu morden, jederzeit ihr Leben aufs Spiel zu setzen, jederzeit andere Leben zu vernichten.»
«Aber, was nützt es ihnen, wenn sie hier im Ausland morden, sie wollen doch nur euer Land.»
Sunaric stösst hervor:
«Es gibt ein Schicksal. Wie eine Kette. Es gehört alles zusammen. Er will mich töten. Ich weiss es.»
Schweiss ist ihm auf die Stirne getreten, er reibt sich die Hände, hat etwas Irres im Blick. Er versinkt wieder in Schweigen. Ich weiss nicht, was ich davon halten soll. Ist das nicht alles aufgebauscht. Es braucht immer zwei zum Tango. Unschuldige Opfer, gibt es das? Er hat etwas Unterwürfiges, der reizt geradezu heraus, dass man ihn … Andererseits, die Zeitungen waren voll davon, wie in diesem schmutzigen Krieg gefoltert, vergewaltigt und umgebracht wird. Soll man glauben, was in der Zeitung steht?
Kauer, so schnell kommst du hier nicht raus.
Ich schreie:
«Halt die Fresse!»
Manfred schaut mich erstarrt an.
«Was ist denn los, Doktor? Es hat kein Mensch etwas gesagt.»
«Ich weiss nicht, hatte das Gefühl … vergiss es.»

12

Nus ans fermain a l'entrada da la citad veglia e chaminain tar il Degen. Tut en mai sa rebellescha. Jau na vi betg far part da quest'istorgia. Jau nun hai pli temp d'interprender insatge che ma catapultass or da mia situaziun. Jau avrel la porta, fatsch entrar Manfred, ed il Bosniac. Il local è detg plain. L'ura mussa la sis. Nus ans tschentain. Blanche vegn a nossa maisa.
«Vus pudais vegnir tar mai, nagin problem. Jau na sai però sch'el è propi segir tar mai. Ins conuscha tai Manfred. Els pon chattar ora en in, dus, trais nua che vus essas.»
«Tuttina pli segir che tar mai.»
Manfred ha sbassà il chau, sia fatscha s'ha stgirentada. Blanche al guarda.
«Jau as fatsch in café.»
Sunaric para da fixar in punct en l'infinit. El ha egls grischs da plattamorta, sco ils novnaschids cur ch'i vegnan sin quest mund. In puschel chavels grischs al pendan en il frunt, la gianoscha sut, che para memia pitschna, sa mova levamain vi e nà. Il mustaz bunamain grisch renda il pitschen mintun radund anc pli insignifitgant. El prova da na mussar emoziuns. Blanche porta il café. El derscha en il zutger, ses mauns tremblan.
«Qua èn las clavs. Jau vegn ad esser tar vus pir suenter mesanotg.»

Wir halten am Eingang zur Altstadt, steigen aus und gehen zum «Degen». In mir sträubt sich alles. Ich will nicht in diese Geschichte hineingezogen werden. Aber mir bleibt keine Zeit, etwas zu unternehmen, was mich aus der Situation herausführen könnte. Ich öffne die Türe, lasse Manfred eintreten, dann den Bosnier. Das Lokal ist ziemlich voll. Die rückwärtsgehende Uhr zeigt sechs. Wir setzen uns. Blanche kommt an unseren Tisch.
«Ihr könnt zu mir kommen, kein Problem. Nur weiss ich nicht, ob er bei mir wirklich sicher ist. Man kennt dich, Manfred, sie könnten schnell herausfinden, wo ihr seid.»
«Immerhin sicherer als bei mir.»
Manfred ist leicht vornübergeneigt, sein Gesicht angespannt. Blanche schaut ihn an.
«Ich bringe euch einen Kaffee.»
Sunarics Blick fixiert einen Punkt im Unendlichen, schiefergraue Augen, wie sie die Neugeborenen mit sich bringen. Eine graue Strähne hängt ihm in die Stirne, der Unterkiefer, wie zu klein geraten, bewegt sich kaum merklich, der graue Schnurrbart macht das kleine runde Kinn noch unscheinbarer. Ich kann keine Gefühlsregung an ihm wahrnehmen. Blanche bringt den Kaffee, er schüttet den Zucker hinein, seine Hände zittern.
«Hier sind die Schlüssel. Ich werde erst nach Mitternacht da sein.»

Nus bavain senza discurrer. Il local s'emplenescha. Ordador èsi vegnì stgir. Nus ans dauzain sco sin cumond. Sunaric abanduna il local sco emprim. Nus auters al suandain.

Igl è blera glieud sin via. Fin da la lavur en la zona da peduns, tuts en prescha per ir a chasa. Cun tastgas e pachets curran els vers ils trams. Tuttenina ves jau in cuntè, in um va cunter Sunaric.

«Attenziun!»

Jau ma bit sin el. El croda per terra, il cuntè sa chava en mia spatla. L'um di in pèr pleds che jau na chapesch betg e curra da la giassa giu. Jau sent cular il sang chaud sur il clavigl fin giu sin il pèz. Manfred sbragia:

«Diavel, docter, lascha guardar.»

«Betg qua. Giain tar Blanche, tut il rest pli tard.»

Nus currin a tut pudair da la giassa si. La plaja arda, il sang è culà entant en las chautschas sut. L'abitaziun è damanaivel, per cletg! Jau avrel la porta, nus entrain. En il bogn tir jau ora la chamischa e las chautschas. Da la plaja cula anc adina sang. Il cuntè m'ha tschiffà gist sur il clavigl. Jau stun en la bognera e prend ina duscha. Manfred svutra entant en l'apoteca da chasa. Suenter la duscha ma dischinfectescha'l la plaja. El fa quai detg pulit.

«Profi, ha?»

«Uniun da samaritans Oberstrass.»

«Samaritan?»

L'um m'è simpatic, malgrà sias piztgadas permanentas. Cun ses egls clers, las faudas sin il frunt, il mintun rasà ed ils mauns gronds sco buatschas. El ma

Wir trinken, ohne weiterzureden. Das Lokal füllt sich. Draussen ist es dunkel geworden. Wir erheben uns, ohne uns verständigt zu haben. Sunaric geht als Erster hinaus, ich folge ihm.
Viele Leute sind unterwegs, Geschäftsschluss in der Fussgängerzone. Mit Taschen und Paketen streben sie hinunter zu den Trams. Plötzlich sehe ich ein Messer blinken, ein Mann geht auf Sunaric zu. Ich schreie. «Achtung», werfe mich von hinten auf ihn, er fällt zu Boden, das Messer dringt mir in die Schulter. Der Angreifer stösst ein paar unverständliche Worte hervor und rennt dann die Gasse hinunter, ich fühle das warme Blut, wie es über das Schlüsselbein auf die Brust rinnt. Manfred schreit:
«Scheisse, Doktor, zeig her!»
«Nicht hier, jetzt gehen wir zu Blanche in die Wohnung, alles andere später.»
Wir laufen die Gasse hinauf, so schnell es geht. Ich fühle einen stechenden Schmerz, das Blut rinnt mir inzwischen in die Unterhose. Zum Glück ist Blanches Wohnung nicht weit. Ich öffne die Türe, wir steigen die Treppe hoch. Im Bad ziehe ich das Hemd aus, die Hose, aus der Wunde rinnt immer noch Blut. Das Messer hat mich genau über dem Schlüsselbein getroffen. Ich stehe in die Badewanne und dusche mich ab. Manfred wühlt inzwischen in der Hausapotheke. Dann desinfiziert er mir die Wunde. Er macht es ganz passabel.
«Vollprofi, was?»
«Samariterverein Oberstrass.»
«Was, im Samariterverein?»
Der Mann ist mir trotz seiner dauernden Bissigkeit nicht unsympathisch, mit seinen hellen Augen, den zwei Furchen auf der Stirn, dem glattrasierten Kinn und den

fascha las spatlas tenor las reglas d'art. Jau cumenz a schelar.
«Docter, ti tremblas. Ti stos ruassar in pau. Jau ta port ina cuverta. Metta si ils pes e baiva insatge.»
Jau ma met sin il canapé en stiva. El va vi e nà en l'abitaziun e tschertga ina cuverta, la fatscha sfigurada da las dolurs.
«Ti stuessas guardar da tatez, Manfred. Ina fractura da las costas nun è ina bagatella!»
«Erva nauscha crescha bain. Has ti vis il tip?»
«Gea ... natiralmain, be curt, ma ...»
«Co veseva'l ora?»
Jau prov da ma regurdar sia fatscha, ma jau na sun betg bun.
«Igl era in ester, en mintga cas. El ha ditg insatge en ... jau n'enconusch betg la lingua.»
Sunaric intervegn:
«El ha blastemmà en serb. Ma era jau nun hai vis la fatscha.»
«Diavel, docter, ti stos ta regurdar da sia fatscha.»
Jau hai vis il cuntè, lura ma sun jau bittà sin Sunaric, la fatscha da l'auter hai jau vis be per in batterdegl. Jau prov da m'imaginar la fatscha, ma i na va betg. Jau na poss gnanc dir cun segirtad co ch'el era vestgì. Be dals chalzers ma regorda. Chalzers alvs da gimnastica.
«Perduna, igl è ì memia svelt. I nun era zunt cler. Jau sai be ch'el purtava chalzers da gimnastica.»
«Alvs?»
«Gea, pertge sas quai?»
«Quai era'l.»

Händen im Kuhfladenformat. Manfred legt kunstfertig einen Verband an. Ich fange an zu frieren.
«Doktor, du schlotterst, du sollst dich hinlegen, ich hol dir eine Decke. Beine hochlagern und etwas trinken.»
Ich lege mich aufs Sofa im Wohnzimmer. Er läuft mit schmerzverzerrtem Gesicht in der Wohnung herum, holt ein Deckbett und legt es über mich.
«Du solltest dich selbst schonen, Manfred. Rippenbruch ist Rippenbruch.»
«Unkraut verdirbt nicht. Hast du ihn gesehen?»
«Ja … Ja, natürlich, zwar nur kurz, aber …»
«Wie sah er aus?»
Ich versuche mir das Gesicht des Mannes vorzustellen, aber ich schaffe es nicht.
«Es war ein Ausländer, auf jeden Fall. Er hat etwas gesagt, auf … Ich kenne die Sprache nicht.»
Sunaric mischt sich ein.
«Er hat auf Serbisch geflucht. Ich habe sein Gesicht nicht gesehen.»
«Verdammt, Doktor, du musst dich erinnern, wie er ausgesehen hat.»
Ich habe das Messer gesehen, dann habe ich mich auf Sunaric gestürzt, einen Augenblick habe ich das Gesicht gesehen, doch so sehr ich versuche, es mir vorzustellen, ich schaffe es nicht. Ich weiss nicht einmal mit Sicherheit, welche Kleider er anhatte, einzig die Schuhe habe ich in Erinnerung, weisse Stoffturnschuhe.
«Verzeih, es ging zu schnell, es war nicht sehr hell, ich weiss nur, dass er weisse Schuhe hatte.»
«Weisse Stoffturnschuhe?»
«Ja, warum weisst du's?»
«Das war er?»

«Tgi?»
«Il tip da la gippa alva che aveva pruvà da ma liquidar a l'ospital. Nus essan tgutgs davaira. Empè da clamar en agid ils amis, als currin nus en il cuntè, sco cunigls.»
«Cun nus manegias ti era mai, suppona.»
«Na, docter, cun quai n'has ti da far absolutamain nagut ...»
Sia moda arroganta ma fa vegnir nar.
«Jau nun hai tschertgà tai e tias victimas dal champ da concentraziun. Jau hai salvà tia vita sco ch'i vegn pretendì, in da tes cumpatriots m'ha bunamain assassinà e ti ...»
Quai avess jau forsa meglier laschà da dir. Manfred daventa nausch:
«Taidla, mes char, jau sun in Svizzer, ed er sche jau fiss in Bosniac na fissan ils Serbs mes cumpatriots.»
«Ti es Svizzer! Da quai na sent'ins nagut.»
Jau na sun absolutamain nagin patriot, ma questas calumnias permanentas ma van sin la gnerva.
«Pertge ans dispitain nus insumma, docter? La Svizra è in pajais da bellezza. Cun fugitivs e chapitals en fugia, gist dretg per fugir. Dal rest, era ti es in fugitiv en tes agen pajais, es scappà tez, sche jau ma regord bain.»
Jau sun mitschà, hai pers mia memorgia e sent plaunet puspè terra sut mes pes. Jau sun segir che jau avess chattà mia terra. Ma ins sto inscuntrar quest utopist da la malaura.
«Crais ch'ins stoppia cuser la plaja?»
«Natiralmain.»
«Jau vom a telefonar a Matja. Ella è tgirunza e sa cuser.»

«Wer war er?»
«Der Typ in der Arztmontur, der versuchte mich im Spital zu erledigen. Wir sind zu blöde. Anstatt Verstärkung zu organisieren, laufen wir ihnen ins offene Messer.»
«Mit ‹wir› meinst du wohl auch mich.»
«Nein, Doktor, du hast nichts, aber auch gar nichts damit zu tun ...»
Seine arrogante Art macht mich wild.
«Ich habe dich und dein KZ-Opfer nicht gesucht, ich habe dir das Leben gerettet, angeblich, ich bin fast von einem deiner Landsleute erstochen worden, und du ...»
Das hätte ich wohl besser nicht gesagt, Manfred wird bedrohlich.
«Erstens bin ich Schweizer, lieber Freund, und zweitens, wenn ich Bosnier wäre, dann wäre der Serbe nicht mein Landsmann, ist das klar?»
«Du bist also Schweizer. Davon merkt man nicht viel.»
Ich bin weiss Gott kein Patriot, doch diese Dauerlästerei geht mir aufs Geäder.
«Wir sollten nicht streiten, Doktor, es ist ein wunderbares Land. Mit Flüchtlingen und Fluchtgeldern, so richtig zum Davonlaufen. Du bist übrigens auch ein Flüchtling im eigenen Land, selber abgehauen, wenn ich mich richtig erinnere.»
Ich bin abgehauen, habe mein Gedächtnis verloren und wollte langsam, aber sicher wieder Boden unter die Füsse kriegen. Ich bin sicher, dass ich es schaffen würde, wäre ich nicht diesem Weltverbesserer über den Weg gelaufen.
«Meinst du, man muss nähen?»
«Natürlich muss man nähen.»
«Ich werde Matja anrufen, sie ist Krankenschwester und kann so was.»

El prenda il telefon e cumpona in numer. La lingua ch'el discurra, bosniac suppona, ma fascinescha e ma disgusta al medem mument. Singuls pleds tunan grop, cinic. Auters ma paran dultschs e loms sco quels d'ina mamma ch'emprova da quietar ses uffant.
«Ella vegn dalunga.»
Jau cupid, ves maletgs: il champ da mort, il sguard da Sunaric, scenas da l'olocaust sa maschaidan tranteren, umans che sbragian, suffran dapersai, in triep che vegn manà en la chasa da maz. Ma il tip na vesa betg ora sco schel fiss stà en in champ da concentraziun, memia bain nutrì, il pruoder. Ils schanegiads ston adina far sco sch'els avessan cumpassiun. Ma els n'èn betg buns da s'imaginar ina solita tortura. Ed jau sun il meglier exempel per in schanegià.
Vul dir: jau hai qua a mia spatla dretga ina plaja che arda sco il fieu grec. Sche quels manipuleschan ad libidum cun lur cuntels e prendan en consideraziun da ferir er glieud che n'ha da far nagut cun lur problems, pertge duessan els tractar autramain insatgi ch'els odieschan? Ah ... Quest'istorgia na m'interessa insumma betg. Jau sun vegnì entretschà senza vulair. Sunaric sa tschenta sper mai.
«Jau stun mal. Zunt. Poss jau far insatge ...»
«I va, i va.»
Manfred telefona dad aut. In pau sco in uffizial che prenda memia impurtant sasez.
«Ti stos savair ch'ils Serbs èn ils umans ils pli nauschs sin quest mund. Ils umans daventan pli spert nauschs che buns. Ma ils Serbs èn daventads nauschs en ina spertezza che fa tema.»
Ina lunga pausa, lura ...

Schon ist er am Telefon und redet auf Bosnisch, eine Sprache, die auf mich so abstossend wie anziehend wirkt. Einzelne Worte erinnern mich an Vulgaritäten, rohes Zeug, abwertend und zynisch. Andere Laute aber sind lieblich und weich, als ob eine Mutter ihr Kind beruhigte.
«Sie wird gleich hier sein.»
Ich döse. Mir kommt das Todeslager in den Sinn, der Blick von Sunaric, Filme vom Holocaust mischen sich darunter, schreiende Menschen, stummes Leiden, eine Herde, die ins Schlachthaus getrieben wird. Aber der Mann sieht doch gar nicht nach Todeslager aus, zu gut genährt. Die Verschonten müssen immer so tun, als ob sie Mitleid hätten, dabei können sie sich gar nicht vorstellen, was Folterung ist. Ich bin ein typischer Fall von einem, der verschont worden ist ... Das heisst, hier an meiner rechten Schulter brennt eine Wunde. Wenn die mit Messern um sich stechen und in Kauf nehmen, dass völlig Unbeteiligte auf der Strecke bleiben, warum sollen sie mit jemandem, den sie hassen, anders umgehen ... Ach, mich interessiert diese Geschichte gar nicht, ich bin da hineingerutscht. Sunaric setzt sich zu mir.
«Es tut mir sehr Leid. Kann ich etwas ...»
«Geht schon, geht schon.»
Manfred telefoniert im Befehlston eines leicht überdrehten Offiziers. Sunaric sagt:
«Du musst wissen, Serben sind die schlimmsten Menschen auf der Welt. Die Menschen werden schneller schlecht als gut, aber Serben sind am schnellsten schlecht geworden.»
Eine lange Pause, dann ...

«I dat umans che moran fitg spert, auters moran plaun. Ti pos murir entaifer trais mais, sis mais. Els ta mazzan a mesas, ti moras la saira, ma ti n'es betg mort. La damaun stas si puspè, vas enturn, ed els vegnan puspè a ta mazzar a mesas. La saira vas ti a durmir, e ti sas ch'els vegnan puspè a ta mazzar damaun. Ma ti na vegns betg ad esser mort. Jau hai pensà savens: ti has trentasis onns, ti has gì tia vita, meglier far uss ina fin. Ma i na deva nagina fin. Igl era mintga di, durant trais mais, in nov murir ad Omarska.»
Manfred vegn en stiva.
«Docter, la tgirunza è qua per cuser. Matja. Er ella è stada ad Omarska.»
Ina dunna cun chavels nairs ed in mintun bunamain masculin ma dat il maun.
«Vus stuais trair ora la chamischa.»
Jau fatsch per cumond. Ella prenda giu la faschadira e guarda la plaja.
«Betg uschè mal. Quai avainsa cusì spert. Jau hai cusì entirs buttatschs cun guglia e fil.»
Ella s'occupa da la plaja. Manfred vegn cun ina buttiglia whisky.
«Qua, baiva!»
Ella di cun in rir:
«Sch'i fa memia mal, stuais piztgar Manfred en il bratsch, navair?»
Alura vegn Blanche. Finalmain!

«Es gibt Menschen, die sterben schnell. Andere sterben lang. Du kannst drei Monate sterben, sechs Monate. Sie töten dich ein bisschen. Du stirbst am Abend. Aber du bist nicht tot. Du stehst am nächsten Tag wieder auf. Du läufst herum. Sie töten dich wieder ein bisschen. Und wieder ein bisschen. Und wieder, aber du bist nie tot. Ich habe oft gedacht: Ich bin jetzt fünfunddreissig und habe mein Leben gehabt. Lieber jetzt Schluss machen, lieber zu Ende. Aber es gab kein Ende. Es war immer Sterben. Drei Monate lang in Omarska …»
Manfred tritt ein.
«Doktor, die Schwester ist da zum Nähen. Das ist Matja, sie war auch in Omarska.»
Eine schwarzhaarige Frau mit athletischem, fast männlichem Kinn gibt mir die Hand.
«Sie müssen sich freimachen.»
Ich richte mich auf, sie nimmt den Verband ab, schaut auf die Wunde.
«Nichts Schlimmes. Das werden wir schnell haben. Ich habe ganze Bauchdecken zugenäht mit Nähnadel und Zwirn.»
Sie macht sich an der Wunde zu schaffen. Manfred bringt eine Whiskyflasche.
«Da, trink.»
Sie sagt lachend:
«Wenn es zu sehr schmerzt, kneifen Sie Manfred in den Arm, okay?»
Endlich kommt Blanche.

13

Blanche na vuleva savair novas avant che tuts nun avessan mangià insatge. La tschaina ha lura fatg ses effect. Manfred ha envidà ina cigarra. Sunaric ha pers ses sguard pitgiv. El e la tgirunza han lavà giu, e lura essan nus ids en stiva.
Sunaric sa stenda:
«Tar vus èsi sco a chasa. Mangiar, raquintar, amis. Per nus è quai l'essenzial. En mes pajais, en mia chasa, i fiss per mai il pir da betg pudair parter il paun cun mes amis. Igl è meglier da dar il paun als giasts e sez patir fom.»
Matja s'intermetta:
«L'ospitalitad vala tut per nus. Ins perda l'onur sch'ins n'ospitescha betg ses giasts. Nus dessan albiert perfin ad in Serb per ina notg, er sch'el fiss in Cetnic.»
Sunaric dat dal chau.
«Perfin en il champ eri uschia. Sch'insatgi survegniva in pachet, parteva'l quel cun tuts ses vischins, er sche la fom era gronda. Ina giada che jau sun passà il spalier sco ultim. Quella giada hai jau survegnì grass da portg dad in arrestà croat.»
Blanche al interrumpa.
«Passar il spalier sco ultim, tge vul quai dir?»
«A las nov e mesa devi gentar, adina trenta persunas en colonna dad in. Nus stuevan chaminar da la gardaroba enturn la fabrica per arrivar en la sala da mangiar. Là avevan nus trais minutas temp da

Blanche wollte nichts wissen, bevor nicht alle etwas Anständiges im Magen hatten. Das Essen hat tatsächlich seine Wirkung getan. Manfred steckt sich eine Zigarre an. Sunaric hat seinen flackernden Blick verloren, er und die Krankenschwester haben das Geschirr gespült. Nun sitzen wir im Wohnzimmer. Sunaric sagt: «Bei Ihnen ist es wie bei uns zu Hause. Essen, Reden, Freunde. Bei uns ist das sehr wichtig. In meiner Heimat, in meinem Haus, ich gebe Ihnen lieber mein Brot, und selber habe ich keines mehr.»
«Ja», sagt Matja, «Gastfreundschaft ist bei uns alles. Jemand kann seine Ehre verlieren, wenn er seinen Gast nicht bewirtet. Wir würden jeden Serben bei uns aufnehmen für eine Nacht, selbst wenn er ein Cetnik wäre.»
Sunaric bestätigt.
«Sogar im Lager war es so, wenn jemand etwas bekam. Er teilte es mit allen seinen Nachbarn. Auch wenn der Hunger gross war. Sie haben mich ohnmächtig geschlagen. Als ich Letzter war im Spalier. Ich habe Schweinefett bekommen von einem kroatischen Gefangenen.»
Blanche unterbricht ihn.
«Letzter im Spalier? Was heisst das?»
«Um neun Uhr dreissig war Mittagessen. Immer dreissig Leute, in einer Kolonne. Wir sind aus der Garderobe gegangen, um das Fabrikhaus herum, in den Speisesaal. Dort hatten wir drei Minuten Zeit. In diesen drei

stranglar giu il past. Ina fletta paun, forsa ina schuppa da giabus. Stgiffus, senza sal. Suenter trais minutas stuevan nus puspè far la colonna. Chaminar or da l'autra porta tras il spalier. Là spetgavan ils schuldads sin nus. Cun bastuns e pals. Mintgatant er cun monis da zappas e zappuns. Ina gia sun jau stà l'ultim. Els m'han mess cun ils dets vi dal mir. Ils pes lunsch davent, uschia ...»
El stat si, sa metta cunter la paraid cun trais dets stendids, uschia che tut il pais dal corp è pusà sin il polesch, il det mussader e'l det d'amez. Il dies orizontal, las chommas sbrajattadas.
«Ed alura hani pitgà, en dus, en trais, en quatter. E ti na dastgas betg crudar, uschiglio vegns ti maltractà da lur stivals. Els ma dumondan: has ti uffants? Jau di: gea, trais. Els ma dattan pajadas en ils cugliuns. Jau crod e vegn ...»
«En svaniment ...», gida Manfred.
«Gea, gea, en svaniment. Mes collegas m'han purtà en la halla da durmir. Jau hai survegnì fevra. In da mes cugliuns è daventà grond. Sco in pugn. Mes corp era uschè chaud. Mes vischins han prendì distanza ...»
El mussa cun ils mauns ina distanza da ventg fin trenta centimeters. Jau dumond:
«Durmivas uschè damanaivel in da l'auter?»
«En quella halla eran nus en quattertschientotganta. Tut umens. Sche tuts stevan in sper l'auter, eri gist plazza avunda per giaschair. Senza spazi tranteren. Quella gia er'jau uschè malsaun ed aveva uschè chaud ... Ed els han laschà in spazi. Hotel da luxus per mai.»

Minuten mussten wir essen. Eine Scheibe Brot, vielleicht eine Suppe mit Kohl. Es war sehr schlecht. Kein Salz. Wir haben fertig gegessen und mussten wieder die Kolonne machen. Aus dem anderen Ausgang durch das Spalier laufen. Da warteten die Soldaten auf uns. Mit Stöcken oder Knüppeln und schlugen. Manchmal auch mit Hackenstielen. Einmal war ich Letzter. Sie stellten mich mit den Fingern an die Wand. Die Beine ganz weit weg, so ...»
Er steht auf, stellt sich an die Wand mit je drei gestreckten Fingern, das ganze Gewicht des Körpers auf die Daumen, Zeige- und Mittelfinger abgestützt, der Rücken waagrecht, die Beine gespreizt.
«Und dann schlagen sie, zwei, drei, vier Männer. Man darf nicht umfallen. Wenn man liegt, hacken sie mit den Soldatenstiefeln. Das ist das Schlimmste. Sie fragen mich, hast du Kinder? Ich sage. Ja, drei Kinder. Sie treten mir mit Sodatenstiefeln in die Eier. Ich falle, ich verliere meine Ohnmacht ...»
«Dein Bewusstsein ...», unterbricht ihn Manfred.
«Ja, ja, mein Bewusstsein. Meine Kollegen trugen mich in den Schlafsaal. Ich bekam Fieber. Eines der Eier wurde gross. Wie eine Faust. Mein Körper war so heiss. Meine Nachbarn gingen auf die Seite ...»
Er deutet mit den Händen ein Spanne von zwanzig bis dreissig Zentimetern an. Ich frage:
«Habt ihr so dicht nebeneinander geschlafen?»
«Ja, in diesem Raum waren wir vierhundertachtzig Männer. Wenn alle ganz dicht lagen, alle konnten schlafen. Einer neben dem anderen. Aber ich war krank und so heiss ... Sie machten Abstand, zwanzig Zentimeter, Luxushotel für mich.»

El ri, croda però spert enavos en ses raquint monoton.
*«Igl era er in medi tranter ils arrrestads. El m'ha visità
e ditg: jau stoss tagliar quai, tagliar e prender ora. Jau
hai in cuntè ed jau fatsch quai. Ma jau hai ditg: na,
jau preferesch da murir. Jau na vi betg esser in
struptgà. Mes vischin m'ha dà alura grass da portg. El
aveva survegnì quai en in pachet. El era in Bosniac
croat. Jau l'hai sfruschà en. Durant sis dis. Il cuglium
è puspè vegnì pitschen. Suenter dudesch dis hai jau
pudì star si.»*
«Vegnivas pitgads savens?»
*«Mintga di. Cun bastuns u cabels electrics, da quels
gross. Cun ils pizs dals stivals. Ma quai nun era il pli
mal. Il pli mal era da dudir. Dudir sco ch'ils auters
vegnan bastunads, sco ch'els urlan, e sur la halla da
mangiar las dunnas. E mintga damaun abanduna-
van dus camiuns il champ en direcziun da la chava
da glera. In camiun cun ils morts. In camiun cun ils
betg anc morts. En la chava eran ils bulldozers. Quels
faschevan las fossas. Ils camiuns derschevan ils morts
ed ils betg anc morts en las fossas. Il bulldozer metteva
puspè la glera lasura. E quai mintga damaun. A las
tschintg abandunavan ils camiuns la fabrica. Nus
eran tuts alerts e tadlavan.»*
«Er da vossa halla?»
*«Omarsca èra in fabrica. Jau vegniva en la gardaroba
da la fabrica. Nus eran a l'entschatta en quatter-
tschientotganta, tut umens. Ventg dis pli tard eran
vegnids tiers anc tschientotganta. Els s'avevan instal-
lads, ed jau aveva percurschì che nus avevan dapli
plazza che l'emprim di. Quai vul dir che be durant
quels ventg dis eran morts passa duatschient umens.»*
Matja di:

Er lacht. Doch schnell fällt er in sein monotones Erzählen zurück:
«Ein Arzt war da. Auch ein Gefangener. Er hat mich angeschaut und gesagt, ich muss das aufschneiden und herausnehmen. Ich habe ein Messer. Ich tue es. Aber ich sagte, nein. Ich will lieber sterben. Ich will nicht ein Krüppel sein. Da gab mir mein Nachbar Schweinefett. Das hat er von Verwandten in einem Paket bekommen. Er war kroatischer Bosnier. Ich habe es eingerieben. Sechs Tage lang. Es wurde wieder klein. Nach zwölf Tagen konnte ich wieder aufstehen.»
«Ihr seid immer geschlagen worden?»
«Ja, jeden Tag. Mit Stock oder Bodenkabel. Oder Stiefel von den Soldaten. Aber das ist nicht das Schlimmste. Das Schlimmste ist Hören. Hören, wie die anderen geschlagen werden. Und wie sie schreien. Oben die Frauen über dem Speisesaal. Und jede Nacht draussen vor der Fabrik. Am Morgen fuhren zwei Lastwagen aus dem Lager in die Kiesgruben. Ein Lastwagen voll mit Toten. Der andere mit noch nicht ganz Toten. In der Kiesgrube waren Bulldozer. Die haben die Gräben gemacht. Lastwagen kippten die Toten und noch nicht ganz Toten hinein. Dann machten die Bulldozer wieder Kies darüber. Und so jeden Morgen. Um fünf fuhren die Lastwagen hinaus. Wir waren alle wach und hörten.»
«Auch aus eurem Haus?»
«Ja, ich kam in die Garderobe der alten Fabrik. Wir waren vierhundertachtzig Männer. Nach zwanzig Tagen kamen wieder hundertachtzig. Ich merkte, wir haben mehr Platz als am Anfang. Das heisst mehr als zweihundert.»
Matja mischt sich ein:

«Cifras na din nagut. I na dat cifras exactas. Tschintgmilli u sismilli, Omarska resta Omarska. Jau saveva mintga damaun tgi che mancava. Jau dumbrava, ma jau na pudeva chapir. Ins na po betg purtar tut ils morts, quai è impussibel. Ina damaun mancava mes frar ad ensolver, enclegias, mes frar Osman. Alur hai jau chapì pertge ch'ins di Omarska, champ da mort. Tut ils morts che jau aveva dumbrà na pasavan tant sco la mort da mes frar.»
Sunaric cuntinuescha:
«La plazza davant la chasa era asfaltada. Ils novs arrivavan. Nus ans stuevan adina metter per terra, cun la fatscha engiu. Nus guardavan, sch'in confamigliar era tranter dad els. Lura ta bastunavani. La pli nauscha sort avevan ils umens en la garascha. Els vegnivan maltractads tuttadi. Ina gia er'jau en las duschas. Jau hai vis in um en schanuglias, plain sang. Da sisum fin giudim. El pruvava da sa drizzar si. Jau sun ì tar el ed hai dumandà: tge èsi capità? El ha ditg: els han taglià tut giusut. L'um era in da la moschea e legeva or dal coran. Ma el è mort. Auters da la garascha han stuì morder giu ils ovs da lur cumpraschuniers.»
Quai m'è da memia ed jau clom:
«Co è quai pussaivel? Nun hani refusà da far quai? Pli gugent vegnir bastunà a mort che far da quellas.»
Sunaric resta tut quiet.
«Els ta pitgan fin che ti na sas pli, sche ti es in uman u in animal. Ti na sas pli nagut. Ti perdas tes num. Ti

«Die Zahl ist nicht wichtig. Es gibt keine genauen Zahlen. Waren es fünftausend, siebentausend. Omarska ist Omarska. Nicht wegen Zahlen. Ich zum Beispiel habe jeden Morgen gemerkt, wer fehlt. Ich habe immer gezählt, aber ich habe es nicht fassen können. Man kann nicht alle Toten tragen, es ist unmöglich. An einem Morgen ist mein Bruder nicht mehr zum Essen gekommen. Verstehst du, mein Bruder, Osman. Da wusste ich, warum es Omarska heisst. Todeslager. Alle die vielen Toten, die ich gezählt habe. Sie waren weniger schwer als dieser Toter. Er war mein Bruder.»
Sunaric fährt weiter:
«Vor dem Haus war die Pista, Teerbelag. Neue Gefangene kamen fast jeden Tag. Wir mussten mit dem Kopf nach unten flach liegen. Auf dem Belag. Man schaute, ob jemand von den Verwandten angekommen ist. Sie schlugen dich. Am schlimmsten war es für die Männer in der Garage. Sie wurden den ganzen Tag gequält. Einmal war ich in der Duschanlage. Ich sah, wie einer auf den Knien lag, voller Blut. Von oben bis unten. Er versuchte aufstehen. Ich ging hin und fragte, was ist los? Er sagte, sie haben alles abgeschnitten unten. Er war in der Moschee. Er hat aus dem Koran gelesen. Aber er ist gestorben. Andere in der Garage mussten den anderen die Eier abbeissen.»
Das ist mir zu viel, ich rufe:
«Wie ist das nur möglich. Haben sie sich nicht geweigert, sich lieber zu Tode schlagen lassen, als so etwas zu tun?»
Sunaric sagt ganz ruhig:
«Sie schlagen dich so lange, bis du nicht mehr weisst, ob du ein Mensch bist oder ein Tier. Du weisst nichts mehr. Du verlierst deinen Namen. Du verlierst deine

perdas tia lingua. Ti daventas sco strom scuss. Ti serpegias. Ti na chaminas betg pli. Ti na sas pli ta lavar, na mangias pli. Tuts da la garascha èn morts.»
Ussa taschainsa.
Avant onns hai jau inscuntrà in um en il tren. Nus avain cumenzà a discurrer, ed el ha raquintà ch'ina part da sia parentella saja morta durant l'olocaust. Ses bab haja pudì fugir en Svizra. En sia povra bagascha era in cudesch da Theodor Lessing. Quest cudesch saja adina restà sin la maisa da famiglia, sco in monument. Il bab haja raquintà l'istorgia da Lessing, sia fugia a Prag l'onn 1933 e l'omicidi atras assassins engaschads dals nazis. Ses bab haja repetì l'istorgia uschè savens ch'el na pudeva pli udir ella. L'um en il tren ha quintà da sia giuventetgna e dals uffants indoctrinads da las victimas da guerra. Ses frar haja survegnì il prenum da Lessing ed il bab haja vulì far dad el in intellectual. Ma ses frar saja stà tut in auter tip, in che avess lavurà gugent cun ils mauns. El saja crappà durant il studi da germanistica. Cun ventgaquatter s'haja'l prendì la vita. Perquai haja'l purtà immediat suenter la mort da ses bab il cudesch en in antiquariat. Pli gugent al avess el ars. Ma siond che gia ils nazis hajan ars ils cudeschs, n'haja'l tuttina betg fatg quai.
Sunaric stat si e va vi e nà.
«*I dovra ina gronda maschina per render la glieud uschè tuppa sco quai ch'ils Serbs èn daventads tups.»*
Manfred di:
«*La propaganda dals Serbs è perfetga. Ils tirafils èn psichiaters che san co ch'ins renda in pievel malsaun dal*

Sprache. Du bist wie geschlagenes Stroh. Du kriechst. Du kannst nicht mehr laufen und nicht mehr waschen. Nicht mehr essen. Alle von der Garage sind gestorben, alle.»
Schweigen.
Im Zug bin ich einmal mit einem Mann ins Gespräch gekommen, dessen Verwandte im Holocaust umgekommen sind. Sein Vater, der in die Schweiz geflohen war, habe in seinem spärlichen Gepäck ein Buch von Theodor Lessing mitgenommen. Dieses sei wie ein Mahnmal stets auf dem Stubentisch gewesen. Der Vater habe die Geschichte von Lessing, den die Deutschen 1933 in Prag durch Häscher ermorden liessen, so oft erzählt, bis er sie nicht mehr habe hören können. Der Mann im Zug erzählte von seiner Jugend und von der Hirnwäsche, welche die Opfer der Verfolgung ihren Kindern verpasst hätten, und von seinem Bruder, dem man nach Lessing den Namen Theodor verpasst und den man zum Intellektuellen habe machen wollen, obwohl er ein ganz anderer Typ gewesen, eher ein Lebemensch, der beinahe krepiert sei am Germanistikstudium und sich mit vierundzwanzig dann tatsächlich das Leben genommen habe. Darum habe er am ersten Tag, als der Vater gestorben, das Buch genommen und es zum Antiquar gebracht. Lieber hätte er es verbrannt. Da aber auch die Nazis die Bücher verbrannt hätten, habe er es dann doch nicht getan.
Sunaric steht auf, geht hin und her.
«Es braucht eine grosse Maschine, Menschen so dumm zu machen, wie Serben dumm geworden sind.»
Manfred sagt:
«Die serbische Propaganda ist perfekt. Ihre Drahtzieher sind Psychiater, die wissen, wie man ein Volk in

spiert e da l'olma. Jau crai ch'er pievels pon vegnir nars.»
Blanche dumonda:
«E co sa manifesta lura quella demenza?»
«Ils Serbs han ina mania da persecuziun. Els pensan che tuts veglian destruir els, e perquai destrueschan els ils auters.»
«E l'ONU?»
«L'ONU è la stgisa per l'extirpaziun dals Bosniacs e da la Bosnia. In gieu malnet. Il grond problem è ch'ils Bosniacs han percurschì quai memia tard. Els han cret che la cuminanza internaziunala als protegess. In'errur fatala. Oramai hani percurschì quai. Els han emprais che l'unic agid è l'atgna forza. Ma igl è tard, diavel! In pèr citads èn gia en ils mauns dals Serbs.»
Sunaric agiunscha:
«Questa guerra ha fatg da nus Bosniacs. Avant eran nus tuts in pievel: Serbs, Croats, Bosniacs. Ussa essan nus separads. Nus duvrain armas per ans defender.»
Jau na poss pli udir questa lira:
«La Nato dovra in corridor en la Turchia instabla. La veglia Jugoslavia è ida dapart, e la nova consista da singulas parts, e po be surviver cun l'agid dal vest. La Bosnia è quest corridor, e pli instabel che l'equiliber è e pli blers schuldads ch'els pon staziunar.»
Manfred di:
«Sche nus essan buns da mobilisar la pressa internaziunala, datti ina speranza che l'embargo dad armas

den Wahnsinn treibt. Ich glaube, dass auch Völker wahnsinnig werden können.»
Blanche fragt:
«Wie sieht der Wahnsinn denn aus?»
«Die Serben haben einen Verfolgungswahn. Sie denken, alle wollen sie vernichten, und deshalb vernichten sie die andern.»
«Und die UNO?»
«Die UNO ist der internationale Deckmantel für die Vernichtung der Bosnier, es ist ein abgekartetes Spiel, und zwar von Anfang an. Nur haben die Bosnier es nicht gemerkt. Sie haben vertraut, haben geglaubt, dass die internationale Gemeinschaft sie schützen wird. Das war ihr grösster Fehler. Aber langsam haben die Bosnier gelernt, dass es nur ihre eigenen Kräfte sind, die sie schützen. Es ist verdammt spät, einige wichtige Städte sind schon in der Hand der Serben.»
Sunaric ergänzt:
«Dieser Krieg hat uns zu Bosniern gemacht. Vorher waren wir alle zusammen. Serben, Kroaten, Bosnier. Jetzt sind wir getrennt. Wir brauchen Waffen. Wir werden uns verteidigen.»
Ich kann das Geleier nicht mehr hören.
«Die Nato braucht einen Korridor hinunter in die unsichere Türkei. Das alte Jugoslawien ist auseinander gefallen, und das neue ist so zerstückelt, dass es nur in der Abhängigkeit vom Westen überlebensfähig ist. So sieht's doch aus. Bosnien ist der Korridor, und je wackliger das Gleichgewicht, umso mehr Truppen kann man stationieren.»
Manfred sagt:
«Wenn wir mit der internationalen Presse erreichen, dass das Waffenembargo für Bosnien aufgehoben wird,

vegnia abolì. Alura chatschainsa davent ils occupaders da Sarajevo, ils assassins da Bihac, ils Cetnics da Banjaluca.»
«E vus daventais assassins sco els.»
Manfred sa grittentescha:
«Jau na poss pli supportar quest scumbigl da victimas e malfacturs. Natiralmain: guerra resta guerra, ma la dumonda è bain tgi che l'ha vulì.»
«En mintga cas pari che la querra saja arrivada fin tar nus.»
«Cun quai stuais viver.»
Igl è sco sch'i fiss sveglià en mai in interess per questas istorgias sgarschaivlas che sto ussa vegnir satisfatg. Bunamain insatge sco la brama da dudir dapli, in regl da sensaziun, esser preschent, sco ils aspectaturs d'in accident. La brutalitad umana plegada en la lascivitad da dudir e l'orrur da s'imaginar quai ch'ins ha dudì. Da l'autra vart vuless jau savair dapli, perquai che jau speresch ch'i dettia tuttina ina buna fin. Jau na support l'idea che tut stettia airi amez questa misergia, en tut questa lozza, en questa bassezza. La speranza è pli gronda ch'il disgust, la speranza che tut haja puspè ina bun fin. Dat ella la forza a l'uman da supportar talas situaziuns? Blanche ma guarda:
«Kauer, na pudessas ti prender el cun tai èn tia chamona da chatscha. Là fiss el segir.»
La proposta dat en! Sco in chametg en il tscharvè. Luffa nua vas ti a chaval cun mai? Jau hai pruvà da cumbinar en pasch ils tocs da mia vita sfratgada. Jau vegn mez dad ina guerra, jau na dovrel betg ina nova.

dann werden die Belagerer von Sarajevo hinweggefegt, die Mörder von Bihac, die Cetniks von Banjaluka.»
«Und ihr werdet Mörder sein wie sie.»
Manfred entrüstet sich:
«Ich kann die Verwechslung von Opfern und Tätern nicht mehr hören. Natürlich ist Krieg am Ende Krieg, aber die Frage ist doch, wer diesen Krieg gewollt hat.»
«Und der Krieg ist schon bis zu uns vorgedrungen.»
«Damit müsst ihr leben.»
Es ist, als ob eine Neugier an diesen grauenvollen Geschichten geweckt worden wäre, die jetzt befriedigt sein will. Fast etwas wie Lust am Hören, Sensationsgier. Live dabei sein, wie ein Gaffer an der Unfallstelle. Menschliche Grausamkeit eingewickelt in Geilheit und Abscheu. Andererseits möchte ich mehr erfahren, weil ich hoffe, dass es doch noch ein gutes Ende der Geschichte gibt. Weil ich es nicht aushalte, dass alles in diesem Elend, in diesem Dreck, dieser menschlichen Niedrigkeit festgeschrieben wird, habe ich die Hoffnung, dass es doch nicht so schlimm ist, dass alles wieder gut wird. Vielleicht ist es dieses Hoffen, das den Menschen in einer solchen Situation am Leben hält.
Blanche schaut mich an:
«Kauer, du könntest ihn in deine Jagdhütte mitnehmen. Dort wäre er sicher.»
Der Vorschlag schlägt ein, wie ein Blitz ins Hirn. Wölfin, wohin reitest du mich? Ich habe ruhig und in Frieden mein entzweigeschlagenes Leben zusammensuchen wollen. Ich komme selbst aus einem Krieg, ich brauche keinen neuen.

«*Jau stoss ponderar, Blanche. Jau na pudess dir ch'i saja gist in bun mument per mai.*»
Silenzi embarassà. Jau sun memia stanchel, stun si.
«*Perstgisai, jau stoss ir a durmir, jau ma sent sco in chaun battì, jau ponderesch damaun, d'accord?*»
Manfred dat dal chau, Sunaric senvida ina cigaretta, Blanche di:
«*Jau vegn er bainbaud.*»
Jau vom en la stanza da durmir, ma svestgesch plaunet e ma lasch crudar sin il letg. Er sche jau sun stanchel mort na poss jau betg durmir. Far da mia chamona da chatscha in refugi? La chamona è l'unica chaussa da mia vita passada che ma stat a cor. Tge idea geniala! E vus essas modests, na vulais betg mo il det, il maun entir è gist endretg. Natiralmain, gugent, cler. Prendai tut il bratsch, be il meglier è bun avunda!
Ti pover Kauer!
Tge era quai? La medema vusch. Sco hoz en damaun davant l'ospital. Davos l'ureglia sanestra. Cumenz jau a batter? Vuschs internas èn bain in segn infallibel per ... Ah, igl è bain normal ch'ins perda in pau il sang fraid en in tal caos.
«*Ti na vegns betg a terrar mai.*»
Terrar? Tgi vul terrar tai?
«*Ti, Manfred, quest utopist, Sunaric, Blanche, tuts. Diavelen!*»

«Ich muss mir das überlegen, Blanche, ich könnte nicht sagen, dass es ausgezeichnet in mein Konzept passt.»
Betretenes Schweigen. Ich bin zu müde, stehe auf.
«Seid mir nicht böse, ich muss schlafen, ich fühle mich wie ein geschlagener Hund. Ich überlege es mir morgen, ja?»
Manfred nickt, Sunaric zündet sich eine Zigarette an, Blanche sagt:
«Ich komme gleich nach.»
Ich gehe in Blanches Schlafzimmer, ziehe mich langsam aus und steige ins Bett. Obwohl ich sehr müde bin, kann ich nicht schlafen. Meine Jagdhütte soll ich als Fluchtburg zur Verfügung stellen? Gleich alles soll ich in die Waagschale werfen, gleich das Herzstück raus, gleich den Motor versetzen. Ja, ja, es ist immer nur das Beste gut genug, man ist ja nicht anspruchsvoll ... Die Jagdhütte ist das Einzige aus meinem früheren Leben, was mir etwas bedeutet.
Du armer Kauer!
Was war das? Dieselbe Stimme. Wie heute morgen, als ich vor dem Spital stand. Hinter dem linken Ohr. Bin ich am Durchdrehen? Innere Stimmen sind doch das untrügliche Zeichen für ... Ach was. Ist ja kein Wunder bei diesem Chaos, dass man etwas die Fassung verliert.
«Du wirst mich nicht fertig machen.»
Fertig machen? Wer will dich fertig machen?
«Du, Manfred, dieser Weltverbesserer, Sunaric, Blanche, alle. Verflucht!»

14

Blanche entra, s'enclina e ma dat in bitsch. Ella porta ina chamischa da notg da glin resch nova, ses chavels nairs èn averts, ella savura bain, sa tschenta dasper mai, na di ina pezza nagut. Jau avess spetgà ch'ella sa perstgisia. A la fin m'ha ella purtà en questa situaziun cun sia proposta. Nagut. Ella na ma fa n'er naginas reproschas, naginas beffas sco questa vusch. Ella na ma conforta, quai na supportass jau insumma betg. Ella è be qua, dasper mai. Jau sent ses flad, ses chaud, sia forza, sent ch'ella n'ha nagut da crititgar. Ella na dat nagins cussegls, derasa l'atmosfera d'in auter mund, d'ina nova realitad plain secrets. Jau era preparà da stuair declerar pertge che sia proposta ha na giaja per testa, hai vulì sclerir mes dubis, hai vulì cumenzar da discutar mes problems, ma ussa sgola quai tut davent. Tut inutil, senza senn. Jau la bitsch. Ella respunda, bitscha mes culiez, fin a la faschadira. Lura ma tir'la or la chamischa. En l'aria vibrescha ina savur, in tun bass, ina mischaida da voluptad e dolur. La plaja arda sco fieu. Profundamain en mai è questa segirezza da na stuair cumprovar nagut.

Jau avrel sia chamischa da glin, en il mez stgir ves jau ses sain, ses venter lom, jau m'enschanugl tranter ses chaluns, la mord finin, la bitsch, fatsch sguzias. Ella ma tira si tar ella. Jau di:

«La luffa, l'agnè, il guaud selvadi, la fanestra sin il far notg.»

Blanche rauscht zur Türe herein, beugt sich nieder, gibt mir einen Kuss. Sie trägt ein Nachthemd aus Leinen, kühl und rauh. Ihre schwarzen Haare sind offen, sie riecht frisch, legt sich neben mich, sagt lange nichts. Sie entschuldigt sich nicht, wie ich es erwartet hätte. Schliesslich hat sie mich mit ihrem vor allen ausgesprochenen Vorschlag in Zugzwang gebracht. Sie macht mir aber auch keine Vorwürfe wie diese Stimme, und sie tröstet mich nicht, was ich auch schlecht ertragen würde. Sie liegt nur da, neben mir, ich spüre ihren Atem, ihre Wärme, ihre Kraft. Ich habe das Gefühl, dass sie nichts auszusetzen hat an mir, dass sie mir keine Ratschläge erteilt. Sie strömt etwas aus, was wie ein fremdes Land anmutet. Ich habe mich darauf eingestellt, ihr erklären zu müssen, warum ich ihren Vorschlag daneben finde, meine ganzen Zweifel wollte ich ihr erklären. Alles zwecklos, alles überflüssig. Ich küsse sie. Sie küsst mich wieder, meinen Hals, bis zum Verband. Ein Vibrieren liegt in der Luft, ein Flimmern, aus Wollust und Schmerz, die Wunde brennt, dazu diese wohlige Gewissheit, nichts beweisen, nichts erklären zu müssen.

Ich streife ihr das Leinenhemd ab, im Halbdunkeln sehe ich ihre Brüste, ihren weichen Bauch, ich knie zwischen ihre Schenkel, beisse sie leise, küsse sie, kitzle sie. Sie zieht mich zu ihr hinauf, ich sage:
«Die Wölfin, das Lamm, der grosse Wald, das Fenster in die Dämmerung.»

Ella ma morda en l'ureglia. Jau ma sent tutpussant. Sco Dieu, sco in uffant. Là, guarda là ina fanestra! Ella è serrada, ma jau la ves per l'emprima gia. Jau la bitsch sin ils egls, ves ina tenda naira. Jau la tir da la vart. Avrel la fanestra, savur l'aria blaua dal far notg. Jau sent ses corp enturn il mieu, ses mauns tegnan mia fatscha. Là, la brina s'avra sco in'austra. Ed en la charn lomma ed alva sesa ina perla che cumenza a traglischar, levada dal sulegl da la notg. Glisch senza funtauna, glisch dapertut. La perla è daventada invisibla, sezza tut glisch, funtauna, flum, mar, mareas da glisch ... co duai quai ir vinavant ... I na dat pleds, i na dat linguas, tut è in, jau sun tut, nagina separaziun, nagina pussanza, tut è tut, jau sgol enten la glisch, jau sun glisch, jau na sai pli tgi che jau sun, jau sun tut, l'aut ed il bass, il sur ed il sut, di e notg, teater e culissa.

Jau na sai quant ditg che l'eternitad dura. L'emprima chaussa che jau reconusch è il frunt, alura sias faudinas enturn ils egls, sia bucca, ils dents. La bucca di:
«Fortunat, nua es?»
«Puspè atterrà.»
«Eras lunsch davent?»
«Davos il teater.»
«È quai fitg dalunsch?»
«Na, fitg damanaivel, ma ins n'arriva betg facilmain fin là.»
«Jau vuless savair nua che ti es stà. Jau n'hai mai vis tai uschia.»
Quant gugent vuless jau raquintar, ma i ma mancan ils pleds.

Sie beisst mich ins Ohr. Ich fühle mich allmächtig, wie Gott und ein Kind. Da war ein Fenster, vorerst geschlossen, ich küsse sie auf die Augen, ein schwarzer Vorhang, ich schiebe ihn zur Seite, öffne das Fenster, blaue Luft strömt herein, blaue Luft der Dämmerung, ich fühle ihren Leib um den meinen, ihre Hände halten mein Gesicht, da geht die Dämmerung auf wie eine Auster. In dem weichen, weissen Fleisch sitzt ein Perle, und die fängt an zu leuchten, Aufgang, aber nicht wie die Sonne, nein Licht, rundum Licht, quellenlos, denn die Perle, von der das Licht stammen könnte, ist unsichtbar, selbst ganz Licht geworden, Quelle, Strom, Meer, Fluten von Licht ... Wie geht es weiter ... Es gibt die Worte nicht, es gibt die Sprache nicht, keine Zeit, alles ist eines, ich bin alles, keine Trennung, keine Macht, alles ist alles, ich fliege ins Licht, ich bin Licht, ich weiss nicht mehr, wo ich bin, wer ich bin, denn ich bin alles, das Hohe und das Niedrige, das Obere und das Untere, Tag und Nacht, Theater und Kulisse. Ich weiss nicht, wie lange ich in der Ewigkeit bin. Das Erste, was ich wieder erkenne, ist ihre Stirn, dann die Lachfalten um ihre Augen, ihren Mund, die Zähne. Der Mund sagt:
«Kauer, wo bist du?»
«Wieder gelandet.»
«Warst du weit fort?»
«Bis hinter das Theater.»
«Ist das weit?»
«Es ist ganz nah, aber man kommt kaum hin.»
«Bitte erzähl mir, ich möchte es zu gerne wissen. Ich habe dich noch nie so gesehen.»
Wie gerne würde ich alles erzählen, aber mir fehlen die richtigen Worte.

«Là, davos las culissas, davos il teater nair datti ina fanestra. Insatgi m'ha tradì ina gia quel secret, jau nun hai chapì tge ch'ella manegiava cun quai, ma uss hai jau vis tut. Davos la fanestra na datti nagins pleds, naginas raubas, naginas persunas, nagin gieu. Là datti be glisch, ma na la glisch sco che ti l'enconuschas. Glisch senza origin, senza funtauna, senza direcziun. Là sun jau stà in'eternitad.»
Mia descripziun para da l'avair rendida malsegira. Jau sent co ch'ella sa retira. Jau hai l'impressiun che pli che jau raquint e main che jau sun bun da parter cun ella mes secret.
«Quai n'ha da far nagut cun mai, navaira?»
«Bain, quai ha da far fitg bler cun tai! Ma jau sent che jau na sun betg bun da declerar quai.»
«Tuliet.»
Ella ma dat cun il det giu per il nas.
«Jau t'hai gugent er sche jau sun be in mez uman.»
«Jau hai er gugent tai. Forsa gist perquai che ti es in mez uman.»
Jau sun stanchel mort e sturn sco ina mola. Las dolurs, l'aria blaua, la fanestra, Blanche cun ses egls stgirs, la glisch, Dieu, e tuttina betg Dieu. L'ateist en tschiel. Insatgi che ha said e stat en l'aua, insatgi che ha fom e chatta sasez sin in tscharescher.
Jau ma svegl suenter in sien senza siemis. Il sulegl resplenda tras las pitschnas sfessas da las storas. Sin las vias da la glisch che vegnan giu da las sfessas sautan milli e milli particlas che transfurman la chombra da Blanche en in gnieu d'amur illuminà.

«Dort hinten, hinter den Kulissen, hinter dem schwarzen Theater gibt es ein Fenster, jemand hat es mir einmal verraten. Ich wusste nicht, was sie damit meinte, aber jetzt habe ich es gesehen. Aus dem Fenster sah ich nur Licht, aber nicht Licht, wie man es sonst kennt, Licht ohne Herkunft, ohne Quelle, ohne Richtung. Dort war ich eine ganze Ewigkeit lang.»
Meine Beschreibung scheint sie zu verunsichern, ich spüre, wie sie sich zurückzieht. Je mehr ich erzähle, umso weniger kann ich es mit ihr teilen. Schliesslich sagt sie:
«Das hat mit mir wohl nicht viel zu tun, nicht wahr?»
«Oh doch, das hat sehr viel mit dir zu tun, aber ich spüre, dass ich es dir nicht beschreiben kann.»
«Dummer Mann.»
Sie versetzt mir einen Nasenstüber.
«Ich mag dich, Blanche, auch wenn ich nur ein halber Mensch bin.»
«Ich dich auch, vielleicht weil du nur ein halber Mensch bist.»
Ich bin so unendlich müde, alles dreht sich im Kopf. Der Schmerz der Wunde, die blaue Luft, das Fenster, Blanche mit ihren dunklen Augen, das Licht, als ob es Gott wäre, aber doch nicht Gott, denn ich bin es, der Atheist im Himmel, der Durstige im Wasser, der Hungernde auf dem vollen Kirschbaum.
Ich erwache nach einem traumlosen Schlaf. Die Sonne scheint durch die kleinen Löcher der Storen, und in unzähligen Lichtkanälchen tanzen die Staubpartikel die Blanches Schlafzimmer erst zu dem machen, was es wirklich ist, ein Liebesnest der erleuchteten Art.

Segunda part

Zweiter Teil

1

Ins vesa quai en ils egls, en il sguard. Cur ch'els giaschan giun plaun, dond anc ina zaccudida, gia sin via da partir. Sco ina chandaila che croda en l'aua e sa stizza cun in curt tschivelet. Avant onns m'è vegnì in giat sut las rodas. Jau sun sortì, l'hai prendì en mes bratsch e l'hai ninà. Tuttenina è ses corp vegnì stratg enavos sco in balester. La dolur era la corda che ha lantschà il sguard sco ina frizza or en la stgiraglia che cumenzava a sa derasar, u forsa en la glisch ch'il giat aveva vis in batter d'egl, sa reunind lura dal tuttafatg cun ella.

Jau ves mia nona avant mai, co ch'ella fixescha il tschiel sura sco sch'ella avess vis insatge orribel là si. Betg sin il tschiel sura, pli aut, bler pli aut, en l'infinit, vis insatge che l'ha marventada. Dus egls da crap, dus sguards parallels e pitgivs.

Pir cun serrar ils egls eri per mai pussaivel da guardar puspè en sia fatscha. Ussa m'apparev'la quieta, ed ura per ura daventav'la pli paschaivla. Il terz di avess ins pudì crair ch'ina pasch profunda haja prendì possess dad ella. Jau saveva però co ch'igl era en realitad. Ils egls averts e marvs s'avevan mors en mai sco in chaun ravgià. La pasch da la mort era ina trapla, quai aveva jau chapì quella gia.

Die Augen sind es, die Augen und der Blick. Wenn sie daliegen, noch einmal aufzucken, schon dem Tod ergeben. Wie eine Kerze, die ins Wasser fällt, zischt und verlöscht. Vor Jahren habe ich eine Katze überfahren. Ich bin ausgestiegen, habe sie in den Arm genommen und gewiegt. Dabei habe ich ihr in die Augen geschaut. Plötzlich wurde ihr Körper vom Schmerz wie ein Bogen zurückgerissen. Der Schmerz war die Sehne, welche den Blick wie einen Feuerpfeil aus den Augen des Tieres hinaus in die hereinbrechende Dunkelheit schnellen liess, oder hinein in ein aufsteigendes Licht, das sie für den Bruchteil eines Augenblicks noch sah und dann mit ihm eins wurde.

Ich sehe meine Grossmutter vor mir, wie sie an die Decke starrt, als ob sie da oben etwas Ungeheuerliches gesehen hätte, nicht an der Decke, weiter oben, viel weiter, im Endlosen, etwas gesehen, das sie hatte erstarren lassen, die versteinerten Augen zu zwei erfrorenen Blicken erstarrt.

Erst als ihr die Augenlider geschlossen wurden, war es mir möglich, ihr übriges Gesicht zu betrachten. Nun schien es ruhig, und von Stunde zu Stunde wirkte es entspannter. Am dritten Tag hätte man meinen können, tiefer Friede habe die Tote überkommen. Ich wusste es besser, denn die aufgerissenen Augen, der starre Blick in die schreckliche Unendlichkeit hatte sich wie ein tollwütiger Hund in mir festgebissen. Die devote, stumme Ergebenheit des Todes war eine Falle.

Jau nun hai mai guardà en ils egls ad in pazient suenter avair dà si la speranza per el. Cur ch'i m'han dumandà pertge che jau giaja a chatscha hai jau raquintà insatge da curturella ed equiliber. En vardad èsi però la tensiun che resulta dal stuair guardar en fatscha ad ina creatira sin la sava tranter vita e mort, l'intschertezza, sche la mort prendia possess da l'animal u betg. Mintgatant givlav'jau avend fallà l'animal. Lura cumenzav'jau a blastemar ed empruvava d'al persequitar. Ina fevra terribla ma prendeva, gea ina mania. E quant parmalà che jau era sche jau aveva fallà, e finalmain levgià sche jau tschiffava tuttina l'animal. Ma i restava in gust amar, ina smaladicziun. Jau sentiva ina resignaziun e ravgia cunter la vita, perquai ch'ella è talmain debla, ed al medem mument avev'jau in sentiment da triumf, perquai che jau viveva anc, entant che l'animal era mort.

Ich habe keinem meiner sterbenden Patienten mehr in die Augen geschaut, nachdem ich für sie die Hoffnung verloren hatte. Wenn ich gefragt wurde, warum ich auf die Jagd gehe, habe ich etwas von Abwechslung und Ausgleich erzählt. Ich bin aber unsicher, ob ich den Grund wirklich kenne. Ist es die Spannung, die Herausforderung, einem Leben gegenüberzustehen, das auf der Schwelle zum Tod steht, die Ungewissheit, ob es gelingt, ob das Tier noch einmal davon kommt? Ich habe manchmal innerlich gejubelt, wenn ich einen Schuss verfehlte, und sogleich geflucht und verbissen dem Tier nachgesetzt. Ein Fieber, ein Wahn überkam mich, und wie beleidigt war ich durch den Misserfolg und schliesslich erleichtert, wenn das Tier entwischte! Ein bitterer Fluch, wenn ich getroffen hatte, Resignation, Groll gegen das Leben, weil es so verdammt schwach ist, und sogleich der Triumph, dass ich noch lebe, überlebt habe, während das Tier tot ist.

2

La chamona sa chatta al cunfin dal guaud. I dat be in pau zunder, ericas ed ogna. Ins po laschar l'auto pauc dalunsch da la chasetta. Nus stgargiain. Manfred gida a purtar si la rauba. Sunaric guarda las muntognas, la pastgira brina ch'è pronta per l'emprima naiv. Ins pudess bunamain crair ch'ella fiss impazienta e schenada, sco sche la terra attempada na pudess pli spetgar fin che l'enviern mettia ses mantè alv enturn il corp setgentà da l'atun. Jau prend la clav or da la sfessa da la trav sur la porta ed entrel. Tut è pulit ed en urden! Il letg è fatg, la maisa rumida. La chamona è sfradentada.

«Jau vegn a far fieu.»

La laina da pign arda bain, schluppina. I dovra in pèr uras fin che la chamona prenda si la chalur. Tras la fanestra ves jau Manfred e Sunaric tschentads sin il banc. Els paran da giudair il sulegl dal suentermezdi e la vista sur las tschimas da las plantas sin ils pizs cuverts da naiv.

En qua èsi capità. Maria sin il letg, la vestgadira sur la platta per sientar. Tras la fanestra hai jau vis la persuna che ha martellà a la porta. Ordadora la plievgia ed endadens la tema.

Sunaric entra.

«Bel èsi qua, sco tar l'Ursin.»

«Danunder enconuschas ti l'Ursin.»

Die Hütte liegt an der Waldgrenze, einzelne Legföhren stehen da, Heidekraut und Erlen. Man kann mit dem Auto bis etwa hundert Meter heranfahren. Wir laden aus. Manfred hilft die Esswaren hochtragen, Sunaric schaut die Berge an, die braunen Wiesen, die auf den ersten Schnee warten. Fast möchte man meinen ungeduldig, verschämt, als ob die älter gewordene Frau Erde es kaum erwarten könnte, dass der Winter ihrem von der Jahreszeit dürr und fahl gewordenen Leib endlich das Schneekleid überwirft. Ich ziehe den Schlüssel aus dem Balkenspalt über der Türe und trete ein. Alles ordentlich! Das Bett gemacht, der Tisch abgeräumt. Die Hütte ist ausgekühlt.
«Ich werde ein Feuer machen.»
Das Tannenholz brennt gut, knistert. Es wird zwei, drei Stunden dauern, bis die Hütte die Wärme aufnimmt, die Holzwände etwas aufgeheizt sind.
Durchs Fenster sehe ich Manfred und Sunaric draussen auf der Holzbank sitzen. Sie geniessen die Nachmittagssonne und den Blick über die Baumwipfel hinweg auf die verschneiten Bergspitzen.
Hier drinnen ist es passiert. Maria auf dem Bett, die Kleider zum Trocknen über dem Herd. Durchs Fenster sehe ich die Gestalt, die an die Türe hämmert. Draussen der Regen und in mir drinnen die Angst.
Sunaric kommt herein.
«Schön ist es hier, wie Schellenursli.»
«Woher kennst du Schellenursli?»

«*Flurina, Zocla, Zilla, Zepla, jau enconusch tuts.*»
«*Jau vom cun Manfred a Suagnin per mes auto. Nus stuain esser mobils.*»
«*Jau fatsch in café.*»
«*Cur ch'il fieu è ars giu, stos ti serrar la clav-pigna, uschiglio passa tut il chaud si per il chamin.*»
Jau vom cun Manfred giu'n vischnanca. Nus taschain. I para sco sche nus na savessan tge dir. Tge fatsch jau sche jau inscuntrel Christina? Jau tschertg ina stgisa plausibla per mi'absenza, per quai ch'è capità, insumma per tut ... I na ma vegn endament nagut raschunaivel. Il vitg s'avischina adina dapli. Jau ves la chasa. Mes auto è davant la garascha. La chasa para d'esser vida, ma tgi sa mai? Mes cor batta, la gula sa serra. Jau sort, dun spert in sguard sin la chasa e vom tar mes auto. La porta è averta. Il natel è sco adina en sia fixaziun.
«*Na vuls betg mussar tia chasa, docter?*»
«*Na, betg uss! Jau vi turnar il pli svelt pussaivel. El nun è disà da far fieu ...*»
Jau ma tschent davos la roda da manischar e prend las clavs da reserva or dal stgaffet da deposit.
«*Sta bain, di in salid a Blanche, mes numer has.*»
«*Jau telefonesch dalunga, sch'i dat insatge nov.*»
Jau vi partir, mes mauns tremblan. Jau envid ina cigarettta. Manfred parta, tiba davos mai. Jau l'hai gia emblidà, salid profundà en mes patratgs, vom giu sin la via principala ed abandun il vitg. Plaunet ma

«Flurina, Zottel, Zick und Zwerg, kenne ich alle.»
«Ich werde mit Manfred jetzt ins Dorf fahren und meinen Wagen holen, damit wir mobil sind.»
«Ich mache Kaffee.»
«Wenn das Feuer heruntergebrannt ist, musst du die Klappe schliessen, sonst geht die Wärme zum Kamin hinaus.»
Ich fahre mit Manfred zurück ins Dorf und stelle mir dabei vor, wie es sein würde, wenn ich Christine begegnete. Ich suche nach plausiblen Erklärungen für meine Abwesenheit, für das, was passiert ist, für überhaupt ... Mir fällt nichts Vernünftiges ein, immer näher rückt das Dorf. Von der Strasse aus sehe ich das Haus. Das Auto steht vor der Garage. Von weitem habe ich das Gefühl, dass das Haus leer ist, doch mein Körper traut dem Gefühl nicht. Mein Herz beginnt zu pochen, der Hals schnürt sich zu.
Ich steige aus, werfe einen schnellen Blick zum Haus und gehe zum Wagen. Ich öffne die unverschlossene Türe. Das Natel steckt wie gewohnt in der Halterung.
«Willst du mir nicht dein Haus zeigen, Doktor?»
«Nicht jetzt, ich will so schnell wie möglich zurück. Wenn einer nicht gewohnt ist mit Holz zu feuern ...»
Ich setze mich ans Steuer und nehme den Reserveschlüssel aus dem Handschuhfach.
«Also mach's gut, lass Blanche grüssen, meine Nummer hast du ja.»
«Mach's selber gut, ich rufe dich an, sobald es etwas Neues gibt.»
Ich will so schnell wie möglich weg, meine Hände zittern. Ich stecke mir eine Zigarette an. Manfred fährt los, hupt noch, ich habe ihn schon vergessen, winke gedankenverloren, fahre den Weg hinunter auf die

quieta. Sin la via d'alp, m'hai jau puspè enta maun. Jau stid la cigaretta, ma pos cunter la fanestra davant e guard il tschiel. El è uschè blau che l'orizont para in tagl da siluettas. Las muntognas èn gizzas e murdentas sco ina fila da dents d'in squagl. Jau spetg ch'or da questa sadella da colur blaua cumparess tuttenina l'autra fila da dents per dar, ensemen cun quella sut, ina morsa sgarschaivla.
Jau ma ferm a mesa via e sort. Ils ultims radis da sulegl splenduran tras las plantas, ina cratschla fa sbragizi, lura regna silenzi. Jau hai gugent questa selva, la quietezza, las spundas che muntan levamain vers ils plauns. Sin il far notg sa reuneschen là ils tschiervs, las vatgas en ina tscherta distanza dals taurs. Jau hai gugent la glisch dal tramunt, sco sche la terra tegness il flad. Jau hai perfin gugent ils carstgauns che sortan da questa cuntrada, questa maschaida da stinadezza e furbazzaria, glieud plain retegnientscha, na mussond gugent deblezzas, in egl drizzà permanentamain sin il surviver, aspettond il proxim enviern, las beffas sco frizzas da reserva sin ils dents, adina pronts da prender ellas en bucca e da las sajettar. Els n'èn betg maligns, ma tuttina grev da chapir, plains da sentiments taschentads davos il frunt e schluccads be cur ch'els van a chatscha.
La saira vegn sco in'evla sur la val. Giu la planira han sias alas bittà lur sumbrivas sin ils cumins e la prada. Be las muntognas traglischan anc en il sulegl, jau entamez, sin la traversa, tranter sumbriva e splendur.

Hauptstrasse und verlasse das Dorf. Langsam beruhige ich mich. Wie ich auf den Alpweg einbiege, habe ich mich wieder unter Kontrolle, drücke die Zigarette aus, lehne mich ganz nach vorne und schaue hinauf in den Himmel, der durch seine tiefe Bläue den Horizont zum Scherenschnitt werden lässt. Die Berge sind scharf und kantig wie eine Reihe Haifischzähne, und ich warte darauf, dass aus dem blauen Farbkübel des Herbsthimmels plötzlich die obere Zahnreihe auftaucht, um gemeinsam mit der unteren zuzuschnappen.

Auf halbem Weg halte ich an und steige aus. Die letzten Sonnenstrahlen scheinen durch die Bäume, der Tannenhäher kreischt, dann ist alles still. Ich mag diesen Wald, die Ruhe, die sanft ansteigenden Flanken mit ihren Plateaus, auf denen sich in der Dämmerung die Hirsche einfinden, die Kühe in gebührendem Abstand von den Stieren. Ich mag das Licht, wenn die Sonne untergeht, als ob die Erde den Atem anhielte. Ich mag sogar die Menschen, welche diese Landschaft hervorbringt, dieser eigensinnige Schlag von Trotz und Schalk, zurückhaltend, sich keine Blösse geben wollend, aufs Überleben bedacht, immer den nächsten Winter im Auge, den Spott wie einen Reservepfeil auf den Zähnen, jederzeit bereit, ihn auf die Zunge zu nehmen und abzuschiessen, nicht verschlagen, aber doch undurchschaubar, die Gefühle hinter der runden Stirne verborgen und unverkrampft nur, wenn sie auf die Jagd gehen.

Der Abend kommt wie ein grosser Vogel über das Land, unten im Tal haben seine Flügel den Schatten auf Dörfer und Wiesen gebreitet, nur die Berge leuchten noch in der Sonne, ich mitten drin, auf der Schwelle zwi-

Tgi sa, forsa èn quai quests muments da felicitad che tuts tschertgan, quest curt rumagnair d'in'atmosfera che para eterna e svanescha, apaina ch'ins daventa conscient da quella. Sco la notg cun Blanche. Jau ma dumond sche jau ma regord anc en duas emnas? Per il mument hai jau l'impressiun ch'i na dettia nagut pli ferm e resistent sco questa glisch. Jau sun bun da la reproducir en mintga mument. Il sentiment e perfin la glisch sezza èn anc preschents, betg pli uschè cler, ma anc adina ferm avunda per dar alas al tscharvè. Co vegni ad esser en in onn?

Bainbaud vegni a far notg. Jau vi spetgar il mument da la brina, star sin la seglia tranter di e notg. Suenter in'urella vom jau tar mes auto e turn en chamona. Sunaric s'ha gia installà, i savura da café, el para d'avair en maun la platta da fieu.

«*I dat da mangiar.*»

«*Jau hai ina fom naira.*»

Nus ans mettain a maisa. El ha fatg tartuffels e mess chaschiel sin maisa. Nus mangiain senza dir pled. Jau na sai tge dir. Pli che jau mastg las frasas cun ils tartuffels e main ch'i ma para da pudair cumenzar in discurs.

«*Na prendas betg café?*»

«*Jau baiv aua.*»

«*L'aua e bain fraida sco glatsch.*»

«*Ad Omarska devi aua be ina gia al di. Nus da la gardaroba avevan il cletg d'avair ina tualetta en noss local. En là era aua, ma betg aua da baiver. Ella era plain merda e tissi. Sch'ins baveva ella tuttina, ve-*

schen Schatten und Licht. Vielleicht sind diese Augenblicke das Glück, dem alle nachjagen, dieses flüchtige Verweilen eines Zustandes, der, kaum bewusst geworden, schon vorüber ist. Wie die letzte Nacht mit Blanche. Ob ich mich in zwei Wochen noch daran erinnern kann? Im Augenblick habe ich das Gefühl, als ob es nichts Stärkeres, nichts Bleibenderes in meinem Leben gäbe als dieses Licht. Ich kann es jederzeit heraufholen, das Gefühl, und selbst das Licht ist noch da, schon etwas blasser, aber stets noch aufregend und beflügelnd. Wie wird es in einem Jahr sein?

Bald kommt die Dämmerung. Ich will noch auf dieses Nicht-mehr-Tag und Noch-nicht-Nacht warten, noch einmal auf der Schwelle stehen … Ich steige wieder ein und fahre das letzte Stück zur Hütte. Sunaric hat sich schon eingerichtet, es duftet nach Kaffee, er scheint den Holzherd im Griff zu haben.

«Es gibt jetzt Essen.»

«Ich habe einen Mordshunger.»

Wir setzen uns an den Tisch, er hat Kartoffeln gekocht und Käse aufgetischt. Lange essen wir schweigend. Ich weiss nicht, was ich sagen soll. Je länger wir schweigen, umso schwieriger wird es, etwas zu sagen. Jedes Wort, das ich mir überlege, um ein Gespräch anzufangen, wirkt lächerlich, je länger ich es im Kopf herumdrehe.

«Willst du keinen Kaffee?»

«Ich nehme Wasser.»

«Das Wasser ist doch eiskalt.»

«In Omarska gab es Wasser nur einmal pro Tag. Wir hatten Glück. In unserem Raum war eine Toilette. Da gab es Wasser, aber kein Wasser zum Trinken. Es hatte Dreck darin. Wenn man es trank, musste man Blut pis-

gniva sang cun pischar. Nus l'avain bavì tuttina. Els derschevan nafta en l'aua.»
«Benzin?»
«Na, nafta, diesel u ieli da motor vegl. Alura tschiffavas la fuira.»
Jau tasch. Sunaric ma dat in'egliada plain dumondas.
«Tut en urden, jau pens.»
«Er jau. Jau stoss adina pensar, senza pausa. Adina Omarska. Cunzunt cun mangiar. Nus avevan trais minutas.»
«Quai has gia raquintà.»
«In toc paun, grond sc'in pachet da cigarettas. La schuppa era aua chauda cun giabus marsch. A las nov devi gentar, adina trenta umens. Sch'ins era in dals emprims, ardeva la schuppa la gula. Sch'ins vegniva pli tard, er'la fraida. Lura il spalier. Suenter en buttatsch sin l'asfalt, ins di la pista. Cun la fatscha engiu. Fin che tuts avevan mangià. A las nov cumenzava il spectacul, e vers saira eran tuts en buttatsch sin la pista. Lura vegnivan ils novs praschuniers. Els sbragivan. Guai sche ti empruvavas da guardar. Els ta prendevan si e ta pitgavan cun il schluppet. Lura stuevan nus turnar en la gardaroba e spetgar. Sin il proxim di, il proxim gentar. Jau na mangel pli gugent. Er sch'i dat uss adina avunda. Quants vegnan a stuair mangiar oz giabus marsch? Mes uffants han forsa fom. Jau hai pers il gust da mangiar. Tuttina mangel jau memia bler. Jau sun daventà gross qua en Svizra.»
El è effectivamain in pau gross.
«Ins po encleger che ti mangias puspè endretg suenter quest temp da fom.»

sen. Wir tranken trotzdem. Sie haben auch Nafta hineingeleert …»
«Benzin?»
«Nein, Nafta. Wie sagt man … Diesel oder altes Motoröl. Man bekam Durchfall.»
Ich schweige. Sunaric schaut mich fragend an.
«Alles in Ordnung, ich überlege.»
«Ich auch. Ich überlege immer. Immer Omarska. Beim Essen besonders. Wir hatten nur drei Minuten Zeit.»
«Das hast du erzählt.»
«Ein Stück Brot, gross wie eine Zigarettenschachtel. Die Suppe war heisses Wasser. Und ein Stück fauler Kohl. Um neun Uhr begann das Mittagessen. Immer dreissig Männer. Bei den ersten verbrannte die Suppe den Hals. Später war sie kalt. Dann das Spalier. Wir mussten uns auf den Boden legen, auf der Pista. Bis alle gegessen hatten. Um neun fing es an. Am Abend lagen alle am Boden mit dem Bauch und dem Gesicht auf der Pista. Dann kamen die neuen Gefangenen, und sie schrien. Schlimm war, die Gefangenen anschauen. Dann nahmen sie dich heraus und schlugen mit dem Gewehr. Nachher gingen wir in den Schlafraum und warteten. Auf den nächsten Tag. Auf das nächste Mittagessen. Ich esse nicht mehr gerne. Auch wenn jetzt immer genug da ist. Wie viele essen heute faulen Kohl? Meine Kinder haben vielleicht Hunger. Ich habe die Freude am Essen verloren. Doch immer esse ich viel. Ich bin dick geworden in der Schweiz.»
Er ist tatsächlich etwas übergewichtig.
«Begreiflich, dass du nach dem Hunger wieder anständig isst.»

«Oh, endretg fiss prender in schluppet e cumbatter per mes pajais.»
«E pertge na fas quai?»
«Jau sun caput. Sco ina maschina che na funcziuna pli. Ti pensas che jau sun saun. Jau na stoss betg star en letg, quai è vaira. Ma jau sun tuttina malsaun.»
El è vegnì tut cotschen, sin la tempra guts da suaditsch.
«Sche ti es caput ta stos ti puspè reparar. Sche quai na va betg, stos ti chattar insatgi che fa la reparaziun.»
«Jau na sun betg ina maschina.»
Sunaric stat si, sa metta cun vestgids e chalzers sin il letg e fixescha il tschiel sura.
Pitschna mimosa, nossa victima dal champ da concentraziun, ha? Quai va uss uschia, fin che jau met mintga pled sin la stadaira d'aur per evitar reacziuns dal gener. Adina in'apocalipsa da scolina en mira. Cun mias restanzas dal cristianissem hai jau las meglras premissas per far l'umet. Il telefon è sin maisa, jau al prend en maun e fatsch termagls cun el. El na funcziuna betg. L'accumulatur vegn ad esser vid. Jau vom a metter el vi da l'implant solar.

Tes telefon, diavel! Christina stat davant mai, ils chavels la pendan bletschs en fatscha. Ella crida, ma prenda vi dal bratsch: l'uffant, char Segner, l'uffant, ti stos vegnir! Jau tir en las chautschas umidas, dun part a Maria, sort en la plievgia, cur tar l'auto, il motor gira. Jau ma tschent sin il sez dal cunautist. Christina maina l'auto giu da la via stretga. Tschajera, plievgia. Ella va sco ina narra. Bainbaud vegn la storta stretga, ma ella

«Oh, anständig ist, ein Gewehr in die Hand nehmen. Nach Hause gehen und für sein Land kämpfen.»
«Und warum tust du's nicht?»
«Ich bin kaputt. Eine Maschine, die funktioniert nicht mehr. Du denkst, ich bin gesund. Weil ich nicht im Bett liege. Aber ich bin nicht gesund. Ich bin krank.»
Sein Kopf ist ganz rot geworden, an den Schläfen treten Schweisstropfen hervor.
«Wenn du kaputt bist, dann musst du dich reparieren, und wenn du das selbst nicht schaffst, musst du dich reparieren lassen.»
«Ich bin keine Maschine.»
Sunaric steht auf, legt sich mit Kleidern und Schuhen aufs Bett und starrt an die Decke.
Kleine Mimose, unser KZ-Opfer. Das wird jetzt so weitergehen, bis er mich mit Verweigerungstaktik und Ausweichen so weit gebracht hat, dass ich jedes Wort auf die Goldwaage lege, bei jeder Äusserung innerlich auf irgendeine Aktion gefasst sein muss. Mit meinem eingelagerten Christentum wird er mich an der Leine führen wie einen Schosshund. Das Telefon liegt auf dem Tisch, ich nehme es in die Hand und spiele damit. Es funktioniert nicht. Vermutlich ist der Akku entladen. Ich werde ihn an die Solaranlage anschliessen.

Was ist denn mit dem Telefon, Herrgott! Vor mir steht Christine, die nassen Haare hängen ihr ins Gesicht. Sie weint, packt mich am Arm: Das Kind, Herrgott, das Kind, du musst doch kommen! Ich steige in die feuchte Hose, gehe nach hinten, sage Maria Bescheid, springe zur Türe hinaus in den Regen, zum Auto, der Motor läuft. Ich setze mich auf den Beifahrersitz. Christine fährt los, die schmale Strasse hinunter, stockdicker

na fraina betg. La storta diavel! Ella stat sin ils frains, las rodas bloccan, nus glischnain ... L'auto sa ferma sin la spunda da la chavorgia. Christina metta en il gir da return, va in toc enavos e lura dalunga puspè enavant, sco ina narra. Nus na discurrin betg. Gnanca pled. Sia fatscha para dad esser da crappa. Ella guarda en la tschajera, para dad esser sin in auter planet. Jau na ristg betg da la tutgar en. Nus filain tras las giassas stretgas da Salouf giu vers Cunter, lura sin la via principala, en tutta furia. Il motor urla. Nus vegnin a Suagnin. Ella traversa il vitg, va sin ils frains, ils pneus tgulan. Ella va en ina via laterala e sa ferma davant l'ospital. Jau sigl or da l'auto e cur en l'ospital ...

«Nus stuain serrar la porta cun la clav, ins na sa betg sch'ils Cetnics nun ans chattan tuttina.»
«Co ... Tge has ditg?»
«Serrar cun la clav, ins na sa mai tgi che vegn.»
«Gea, gea ... Jau hai in schluppet per tut ils cas.»
«Almain na datti qua nagin embargo per armas.»
«Per la paja na funcziuna il telefon. L'accu è vid.»
«Mussa!»
«Qua.»
El prenda il telefon e cumenza da prender el da part.
«Uei! Halt! Quai è in natel. El custa millitschintgtschient francs.»
«Jau sai, jau sai.»

Nebel, Regen. Sie fährt wie ein Henker, gleich kommt die scharfe Kurve, Nebel, und sie bremst nicht. Da kommt doch die Kurve, Herrgott noch mal! Sie steht auf die Bremse, die Räder blockieren, wir schlittern. Kurz vor dem Tobel hält der Wagen an. Sie legt den Rückwärtsgang ein, fährt zurück und gleich weiter, wie der Henker. Wir reden kein Wort. Ihr Gesicht ist aus Stein. Sie schaut auf die Strasse. Sie ist auf einem anderen Stern, ich wage es nicht, sie zu berühren. Wir fahren, was das Auto hergibt, durch die engen Gässchen von Salouf, nach Cunter, von dort auf die Hauptstrasse. Der Motor heult, wir kommen nach Savognin. Sie rast hindurch, geht auf die Bremsen, die Pneus quietschen, sie biegt in die Seitenstrasse ein, hält vor dem Spital. Ich stürze aus dem Auto und renne hinein ...

«Wir müssen die Türe abschliessen. Man weiss nicht, ob die Cetniks uns finden.»
«Wie ...? Was hast du gesagt ...?»
«Abschliessen! In der Nacht. Man weiss nie, wer kommt.»
»Ach so ... Ja, ja ... Ich habe auch ein Jagdgewehr für alle Fälle.»
«Gut, hier ist kein Waffenembargo. Wenigstens.»
«Dafür ist das Telefon nicht zu gebrauchen, die Akkus sind durch.»
«Kann ich sehen?»
«Bitte sehr!»
Er nimmt das Telefon und fängt an, es auseinander zu nehmen.
«He! Halt! Das Ding kostet tausendfünfhundert Franken.»
«Ich weiss.»

El demontescha il toc. Jau dun dal chau.
«Las battarias n'èn betg vidas. Plitost ruttas. Il telefon è vegnì bletsch.»
«Bletsch?»
«Gea, bletsch. Has prendì el cun tai en la duscha?»
«Quai sto esser da la plievgia. L'ultima gia al hai jau duvrà durant la chatscha.»
«I sto avair plovì detg ferm!»
«Sco cun sadellas. Nus eran bletschs tras e tras.»
«Cun collegas?»
«Cun ina dunna.»
«A chatscha? Cun ina dunna.»
«Gea.»
«Ina chatschadra.»
«È quai in'interrogaziun?»
«Bella?»
«Ussa taidl'ina gia.»
«Fitg bella?»
«Jau pens da bain.»
«Sain?»
«Sco masainas.»
«Oh.»
Nus taschain ina buna pezza.
«Damaun vom jau giu'l vitg e prov dad organisar in auter telefon.»
«Jau ma met per lung. N'hajas betg tema sche jau sbragel.»
El sa tir'ora. Jau sort. Ina mesaglina cucca or dals nivels sco in egl. Da sutensi daud'ins il flum, in ventin fraid schuschura.

Er zerlegt es erbarmungslos in seine Bestandteile. Ich zucke nur noch mit den Schultern.
«Die Batterien sind nicht leer. Sie sind kaputt. Wegen Wasser.»
«Wasser?»
«Ja, Wasser. Hast du das Telefon in die Dusche genommen?»
«Es muss vom Regen sein. Als ich es letztes Mal gebraucht habe, war ich auf der Jagd, und es hat geregnet.»
«Es muss sehr stark geregnet haben.»
«Wie aus Kübeln, wir waren klatschnass.»
«Mit Kollegen.»
«Mit einer Frau.»
«Auf der Jagd? Eine Frau!»
«Ja?»
«Eine Jägerfrau?»
«Ist das ein Verhör?»
«War sie schön?»
«Na hör mal.»
«Sehr schön?»
«Ich denke schon.»
«Brüste?»
«Wie Bienenkörbe.»
«Oh.»
Wir schweigen wieder längere Zeit.
«Morgen fahre ich hinunter und versuche, ein anderes Telefon aufzutreiben.»
«Ich gehe schlafen. Bin müde. Keine Angst, wenn ich schreie.»
Er zieht sich aus. Ich gehe hinaus vor die Hütte. Ein halber Mond hängt in den Wolken, von unten hört man den Fluss rauschen, ein leiser Wind bläst …

3

El grufla. El runca guauds entirs. Jau na poss durmir. Co pomai hai jau pudì durmir durant la scola da recrut? Otganta umens en in dormitori! Jau durmiva adina sco ina muntanella. Malgrà la culissa acustica che fascheva tremblar las fanestras. Ins era stanchel ed indifferent. Tuts s'avevan suttamess al destin. Cun excepziun da mes vischin da letg, Carl. El na pudeva betg durmir. In di ha'l reclamà. Il primsergent ha be ris ed ha ditg ch'el possia gea nettegiar las tualettas cur che tschels giajan a cuz, ch'el garanteschia ch'el vegnia a durmir suenter sco in urs.
Sunaric grufla anc adina. I na ma resta auter ch'empruvar da turnar spiertalmain en il temp da recrut, cas cuntrari na vegn jau a serrar egl.
El sbragia propi. Sbratgs curts, be da bass. Sco sch'el vegniss pitgà, sa sbassass e suenter la frida planschess. Strusch imaginabel da vegnir pitgà di per di. Tut il corp plain bottas blauas. Giaschair tuttadi sin questa pista da catram. Giaschair là sper tschients auters arrestads. Mintga di novs praschuniers, mintga di mancan puspè tants. Spetgar la mort, u fridas, u torturas, sco biestga da maz. Na, pir! Biestga vegn mazzada per esser mangiada, ma els vegnan mazzacrads senza motiv, moran per esser morts, senza senn. Jau prov da ma metter en la situaziun da

Er schnarcht. Er sägt ganze Wälder um. An Schlaf ist nicht zu denken. Wie habe ich das in der Rekrutenschule geschafft, da haben achtzig Mann in einem Saal geschlafen? Ich schlief stets wie ein Murmeltier. Es muss eine Geräuschkulisse gehabt haben, dass die Scheiben zitterten. Man war müde und gleichgültig. Man hat sich in sein Schicksal ergeben. Bis auf die paar Ausnahmen, Karl. Er war mein Bettnachbar, konnte nicht schlafen, hat sich beschwert, dann haben sie ihn bis zwei Uhr nachts die Toiletten reinigen lassen, damit er auch schön müde werde und ganz fein schlafen könne.
Sunaric schnarcht immer noch, stetig und laut. Es wird mir nichts anderes übrigbleiben, als mich mental in den Rekrutenschule-Zustand zurückzuversetzen, sonst werde ich kein Auge zutun.
Er schreit tatsächlich. Kurze, dumpfe Schreie. Wie wenn er geschlagen, sich ducken und beim Schlag kurz aufstöhnen würde. Wie ist das wohl, wenn man täglich geschlagen wird? Der ganze Körper voller Blutergüsse, auf diesem Belag liegen. Man liegt da, neben Hunderten von anderen Leuten. Täglich werden neue gebracht, täglich werden wieder so und so viel umgebracht. Man erwartet den Tod oder Schläge oder Folterungen, wird zum Schlachtvieh. Oder ist das der falsche Ausdruck? Vieh schlachtet man ab, um es essen zu können, diese Leute werden aus keinem plausiblen Grund umgebracht. Sie sterben, um gestorben zu sein, sinnlos. Sosehr ich auch versuche, mich in die Lage von

Sunaric, e tuttina na sun jau bun da supprimer mia gritta vers il gruflader.
«Silenzi si qua, diavel!»
In pitschen mument regna quietezza, lura reprenda'l puspè. El ma va sin la gnerva, adina dapli. Jau ma dauz, met enturn il mantè e sort. Sche quai va enavant uschia, vegn jau ad odiar quest um en paucs dis ... Il tschiel è surtratg cun finas scrottas da nivels, l'egl da la glina s'ha transfurmà en ina mustga che penda en la taila d'arogn. Jau stoss durmir. Ma co? Jau fatsch in pèr pass e turn en chamona. Sunaric sesa sin la cutschetta sura e lascha pender giu sias chommas.
«Na vuls ti betg durmir, docter?»
«Durmir? Smetta da resgiar.»
«Jau resgel?»
«Guauds entirs.»
«Perstgisa, jau nun hai savì.»
«Lura sas uss.»
«Mia dunna n'ha mai ditg nagut. Ed er ad Omarska nun hani reclamà.»
«Els vegnan ad avair gì auters problems, suppona.»
«Gea, sch'insatgi sbragiva en il sien, stuevan ils auters svegliar el. Uschiglio vegnivan ils schuldads e pitgavan tuts.»
«N'es ti mai ta grittentà dals grufladers?»
«Nus durmivan savens sin la pista durant il di. La notg era jau savens sveglià. Jau spetgava sin ils sbratgs che vegnivan d'ordaifer, sin ils camiuns, e sin ils tuns.»
«Ma co pomai èsi pussaivel da surviver sut talas cundiziuns?»
«Jau ma zuppava adina entamez.»

Sunaric zu versetzen, es gelingt mir nicht, meinen Ärger über den Schnarcher zu vergessen.
«Ruhe, da oben.»
Einen kurzen Moment hört er auf, dann fängt er wieder an. Es nervt mich immer mehr. Ich stehe auf, werfe mir meinen Mantel über und gehe hinaus. Wenn das so weitergeht, werde ich den Mann in ein paar Tagen hassen ... Der Himmel hat sich mit feinen Wolkenschlieren überzogen, der Mond hängt wie eine Fliege im Gespinst. Es wird mir nichts anderes übrigbleiben, als zu schlafen. Aber wie? Ich gehe ein Stück und kehre wieder in die Hütte zurück. Sunaric sitzt auf dem oberen Kajüttenbett, lässt die Beine herunterbaumeln.
«Willst du nicht schlafen, Doktor?»
«Wenn du aufhörst zu sägen ...»
«Ich säge?»
«Ganze Wälder ab.»
«Sägen?»
«Schnarchen, verstehst du? Chhrrr!»
«Ich habe das nicht gewusst.»
«Na, dann weisst du's jetzt.»
«Meine Frau hat es mir nie gesagt. In Omarska auch niemand.»
«Die werden andere Sorgen gehabt haben.»
«Ja. Wenn einer im Schlaf schrie, dann mussten die andern ihn wecken. Sonst kamen die Serben und schlugen alle.»
«Hast du dich nie genervt über die Schnarcher?»
«Wir schliefen auf der Pista. Am Tag. In der Nacht konnte ich nicht mehr schlafen. Ich hörte auf die Schreie. Und die Lastwagen und die Schüsse.»
«Kannst du mir sagen, wie du das überlebt hast?»
«Ich versteckte mich immer in der Mitte.»

«*Entamez?*»

«*Gea, tar ina massa glieud, stos ti adina pruvar dad ir amez la fulla. Nus essan arrivads ad Omarska. Els han dumandà: tgi ha frars u auters parents en l'armada serba. Otg u diesch persunas han tegnì si il maun. Els èn vegnids separads da nus e mess vi d'in mir. Tuts han cret ch'els vegnian ad avair avantatgs. Els avevan parents en l'armada. Lura è vegnì in uffizier ed ha dumandà: tge fa questa glieud vi da quel mir. El ha sbragì per quai d'enturn. El nun ha spetgà ina resposta. El ha prendì ina mitraglietta ed ha sajettà. I nun è bun da sortir or da la massa. Igl è meglier da star entamez. Blers han er empruvà da sa far bainvis tar ils schuldads. Ma i nun è bun da vesair e savair memia bler. Tuttenina san ins insatge ch'ins na duess betg savair. Lura èsi memia tard. I na vulan betg ch'ins sa memia bler dad els. Jau na sun mai ì tar ils uffiziers. N'er betg tar ils schuldads.*»

«*E co es ti puspè sortì?*»

«*Nagin chapiva pertge che Omarska era finì. Pir pli tard èsi vegnì palais. Ins aveva barattà ils praschuniers per ieli. L'emprim però ans avevan els dischloccads en in auter champ. Lura èn arrivads ils bus. Els han ditg che quests bus giajan a Manjaca sper Prijedor, mia vischnanca. Jau preferiva da turnar a Prijedor. Ma jau hai spetgà. Els han purtà tschintgtschient persunas a Manjaca. Il rest a Trnopolje. Quai era bler pli nausch. Pli tard sun jau vegnì a savair che l'uffizier dal champ da Manjaca era mes vischin da chasa. El m'avess mazzà dalunga. Il nausch è mintgatant meglier ch'il bun.*»

«*Tes vischin?*»

«*Gea ils vischins eran ils pli mals. Els vegnivan adina*

«In der Mitte?»
«Ja, wenn viele Menschen sind, man muss in die Mitte gehen. Am ersten Tag kamen wir an. Da fragten sie, wer hat Brüder oder Verwandte in der serbischen Armee. Acht oder zehn Leute meldeten sich. Sie wurden an eine Mauer gestellt, separat. Alle dachten, ihnen geht es besser. Sie haben Verwandte in der Armee. Dann kam ein Offizier und fragte, was machen diese Menschen. Er brüllte. Er wartete nicht auf eine Antwort. Er nahm seine Maschinenpistole und schoss. Es ist nicht gut, heraustreten. Besser in der Mitte bleiben. Viele versuchten, mit den Soldaten oder Offizieren Freundschaft zu machen. Aber es ist nicht gut, wenn man zu viel weiss und sieht. Plötzlich kommt man zu nahe. Dann ist es zu spät. Sie wollen nicht, dass man von ihnen etwas weiss. Ich ging nie zu Offizieren oder Soldaten.»
«Und wie kamst du wieder heraus?»
«Keiner wusste, warum Omarska fertig war. Erst später. Sie tauschten Gefangene für Öl. Doch wir wurden zuerst nur in ein anderes Lager gebracht. Die Busse kamen, und sie sagten, die ersten Busse fahren nach Manjaca zurück. Das ist mein Ort. Ich wäre gerne nach Manjaca gegangen. Aber ich wartete. Nur fünfhundert Gefangene kamen nach Manjaca. Alle anderen nach Trnopolje, was viel schlechter war. Aber ich hörte später, in Manjaca war mein Nachbar der Lageroffizier. Er hätte mich getötet. Sicher. Das Schlechtere ist manchmal besser als das Bessere.»
«Dein Nachbar?»
«Ja, die Nachbarn waren schlimm. Manchmal kamen sie

puspè a visitar il champ e dumandavan: co vai, pudain nus drizzar ora insatge a la famiglia? Ma els faschevan quai be per tradir tut als schuldads. Nagin na saveva quai. Pli tard èsi vegnì palais. Jau nun hai discurrì cun nagin dad els. Cur ch'els vegnivan, na gieva jau betg a mangiar per na stuair discurrer. Sch'insatgi vegniva en visita, guardav'jau davent. Sas, jau sun in um da la champagna. Jau m'hai ditg: ti has vivì trentatschintg onns e ti has vis avunda. Meglier murir ussa che viver vinavant uschia. Jau n'hai mai cumbattì per mia vita. Jau hai be ditg: trentatschintg onns èn avunda.»

«E lura?»

«Ils bus ans han purtads a Trnopolje. Nus stuevan seser cun il dies sgobà. Il pèz sin ils chaluns ed il chau engiu. Quai era fitg stentus e fascheva mal. Mintgatant ha il bus sa fermà per laschar entrar Serbs che vegnivan aposta per ans bastunar.»

«Schuldads?»

«Na, betg schuldads. Civilists. Glieud che aveva pers parents en la guerra. Els dastgavan vegnir en il champ u en ils bus che transportavan praschuniers per bastunar Bosniacs.»

«Per l'amur da Dieu, quai è gea ...»

«En il bus per Trnopolje è vegnida ina dunna. Ina dunna fitg grossa. Ella cridava e sbragiva: vus portgs, vus avais mazzà mes frar! Ella aveva ina stanga da fier. Cun quella ha'la cumenzà a bastunar. Ella na smetteva pli. Nus avain empruvà da proteger ils gnirunchels cun ils bratschs. Lura essan nus arrivads a Trnopolje. Nus avain stuì sortir dal bus ed ir en ina halla da gimnastica. Ma nus avain vis ch'els avevan be bastuns da polizia. Nus n'avain betg fatg per

ins Lager und fragten, wie geht es? Sollen wir etwas ausrichten? Sie machten das nur, um alles den Militärs zu verraten. Niemand wusste das. Erst später hörten wir es. Ich sagte nie jemandem etwas. Ich suchte die Nachbarn nicht. Immer wenn sie kamen, ging ich nicht zum Essen. Damit sie mich nicht sehen konnten. Wenn jemand kam, ich schaute weg. Weisst du, ich bin ein Mann aus dem Dorf. Ich bin schon fünfunddreissig. Ich habe genug gesehen. Lieber sterben jetzt, als so weiterleben. Ich habe nie gekämpft für mein Leben. Ich habe nur gesagt, fünfunddreissig Jahre sind genug.»
«Und dann?»
«Dann fuhren wir mit den Bussen nach Trnopolje. Wir mussten mit gebeugtem Rücken fahren und der Kopf nach unten. Man wird sehr müde, und alles tut weh. Manchmal hielt der Bus an. Dann kamen Menschen herein und schlugen.»
«Soldaten?»
«Nein, nicht Soldaten, Zivilisten. Menschen, die an der Front einen Verwandten verloren. Sie durften ins Lager kommen oder in die Busse, Bosnier zu schlagen.»
«Mein Gott, das ist ja ...»
«Ja, in diesem Bus nach Trnopolje kam eine Frau. Eine dicke Frau. Sie weinte und rief: Ihr Schweine, ihr habt meinen Bruder getötet. Sie hatte ein Eisenrohr. Sie schlug und schlug und hörte nicht mehr auf. Wir versuchten, die Nieren zu schützen mit den Armen. Dann kamen wir nach Trnopolje. Man sagte, wir sollten alle aus dem Bus steigen. In eine Turnhalle gehen. Doch wir sahen, die Soldaten haben nur Polizeiknüppel. So

cumond. Quels da Trnopolje crajevan che nus fissan tups. Nus eran però talmain disads da survegnir clocs. Lur bastunets n'ans faschevan nagin'impressiun.»
«*Ma pudessas dir co ch'ins duai durmir suenter in tal raquint.*»
«*Ti emprovas. Jau rest alert. Cur che jau daud che ti dormas, vegn er jau puspè a ma durmentar.*»
Jau na crai betg che jau possia durmir. Tuttina accepta sia proposta. Ina gia stoss jau durmir. Jau ma met per lung ... Il telefon era damai vegnì bletsch, quel di cun Maria. A l'ospital m'avevani tschertgà invan. I stueva esser capità insatge sgarschaival. Christina clamava adina: l'uffant! L'uffant! Manegiava ella noss uffant ch'ella aveva pers? Tge è capità cun mai? Jau emprov da scappar en il sien. Exact sin questa cutschetta era jau stà, dasper mai Maria, ed ils vestgids sur la pigna per sientar.

Tschiervs e femnas. La chatscha dubla. Fugia en la charn.

Ussa è'l puspè qua! Sco ier tar Blanche, dalunsch davent. El fa beffas da mai. Sco en il spievel. Là ha el immediat cumenzà a sghignar. El na m'ha gnanc laschà il temp da badar, pertge ch'jau era talmain schoccà da mes agen aspect. Jau na sai anc adina betg pertge. Jau na m'hai betg reconuschì, quai è tut. Jau hai pensà ch'i saja ina beffa. Insatgi ma prenda per il tgil.

Quest um sa prenda serius. El na sa lascha metter a chantun. In um davaira!

Quai che Christina scheva adina! Allo, es anc qua? Uei! Il tip sa fa or da la pulvra ed il discurs è serrà.

gehorchten wir nicht. Die Menschen in Trnopolje dachten, wir sind dumm. Doch wir waren so gewöhnt an Schläge. Knüppel waren uns gleich.»
«Und danach soll ich noch schlafen können?»
«Du versuchst es. Ich bleibe wach. Wenn du schläfst, schlafe ich auch. Und mein Segen stört dich nicht.»
«Sägen. Mit ääää nicht mit e. Segen wäre etwas anderes.»
Obwohl ich nicht glaube, einschlafen zu können, nehme ich sein Angebot an. Irgendwann muss ich ja schlafen. Ich lege mich hin. Das Telefon ist also nass geworden, als ich mit Maria draussen war, und die Leute im Spital haben mich vergeblich gesucht. Es muss etwas Grässliches sein. Christine sagte immer nur: ‹Das Kind, das Kind!› Redete sie von unserem Kind, das sie verloren hat? Was ist da über mir hereingebrochen? Ich versuche, mich zum Schlafen zu überlisten. Aber die Gedanken kreisen. Auf dieser Pritsche lag ich mit Maria, die Kleider zum Trocknen über dem Ofen.
Hirsche und Weiber. Die doppelte Jagd. Ausbruch ins Fleisch.
Jetzt ist er wieder da! Wie gestern bei Blanche, weit weg. Er macht sich lustig über mich. Wie im Spiegel. Da hat er gleich zu grinsen begonnen, hat mir nicht einmal Zeit gelassen, zu merken, weshalb ich von meinem eigenen Anblick so schockiert war. Ich weiss es noch immer nicht. Ich habe mich nicht wiedererkannt, das war alles. Ich dachte, es ist ein Scherz. Jemand nimmt mich auf den Arm.
Der Mann nimmt sich ernst. Ist nicht aus der Bahn zu werfen, ein richtiger Mann!
Das hat Christine auch immer gesagt. Hallo, bist du noch da? He!

Quant gronda ch'ella è, questa vusch. Sco sch'ella vegniss or d'in halla enorma che resuna.
Ti nun es bun da ma far vegnir nar! Jau hai vis la glisch. La notg passada. Jau sun sgulà sco in'evla adina plinensi, fin ch'igl aveva be pli sulegl ...

Der Kerl kippt weg, und das Gespräch ist aus. Wie gross die Stimme ist, als ob sie aus einem riesigen Raum käme, der hallt. Du wirst mich nicht verrückt machen. Ich habe das Licht gesehen. Gestern Nacht. Ich bin wie ein Adler immer höher gekreist, bis nur noch Sonne war ...

4

Jau ma svegl, bain pussà e da buna luna, sco sche la notg avess lavà mia biancaria malnetta e l'avess pendì si la damaun per sientar. Igl è gia las nov. Jau sort per dar in sguard sin l'aura. Il tschiel è cuvert. I savura da naiv. Jau turn spert en chamona, fatsch fieu, met vi aua, ma lav e dasd Sunaric.
«Jau stoss partir avant ch'i vegnia la naiv. Prendas latg en il café?»
«Zutger, zutger.»
Suenter l'ensolver prend jau cumià.
«Jau na turn betg uschè svelt. Forsa poss jau spetgar fin ch'il telefon è reparà, lura vegn quai a durar in pau pli ditg. Sche ti na tegnas ora en la chamona, pos gea far in pèr pass. La via maina directamain sin l'alp. Ins na po betg ir a perder.»
El ma para malsegir, sco sch'el vuless vegnir cun mai. Ma el na di nagut. Meglier uschia! Jau preferesch dad ir sulet e part.
Uss vegn la storta, nua che Christina ans avess guidà per il nair d'in ungla giu en il precipizi. Jau ferm, sort e guard giu en la chavorgia. Crudada libra dad otganta meters! Jau tschif il snuizi. Giusut rampluna l'ual. Sche nus fissan crudads giu là, nua fissan nus uss? En il tschiel, en l'enfiern u simplamain sin il santeri da Suagnin, sutterrads en la fossa da famiglia, pronts per vegnir magliads dals verms. E la glisch? Avess jau vis la glisch en il mument da la mort,

Ich erwache ausgeruht und guter Laune, als ob die Nacht sämtliche dreckige Seelenwäsche gewaschen und zum Trocknen in den Morgen gehängt hätte. Es ist schon neun Uhr. Ich gehe hinaus, der Himmel ist bedeckt. Es riecht nach Schnee. Schnell gehe ich zurück in die Hütte, mache ein Feuer, setze Wasser auf, wasche mich und wecke Sunaric:
«Ich muss hinunter, bevor es anfängt zu schneien. Magst du Milch in den Kaffee?»
«Zucker, Zucker.»
Nach dem Frühstück verabschieden wir uns.
«Ich bin nicht so schnell zurück. Vielleicht kann ich warten, bis das Telefon repariert ist, dann dauert es etwas länger. Du kannst auch ein paar Schritte gehen, wenn du's nicht aushältst in der Hütte. Der Weg geht direkt hinauf zur Alp. Man kann sich nicht verirren.»
Er kommt mir unsicher vor, als ob er lieber mitkäme. Aber er sagt nichts. Und ich bin froh, wenn ich allein gehen kann. Ich fahre hinunter.
Bald kommt die Kurve, bei der Christine uns beide um ein Haar in den Abgrund befördert hätte. Ich halte an, steige aus und schaue hinunter. Achtzig Meter freier Fall. Schauder läuft mir über den Rücken. Unten rauscht der Bach. Wo wären wir jetzt, wenn wir da hinunter gestürzt wären, im Himmel, in der Hölle oder einfach auf dem Friedhof von Savognin, friedlich im Familiengrab, wartend, bis die Würmer sich durchgefressen haben? Und das Licht, hätte ich das Licht ge-

suenter che la vita fiss passada davant mes egl intern sco in film, sco quai che quels che levan da mort en vita raquintan? E sche la glisch existess era suenter la mort, fiss ella desiderabla senza corp?
Ils pigns che resistan a l'ur da la bova da crappa na paran d'avair bregia da respunder a talas dumondas. Sut mai giran in pèr curnagls cun lur pichel mellen.
Jau part. Dapi che jau hai vis la glisch sai jau ch'i sto dar anc insatge auter davos il mund visibel. Curius ch'il mund n'è betg vegnì pli enclegentaivel tras quai. El na s'ha betg midà. Be jau sun in auter, sco sche jau na chaminass pli sin quest glatsch satigl, dal qual ins na sa mai sch'el rumpa.
Jau arriv a Suagnin e vom en la butia d'apparats electrics. Las duas vaidrinas traglischan da las chandailas electricas, ina scarsola cun in tedy fila tras in paradis electronic, stailas alvas tatgan vi dals vaiders, e giu dal tschiel sura pendan anghels cun gloriolas sbrinzlantas. Il proprietari serva persunalmain.
«Ah, il signur docter, ditg na pli vis.»
«Gea, gea, jau hai cumprà quest natel tar Vus …»
«Datti problems? Curius. Nus n'avain mai gì problems cun quest model, propi curius.»
«Igl è entrà aua.»
«Ah, quai è natiralmain insatge auter.»
«Jau vuleva savair sch'ins possia far insatge?»
L'um, pitschen, chau blut, ina mustaila en gippa alva,

sehen, nach dem Aufprall, nachdem das Leben wie ein Film noch einmal Revue passiert, wie es die klinisch Toten, die wiederbelebt werden, erzählen? Und wenn es das Licht auch nach dem Tode gäbe, wäre es ohne Körper überhaupt erstrebenswert?
Die Tannen, die sich hartnäckig auf den Felsvorsprüngen festhalten, wissen auch keine Antwort. Ein paar Dohlen mit ihren gelben Schnäbeln kreisen.
Ich fahre weiter. Seit ich das Licht gesehen habe, weiss ich, dass es hinter der sichtbaren Welt noch etwas anderes geben muss. Das Merkwürdige dabei ist, dass die Welt dadurch nicht verständlicher wird. Die Welt hat sich auch nicht verändert, nur ich bin anders geworden, als ob ich nicht mehr auf einer hauchdünnen Haut laufen würde, von der man nie weiss, wann sie einreisst, als ob der Grund sicherer wäre.
Ich komme in Savognin an und fahre zum Elektrogeschäft. Die beiden Schaufenster strahlen von elektrischen Kerzen, ein Schlitten mit Teddybären fährt durch eine Elektroangebotslandschaft, weisse Sterne an den Scheiben, und von der Decke hängen Engel mit blinkenden Heiligenscheinen. Der Inhaber bedient persönlich:
«Ach, Herr Doktor Kauer, schon lange nicht mehr gesehen.»
«Ja, ja. Ich habe doch hier dieses Natel gekauft ...»
«Ist etwas nicht recht? Das täte mir aber Leid, wir haben mit dem Modell noch nie Scherereien gehabt.»
«Es ist Wasser hineingekommen.»
«Ach so, das ist natürlich etwas anderes.»
«Ich wollte wissen, ob man es reparieren kann.»
Der Mann, klein und glatzköpfig, ein nervöses Wiesel in weissem Arbeitskittel, Augen, bei denen man immer

egls che paran da guardar pir cur ch'ins dat il dies, prenda il telefon, sorta l'accu, tegna il guaffen sut la lampa.

«Gea, gea, aua. Sch'igl entra aua èsi mal far be uschia a la svelta. Jau stoss trametter en el. Quai va almain in'emna, plitost diesch dis.»

«Uschè ditg na poss jau spetgar.»

«Jau As pudess offrir in apparat nov, natel D, anc meglier che quest, naginas interferenzas e perfin superiur al natel C per quai che reguarda la distanza.»

Carogna, emprova propi da ma schnorrar si in nov apparat! Jau na dovrel pli in natel.

«Jau duvrass in be per in pèr dis.»

«Pli baud devan nus a fit tals apparats, ma nus avain fatg nauschas experientschas. I ma displascha fitg da na pudair offrir insatge meglier.»

Jau prend l'apparat e dun adia.

«A revair, signur docter.»

Jau sort. El m'ha penetrà cun egls mirveglius, sco sch'el avess vulì mulscher la vatga entant ch'ell'è en stalla. I vegn ad avair dà in detg baterlim quel di che jau era tuttenina svanì!

Franc che la dunna al ha abandunà ... chapibel cun tantas afferas ... Debits vegn el ad avair ... Pli intelligent e pli nar ... Insatge sto esser capità a l'ospital ... A quels na pos ti cumprovar nagut ... Tagliar la corda per in sbagl professiunal? Uschè tup nun è'l ... Tge vuls, in da la Bassa. A la lunga na tegnani ora qua tar nus ... L'onn passà ha'l sajettà il pli bel tschierv da la regiun ... Zwölfer vi u nà, ins na taglia betg la corda laschond enavos ina tala purtgaria ...

das Gefühl hat, sie schauen einem nur an, wenn man ihnen den Rücken zudreht. Er nimmt das Telefon, zieht die Akkus heraus, hält das Gerät unter eine Lampe.
«Ja, ja, Wasser, da ist nicht viel zu machen. Das müssen wir einschicken, geht acht bis zehn Tage.»
«So lange kann ich nicht warten.»
«Ich könnte Ihnen ein neues anbieten, Natel D, ist eh viel besser, keine Störungen und dem Natel C bald auch von der Erreichbarkeit her überlegen.»
Er versucht mir tatsächlich, ein neues Gerät anzudrehen. Doch ich brauche ausser für die paar Tage kein Natel mehr.
«Ich bräuchte es nur für ein paar Tage.»
«Wir haben früher vermietet, aber wir haben so schlechte Erfahrungen gemacht, es tut mir wirklich Leid, Ihnen nichts anbieten zu können.»
Ich nehme das kaputte Gerät, verabschiede mich kurz.
«Wiedersehn, Herr Doktor.»
Ich verlasse das Geschäft. Er hat mich angeschaut, als ob er mich anzapfen wollte. Was wird das für ein Gerede gegeben haben, als ich plötzlich nicht mehr da war!
Ah, dem ist doch die Frau weggelaufen ... Kein Wunder, bei so vielen Weibergeschichten ... Bestimmt hat er Schulden ... Je gescheiter, umso eher schnappen sie über ... Wer weiss, was im Spital gelaufen ist ... Er ist ein Unterländer, und auf die Dauer müssen die alle wieder zurück ... Dabei hat er letztes Jahr einen Vierzehnender geholt, den schönsten Hirschstier im Tal ... Er ist schon recht der Doktor ... Vierzehnender hin oder her, man haut doch nicht einfach mir nichts dir nichts ab und hinterlässt einen solchen Saustall ...

Jau ferm davant la chascharia e sort per cumprar in mutschli. Els fan ils megliers che jau enconusch. Er sch'els han producì lur rauba gia adina cun pauca chemia, erani permalads sch'ins scheva ch'els sajan purs biologics. Pir ussa cun la politica nova da subvenziuns hani acceptà il label, gugent u navidas. Jau entr en la chascharia. La savur da chaschiel e da latg ma vegn encunter. Il chaschader, in um in pau maladester, sa stenta dad enzugliar in toc chaschiel. El fa in tala zambregiada ch'il chaschiel croda adina puspè or dal palpiri. La dunna che spetga tar la cassa prenda la chaussa sezza enta maun. Il chaschader svanescha en chascharia. La dunna sa volva e ma guarda. Ses egls sa spalancan. In spavent surtira sia fatscha, sco naiv che sflatscha vi da la fanestra d'in auto. D'insanua enconusch jau quests egls, ma jau na sai betg danunder. Ella ma fixescha vinavant. Tuttenina scurlatta ella il chau, la fatscha sa deliberescha dal spavent e lascha scappar in surrir.

La porta da vaider s'avra.

La tgirunza da notg stat en la porta d'entrada, gnervusa, di insatge da telefon ed emprovà sappia Dieu quantas giadas.

Jau cur tras ils corridors, vom giu'l plaun sut ed avrel la porta da la sala da parturir. Jau la ves giaschair cun chommas sbrajattadas sin il letg da parturir. Nus ans guardain en ils egls.

Jau clom: anastesia! Il tgirunz dat a la dunna la squitta e di apaticamain: sfundrada.

Jau sfrusch cun il scalpel sur il venter vi. Or da la plaja vegn sang. A l'entschatta ves'ins be ils chavels, las spatlas, finalmain l'entir uffant.

Ich halte meinen Wagen vor der Käserei, will mir eines von den feinen Käsemutschli besorgen. Sie machen den besten Käse, den ich kenne. Obwohl sie schon immer natürlich produziert haben, sind sie beleidigt, wenn man ihnen Biobauern sagt. Ich betrete die Käserei, der Geruch von Milch und Käse schlägt mir entgegen. Der Käser ist da, ein etwas ungelenker Mann, der die grösste Mühe hat, die Käseabschnitte ins Wachspapier einzuwickeln. Er macht jedesmal ein solches Gefalze, dass der Käse wieder herausfällt. Die Frau, die an der Kasse steht, nimmt die Sache selbst in die Hand. Der Käser wendet sich ab und verschwindet in die Käserei. Die Frau dreht sich um, schaut mir direkt in die Augen. In ihr Gesicht fährt ein Schrecken, der es für Augenblicke erstarren lässt, wie wenn Schnee an eine Autoscheibe klatscht. Ich kenne die Augen, aber ich weiss nicht, woher. Sie schaut mich unverwandt an. Plötzlich löst sich der Schrecken, und ein Lächeln huscht über das Gesicht ...

Die Glaseingangstüre öffnet sich.
Die Nachtschwester steht am Eingang, nervös, faselt etwas von Telefon und x-mal probiert.
Ich renne durch die Gänge, einen Stock hinunter, öffne die Türe zum Gebärsaal. Ich sehe sie daliegen. Wir schauen uns in die Augen.
Ich rufe: Anästhesie! Der Anästhesist gibt der Frau die Spritze und sagt teilnahmslos: versenkt.
Ich fahre mit dem Skalpell über den Unterbauch. Die Wunde blutet. Zuerst sieht man nur die Haare, dann den Kopf, die Schultern, endlich das ganze Kind.

Jau prend l'uffant cun domadus mauns or da la plaja averta, al dun a la dunna da part en la taila verda e di: tschitschar giu e reanimar. Jau tir cun la corda da l'umbli la placenta or da la dunna.

Jau stun qua e ponderesch sch'jau duaja cuser la plaja da la mamma u reanimar l'uffant. Jau di al giuven assistent: cuser! El ha larmas en ils egls.

Jau clom: oxigen! La dunna da part di: quai na vegn betg pli a far el vivent. Jau prend l'uffant or dals mauns da la dunna da part ed emprov desperadamain d'al reanimar.

Battidas da cor: nulla. Fermada dal cor pervi da prolapsa da la corda da l'umbli.

La dunna è svanida. Jau ma volv vers la porta. Il chaschader turna da la chascharia.
«Tge avessas gugent?»
«In mutschli, ma jau stoss svelt … be in mument …»
Jau sort e ves a partir in Subaru brin. Tras la fanestra na pon ins betg dir precis tgi che sesa davos la roda da manischar. Ma jau sun segir che quai era ella.
Jau turn tar mes auto, guard sin l'ura, senza percorscher las quantas ch'igl è. Jau emprov da suandar il Subaru. Ma el è scappà. Arrivà en il vitg tar la cruschada, na sai jau pli nua ir. Ils egls da la dunna eran turbels ed auaditschs. Per in curt mument hai jau vis a sbrinzlar insatge en els, insatge sco puntili, ina ferma voluntad, fin ch'il sguard è vegnì pitgiv, sco sch'ella avess entupà ses assassin. Ella vegn seguramain ad avair purtà plant cunter mai. Igl è en mintga cas surprendent che la polizia na m'ha betg anc arrestà. Forsa na m'hani betg chattà. Tge era cun quel surrir ch'è vegnì sur sia fatscha? In cler surrir,

Ich hole das Kind mit beiden Händen aus der klaffenden Mutterwunde, lege es der Hebamme ins grüne Tuch und sage: «Absaugen, beatmen.» Ich ziehe mit der gestreckten Nabelschnur die Nachgeburt aus der Frau. Ich stehe da und überlege, ob ich die Frau nähen oder das Kind wiederbeleben soll. Ich sage dem jungen Assistenzarzt: «Nähen Sie!» Er hat Tränen in den Augen ... Ich rufe: «Sauerstoff!» Die Hebamme sagt: «Das wird es auch nicht lebendig machen.» Ich nehme ihr das Kind aus der Hand und versuche verzweifelt, es zu beatmen. Herztöne null. Herzstillstand wegen Nabelvorfall.

Die Frau ist verschwunden. Ich drehe mich nach ihr um. Der Käser kommt aus dem Käseraum zurück: «Ja, bitte.»
«Ich brauche ein Mutschli, aber ich muss schnell ... Moment.»
Ich gehe auf die Strasse und sehe einen alten Subaru davonfahren. Obwohl man durchs Fenster nur ungenau erkennen kann, wer fährt, bin ich sicher, dass sie es ist.
Ich gehe zum Auto, schaue auf die Uhr, sehe die Zeiger, ohne wahrzunehmen, wie spät es ist. Ich fahre los, in Richtung des Subaru. Oben im Dorf auf der Kreuzung weiss ich nicht, wohin ich fahren soll. Die Augen der Frau waren trüb und wässerig. Kurz sah ich etwas aufblitzen, etwas wie Trotz, wie ein starker Wille, bis es erstarrte, als ob sie ihrem Mörder begegnete. Sie wird Anklage erhoben haben! Erstaunlich, dass mich die Polizei nicht geholt hat. Vielleicht haben sie mich nicht gefunden. Was ist mit dem Lächeln, das über ihr Ge-

quiet, senza sdegn u amarezza. Tge datti qua da surrir? È'la daventada narra suenter la mort da l'uffant?
Jau nun hai percurschì nua che jau sun ì cun l'auto. Tuttenina ma chat jau davant mia chasa. Sco en il sien hai jau prendì la via usitada, sco pli baud, suenter la lavur en l'ospital, sur la cruschada, tras il vitg sura, curva a sanestra, anc ina giada a sanestra, curva a dretga, trais garaschas, trais chasinas. Access docter Kauer che ha mazzà per negligientscha in uffant. Cun spetgar sin in taur-tschierv è ses telefon vegnì bletsch. Probabel ch'el vegn tschertgà da la polizia. Jau met giu il motor e ma guard en il spievel. «Alura, tge dis?»
Jau avess gugent supportà in lavachau da mia vusch interna, mes frar dispitader, ina chapitlada, el ma pudess renfatschar tut quai ch'el vuless. Quai ma faschess bain. Quai ma dess la pussaivladad da ma declerar. El na di nagut. Tut resta calm. Il spievel tascha, nagina vusch, nagins maletgs. Nagut. Jau daud a dir mamez: tip da merda! Ils pleds pendan en l'aria sco tocs da charn marscha. Jau sort. Igl ha cumenzà a naiver. Dal tschiel crodan floccas enormas, sco sch'ellas ma vulessan stenschentar. Jau guard ensi, ser ils egls e spetg ch'ina flocca ma tutgia. Jau m'imaginesch che l'emprima vegn a ma mazzar. Sco in condemnà a mort che spetga la salva mortala. Baud vegn ella a crudar. Fraida e bletscha sin il frunt u sin in dals egls serrads. Jau ves davant mai la fa-

sicht huschte? Ein reines, ruhiges Lächeln, dem keine Bitterkeit oder Verachtung anzumerken war. Was gibt es da zu lächeln? Ob sie übergeschnappt ist nach der Totgeburt?
Ich habe die ganze Zeit nicht gemerkt, wohin ich fahre. Plötzlich bin ich vor meinem Haus. Wie im Schlaf bin ich die gewohnte Strecke gefahren, wie früher, wenn ich aus dem Spital kam, über die Kreuzung, durchs Oberdorf, Kurve links, nochmals links, Kurve rechts, drei Garagentore, drei Einfamilienhäuschen. Einfahrt Doktor Kauer, der ein Kind fahrlässig tötete, weil sein Telefon beim Jagen nass geworden ist. Vermutlich wird er von der Polizei gesucht. Ich stelle den Motor ab. Ich drehe den Rückspiegel so, dass ich mich anschauen kann.
«Was sagst du dazu?»
Ich hätte gerne von meiner inneren Stimme eine Tirade über mich ergehen lassen, so eine richtige Kapuzinerpredigt, sie könnte mir alles an den Kopf werfen. Es würde mir gut tun. Es gäbe mir die Gelegenheit, mich zu erklären, aber es bleibt alles ruhig. Der Spiegel schweigt, keine Stimme, die sich meldet, keine Bilder, die auftauchen. Nichts. Ich höre mich »Kotzbrocken!» sagen. Das Wort hängt in der Luft wie ein faules Stück Fleisch. Ich steige aus, es hat zu schneien begonnen. Aus dem Himmel fallen grosse schwere Flocken auf die Erde, als ob sie alles ersticken wollten. Ich schaue hinauf, schliesse die Augen und warte, bis mich eine trifft. Dabei stelle ich mir vor, dass sie mich tötet. Wie ein zum Tode Verurteilter, der mit einer Augenbinde um den Kopf auf die Salve der Exekution wartet. Gleich wird sie fallen, kalt und nass, auf die Stirne oder auf eines der geschlossenen Augen. Ich sehe das Gesicht

tscha da la dunna, il spavent en ses egls, il bun surrir. Jau nun hai vulì mazzar l'uffant! Jau engir. Jau dess tut per al far puspè viv. Vus stuais ma crair. Jau ma met en schanuglias. La dunna vegn vers mai, fa in moviment cun il maun sanester. Jau stun si pir cur che jau sai che Vus ma crajais. Ella spetga in mument, craps ma fracassan tras il pèz. Tge capita sch'ella ma refusescha, sch'ella cumenza a rir? Lura dat ella dal chau, bunamain invisibel, ma tuttina, ella ha dà dal chau, jau branclel ses schanugls, smatg mes chau sin ses bist ...

Jau avr en tutta prescha ils egls. Ussa m'ha tutgà ina flocca. Jau sent il bletsch. La salva! Ma uschè chauda? Èn floccas da naiv uschè chaudas? I cula giu da las vistas, sper il nas vi en bucca. Chaud ed ensalà.

der Frau vor mir, den Schrecken in ihren Augen, das gute Lächeln. Ich wollte das Kind nicht töten, ich schwör's, ich würde alles hergeben, wenn ich es lebendig machen könnte, Sie müssen es mir glauben. Ich gehe auf die Knie. Die Frau kommt auf mich zu, macht eine Geste. Ich stehe erst auf, wenn ich weiss, dass Sie mir glauben. Sie wartet einen Augenblick, Steine poltern durch die Brust. Was, wenn sie mich jetzt zurückstösst oder zu lachen anfängt, doch dann, sie nickt, unmerklich beinahe, aber sie hat genickt, ich umfasse ihre Knie, drücke meinen Kopf an ihren Schoss …
Ich beeile mich die Augen zu öffnen. Jetzt hat mich eine Schneeflocke getroffen! Ich spüre ihre Nässe. Aber so warm? Sind Schneeflocken so warm? Es rinnt herunter, an der Nase vorbei in den Mund. Über die andere Wange, warm und salzig.

5

Jau vom en chasa. Igl è bel chaud. Jau clom:
«Christina! Christina?»
Nagina resposta. Jau fatsch in gir tras la chasa.
«Christina.»
Jau vom en la stanza da durmir. Il letg è scuvert, il tarpet per terra vi, las schalusias serradas. Sin la maisina da stiva è in tschendrer plain ed ina buttiglia kirsch mez vida. La televisiun gira. La duaja metter giu? Na, jau la lasch. Elle è l'unica cumprova ch'il temp na s'ha fermà en qua. I portan gist la previsiun da l'aura. Navaglias! Jau na crai betg ch'insatgi saja qua, tuttina clom jau anc ina giada Christina, be da bass, be per mai. En cuschina arda la glisch, la maisa n'è betg dustada. Jau avrel la frestgera. Ina savur miffa ma vegn encunter, spizza da verdura marscha, latg asch. Il paintg è rantsch, il chaschiel mif ed ils jogurts han datas scadidas. Qua na para d'esser stà olma dapi che jau sun partì! Per cletg nun è la biera anc scadida! Jau avrel ina clocca e ma met davant la televisiun. Jau baiv. Tge è capità? Pertge va anc la televisiun? Duaja telefonar a Manfred? Sunaric vegn ad avair pazienza. La plaja arda, diavel! Anc ina biera. Jau na poss uss betg partir. Jau stoss chattar ora tge ch'è capità en qua. Davant chasa hai jau cridà, sosas larmas. Jau na sai betg cur che jau hai cridà l'ultima giada. In'eternitad. En l'internat probabel. La pudeva

Ich gehe ins Haus. Es ist warm, als ob jemand da wäre.
«Christine! Christine?»
Keine Antwort. Ich gehe durchs Haus.
«Christine.»
Im Schlafzimmer ist das Bett ungemacht, die Decke liegt am Boden, die Jalousien sind geschlossen. Auf dem Salontisch im Wohnzimmer steht ein überquellender Aschenbecher und eine halb leere Flasche Kirsch. Der Fernseher läuft! Ob ich ihn ausmachen soll? Nein, er ist der einzige Beweis dafür, dass die Zeit nicht stehen geblieben ist. Sie zeigen gerade die Wetterkarten und reden von ergiebigen Schneefällen. Ich glaube längst nicht mehr, dass jemand da ist, trotzdem rufe ich noch einmal nach Christine, halblaut, für mich. In der Küche brennt Licht, und der Tisch ist nicht abgeräumt. Ich öffne den Kühlschrank. Ein ekliger Geruch von faulem Grünzeug und abgestandener Milch schlägt mir entgegen. Der Käse ist schimmlig, etwas gelbe Butter ist da und Joghurts, Verfalldatum abgelaufen. Niemand mehr hier gewesen, seit ich weg bin. Gut, dass das Bier noch nicht verfallen ist. Ich öffne eine Flasche und setze mich vor den Fernseher. Ich trinke das Bier. Was ist hier passiert? Warum läuft der Fernseher noch? Soll ich Manfred anrufen? Sunaric wird noch etwas Geduld haben müssen. Und die verdammte Wunde brennt. Ein Bier. Ich kann jetzt nicht einfach losfahren. Ich muss herausfinden, was hier los war. Ich habe geweint vorhin. Richtig geweint. Wann habe ich das letzte Mal geweint?

jau cridar or da spira ravgia da nun avair chattà la soluziun d'in problem matematic.
Jau fatsch puspè in gir tras la chasa. Sin il plaun sura è mia stanza, mes biro cun la biblioteca. Jau na poss crair ch'i na dettia indizis per chapir il stadi desolat en questa chasa. Jau entrel en la biblioteca. Qua hai jau passentà uras, emnas, vacanzas entiras cun leger. Jau prend mes cudesch preferì da la curuna, mes emprim Schopenhauer. Jau hai chattà el en in antiquariat ad Athen. Ediziun d'avant l'emprima guerra mundiala en scrittira gotica, deditgà ad ina dunna:
«Per mia pli chara Frederica, per che ti vesias cun tge narradads che jau hai passentà mes dis e da tge chaverna che ti m'has clamà, anghel splendurant, viva l'amur e sia pussanza ch'è pli ferma che mintga filosofia, tes Karl.»
Cur che jau hai emprais a conuscher Christina eri per mai il pli impurtant che jau na vegnia a perder la controlla. Nossa lètg era ina chaussa bunamain tecnologica, moderada, nunsentimentala, almain da mia vart, caracterisada da respect e distanza vicendaivla. Suenter tschintg onns hai jau però gì l'impressiun da stenscher. Da disgust e lungurella.
Jau met enavos il cudesch sin la curuna. Mes sguard dat sin in maletg da Goja: Saturn maglia ses uffants. Jau hai el dapi il temp da l'internat. Il monster temp che tragutta las uras ch'el ha sez generà. Jau hai ussa trentaset onns e stun anc adina avant il misteri dal temp sco il bov avant il parsepen vid ... Cun excepziun da stersas notg tar Blanche, cur ch'il temp s'ha dissolvì. Sin maisa è ina brev. Durant l'emprim gir tras la chasa n'hai jau betg vis ella. Il palpiri è sdrappà e davos puspè gulivà. Hai jau gia legì questa brev?

Muss ewig her sein, im Internat vermutlich. Da konnte es vorkommen, dass ich aus Zorn über eine Aufgabe, deren Lösung ich nicht fand, zu heulen anfing.
Noch einmal gehe ich durchs Haus. In den oberen Stock, wo mein Büro und die Bibliothek ist. Es kann nicht sein, dass es keinen Hinweis gibt. Ich trete in die Bibliothek, mein Zimmer. Hier habe ich Stunden und Wochen verbracht, ganze Ferien durchgelesen. Ich nehme den Schopenhauer aus dem Regal, meinen ersten Schopenhauer, den ich auf einer Reise nach Kreta in einem Antiquariat in Athen aufgestöbert habe. Ausgabe vor dem Ersten Weltkrieg in deutscher Schrift mit der Widmung für eine Frau:
«Der liebsten Frederike, damit Du siehst, womit ich bisher meine Tage zugebracht und aus welcher Höhle Du mich hervorgelockt, Du lichtender Engel, von Deinem Dich immer liebenden Karl.»
Als ich Christine kennen lernte war es das Wichtigste, die Kontrolle nicht zu verlieren. Das habe ich durchgezogen. Unsere Ehe war nüchtern, von Respekt und Distanz gezeichnet. Bis ich nach fünf Jahren das Gefühl bekam, darin zu ersticken. Vor Langeweile und Ekel.
Ich lege das Buch zurück ins Gestell. Mein Blick fällt auf die Reproduktion von Gojas «Saturn frisst seine Kinder». Ich besitze sie seit meiner Internatszeit. Das Ungeheuer Zeit, das seine von ihm gezeugten Stunden, Minuten, Sekunden vertilgt. Ich bin jetzt siebenunddreissig. Von der Zeit habe ich noch nichts begriffen, nichts, was einen Sinn ergeben könnte. Ausser vorgestern Nacht bei Blanche, als die Zeit sich aufgelöst hat.
Auf dem Tisch liegt ein Brief. Jemand hat ihn zerknüllt und dann wieder glattgestrichen. War ich das? Habe ich ihn schon einmal gelesen?

Char Fortunat,

Jau na poss betg pli. Jau na vi far naginas reproschas a tai. Ti stos be chapir che jau na poss betg pli, na vi betg pli. Mai pli. Jau ta rog dad acceptar mia decisiun e da na tschertgar mai. Ti na pudessas tuttina betg ma persvader da turnar. Jau nun hai pers la gnerva, jau na vegn era betg a metter maun vi da mamezza. Er sch'jau hai traversà questa notg l'enfiern. Jau sun sortida. Ti m'has adina ditg ch'ins stoppia ponderar avant d'agir. Jau scriv questa brev per che ti vesias che jau na part a la scuzza. Ti na duajas crair che jau t'odieschia. Jau na vi pli, quai è tut. Ier saira han quels da l'ospital telefonà e ditg ch'els tschertgian tai. Jau hai declerà che ti sajas partì cun il töf e ch'els duajan empruvar da ta clamar cun il natel. La tgirunza da notg ha respundì ch'ell'haja gia empruvà x-giadas, ch'i fetschia prescha, la dunna saja en las deglias e la spendrera manegia ch'ins stoppia tagliar. Jau saveva che ti eras sin chamona. Jau hai supponì che ti eras cun in'autra e n'hai perquai fatg nagut. Jau hai empruvà da durmir, ma i na gieva betg. Jau aveva adina l'impressiun da dudir a sbragir in uffant, sco da lontan, ma tuttina cler ed udibel. Ti avessas ditg che jau saja isterica. In'ura pli tard ha telefonà la dunna da part sezza. Ella era agitada, i saja fitg urgent, il natel saja mort, ed ella na survegnia nagin remplazzant si da Tusaun. Ella m'ha rugà da far tut il pussaivel per ta chattar. Jau hai ditg che jau vegnia a tschertgar tai. Jau hai prendì il mantè da plievgia e sun sortida. En l'auto hai jau dudì l'uffant anc pli

Lieber Fortunat,
Ich kann nicht mehr. Ich will Dir keine Vorwürfe machen. Du musst nur begreifen, dass ich nicht mehr kann, nicht mehr will. Nie mehr. Ich bitte Dich, diesen Entschluss zu akzeptieren und mich nicht zu suchen. Du würdest mich nicht zurückholen können, es wäre aussichtslos, versuche es nicht. Ich habe nicht die Nerven verloren, und ich werde mir auch nichts antun. Ich bin heute Nacht zwar durch die Hölle gegangen, aber ich bin hindurch. Du hast mir immer gesagt, man soll in jeder Situation ruhig bleiben und überlegen, bevor man handelt. Damit Du siehst, dass ich nicht Hals über Kopf abreise, schreibe ich Dir diesen Brief. Du sollst auch nicht glauben, dass ich Dich hasse. Ich will nicht mehr. Das ist alles. Als gestern Abend das Telefon ging und die vom Spital sagten, dass sie Dich suchen, erklärte ich ihnen, Du seist mit dem Motorrad weggefahren, sie sollen es mit dem Funk probieren. Die Nachtschwester meinte, sie hätten es schon unzählige Male versucht, es sei dringend, die Frau in den Wehen. Die Hebamme glaube, man müsse schneiden. Ich wusste, dass Du in der Hütte warst. Die Vermutung, dass da noch eine andere mit Dir war, hat mich gehindert zu handeln. Ich versuchte zu schlafen, doch es ging nicht. Ich hatte das Gefühl, ein Kind schreien zu hören, zwar wie von sehr weit weg, aber unüberhörbar. Du hättest gesagt, ich sei hysterisch. Nach einer Stunde telefonierte die Hebamme. Sie war aufgeregt, es sei dringend, sie erwische auch keinen Ersatz, das Funktelefon sei tot und ob ich denn keine Idee hätte. Da sagte ich, ich gehe Dich suchen. Ich zog mir den Regenmantel an und fuhr los. Das Schreien des Kindes war nicht verschwunden, im Gegenteil, im Auto hörte ich es sogar

dad aut ch'en letg. Jau hai accelerà, adina pli svelt. La vista era nauscha, e plinensi ch'jau vegniva e pli spessa che la tschajera daventava. A la fin na vesev'ins gnanc la via. Tuttenina m'è vegnì endament tge ch'i pudess capitar, sch'els vegnan a cuntanscher tai tuttina per telefon. Forsa avevas ti prendì il töf e m'eras vegnì encunter. Nus avessan vis in l'auter pir l'ultim mument. Nus n'avessan betg pli pudì franar. La via è memia stretga per cruschar. Jau t'avess mazzà, e cun tai forsa er anc la dunna sin il sez davos. Jau spetgav'adina sin il sfratg, hai vis tai per terra cun la chavazza fracassada. Ma ils sbratgs da l'uffant vegnivan adina pli dad aut. Els m'han chatschada vinavant. Jau sun ida sc'ina narra, en plaina conscienza che jau vegnia forsa a ta mazzar. Finalmain sun jau arrivada. Jau sun currida or da l'auto tar la chamona. La porta era serrada. L'uffant sbragiva dad aut. Jau na percepiva nagut auter enturn mai, be quests sbratgs. Lura es ti sortì. Il rest enconuschas. Jau poss be dir che l'uffant na sbragiva pli cur che ti es sortì da l'auto. Jau saveva ch'el era mort.

Jau sun cuntenta d'avair chattà finalmain il curaschi da ma decider. Mias raubas las pli impurtantas hai jau prendì cun mai. Il rest vegn jau a prender pli tard. Jau ta giavisch tuttina tut il bun.
Christina.

I ma para ch'igl è stà ina guerra en in'autra vita. Ed ussa ston ils assassins sa parturir vicendaivlamain. Esser bab e mamma, sors e frars, amants ed amantas. In destin crudel ans tschorventa. Nus na vesain betg en l'auter il mazzader, il violader, la victima d'ina giada. Enstagl da chapir e fugir, faschain nus ami-

lauter als im Bett. Ich fing an schneller zu fahren, und immer schneller. Die Sicht war schlecht, und je höher ich kam, umso dichter wurde der Nebel. Ich sah die Strasse kaum. Mir schoss der Gedanke durch den Kopf, was geschehen würde, wenn sie Dich doch noch erwischt hätten, Du Dich aufs Motorrad gesetzt und heruntergebraust kämest. Wir hätten uns wegen des Nebels erst im letzten Moment gesehen. Wir hätten nicht mehr bremsen können. Die Strasse ist zu schmal, um auszuweichen. Ich hätte Dich zu Tode gefahren, und mit Dir die Frau hinten drauf. Ich erwartete ständig den Aufprall, sah Dich am Boden liegen mit zerborstenem Schädel. Doch das Schreien wurde lauter. Es trieb mich vorwärts. Ich fuhr so schnell es nur ging im vollen Bewusstsein, Dich damit vielleicht umzubringen. Endlich war ich oben, ich bin zur Hütte gerannt, die Türe war zu. Das Kind schrie jetzt ganz laut. Ich nahm rundherum nichts wahr, nur dieses Schreien. Dann kamst Du heraus. Den Rest weisst Du. Ich kann nur sagen, dass das Kind nicht mehr schrie, als Du aus dem Auto stiegst. Ich wusste, es war gestorben.
Ich bin froh, dass ich mich endlich entschliessen konnte. Meine wichtigsten Sachen habe ich mitgenommen. Den Rest wird jemand für mich holen, wenn ich etwas brauche. Ich wünsche Dir trotz allem alles Gute.
Christine.

Mir ist, als sei in einem anderen Leben Krieg gewesen. Und nun müssen sich die Mörder wiedergebären, Mutter sein, Vater, Schwestern, Brüder. Ein böses Schicksal bindet sie aneinander. Oder ein Wahn macht sie blind, lässt sie Freundschaft schliessen, heiraten, Kinder zeugen. Als ich unser Haus einweihen wollte, lagst

cizia, ans maridain, fain uffants ed ans filain en ina taila da manzegnas, d'errurs e da nauschas imaginaziuns. Cur che jau hai vulì inaugurar nossa chasa, eras ti tar in auter, e cur che ti has pers noss uffant er'jau tar in'autra. Cur che ti has cumbattì per nus sun jau fugì, cur che jau hai cumenzà a cumbatter per nus es ti scappada. A l'entschatta avevan nus memia pauca libertad ed a la fin memia gronda tema. L'emprim avevan nus memia pauca forza ed il davos memia bler spiert da cromer. Igl era adina memia tard u memia baud. I n'era mai la bun'ura, mai il dretg temp. Nus essan naschids sut l'ensaina da Saturn, il magliader. Magliar e vegnir magliads, quai è stà noss destin. Il telefon scalina. Tgi diavel po quai esser? Questa fortezza è abandunada, jau na sun betg qua. Jau exist be ordaifer questa chasa. Jau exist be en furma da duas secundas glisch, tut il rest pon ins emblidar, na vegn betg en dumonda. Il telefon scalina anc adina.

«Allo!»

«Perdunai, tgi è al telefon?»

«Forsa schessas Vus tgi che Vus essas.»

«Nun è qua Brunold 84 13 79?»

«Na.»

«Alura perstgisai, jau stun mal, a revair.»

«Na grazia.»

L'um penda si. Jau stun qua cun il receptur en maun e guard or da fanestra. Tge brattinada! Tge floccas. Naiv a tschiel rut. Jau hai fraid, pend si il telefon, vom giu 'n stiva. Ah, il kirsch! Jau prend in grond sierv. Lura vom jau en il bogn, fatsch ir l'aua, stun en la bognera. Jau tremblel, fatsch ir pli fitg aua chauda, prend ina buttiglietta cun in liquid cotschen, avrel il

du bei einem anderen, als unser Kind tot auf die Welt kam, lag ich bei einer anderen. Als du um mich kämpftest, floh ich. Als ich um dich kämpfte, flohst du. Erst war zu wenig Freiheit, dann war zu viel Furcht. Erst war zu wenig eigene Stärke, dann zu viel Krämerei. Es war immer zu früh oder zu spät, es war nie Zeit. Wir sind im Zeichen Saturns geboren. Aufzufressen und aufgefressen zu werden war unsere Bestimmung. Das Telefon läutet. Wer zum Teufel soll das sein? Diese Burg ist verlassen, ich bin nicht hier. Ich existiere nur ausserhalb dieses Hauses, ich existiere nur in Form von zwei Sekunden Licht oder drei, den ganzen Rest kann man als Ansprechpartner nicht in Betracht ziehen. Das Telefon läutet hartnäckig.
«Kauer.»
«Wie bitte, wer ist da?»
«Kauer, und wer sind Sie, bitte?»
«Ist hier nicht Brunold, 84 13 79?»
«Nein, hier ist Kauer.»
«Oh, dann müssen Sie entschuldigen, tut mir wirklich sehr leid, auf Wiederhören.»
«Lieber nicht.»
Der Mann hängt auf. Ich stehe da mit dem Hörer in der Hand, schaue zum Fenster hinaus. Die Schneeflocken fallen. Gross und ruhig. Ich friere, hänge auf, gehe hinunter ins Wohnzimmer zum laufenden Fernseher, ergreife die Flasche Kirsch, die auf dem Salontisch steht, nehme einen Schluck. Dann ins Bad, lasse Wasser ein, steige in die Badewanne, schlotternd, stelle das Wasser heisser, nehme ein Fläschchen mit roter Flüssigkeit,

viertgel e dersch in pau dal liquid en l'aua. Plaunet sa derasa il concentrat. L'aua daventa cotschnenta. I sa scufla stgima. La glisch electrica tschorventa, jau stun si anc ina giada, sient ils mauns, m'enclin vers l'interruptur e stid la glisch. Sin la maisa da smincar èn chandailas. I ma gartegia cun stenta d'envidar in zulprin. La chandaila arda dultsch e maternal, cun sia sumbriva fa'la confunder las lingias gizzas e radundescha ils urs tagliants. Uschia pon ins tegnair ora. Or da fanestra ves jau a crudar las floccas. La buttiglietta è da vaider. Christina avess ditg ch'ins na prendia vaider en la bognera per evitar donns vi da l'email. Tetesept, concentrat, bogn da recreaziun. Fa bain en cas da stress. Cun lavandra e ginaivra. Per sa recrear, refar, e schluccar. Schi fa da basegn in bogn plain mintga di, bogns parzials pon vegnir ampplitgads pliras giadas. Per in bogn plain tenor grondezza da la bognera mett'ins in u dus viertgels. Durada dal bogn: diesch fin quindesch minutas. Pos gist emblidar, in'ura vegn jau a restar en qua u pli ditg. Jau dersch suenter adina puspè aua chauda. Quest concentrat da Tetesept per bogns cuntegna ina cumbinaziun effizienta da lavendulae aetheroleum, cinnamoni aetheroleum, oleum limette e juniperi aetheroleum sin basa d'in bogn da stgima. Per fortuna hai jau anc in'autra clocca che stgima e stgauda da dadens. Il kirsch da Basilea-Champagna è striunà, cula da la gula giu sco aua da vita, anc pli gugent hai jau el sin ina turta da glatsch, derschì sur la decoraziun da la groma sbattida. Dadora croda la naiv ad in crudar, jau

schraube den Deckel ab, giesse etwas von dem Zeug ins Badewasser. Es verfärbt sich rot. Langsam verteilt sich das Konzentrat, ein bisschen Schaum bläht sich auf. Das elektrische Licht ist so elend grell. Ich stehe nochmals auf, trockne die Hände, lehne zum Schalter, knipse die Lampe aus. Auf dem Schminktisch hat's Kerzen. Nach dem dritten Versuch gelingt's, ein Streichholz anzuzünden. Schlottere immer noch. Endlich! Die Kerze brennt mild, vertuscht die scharfen Kanten mit gütigen Schatten. So kann man's aushalten. Vor dem Fenster fallen die Schneeflocken. Die Flasche ist aus Glas, Christine würde sagen, dass man sie nicht ins Bad mitnimmt, da sie hineinfallen und zerbrechen kann, oder zumindest die Emailbeschichtung beschädigt. Tetesept, Konzentrat, Entspannungsbad. Wohltuend bei Stress. Mit Lavendel und Wacholderöl. Zur Entspannung, Lockerung und Erholung. Bei Bedarf täglich ein Vollbad, Teilbäder können mehrmals täglich angewendet werden. Für ein Vollbad je nach Wannengrösse ein bis zwei Verschlusskappen. Verschlusskappen. Kappen, komisches Wort. Kappen, Knappen, Krabben. Also ein bis zwei Verschlusskappen. Badedauer zehn bis fünfzehn Minuten. Kannst du vergessen, eine Stunde oder länger bleibe ich hier drin! Lasse dauernd heisses Wasser nachlaufen. Dieses Tetesept Badekonzentrat enthält in wirksamer Kombination Lavendulae aetheroleum, Cinnamoni aetheroleum, Oleum Limette, Juniperi aetheroleum in hautpflegender Schaumbadgrundlage. Zum Glück ist da noch eine Flasche, die von innen schäumt und wärmt. Der Baselbieter Kirsch schmeckt vorzüglich, ich liebe ihn auf einer Eistorte, wenn man ihn über die Schlagrahmverzierung giessen kann. Draussen fällt und fällt Schnee, habe selten so

n'hai mai vis floccas uschè grondas. Jau baiv. La chandaila flammegia, la chapitscha da bogn da Christina bitta ina sumbriva en furma da plevon sin las plattinas. Pregia be, signur reverenda. Jau prend anc in sierv, lasch ir en anc in pau aua chauda. Tge bel sentiment da vesair in plevon senza stuair dudir sia litania, savair tge ch'el di senza esser disturbà acusticamain. Anc in sierv. La clocca è vida, la bognera plaina e bella chauda, la stgima dat plaunet ensemen, las vaschiettas schloppan bufatg, agreabel ...

grosse Flocken gesehen. Der Kirsch ist ein Gedicht! Die Kerze flackert. Christinas Badehaube wirft einen langen Schatten. Sieht wie ein Pfaffe aus. Ich nehme noch einen Schluck, lasse etwas heisses Wasser nachlaufen. Gutes Gefühl, den Pfarrer zu sehen, ohne seine Litanei zu vernehmen. Wissen, was er sagt, doch ohne akustische Immission. Noch einen Schluck. Die Flasche ist leer, die Wanne voll. Der Schaum fällt langsam zusammen, die Bläschen zerplatzen leise, ein angenehmes Geräusch …

6

Jau sigl si. Tgi ha clamà? Insatgi ha bain clamà! Jau giasch anc adina en la bognera. Igl è vegnì stgir, la naiv croda anc adina sco zinslas dad in palantschieu sura siglientà en milli tocs. L'aua da bogn è fraida, jau tremblel. Jau stoss ir sin chamona tar Sunaric, uschiglio vegn el a perder la gnerva.
Jau sort da la bognera. Dieu! Jau sun strusch abel da star dretg si. Kirsch striunà! Jau ma sient e ma tir en la vestgadira. Urden vegn jau a far pli tard, la televisiun lasch jau ir, il stgaudament era, la garascha ser jau giu. Igl ha dà trenta fin quaranta centimeters naiv. Quai vegn a dar ina bella cursa! Scuar giu las fanestras, spalar liber davosvart, il schlittun ha serrà en il parcadi cun in cufflà da naiv. Avrir damai anc ina giada la garascha ed ir per la pala da naiv. La naiv è greva e bletscha. Jau suel. Viaden en l'auto e far ir il stgaudament! Prender schlantsch sut la pensla ed enavos en la via. Vesas! Funcziuna stupent. In zichel memia schlantsch! La saiv dal vischin scruscha. In pèr lattas vegnan ad avair stuì laschar la pel. Laschainsa quai per pli tard! Jau stoss ir uss tar Sunaric.
Jau vom giu sin la via principala. Ils paucs autos ch'èn per via sa ruschnan sco buccarias, svegliadas memia baud da lur sien d'enviern. Cunzunt ils Tudestgs che van cun lur Mercedes u BMWs a far vacanzas da tschella vart dal pass e che restan pendids il pli tard en

Ich fahre aus dem Schlaf, wer hat gerufen, es hat doch gerade jemand gerufen? Oder habe ich's mir eingebildet? Es ist inzwischen dunkel geworden. Noch immer fällt Schnee. Das Wasser ist kalt, ich schlottere. Ich muss zu Sunaric. Sonst verliert er die Nerven. Manfred hat mich gewarnt. Wenn du ihn zu lange allein lässt, kommt er auf dumme Gedanken.
Ich steige aus der Badewanne. Mein Gott, ich kann kaum stehen. Der verdammte Kirsch! Ich trockne mich ab und ziehe die Kleider an. Aufräumen werde ich später, den Fernseher lasse ich laufen, die Heizung ebenfalls, kann man immer noch abstellen, die Garage schliesse ich ab. Dreissig bis vierzig Zentimeter Neuschnee, das gibt mir eine Fahrt! Die Scheiben abwischen, hinten etwas freischaufeln, der Schneepflug hat den Parkplatz mit einer Schneemade zugemacht. Also die Garage nochmals aufschliessen und die Schneeschaufel herausholen. Der Schnee ist nass und schwer. Ich schwitze. Rein ins Auto und Heizung an. Unter dem Vordach Anlauf nehmen und rückwärts in die Strasse rein. Siehst du, klappt doch. Ein bisschen zu viel Schwung! Der Zaun vom Nachbarn kracht. Machen wir später aus. Ich muss jetzt zu Sunaric.
Ich fahre hinunter auf die Hauptstrasse. Die wenigen Autos, die jetzt unterwegs sind, schleichen durch den Abend wie Maienkäfer, die zu früh erwacht sind. Meist Deutsche, die mit ihren Mercedes und BMWs über den Pass in die Skiferien fahren und bei Chasarsa stecken

la stippa sut Chasarsa. Sezs la culpa! Jau vom en l'autra direcziun, vers Cunter, e là vegn jau a prender la via per Salouf. Ma la naiv è rumida be fin tar l'ultima chasa, lura èsi a fin. I nun han rumì fin sin alp, avess ins pudì imaginar! Giain pia a pe. Na fiss l'emprima giada. Jau met l'auto davant la stalla cun il gnif aval, uschia vegn jau puspè davent. Tge pluffer d'avair laschà a chasa ils chalzers da muntogna. I nun emporta. Almain ch'il magun na ramplunass sco in chalimar e che la creppa na ma briclass sc'in furmicler, lain dir, senza magun e senza testa ma sentiss jau grondius. Be naginas mimosas. Fin sin chamona dovra franc duas uras e mesa.

Suenter pauc temp èn ils chalzers bognads tras e tras. Jau ma volv e guard aval vers Salouf. Il vitg giascha sc'ina famiglia da tartarugas en in orcan da sablun. Las laternas da via derasan ina glisch oranscha, in pèr fanestras illuminadas fan beffas da tut quels che n'èn uss betg en ina stiva chauda. Il magun sa cumporta adina pli impertinent. Jau ma sent sco smatgà tras ina centrifuga, stoss vomitar. Sonor e piter. Be liquid, recent e piztgant. Jau nun hai mangià dapi l'ensolver. Acid! Igl è terribel cur che lavinas sdrappan davent entiras chasas, sgarschaivel cur ch'in orcan serpegia sur ina riva via e devastescha entiras cuntradas, snuaivel cur ch'in vulcan furius sepulescha inslas sut sia lava ardenta, vomitar però, quai ta di jau, vomitar è anc bler pli orribel. Ti fas tras tut ils martiris dals martiris, ti percurras ils nov tschertgels da l'enfiern. Ti ta stentas ti'olma or dal corp, ti giappas l'entira carta da menu or da la beglia en la naiv. Oh Dieu, oh Dieu! pertge m'has ti bandunà? Tut la misergia da l'umanitad en la gula, sgrattada si cun in pal-

bleiben. Selber Schuld. Ich fahre in die Gegenrichtung, nach Cunter, und von dort die kleine Strasse hoch nach Salouf. Bis zum obersten Haus ist gepflügt, dann ist Schluss. Hätte man sich denken können, dass die nicht bis hinauf zur Alp den Schnee wegräumen. Werden wir laufen. Wäre nicht das erste Mal. Das Auto vor den Stall, und zwar Front nach vorn, dann komme ich auch wieder weg. Blöd, dass ich die Bergschuhe oben in der Hütte habe. Egal, kommt auch nicht mehr drauf an. Wenn nur der Magen nicht so dämlich rumoren würde, der Kopf ist wie ein Termitenhaufen. Nur keine Mimosen jetzt. Bis ich oben bin, brauche ich bestimmt zweieinhalb Stunden.
Die Schuhe quietschen nach kurzer Zeit vor Nässe. Ich drehe mich um, schaue hinunter nach Salouf. Das Dorf liegt friedlich wie eine Schildkrötenfamilie im Sandsturm, einige Strassenlaternen verbreiten oranges Licht, ein paar beleuchtete Fenster spotten über alle, die jetzt nicht in der warmen Stube sitzen. Der Magen gebärdet sich immer unflätiger, mir ist übel, so richtig zum Sterben übel. Ich muss mich übergeben. Laut und bitter. Nur Flüssiges, ich habe seit dem Frühstück nichts gegessen, Schwefelsäure! Schlimm ist es, wenn Lawinen Häuser wegrasieren, furchtbar, wenn ein Wirbelsturm über die Küste rast und ganze Landstriche verwüstet, grauenhaft ist die Gewalt der Vulkane, aber noch schlimmer, noch schlimmer ist Kotzen. Du erlebst die Martern der Märtyrer, du durchschreitest die neun Kreise der Hölle, du würgst dir die Seele aus dem Leib, du bellst die Menükarte aus den Eingeweiden in den Schnee wie ein Hund. Oh Heiland, reiss die Himmel auf! Das ganze Elend der Menschheit und ein Hals,

piri da vaider ... Naiv, per l'amur dal Segner, naiv. In pugn plain naiv stuppà en la bucca, spetgar fin che la naiv cula, gargarisar e scratgar, anc ina gia: naiv, gargarisar e scratgar. Cun tge hai jau merità quai, pertge Segner gist jau? Plaunet va il magun en pensiun, be il chau è anc adina sut la chanunada da las furmiclas. Chaminar vinavant, be na star airi! E sche ti crodas, stas puspè si. Merda! Ta tegna ferm vi da quel pal, reprenda il flad in curt mument, e vinavant fin tar il proxim pal. Sflatsch, giu cun la naiv dal pal! Reprender il flad, e vinavant. Tar la proxima pausa hai perfin dus pals, stupenta pussaivladad per far ina pausa! Ils mantuns da naiv sin las pitgas vesan ora sco las tettas da las dialas divinas dad Angkor. Davent cun tut, pusar, betg far schlap ..., Ladies and Gentlemen, qua vesais Vus Angkor, la citad residenziala dal reschim dals Khmers. Il retg Jayavarma II l'ha fundada l'onn 800 sco citad principala da la Cambodscha, ed il retg Indravarman I. ha bajegià 80 onns pli tard il center cun il tempel ed il palazi Angkor-Thom cun il punct il pli impurtant: il tempel da piramida Bayon. Oz empruvain nus da survegnir ina survista dad Angkor. Il tempel entamez è la materialisaziun dal munt Meru. Il center da la citad è strusch nov kilometers quadrats. Ils conturns cun lur lais rectangulars cumpiglian tschintg giadas quest areal ...

E tut la grondezza sguttanta da sang è tuttina ida en malura. Vinavant anc in pal, ahhh, diavel, star si, e vinavant. Ed anc in pal ... Ma igl ha stuì esser il sidost da l'Asia. Gea, gea, Christina, faschain quai, sch'igl è tes pli grond desideri ... Ti stos chattar il ritmus, chaminar, reprender il flad, chaminar, reprender il flad.

den sie dir mit dem Schleifpapier aufgeraspelt haben. Schnee, um Gottes Willen, Schnee. Eine Faust voll in den Mund gestopft und gurgeln und ausspucken und Schnee und gurgeln und ausspucken. Womit hab ich das verdient, Herr, warum gerade ich! Der Magen gibt Ruhe, der Kopf ist immer noch in der Gewalt der Termiten. Die Schulter brennt wie griechisches Feuer. Weiterlaufen, nur nicht stehen bleiben! Und wenn du umfällst, stehst du wieder auf, Scheisse. Halte dich an den Pfosten fest, kurz verschnaufen und weiter bis zum nächsten Pfosten. Klaps, den Schnee vom Pfosten runtergeschupft und atmen und weiter. Beim nächsten Halt hat es gleich zwei Pfosten, vorzügliche Ausruhmöglichkeit! Die Schneehäufchen auf den Pfosten sehen aus wie die Brüste der göttlichen Nymphen in Angkor. Weg damit, aufstützen, nicht schlapp machen …
Meine Damen und Herren, hier sehen Sie Angkor, die Residenzstadt des Khmerreiches. König Jayavarma II. hat sie im Jahre 800 als Hauptstadt Kambodschas gegründet, und König Indravarman I. baute achtzig Jahre später die Tempel- und Palaststadt Angkor-Thom mit dem zentralen Punkt, dem Pyramidentempel Bayon. Lassen Sie uns, meine Damen und Herren, zuerst Angkor als Ganzes anschauen. Der Tempel in der Mitte ist die Materialisierung des Berges Meru. Der quadratische Stadtkern umfasst neun Quadratkilometer, die mit riesigen rechteckigen Seen bedeckte nächste Umgebung misst die fünffache Fläche …
Und ist doch alles vor die Hunde gegangen, die ganze bluttriefende Herrlichkeit! Weiter, noch einen Pfosten, autsch, und aufstehen, und weiter. Und noch ein Pfosten. Südostasien muss es sein, klar Christine, machen wir, wenn es dein Wunsch ist … Du musst einen Rhyth-

Natiralmain, ins na po betg seser adina davos questa muntogna, en questa val stretga, tar quests carstgauns stinads, mintgatant han ins basegn d'ina midada. Be na crudar! Star si dovra forzas, meglier plaun ma segir. Ils relievs cun las gastarias, orgias da magliar, ceremonias plain luxus, las chatschas sfurzadas sin sclavs e sclavas, las Agscharas cun tettas sco maila. Da temp en temp ha l'uman basegn d'insatge sumegliant. Ed anc in pal, e vinavant, pal per pal.

Chatschads enavos dals Thais e dals Vietnamais, tschessan ils Khmers enturn 1400 la sontga citad e sa retiran en la val dal Mekong. La perdita dad Ankor però na vegnan els mai ad emblidar...

Anc in pal. In schlop da l'ur dal maun! Giu cun las tettas, pusar e reprender il flad. Els pensan a la vendetga, mintga di. Ed il di da la vendetga vegn adina puspè, ed il di da la cuntravendetga era, mintga 50 onns, mazzacra, genocid, repressalias, vendetga, repressalias. Ed anc in pal, giu cun la tetta, pusar ed anc in ... L'ultima vendetga è stada avant pauc temp. Ella ha custà la vita ad in milliun e mez Cambodschans. Naiv e pigns e pes bletschs e las furmiclas en il chau. E finalmain vegnan puspè in pèr onns da pasch, e cun la pasch ils turists. Sur las fossas communablas dad oz stgarpitschani speravia ils champs da las mazzacras dad ier e pajan las chonnas per las rachetas da damaun. Gia puspè sin il nas, merda! E said hai jau, ina said da murir. A savair da quellas, avess jau bavì in pau dapli kirsch, diavel porta! Ins stuess avair insatge da mangiar. I na stuess betg esser in Châteaubriand, in schnipo ma bastass, ed in bel té chaud u in café cun latg, quai dess forza al spiert. Pals na datti pli nagins, persuenter plantas, pigns e tieus.

mus bekommen, laufen, verschnaufen, laufen, verschnaufen. Natürlich, man kann nicht immer hinter diesen Bergen sitzen, man braucht auch einmal eine Abwechslung. Jedes Umfallen vermeiden, aufstehen kostet Kraft, lieber langsam, aber sicher. Die Reliefs mit den Fressgelagen und Luxuszeremonien, die wunderschönen Sklavenjagden, die apfelbrüstigen Agsaras, ab und zu braucht der Mensch so etwas. Und weiter im Text, Pfosten um Pfosten.
Zurückgedrängt von den Thai und den Vietnamesen, verlassen die Khmer um 1400 die heilige Stadt und ziehen sich ins Mekongtal zurück. Den Verlust von Angkor aber werden sie nicht vergessen.
Noch ein Pfosten, Schneebusen mit der Handkante ab, aufstützen, schnaufen. Sie sinnen auf Rache, jeden Tag. Und der Tag der Rache kommt, immer wieder, und der Tag der Gegenrache auch, alle fünfzig Jahre, Gemetzel, Völkermord, Vergeltung, Rache, Vergeltung. Und noch ein Pfosten, Brust ab, aufstützen und noch einer. Der letzte Rachefeldzug ist gerade vorbei. Er hat eineinhalb Millionen Kambodschanern das Leben gekostet. Schnee und Tannen und nasse Füsse und Termiten im Kopf und Feuer an der Schulter. Und endlich kommen wieder ein paar Jahre Friede und mit ihnen die Touristen. Über die Massengräber von heute stolpern sie an den Massakerfeldern von gestern vorbei und staunen Bauklötze für die Kasernen von morgen. Schon wieder am Boden, verdammt. Und Durst habe ich. Und etwas zu Essen. Es müsste kein Châteaubriand sein, ich würde mich schon mit einem Schnitzel Pommesfrites zufrieden geben, dazu einen schönen heissen Tee oder einen Milchkaffee, das würde den Geist auf Touren bringen! Pfosten hat's keine mehr,

Plantas en massas, para be in guaud. Anc meglier. Mintgatant croda naiv giu da la roma. Metta si il culier, uschiglio has tut en la tatona! E fiac, Segner sun jau fiac! Pausa, be in curt mument. Pusar, d'accord, ma betg seser giu! Gnanc per in curt mument. Na vegn betg en dumonda. E sche ti fissas anc pli fiac, ta regorda il scrinari che ha vulì ir la notg da Silvester cun las pels sin il Beverin. Cun far ina pausa è'l sa durmentà e schelà. Là davant vegn ina storta, fin là pudess jau anc ir. Ubain ina petta da maila, na fiss era betg mal. Cun groma sbattida ed in espresso! Sco quai che mamma la fascheva, cur ch'ella vivev'anc. Fiac sco in chaun. Sche ti vuls restar là per adina, lura sesa be giu! Anc fin tar quel pign. Fatg pettas ha'la sco ina dieua. Ossas da mort, jau n'hai mai pli mangià talas ossas da morts sco che ti faschevas, mamma. Pertge es ti partida uschè baud. Jau nun hai magunà quai. Jau avess duvrà tai anc in pèr onns. Cun bab n'eri propi nagut da far. Cur che jau sun vegnì a chasa cun il Tamil, ha'l ditg ch'ils neghers possia gist laschar en Africa, ch'els spizzian ed uschè vinavant. Jau hai discurrì cun el be cur che jau duvrava raps. Ti mamma ... Jau na poss pli ... Jau sun stanchel mort ... Perduna, ma jau stoss ma metter giu be in mument ... be in pèr minutas ... Be per vegnir puspè in pau en forza ... Be tadlar in curt mument la musica ... audas la musica ... Tge bella musica ... fin, fin, sco brunsinas ... Ahh, uschè fraida n'è'la gnanc ... Cuntrari ... Bella tievia è'la, la naiv ... E la musica ...

«Docter, docter, Allah! Ta sveglia!»
«Mmhhhh.»

dafür Bäume, haufenweise Bäume. Sieht verdächtig nach Wald aus. Zum Anlehnen noch besser. Von den Ästen fällt ab und zu Schnee, Kragen hochschlagen, sonst hast du alles im Nacken, wenn es dich trifft. Und müde, mein Gott, bin ich müde, einen kleinen Augenblick ausruhen. Anlehnen, okay, aber nicht absitzen. Auch nicht für einen kleinen Moment. Kommt nicht in Frage. Und wenn du noch so hundemüde bist, erinnere dich an den Schreiner, der in der Silvesternacht mit den Skiern auf den Piz Beverin gehen wollte, bei einer Rast eingeschlafen und erfroren ist. Da vorne die Kurve, die schaffst du. Also noch bis da vorne. Oder eine Apfeltorte, wäre auch nicht schlecht. Mit Schlagrahm und Espressokaffee. So wie ihn Mutter gemacht hat, als sie noch lebte. Hundemüde. Wenn du liegen bleiben willst, dann setz dich nur hin. Noch bis zu dem Baum. Backen konnte sie wie eine Göttin. Die «ossas da morts», ich habe nie mehr solche «ossas da morts» gegessen. Perche est partida uschè bod. Einfach gegangen. Ich war doch erst vierzehn, ich war doch noch ein Kind. Mamma, eu at vess dovrà amo ün pêr ons. Mit Vater war wirklich nichts anzufangen. Ich habe nur mit ihm geredet, wenn ich Geld von ihm wollte. Mamma eu ... Eu nu poss plü ... S-chüsa ... Ich muss absitzen, nur ein paar Minuten. Be per ramassar ün pa forza ... Be ün mumaintin. Nur die Musik hören einen Augenblick. Saintast la musica tuot fina, sco tragnöls. Gar nicht so kalt ist der Schnee, im Gegenteil ... A l'incuntrari, mamma ... bella teva la naiv ... e la musica ...
«Doktor, Doktor, Allah! Aufwachen!»
«Mmmmm.»

«Kauer, es nar. Qua n'è betg il lieu per durmir.»
«Ahhh.»
«Sta si, Allah!»
Avrir ils egls. Tgi è quai? Ha? Ah! Sunaric ...
«Ti es plain naiv.»
Igl è fraid, nagina musica pli.
«Ti vegns a schelar, uei docter, sta si!»
El ma stira vi da la giacca, dat fridas, suffla en la fatscha.
«Ma lascha!»
«Simplamain seser giu en la naiv e durmir. Stgisa, ma jau stoss ta dar in pèr fridas, uschiglio ta durmentas puspè.»
El ma dat fridas.
«Au! Uei!»
«Blastemmar fa bain, anc ina. Allah, giu cun la naiv!»
El batta giu tut il corp cun il maun plat.
«Amez la naiv, docter ... Amez la naiv.»
El prenda mes mauns ed als sfruscha, fin ch'els fan mal.
«Ti es tut schelà.»
«Gea, gea.»
«Sas ti chaminar?»
«Be durmir, in pau, be ...»
«Basta cun durmir. Si! En pe, chaminar. Jau na poss betg ta purtar. Tge fas ti amez il guaud en la naiv, docter?»
«Las tettas dad Angkor, ellas èn la culpa. Giu cun las tettas, pusar, reprender il flad, ed il proxim pal.»
«Chamina uss, chamina! In pe e l'auter pe.»
«In milliun e mez Cambodschans ... enclegias ... In milliun e mez ...»

«Kauer, bist du verrückt. Hier ist nicht zum Schlafen.»
«Aaaah.»
«Aufstehen, Allah!»
Ich öffne langsam die Augen. Sunaric ...
«Du bist ganz zugeschneit.»
Es ist kalt, keine Musik.
«Du erfrierst, Mensch, Doktor, aufstehen.»
Er zieht an mir herum, klopft mich ab, haucht mir ins Gesicht.
«Lass mich.»
«Einfach in den Schnee sitzen und schlafen. Entschuldigung, aber ich muss dich ein wenig ... sonst schläfst du wieder ein.»
Er schlägt mich.
«Aua ... He ...»
«Fluchen ist gut. Und noch eins. Allah, der Schnee muss weg.»
Er klopft mich mit der flachen Hand ab.
«Mitten im Schnee, Doktor ... einfach im Schnee.»
Er nimmt meine Hände, reibt sie, bis sie schmerzen.
«Du bist ganz erfroren, Mensch.»
«Ja, ja.»
«Kannst du laufen?»
«Nur ein bisschen ausruhen, nur ...»
«Schluss mit Schlafen. Aufstehen, so ... Auf die Füsse. Selber stehen, laufen. Ich kann dich nicht tragen, Doktor. Was machst du mitten im Wald im Schnee, Doktor?»
«Die Brüste von Angkor, sie sind Schuld. Brust ab, aufstützen, schnaufen. Und der nächste Pfosten.»
«Laufen, jetzt Doktor, gehen! Ein Fuss. Und der andere Fuss.»
«Eineinhalb Millionen Kambodschaner ... Verstehst du ... eineinhalb Millionen ...»

«*Stupent. Adina in pe suenter l'auter.*»
«*Ladies and Gentlemen, cun ses mirs e sias fossas simbolisescha la citad l'univers circundà da las muntognas ... pluffrarias. Univers, diavel! Be chatscha da sclavs e sang e larmas ... Univers ...*»
«*Stupent ... Adina in pe e l'auter pe ...*»
«*Sur las fossas communablas dad oz stgarpitschan ils turists e pajan las chonnas per las rachetas da damaun ...*»
«*Gea, gea. Bain uschia. Fitg bain ...*»
«*Pusar ...*»
«*Ma be in curt mument, tes chalzers èn bletschs sco vadels novnaschids, tes pes ...*»
«*Morts ...*»
«*Tgi?*»
«*Ils pes èn morts, no problem.*»
«*Allah!*»
«*Jau na sun betg Allah.*»
El ma bitta en la naiv, ma stira giu ils chalzers e las soccas, prenda naiv e ma sfruscha ils pes bluts, fin che jau cumenz a sbragir da las dolurs.
«*Au, betg uschè ferm!*»
«*Anc pli ferm, fin ch'els ardan.*»
«*É qua l'enfiern?*»
El sa ferma, ma guarda en ils egls. Jau met mes maun sin sia vista. El crida.
«*Betg cridar!*»
El sfruscha vinavant mes pes. Las larmas sa maglian en la naiv. Lura tira'l or ses chalzers e sias soccas e tira en ellas a mai.
«*Tabalori ...*»
«*Gea, gea, pervi da mai.*»
El ma tira en puspè ils chalzers, e nus chaminain

«Ja, ja, ist schon gut. Ein Fuss, und der andere Fuss.»
«Meine Damen und Herren, mit ihren Mauern und Gräben stellt die Stadt das von Bergen umgebene Universum dar ... so ein Blödsinn. Universum, Scheisse, nur Sklavenjagden und Blut und Tränen ... Universum ...»
«Ja, ja, immer ein Fuss und der andere Fuss.»
«Und die Touristen stolpern über die Massengräber von heute und staunen Bauklötze für die Kasernen von morgen.»
«Ja, ja. Gut so. Sehr gut.»
«Verschnaufen.»
«Aber nicht zu lange. Deine Füsse ...»
«Tot.»
«Was?»
«Tot, die Füsse.»
«Allah!»
«Ich bin nicht Allah.»
Er wirft mich zu Boden, zieht mir Schuhe und Socken aus, nimmt Schnee und reibt mir damit die nackten Füsse, bis ich schreie vor Schmerz.
«Aua, nicht so fest.»
«Noch fester, bis sie brennen.»
«Ist hier die Hölle?»
Er hält ein, schaut mich an. Ich lege ihm meine Hand auf die Wangen. Er heult.
«Nicht heulen, Mensch.»
Er reibt weiter an meinen Füssen, und die Tränen fressen sich in den Schnee. Dann zieht er seine Schuhe aus, streift sich die Socken ab und zieht sie mir über.
«Dummer Kerl ...»
«Ja, ja, von mir aus.»
Er zieht mir die Schuhe wieder an, und wir laufen wei-

vinavant. Insacura arrivainsa tar la chamona. El metta mes pes en l'aua fraida ed agiunscha plaunet aua chauda or da l'auaduir da la platta. Ils pes cumenzan a briclar. Sunaric porta té chaud. Jau baiv, i fa bain. El ma gida en letg. Lura na sai jau pli da nagut ...

ter. Irgendwann erreichen wir die Hütte. Er zieht mich aus, stellt mir die Füsse ins kalte Wasser, giesst langsam aus dem Wasserschiff des Holzkochherdes warmes dazu, dann gibt's Tee, Pfefferminztee, ich trinke, tut gut ... Die Füsse fangen an zu nägeln. Er hilft mir ins Bett ...

7

I savura da paintg brassà. Nua sun jau? Jau na sun bun dad avrir ils egls. E la vaschia! Ella para da schluppar. Sunaric tschivla. Jau al daud a furitgar en la padella. Mes chau rampluna. Jau ma sforz dad avrir ils egls. La vaschia, diavel. Jau stun si.
«*Bun di! Ils micluns èn quasi pronts.*»
«*Micluns?*»
«*Recepts engiadinais.*»
«*Perfin cuschinar sas. Oh Dieus, mia creppa.*»
«*Cun in cudesch da cuschinar n'è quai nagin striegn!*»
«*Jau stoss svidar mia vaschia.*»
Ils chalzers èn daventads dirs cun la chalur da la pigna. Jau chatsch mes pes viaden e sort. Il sulegl tschorventa talmain che jau na sun bun da tegnair avert ils egls.
Jau pisch cun egls serrads davant la chamona, stun qua e lasch ir sco ina vatga. Il fil na vul pli sa fermar. Jau n'hai anc mai pischà uschè gugent. Sut talas circumstanzas sto l'umanitad avair inventà la religiun, cun vomitar è'la vegnida a la perdiziun e cun pischar al spendrament. El t'ha salvà la vita ier notg, suppona. Jau stoss m'avair durmentà. En mintga cas viv jau anc. Jau hai spedì il pop da l'autra vart, a mai nun hani però vulì vi là. Consegna refusada. Igl è mezdi. Il sulegl arda giu sin mia creppa ramplunanta,

Es riecht nach angebrannter Butter. Wo bin ich? Ich schaffe es nicht, die Augen zu öffnen. Und die Blase platzt beinahe. Sunaric pfeift. Ich höre, wie er in der Pfanne stochert, öffne gewaltsam die Augen. Die Blase, verdammt. Ich stehe auf. Der Kopf brummt.
«Schöner Tag! Migluns sind gleich fertig.»
«Migluns?»
«Hier aus dem Buch: La padela, recepts engiadinais.»
«Und Romanisch kannst du auch. Oh, mein Schädel.»
«Nein, aber bei Migluns hat jemand die Übersetzung geschrieben.»
«Ich muss mal.»
Ich schlüpfe in die von der Ofenhitze steif gewordenen Schuhe und gehe hinaus. Die Sonne blendet, es ist kaum auszuhalten. Ich blinzle und pisse mit geschlossenen Augen, direkt vor die Hütte. Ich stehe da und lasse es laufen wie eine Kuh. Der Strahl will nicht mehr enden. Ich habe noch nie in meinem Leben so genussvoll gepinkelt. Bei solchen Gelegenheiten muss die Menschheit die Religion erfunden haben, beim Erbrechen kam sie auf die Verdammnis, beim Urinieren auf die Erlösung. Du bist eingenickt, Kauer. Er hat dir gestern das Leben gerettet. Während du den Kleinen munter ins Jenseits befördert hast, hat dasselbe von dir nichts wissen wollen. Annahme verweigert.
Die Sonne steht hoch am Himmel, es muss gegen Mittag sein. Sie brennt auf den Brummschädel, blendet noch immer.

tschorventa anc adina. Jau sfrusch ils egls cun ina boffa naiv.
«Ah, quai fa bain!»
Igl ha dà dapli d'in mez meter. La chasetta da la tualetta è navida en, la via rumida. Jau turn puspè en chamona.
«Jau hai durmì dapli che dudesch uras, u betg?»
«Ti has durmì ina notg, in di ed anc ina notg.»
«Trentasis uras?»
«Passa quaranta. Jau t'hai dà duas giadas té, na ta regordas pli?»
«Per forza che la vaschia pareva da schluppar.»
«Ve, ta tschenta! Ils micluns èn pronts.»
Jau ma tschent, mangel. Ils micluns savuran meglier che quels da mamma. Il cudesch cun ils recepts è avert sin maisa.
«Qua statti scrit da coier ils tartuffels gia in di avant.»
«Quai hai jau fatg.»
«Alura has quintà che jau vegnia a durmir dus dis?»
«Jau sun cuntent che ti es insumma sveglià.»
«Ma cupidar era pli bel.»
«Ins na dastga dir talas chaussas, gnanca pensar.»
«Ins dastga tut, i po be vegnir meglier.»
«Has ti scuntrà tia dunna?»
«Na propi, be quasi.»
«E tge ha'la ditg?»
«Ditg n'ha'la nagut, scrit ha'la. Ella na vul pli, mai pli, e l'uffant è mort.»
«Tge uffant?»

Ich reibe mir Schnee in die Augen.
«Ah, das tut gut.»
Über einen Meter Neuschnee hat es gegeben. Das Toilettenhäuschen ist bis zur Hälfte eingeschneit, der Weg dahin fein säuberlich freigeschaufelt.
Ich gehe wieder hinein.
«Ich habe wohl über zwölf Stunden geschlafen?»
«Du hast eine Nacht geschlafen und einen Tag. Und wieder eine Nacht geschlafen.»
«Sechsunddreissig Stunden?»
«Ich habe dir zweimal Tee gegeben. Weisst du nicht mehr?»
«Kein Wunder, platzte mir beinah die Blase.»
«Komm, setz dich. Migluns sind fertig.»
Ich setze mich, esse. Die Migluns schmecken besser als die von Mutter.
Das Buch mit den göttlichen Rezepten liegt aufgeschlagen auf dem Tisch.
«Hier steht, dass man die Kartoffeln einen Tag vorher schon schwellen muss.»
«Habe ich.»
«Dann hast du damit gerechnet, dass ich zwei Tage durchschlafe.»
«Du bist aufgewacht. Das ist gut!»
«Einschlafen war schöner.»
«Man darf nicht solche Sachen sagen.»
«Man darf alles, es kann nur noch besser werden.»
«Hast du deine Frau gesehen?»
«Nicht ganz, aber so ungefähr.»
«Was hat sie gesagt?»
«Gesagt hat sie nichts, geschrieben. Sie will nicht mehr, nie mehr, und das Kind ist tot.»
«Das Kind?»

«Tuttenina m'hai jau regurdà da tut. Christina m'ha manà a l'ospital. Ina dunna era vi dal parturir. Ins ha stuì far in tagl cesarian. Il pitschen aveva la corda da l'umbli enturn il culiez. Ma jau sun vegnì memia tard. Jau hai be pudì trair l'uffant mort or da la dunna.»

«Allah!»

«Jau hai entupà la mamma en chascharia. Ella m'ha fixà sco in assassin. Tuttenina ha'la surris. Lura hai jau fatg tras tut anc ina gia en mia memorgia. Da l'entschatta a la fin.»

«Vuls anc micluns?»

«Gea, els èn quasi uschè buns sco quels da mia mamma.»

El ma dat anc micluns.

«Lura sun jau ì a chasa ed hai chattà la brev da Christina. E lura hai jau bavì, kirsch.»

«E pertge nun es restà en chasa?»

«Jau nun hai vulì laschar tai memia ditg sulet.»

«Tamberl.»

«Il telefon ... Jau na ma regord gnanc d'al avair prendì cun mai, stoss esser stà detg pazinghel. Tuttina, i nun han pudì reparar el.»

«Il telefon va puspè.»

«Tge?»

«Jau hai reparà el.»

«Ti es propi in moster.»

«Jau hai empruvà da telefonar a Manfred. Ma el nun era là.»

«E tge has fatg uschiglio?»

«Legì, La Padella, recepts engiadinais.»

«Ils micluns èn stupents.»

«Ti stos mangiar, docter.»

«Ich habe mich plötzlich an alles erinnert. Christine brachte mich ins Spital. Eine Geburt. Das Kind musste mit Kaiserschnitt zur Welt gebracht werden, weil es die Nabelschnur um den Hals hatte, doch ich kam zu spät. Ich konnte nur noch das tote Kind aus der Mutter herausholen.»
«Allah!»
«Ich habe die Frau in der Käserei getroffen. Sie hat mich angeschaut wie einen Mörder. Doch plötzlich hat sie gelächelt. Dann habe ich alles noch einmal erlebt.»
«Noch Migluns?»
«Ja, sie sind fast so gut wie die von meiner Mutter.»
«Danke.»
«Dann bin ich nach Hause und habe den Brief gefunden. Und dann habe ich gesoffen, Kirsch.»
«Warum bist du nicht unten geblieben?»
«Weil ich dich nicht zu lange allein lassen wollte.»
«Dummer Kerl.»
«Das Telefon, habe ich's überhaupt mitgenommen? Egal, sie konnten es doch nicht reparieren.»
«Das Telefon geht wieder.»
«Was?»
«Ja, habe ich geflickt.»
«Du bist ja ein ...»
«Ich habe Manfred angerufen. Er war nicht da.»
«Was hast du sonst gemacht?»
«Gelesen. ‹La Padella, rezepts engiadinais›.»
«Die Migluns sind wirklich fast so gut ...»
«Du musst essen, Doktor.»

«Mamma als serviva cun café, e per mai devi ovomaltina. Il cudesch hai jau ertà dad ella.»
«Cura è'la morta?»
«Cur che jau aveva quattordesch onns. Per mai era quai ina catastrofa. Avant eran mamma ed jau sco dus alliads. Bab era da la Bassa ed era pauc a chasa. Ella era da l'Engiadina, e nus discurrivan rumantsch. Igl era sco ina lingua secreta per nus, forsa er cunter bab. Suenter la mort da mamma na savev'jau tge far cun bab. Jau sun ì en l'internat, ed el era pauc auter ch'ina funtauna da raps. Jau hai regalà il cudesch a Christina per ch'ella possia cuschinar mintgatant in pau a l'engiadinaisa. Per ella era quai però memia tup. Ella na vuleva surprender simplamain la cuschina da mia mamma. Uschia hai jau prendì il cudesch si qua ed hai empruvà sez da far in pèr pasts. Per dir la vardad nun èsi mai gartegià, cun excepziun dad oz.»
«Ins na po betg imitar ina mamma.»
«E co è quai cun tia mamma, viv'la anc?»
«Jau na sai betg. Jau na sai nagut. Nagut da mia mia mamma, da mia dunna, da mes uffants, nagut.»
«Pertge?»
«Jau hai vulì manar els davent. Ma igl è ì memia svelt. Tuts han stuì plantar ina bandiera alva sin il tetg. Segn che nus acceptain l'egemonia dals Serbs. Jau sun vegnì a savair quai memia tard. Els eran gia arrivads. Jau hai zuppà mia famiglia giu'n tschaler, hai ditg a mia dunna: cur ch'igl è quiet, vas tar tia mamma.. Lura sun jau sortì ed hai spetgà ils Serbs. Jau hai ditg: nagin nun è tar mai. I m'han lura arrestà. Jau n'hai vis pli nagin. Ni mia mamma. Ni mia dunna. Ni mes

«Mutter hat sie mit heissem Kaffee aufgetischt, und für mich gab's Ovomaltine. Von ihr habe ich das Kochbuch geerbt.»
«Sie ist gestorben?»
«Als ich vierzehn war. Für mich war es eine Katastrophe. Mutter und ich waren wie zwei Verbündete. Vater war ein Unterländer und kaum zu Hause. Sie kam aus dem Engadin, und wir sprachen romanisch miteinander. Es war unsere Geheimsprache, vielleicht auch gegen Vater. Als sie gestorben war, wusste ich nicht, was ich mit Vater anfangen sollte, ging ins Internat und zapfte ihn als Geldquelle an. Das Buch mit den Rezepten habe ich Christine geschenkt, damit sie ab und zu eine Engadiner Spezialität kochen könnte. Doch sie fand es zu mühsam, sie hatte keine Lust, die Küche meiner Mutter zu übernehmen. So nahm ich das Buch hier herauf, um manchmal etwas ganz Besonderes aufzutischen. Um die Wahrheit zu sagen, es ist nie gelungen, ausser heute.»
«Mutter kann man nicht nachmachen.»
«Und deine Mutter, lebt sie noch?»
«Ich weiss es nicht. Weiss nichts. Nichts von meiner Frau. Nichts von meinen Kindern. Nichts.»
«Wie das?»
«Ich wollte sie fortbringen. Doch es ging zu schnell. Alle mussten eine weissen Fahne auf das Haus stellen. Zeichen, dass wir nicht gegen Serben sind. Ich kam zu spät. Sie waren schon da. Ich habe meine Familie im Keller versteckt. Meiner Frau gesagt, flieh zu deiner Mutter. Wenn es wieder ruhig ist. Dann bin ich hinausgegangen, und die Serben sind gekommen. Ich habe gesagt, niemand ist da. Sie haben mich abgeführt. Ich habe niemand mehr gesehen. Nicht meine Frau. Nicht

uffants, nagin. Jau crai ch'ils Serbs nun han chattà els. Els sun ids a Sarajevo. Tar ils genitirs da mia dunna. Uschiglio fissan er els vegnids depurtads ad Omarska.»

«N'has ti mai pensà dad ir a Sarajevo?»

«Jau sun in um da la tema, enclegias? Jau di a mamez di e notg: Sunaric ti stos ir a tschertgar els. Ma jau na vom betg. Jau sun stà ad Omarska. Els m'enconuschan. Sch'els m'arrestan anc ina gia ... Jau na vegn pli a supportar quai. Jau mor da la tema.»

El dat dal chau.

«Er sche la guerra fiss a fin. Jau turn be sche jau sun segir.»

«E tia famiglia, tge capita cun tia famiglia.»

«Ah, smetta da dumandar adina il medem!»

«Jau hai cret che la famiglia saja uschè impurtanta per vus.»

«Gea, gea.»

«Jau na chapesch ...»

«Jau hai ditg: jau sun in um da la tema.»

«Gea, jau sai, ma ...»

«Ti na sas nagut, docter. Insumma nagut. Ti has be legì la gasetta e guardà la televisiun.»

«Sunaric, ti has ditg che ti ta zuppavas adina amez la fulla. Ti has er ditg che ti n'hajas mai empruvà da far amicizia cun ils schuldads per surviver. E ti has survivì! Pertge, sche ti na vesas pli tia famiglia?»

«Jau t'hai ditg, trentasis onns eran avunda per mai. Meglier esser mort che la vita ad Omarska.»

«E tuttina has ti fatg tut per surviver! Insatge na turna betg.»

«L'uman è in animal, enclegias? Er sch'el vul murir en ses chau, ses pes e ses mauns n'al fan betg per

meine Mutter. Nicht meine Kinder, niemand. Aber ich glaube, sie haben sie nicht gefunden. Sie sind nach Sarajevo gegangen. Zu den Eltern meiner Frau. Sonst wären sie auch nach Omarska gekommen.»
«Hast du nie den Gedanken gehabt, nach Sarajevo zu gehen?»
«Ich bin ein Angstmensch, verstehst du? Ich sage Tag und Nacht, Sunaric du musst sie suchen. Aber ich gehe nicht. Ich bin in Omarska gewesen. Wenn sie mich noch einmal nehmen. Ich werde es nicht mehr ertragen. Ich habe zu viel Angst ...»
Er schaut weg.
«Auch wenn Krieg fertig ist. Ich will erst zurück, wenn ich ganz sicher bin.»
«Und deine Familie?»
«Ach, frag nicht immer!»
«Ich dachte, dass für euch die Familie so wichtig ist.»
«Ja, ja.»
«Verstehe ich nicht»
«Ich habe gesagt, ich bin ein Angstmensch.»
«Ja, ich weiss, aber ...»
«Nichts weisst du, Doktor. Gar nichts. Du hast nur Zeitung gelesen. Und Fernsehen geschaut.»
«Sunaric, du hast gesagt, dass du immer in die Mitte gegangen bist, dass du dich nicht angebiedert hast. Du hast überlebt. Wofür denn, wenn du jetzt deine Familie nicht mehr siehst?»
«Ich habe dir gesagt, fünfunddreissig Jahre sind genug. Lieber tot sein als leben in Omarska.»
«Trotzdem hast du alles gemacht, um zu überleben. Etwas stimmt nicht.»
«Der Mensch ist ein Tier. Verstehst du. Er will sterben im Kopf, seine Beine gehorchen ihm nicht. Und nicht

cumond. Er betg ses bratschs e ses mauns. Ti vuls murir, ma ti batlegias per paun. Ti vuls murir, ma ti mordas giu ils ovs a tes ami. Allah, co vuls ti chapir quai. Ti nun enconuschas la savur da l'asfalt. Ti na pos savair co ch'i spizza en la gardaroba cun quattertschient persunas ed ina tualetta che na funcziuna. Ti na sas quant svelt che trais minutas passan, e ti stos avair mangià. Ti nun enconuschas il sentiment da la damaun, cur ch'ils camiuns van cun lur chargia da morts vers la chava da glera. Ti na sas ...»
«Ti manegias che jau stuess passentar in temp en in champ da concentraziun per pudair drizzar mes pled a la gronda victima dad Omarska? Ed jau ta di, ti engionas tatez. Ti nun has vulì murir, er betg en il chau. Pertge stuessas ti esser auter che tut il rest da l'umanitad. L'uman è uschia. El vul surviver, en maun da Dieu! El vul e sto per forza surviver, sto dar vinavant il scherm da sia spezia.»
El fa ir vi e nà sia gianoscha, sco sch'el vuless dir insatge, moviment da ruier, ma i na vegn nagut.
«Uschia è l'uman, el vul surviver. E sch'el surviva ha'l ina nauscha conscienza. Ti nun es auter che tut ils auters. Ti avessas manà tia atgna mamma a la furtga per salvar tia pel, tes uffants e tia dunna. Ti nun es auter che tut ils auters, ti es precis sco els.»
El è vegnì sblatg e cumenz'a tremblar. El ma fixescha sco in dement, sia fatscha sa defurmescha. El sa dauza e vegn cunter mai. Jau dun in sigl e cur a la porta. Jau n'hai nagina brama d'ina baruffa. La fugia na gartegia betg. El sa bitta sin mai cun tutta forza e ma prenda per la gula. Jau ma dost il meglier pussaivel, emprov d'al stumplar enavos, dun da mauns e pes. El ma smatga cun il dies sin la maisa. I

seine Arme und nicht seine Hände. Du willst sterben, aber du bettelst für Brot. Zur gleichen Zeit. Du willst sterben, aber du beisst deinem Freund die Eier ab. Allah, wie willst du das verstehen? Du weisst nicht, wie die Pista riecht. Du weisst nicht, wie es stinkt, vierhundert Leute liegen in der Garderobe. Einer neben dem andern. Du weisst nicht, wie schnell drei Minuten vergehen. Du musst gegessen haben. Du weisst nicht, wie es ist. Deine Leute fahren am Morgen mit dem Lastwagen in die Kiesgrube. Du weisst nicht …»
«Du meinst, ich soll auch einmal ins KZ, bevor ich dem grossen Opfer von Omarska etwas sagen darf? Du belügst dich selbst. Du hast auch im Kopf nicht sterben wollen. Warum sollst ausgerechnet du anders sein? Der Mensch ist so, mein Gott, was ist dabei. Er will überleben, um jeden Preis.»
Er bewegt seinen Kiefer, wie Kaubewegungen, als ob er etwas sagen wollte, aber es kommt nichts.
«So ist der Mensch, er will überleben, und wenn er überlebt, hat er ein schlechtes Gewissen. Du bist nicht anders als alle andern, du hättest deine Mutter an den Strick geliefert, um selbst herauszukommen, deine Frau und deine Kinder. Du bist nicht anders als alle andern, du bist genauso wie sie.»
Seine Wangen sind bleich geworden, er fängt an zu zittern. Er starrt mich an, sein Gesicht verzerrt sich, er steht auf und geht auf mich los. Ich versuche zur Türe zu rennen, habe keine Lust auf eine Schlägerei. Aber die Flucht gelingt nicht, er stürzt sich auf mich, geht mir an die Gurgel, ich wehre mich verzweifelt, suche ihn von mir wegzustossen, schlage um mich. Er drückt mich auf den Tisch, mir wird schwarz vor den Augen,

ma vegn nair davant ils egls. Jau dun da la bratscha. Tuttenina tschif jau ina buttiglia, dun da las chommas, prend schlantsch e bat cun l'ultima forza la clocca sur ses chau. El dat ensemen e croda cun tut il pais sin mai. Jau sun anc talmain sturnì che jau na chat betg la forza d'al rudlar giu da mai. Jau sent sia barba da trais dis sin mia vista, ses corp pesant e chaud sin il mieu.

Umans plunads in sin l'auter, bittads sin in mantun, egls spalancads, buccas avertas cun l'impronta d'in sbratg, fatschas marventadas, inquals anc chauds, charn ed ossa, pronts per il transport. In dad els viv'anc. Ils schuldads vegnan, prendan en dus ils morts e bittan els sin il camiun. El giascha bunamain sisum, be in corp sur el. Il camiun parta. El vesa las plantas a passar sperasvi, badugns, tut badugns. En il cotschen da la damaun. Ils badugns sa retiran ed el vesa l'orizont. El prenda cumià da la damaun, dals nivels cotschens, da l'orizont. Il camiun volva en la chava da glera, in bulldozer rampluna, il camiun derscha ils morts en il foss, terra al cuvra, terra chauda e vapuranta.

Sunaric suspira. Jau sent ses flad, sia barba burrida, ses corp pesant. Speranza nun hai jau rut sia chavazza. Jau emprov d'al stumplar davent da mai. Tabalori. Ma salvas la vita, e lura ma sforzas da ta pitgar en il chau. Betg murir. Fa il bain! Jau met mes bratschs enturn el. Betg murir. Jau fatsch tut sche ti na moras betg.»

ich greife mit den Armen im Leeren herum. Plötzlich erwische ich eine Flasche, zapple mit den Beinen, hole aus und schlage sie ihm über den Kopf. Er sackt lautlos über mir zusammen. Ich bin noch so benommen, dass ich zu wenig Kraft besitze, ihn abzuwälzen. Er liegt auf mir, seine unrasierte Wange an meiner. Der schwere, warme Körper.

Menschen übereinander gestapelt, aufeinander geworfen, aus den Verschlägen gezerrt, offene Augen, im Schrei erstarrte Münder, Körper, einige noch warm, Fleisch und Knochen, bereit zum Abtransport, einer lebt noch. Die Soldaten kommen, packen zu zweit die Leichen und werfen sie auf den Lastwagen. Er liegt fast zuoberst, nur einen Körper über sich. Sie fahren los. Er sieht, wie die Bäume verkehrt an ihm vorbeiziehen, Birken, alles Birken. Der Himmel ist rot vom Morgen, langgestreckte Wolken über dem Horizont, der sichtbar wird, wenn die Birken einen Augenblick zurücktreten. Er nimmt Abschied vom Morgen, von den roten Wolken, vom Horizont. Die Lastwagen biegen in die Kiesgrube ein, ein Bulldozer dröhnt, der Lastwagen kippt die Leichen in den ausgehobenen Graben, Brocken von Erde fallen herunter, decken ihn zu, warme, dampfende Erde.

Sunaric stöhnt. Ich spüre seinen Atem, seine Bartstoppeln, seinen schweren Körper. Hoffentlich habe ich ihm nicht den Schädel eingeschlagen. Ich versuche, ihn hochzustemmen. Dummer Kerl. Rettest mir das Leben, und dann schlag ich dir den Schädel ein. Dummer Kerl. Nicht sterben. Ich lege meine Arme um ihn. Bitte nicht sterben. Ich tue alles, wenn du nicht stirbst.

Terza part

Dritter Teil

1

L'aviun trembla. El stira sco sch'el fiss lià vi d'ina suga, fa il botsch, stira puspè ed urla. Finalmain sa statgan ils frains. El boffa sur la pista vi, accelerescha. Il funs da betun grisch fila sut nus vi. Cun passar d'ina platta a l'autra datti culps. Las rodas transmettan els sin l'utschè, senza far penna. Ils vaiders vibreschan, il plastic stgadaina, il corp vegn pressà en la sutga.

Per in mument ves jau l'aviun da dadorvart, ves ch'el nun è bun da sa dauzar, ch'el s'enclina, perda autezza, cupitga e prenda fieu. Dadensvart panica, sbratgs, mauns che sa schirentan, egls spalancads da la terrur. Lura il sentiment ch'il magun s'haja vieut.

Ils culps han smess, in clong. La vusch malenclegentaivla d'ina persuna indifferenta, sco sch'i sa tractass dal sgol il pli normal dal mund, sco sch'ella n'avess anc mai dudì ch'ins possia far vegnir giu questas benas be cun ina flinta.

«*Some more coffee, some more bread?*»

«*No, thanks.*»

Tenor stimaziuns approximativas èn mortas fin uss passa tschientmilli persunas. Meglier na pensar londervi.

Das Flugzeug vibriert, zerrt, als ob es an einem Strick festgemacht wäre, bockt, zerrt weiter, heult auf, die Bremsen werden endlich gelöst. Es schnaubt über die Piste, beschleunigt, der graue Zementboden rast unter mir weg. Beim Übergang von einer Betonplatte zur andern gibt es Schläge. Die Räder übertragen sie auf den Vogel, hart und ungefedert. Die Scheiben zittern, die Plastikverkleidung scheppert, der Körper wird in den Sessel gepresst.
Einen Moment lang sehe ich die Kiste von aussen, sehe, wie sie nicht richtig hochkommt, in Schräglage gerät, heruntersackt, sich überschlägt und in Flammen aufgeht. Drinnen Panik, Schreie, Hände, die sich verkrallen, aufgerissene Augen. Dann das Gefühl, als höbe sich der Magen.
Das Schlagen hat aufgehört, ein «Klong» ertönt, dann die nuschelnde Stimme einer gelangweilten Person, als ob es der normalste Flug der Welt wäre, als ob da überhaupt nichts vorfallen könnte, als ob noch nie etwas passiert wäre, als ob sie noch nie etwas davon gehört hätte, dass die Flugzeuge ihrer Firma mit ein paar gut gezielten Schüssen aus einer Jagdflinte abgeschossen werden könnten.
«Some more coffee, some more bread?»
«No, thanks.»
Bisher sind in diesem Krieg nach groben Schätzungen über hunderttausend Leute umgekommen. Besser nicht daran denken!

Suenter l'atterrament a Zagreb stoss jau midar da la part civila da l'eroport en la part militara. Dapertut grondas maschinas da l'UNPROFOR, aviuns da transport d'ina colur verd taclada. Controlla, l'emprim ils palpiris, lura la bagascha.
«Avais in brastoc cunter ballas?»
«Gea.»
«Trai en el, per plaschair!»
Per quest brastoc hai jau duvrà in permiss spezial dal cumandant da la caserna da Reppischtal. Jau sun vegnì manà en trais uffizis, ed igl ha duvrà trais emnas fin che jau hai survegnì el. Sche jau avess vulì cumprar ina calaschnikov, l'avess jau survegnì en duas uras. L'um da l'arsenal m'aveva surdà il brastoc cun in sguard pli che critic, ed jau hai gì in curius sentiment cur che jau hai prendì el encunter. El vuleva savair per tge che jau al dovria. Per in cas urgent, hai jau respundì. El m'ha guardà e ditg ch'il militar saja tut en urden, uschè ditg ch'ins nun haja propi da basegn d'el. Vairamain stuess ins amar in pajais cun tals funcziunaris.
In schuldà franzos ma dat ina chapellina e ma gida en il brastoc. El è rasà, bunamain blut, giuven, apaina ventg onns. Mes aviun è ina maschina dal tip Hercules cun quatter propellers. El stat là sco in salip, ils motors giran gia, las ultimas palettas vegnan chargiadas. Cun in pèr auters spetg jau fin ch'in schuldà ans dat il segn d'entrar tras il bural da chargiar. L'aviun è quasi plain, mintga centimeter quadrat è tratg a niz. En il buttatsch da l'utschè èn banchinas da lain. Ils tschintg passagiers sa repartan sin las plaz-

Nach der Landung in Zagreb muss ich vom zivilen Teil des Flughafens in den militärischen hinüberwechseln, überall stehen die schweren Transportmaschinen der UNPROFOR herum. Kontrolle, zuerst die Papiere, dann das Gepäck.
«Haben Sie eine kugelsichere Weste?»
«Ja.»
«Bitte anziehen!»
Für die Weste war eine Sondergenehmigung des Kommandanten der Kaserne Reppischtal nötig. Ich bin an drei verschiedene Stellen verwiesen worden, und es dauerte ganze zwei Wochen, bis die Sache geklappt hat. Hätte ich mir eine Kalaschnikov kaufen wollen, ich hätte sie in zwei Stunden gehabt. Der Zeughäusler hat mir die Weste mit einem kritischen Blick ausgehändigt. Ich hatte ein mulmiges Gefühl, als ich sie entgegennahm. Wofür ich sie brauche, wollte er wissen. Für den Ernstfall, antwortete ich. Er warf mir einen Bick zu und meinte, Militär sei schon recht, aber nur so lange man es nicht wirklich brauche. Im Grunde müsste man ein Land mögen, in dem es solche Zeughäusler gibt.
Ein französischer Soldat gibt mir einen Helm, hilft mir in die Splitterweste. Er ist kahl rasiert, jung, keine zwanzig. Mein Flugzeug ist eine Transportmaschine des Typs Herkules mit vier Propellern. Sie steht wie eine Heuschrecke auf der Strecke, die Motoren laufen schon. Die letzten Paletten werden eingeladen. Mit ein paar anderen Passagieren warte ich, bis uns der Soldat das Zeichen gibt, durch die Ladeöffnung einzutreten. Die Last füllt beinahe den ganzen Innenraum der Maschine aus, jeder Kubikzentimeter des Laderaumes ist ausgenützt. In der Ausbuchtung des Rumpfes gibt es Holzbänke. Die fünf Passagiere verteilen sich auf die

zas libras. Jau ma tschent, met las tschintas e spetg. Il bural da chargiar sa serra, ils motors urlan. Il guaffen nun è isolà cunter il tun. La canera è snuaivla. Per fortuna hai jau ina chapellina. Nus rudlain plaunet ora sin la pista. Tras in fanestrin ves jau prada verda, in pèr chaglias.
Jau daud co che Manfred m'avertescha. El para preoccupà, ves'en mai il Svizzer maldisà che dovra temp per cultivar ses problemets da bainstar e che giauda sia crisa d'identitad.
«Jau sun stà en la citad avant dus onns sco currier d'in'organisaziun umanitara. Pir là hai jau cumenzà a m'interessar per la chaussa bosniaca. Jau enconusch l'entusiassem per ils umans da la citad, ma ponderescha bain, en l'emprima euforia fan ins sper ina pluffraria.»
Jau n'aveva nagina veglia da declerar ad el mia decisiun. Cur ch'el ha chapì, ha'l ditg ch'er el vegniss cun mai, sch'el vesess in senn. Ch'el vesia però sia missiun en Svizra, ch'i saja invan da metter en privel la vita be per tschertgar in pèr persunas.
«I na sa tracta d'in'acziun eroica, Manfred, igl è ina chaussa tranter Sunaric e mai. Jau na sun captivà ni da la chaussa bosniaca, ni da l'idea da vulair midar il mund.»
«Nus discurrin cur che ti es puspè da return. Jau sun segir ch'il spiert da la citad vegn a tschiffar er tai.»
El m'ha dà in vegl guid turistic, in cudeschin sfeglià, edì dals communists per l'olimpiada da l'otgantaquatter.

freien Plätze. Ich sitze ab, schnalle mich an, warte. Die Ladeluke schliesst sich, die Motoren brüllen los. Das Flugzeug ist nicht schallisoliert, der Lärm ohrenbetäubend. Zum Glück trage ich einen Helm. Wir rollen langsam auf die Piste, durch ein kleines Fenster sehe ich die grünen Wiesen, einige Büsche.

Ich höre Manfred, wie er mich warnt. Er schien besorgt, sah in mir von Anfang an nur den verwöhnten Schweizer, der seine Wohlstandsprobleme pflegt und nun dabei ist, seine Identitätskrise zu geniessen. Er versuchte, mich von meinem Entschluss abzubringen.

«Ich bin vor zwei Jahren als Kurier für eine humanitäre Organisation in Sarajevo gewesen und erst dort für die bosnische Sache eingenommen worden. Ich weiss, was es heisst, so richtig Feuer und Flamme zu sein für die Menschen in der Stadt, doch du solltest es dir gut überlegen. Im ersten Begeisterungsschub begeht man die grössten Dummheiten.»

Ich hatte keine Lust, ihm meinen Entschluss zu erläutern. Als ihm klar wurde, dass ich mich entschieden hatte, sagte er, dass er mitgehen würde, wenn er einen Sinn darin sähe, dass er aber seine Aufgabe hier in der Schweiz habe und dass es nichts bringe, sein Leben aufs Spiel zu setzen, nur um ein paar Leute zu suchen.

«Es geht nicht um eine Heldentat, Manfred. Ich bin weder Feuer und Flamme für die bosnische Sache, noch habe ich das Gefühl, damit die Welt zu verbessern.»

«Wir reden, wenn du zurück bist. Du wirst sehen, dem Geist der Stadt wirst auch du dich nicht entziehen können.»

Manfred drückte mir einen alten Reiseführer in die Hand, den die Kommunisten anlässlich der Olympiade 1984 herausgebracht hatten.

«El è bain vegl, ma i vala tuttina la paina d'al leger. Uschia survegns ti in'impressiun da la citad d'antruras.»
En pli m'ha'l surdà in cuntè da giaglioffa. Durant il cumià ha'l discurrì sco in cudesch e m'ha bumbardà cun buns cussegls. Blanche era sco adina, sco sche jau giess be svelt tar il furner. Nus ans avain alura tuttina branclads. Ella ha ditg: fa attenziun e bun viadi! Jau l'hai bitschada sin il frunt, ma ella vuleva in bitsch sin bucca. Sunaric era fitg quiet. Pir l'ultim mument m'ha'l mess ina brev en la giaglioffa.
«Legia ella pir cur che ti es a Sarajevo!»
Jau hai dà dal chau e mess la brev en la bulscha.
Nus essan gia sur ils nivels, il sulegl splendura sin l'ala sanestra, la surfatscha verdenta straglischa bufatg. Il tschiel è blau, sut mai ils nivels che zuglian Croats ed Serbs cun lur alas alvas, quels che s'aman e quels che s'odieschan, quels che tschertgan la pasch e quels che fan guerra.
Igl è stà difficil da survegnir la permissiun per quest sgol. L'UNPROFOR è l'unica societad che organisescha sgols a Sarajevo. Ed ella transporta be rauba d'agid, glieud da l'UNHCR, diplomats u delegads dal CICC. En mintga cas nagins privats. Ma ussa ves jau sper duas chapellinas blauas in um ed ina dunna, apparentamain schurnalists. Per mai eri cler ch'i deva be ina pussaivladad da survegnir tuttina ina permissiun: il CICC. Jau sun ì aposta al sez principal a Genevra ed hai declerà mes plans al funcziunari responsabel per la Bosnia.

«Er ist zwar veraltet, aber es lohnt sich trotzdem, ihn zu lesen, dann bekommst du eine Ahnung, wie schön die Stadt einmal ausgesehen hat.»
Dazu reichte er mir ein Schweizer Taschenmesser. Beim Abschied redete er dauernd auf mich ein und überschüttete mich mit Ratschlägen. Blanche war wie immer. Als ob ich nur zum Bäcker ginge. Wir umarmten uns. Sie sagte: «Pass auf dich auf. Gute Reise!» Ich küsste sie auf die Stirne, doch sie nahm meinen Mund. Sunaric war sehr still. Erst im letzten Moment, als ich schon bei der Abfertigung stand, steckte er mir einen Brief in die Tasche.
«Erst lesen, wenn du in Sarajevo bist, ja?»
Ich nickte und packte den Brief in den Rucksack.
Wir sind jetzt über den Wolken. Die Sonne scheint über den linken Flügel, die grün angestrichene Oberfläche glänzt matt, der Himmel ist blau, unter mir die Wolkendecke, die Zagreb und das Land, die Kroaten und die Serben, Liebende und Hassende, Friedenssehnsüchtige und Kriegstreiber gleichermassen unter sich birgt. Es war schwierig die Erlaubnis für den Flug zu bekommen. Es gäbe keine andere Möglichkeit, nach Sarajevo zu gelangen, ausser mit der UNPROFOR. Die Vereinigten Nationen transportieren Hilfsgüter, Leute der UNHCR, Diplomaten oder IKRK-Delegierte, aber keine Privatpersonen. Ausser zwei Blauhelmen sehe ich jetzt aber noch einen Mann und eine Frau, der grossen Fototasche nach könnten sie Journalisten sein. Da ich nur die Möglichkeit sah, über das IKRK zu einer Genehmigung zu kommen, bin ich extra nach Genf an den Hauptsitz gereist, um dem für Bosnien zuständigen Beamten mein Vorhaben auseinander zu setzen.

«*Sche Vus vulais daventar delegà, stuais frequentar in curs da trais mais.*»
«*Jau na vi betg daventar delegà, i sa tracta d'ina chaussa privata.*»
«*Nus na pudain organisar sgols per privats.*»
«*Ma jau stoss ir a Sarajevo.*»
«*Jau hai mias prescripziuns.*»
In um grond sur ils tschinquanta, tagl da barschun, frunt lad, egls grischs che devan ad el in'impressiun trista. El ma pareva sco in chaun vegl che nun è pli bun da currer, ed jau m'hai dumandà sche jau al duaja raquintar tut l'istorgia.
«*Per l'emprima giada en mia vita sun jau absolutamain segir da stuair far insatge.*»
«*Sch'ins va en ina regiun da crisa èsi meglier da na prender cun sai memia blers motivs persunals, uschiglio dovr'ins il psichiater cur ch'ins turna. Ils idealists èn noss pli grond problem.*»
«*Forsa èsi l'emprima giada che jau hai propi il sentiment da ... Na, quai na turna betg.*»
«*Tge?*»
«*Jau vuleva dir, l'emprima giada che jau hai il sentiment dad esser debit d'insatge ad insatgi.*»
«*Sentiments da culpa n'èn betg ils megliers cussegliaders.*»
«*Ma mintgatant ils unics.*»
«*Savais, jau sun stà trent'onns delegà, per tut il mund enturn. Jau hai vis massas da morts e ferids, maltractads e violads. Senza pel d'elefant fiss jau ì a finir gia bler pli baud en quest biro.*»
«*Jau stoss ir a Sarajevo.*»
L'um m'ha fixà e sbassà il chau, lura m'ha'l guardà danovamain e dà dal chau.

«Wenn Sie Delegierter werden wollen, müssen Sie einen dreimonatigen Kurs absolvieren.»
«Ich will nicht Delegierter werden, ich muss in einer persönlichen Angelegenheit nach Sarajevo.»
«Wir können keine Privatflüge vermitteln.»
«Aber ich muss nach Sarajevo!»
«Ich habe meine Vorschriften.»
Ein grosser Mann, über fünfzig, Bürstenschnitt, breite Stirn, graue Augen, die etwas Trauriges ausstrahlten. Er wirkte müde, wie ein alter Hund, der nicht mehr rennen kann. Sollte ich ihm meine ganze Geschichte mit Sunaric erzählen?
«Es ist das erste Mal in meinem Leben, dass ich sicher bin, etwas tun zu müssen.»
«Wenn man in ein Krisengebiet fährt, ist es besser, nicht zu viel persönliche Motive und Gefühle mitzunehmen, sonst braucht man den Psychiater, wenn man zurückkommt. Die Idealisten sind das grösste Problem für uns.»
«Vielleicht das erste Mal, dass ich das Gefühl habe …»
«Was?»
«Ich wollte sagen, das erste Mal, dass ich das Gefühl habe, einem Menschen etwas schuldig zu sein.»
«Schuldgefühle sind nicht die besten Ratgeber.»
«Aber manchmal die einzigen.»
«Wissen Sie, ich bin dreissig Jahre als Delegierter in der ganzen Welt herumgekommen, ich habe so viele Tote und Verletzte, Gefolterte und Vergewaltigte gesehen. Ohne Elefantenhaut, wäre ich schon nach einem halben Jahr hier in diesem … Büro gelandet.»
«Ich muss nach Sarajevo!»
Der Mann schaute mich lange an, senkte seinen Blick, dachte nach, schaute mich wieder an und nickte dann langsam mit dem Kopf.

«Ins sto savair ch'il temp è insatge auter en in pajais da guerra. Mintgatant decida ina secunda. Ina balla dovra be fracziuns da secundas, e sche Vus essas en sia lingia essas mort. Mintgatant stuais avair la pazienza da spetgar dis e dis per nun esser tutgà. Ina gia arrivà a Sarajevo, stuais studegiar il temp. Vus na dastgais ir enturn cun il temp senza premura sco qua. Vus stuais savair distinguer il bun temp dal nausch. Ed oravant tut: Vus avais temp! Adina, er sch'el è be curt, Vus avais temp. En quel mument che Vus crajais da nun avair temp, essas pers.»
«Jau vi prender a cor Voss cussegl.»
«Als realists, che fissan buns da surviver en situaziuns difficilas, manca la cretta, ed ils entusiasts, che fissan motivads per nossa lavur, èn uschè naivs ch'ins na sa betg duvrar els.»
Ils bigliets èn lura tuttina vegnids pir suenter in pèr emnas.

L'aviun marmugna sco in animal ferì. I n'è betg pussaivel da discurrer cun in dals passagiers. Jau hai temp da ponderar, bunamain memia bler temp. Pon ins avair memia bler temp en in pajais da guerra? Da quai n'ha l'um da la Crusch cotschna ditg nagut. Tge tschiel blau!

Cur che nus eran turnads da la chamona en citad era'l er uschia. Suniric aveva ditg ch'el amia il tschiel, perquai ch'el na pretendia nagut. El saja simplamain qua, senza sang e feridas. Jau aveva respundì ch'ils morts cremiads arrivian er els en tschiel e ch'ins

«Wissen Sie, Zeit ist etwas anderes in einem Land, wo Krieg herrscht. Manchmal entscheidet eine Sekunde darüber, ob Sie noch leben oder ob Sie die Kugel trifft, und manchmal müssen Sie tagelang warten, weil Sie sonst bestimmt eine Kugel trifft. Sie müssen, wenn Sie da ankommen, zuerst die Zeit studieren. Sie dürfen nicht so leichtsinnig mit ihr umspringen wie hier. Sie müssen herausfinden, was die gute Zeit ist und was die schlechte. Und vor allem, glauben Sie mir, Sie haben Zeit. Immer, auch wenn sie nur kurz ist, Sie haben Zeit. Wenn Sie einmal glauben, keine Zeit mehr zu haben, dann sind Sie verloren.»
«Ich werde es mir merken.»
«Denjenigen, die wissen, wie es geht, fehlt der Glaube, und die Begeisterten, die an das Gute glauben, sind so naiv, dass sie zu nichts taugen.»
Die Beschaffung des Tickets dauerte dann doch noch eine ganze Weile.

Das Flugzeug röhrt wie ein verwundetes Raubtier. An ein Gespräch mit einem der Anwesenden ist gar nicht zu denken. Ich habe Zeit, meinen Gedanken nachzuhängen. Kann man in einem Land, in dem Krieg herrscht, zu viel Zeit haben? Darüber hat der Mann vom Roten Kreuz nichts gesagt.

Als wir von der Hütte zurück nach Zürich kamen, war der Himmel ähnlich blau wie jetzt hier. Sunaric sagte, er liebe den Himmel, weil er keine Ansprüche stelle, weil er einfach da sei und weil kein Blut an ihm klebe. Ich antwortete ihm, dass die Toten, die verbrannt würden, auch in den Himmel aufstiegen, dass er voll sei von Toten, dass man damit leben müsse, dass alle Ele-

stoppia viver cun il fatg che tut ils elements èn bavrentads da vita e mort.
«*Nus mohamedans n'ardain betg ils morts.*»
Manfred e sia glieud han chattà ensemen cun la polizia il tschuncader dad Omarska, ed i para ch'el vegnia surdà al tribunal per crims da guerra a Den Haag. Manfred era detg superbi cur ch'el ans ha telefonà en chamona. L'aria saja puspè netta, nus possian descender.
Nus ans avain cumportads vaira ditg en la chamona stretga. Suenter la naiv gronda essan nus stads uras a la lunga davant chamona. Nus avain giudì il sulegl e la naiv e contemplà la cuntrada senza dir pled. A l'entschatta ma pareva nossa convivenza sco ina smaladicziun, in cas disgrazià, in cumplot dal destin. Suenter questa notg e la baruffa ha quai midà. En quel mument ch'el giascheva sin mai, la fatscha plain sang, m'hai jau dumandà tge che jau vegnia a far sch'el è mort. Jau hai purtà el sin la cutschetta, m'hai tschentà sper el ed hai tegnì ses maun. Per l'emprima gia hai jau observà el pli exact. Ina fatscha normala, nagut d'extraordinari, nas pitschen, chavels grischs. Il chau è crudà da la vart, e pir alura hai jau badà sia ureglia struptgada, sco plegada ensemen, ina botta. Tge hani fatg cun tai, quests portgs!
Cur che Sunaric s'ha puspè sveglià m'hai parì sco sch'in crap vegniss rudlà giu da mes pèz.
«*Perstgisa, ma ... Jau nun hai pudì far auter ... Uschiglio m'avessas ...*»
«*Jau stun bain. Be la creppa rampluna anc in pau. Emblida, ti has be fatg quai che nus Bosniacs stuessan far gia daditg. Ins sto emprender da sa dustar, sch'ins vegn attatgà.*»

mente getränkt seien von Leben und Tod. Aber er antwortete nur:
«Wir Muslime verbrennen die Toten nicht.»
Manfred hat mit seinen Leuten und der Polizei den Mörder von Omarska gefunden. Es sieht so aus, dass der Mann ans Kriegsverbrechertribunal nach Den Haag ausgeliefert wird. Manfred war mächtig stolz und hat uns in der Hütte angerufen, die Luft sei rein, wir könnten wieder herunterkommen.
Wir hatten zusammen ganz schön lange in der engen Hütte ausgeharrt, den Schnee genossen und stundenlang in die Landschaft geschaut. Während ich vorher unser Zusammensein eher wie einen Fluch, eine Verknüpfung von unglücklichen Zufällen, eine Verschwörung des Schicksals gegen mich empfunden hatte, war nach dieser Nacht und dem darauffolgenden Kampf alles anders geworden. In dem Moment, als er über mir lag, mir sein Blut übers Gesicht lief und mich die Frage überkam, was ich tun würde, wenn er jetzt tot wäre, habe ich geschworen, dass ich alles mache, wenn er nicht stirbt. Ich trug ihn auf die Pritsche, setzte mich neben ihn und hielt seine Hand. Ich schaute ihn lange an, dieses unscheinbare Gesicht, die kleine Nase, das graue Haar. Erst jetzt, da es seitlich zurückfiel, merkte ich, dass ein Ohr verstümmelt war, wie zusammengerollt, ein Klumpen. Was haben die mit ihm gemacht, diese Schweine!
Als er zu sich kam, fiel mir ein Stein von der Seele.
«Verzeih mir, aber … Ich konnte nicht anders, du hättest mich sonst …»
«Es geht mir gut. Der Kopf brummt etwas. Mache dir keine Gedanken. Du hast das gemacht, was wir in Bosnien nicht gemacht haben. Man muss sich wehren!»

Suenter ina lunga pausa:
«Jau m'enriclel da nun avair attatgà en medema moda e maniera ils assassins dad Omarska.»
«Vuls baiver insatge?»
«Na, jau vuless durmir.»
Jau seseva sper il letg. Suenter in pèr uras s'ha Sunaric sveglià. Jau l'hai purtà in té. Nus ans avain guardads ed el ha surris. Discurrì avainsa pauc. Jau cuschinava per el sco quai ch'el aveva cuschinà per mai. Da mes vut n'al hai jau ditg nagut. Fiss stà ridicul. L'autra damaun è'l lura stà si.
«Quai n'è nagina vita senza savair novas da la famiglia, insupportabel da star qua e da na savair sche la dunna vegn violada, sch'ils uffants moran en las salvas da las granatas.»
En quel mument hai jau savì tge che jau vegniss a far. Gea, ir en guerra e tschertgar sia famiglia, quai vegniss jau a far! Ina levezza m'ha prendì. Natiralmain, quai vegniss jau a far!
«Es ti segir ch'els èn a Sarajevo?»
«Nagut n'è segir en questa guerra. Ma jau na sai nua ch'els pudessan esser uschiglio.»
«Jau vegn a tschertgar els.»
«Igl è bler memia privlus.»
Jau aveva adina l'impressiun ch'el n'haja betg ditg tut la vardad. Ma jau nun hai insistì da dumandar. Jau saveva tge ch'era da far, quai ma bastava.
L'aviun sa prepara per l'atterrament. Nus sfundrain en ils nivels, aua da marmel alv enturn ed enturn. La maschina trembla. I suffla in vent ferm, in temporal. Tut ballucca e scurlatta.

Nach einem längeren Schweigen sagte er:
«Ich bereue es. Warum bin ich nicht auf die Mörder in Omarska so losgegangen?»
«Willst du etwas trinken?»
«Nein, ich möchte schlafen.»
Ich sass weiterhin neben dem Bett. Nach Stunden erwachte Sunaric. Ich brachte ihm Tee. Wir sahen uns an, er lächelte. Wir sprachen wenig. Ich kochte für ihn, wie er zuvor für mich gekocht hatte. Ich verschwieg mein Gelübde, wäre mir lächerlich vorgekommen. Am zweiten Morgen nach dem Zusammenprall stand er auf und sagte:
«Es ist kein Leben, wenn man nicht weiss, wie es der Familie geht. Es ist unerträglich, herumzuhocken. Meine Frau, vielleicht wird sie jetzt vergewaltigt. Meine Kinder, vielleicht sterben sie in den Granaten.»
Plötzlich wusste ich, dass ich fahren würde. Ja, in den Krieg, und seine Familie suchen, das würde ich machen. Eine Leichtigkeit erfasste mich, eine Selbstverständlichkeit.
«Bist du sicher, das sie in Sarajevo sind?»
«Sicher ist nichts in diesem Krieg. Aber ich weiss nicht, wo sonst.»
«Ich werde sie suchen.»
«Es ist zu gefährlich.»
Es kam mir immer so vor, als ob er nicht die ganze Wahrheit gesagt hätte, aber ich fragte nicht weiter. Ich wusste, was ich zu tun hatte, das war mir genug.
Das Flugzeug beginnt seinen Abwärtsflug, wir tauchen in die Wolkendecke ein, Marmorwasser rundherum. Die Maschine zittert, es muss stürmen, alles wackelt und rüttelt.

2

L'atterrament è ruassaivel. L'utschèun sa tschenta, ed ins ha l'impressiun d'esser crudà en in fossal immens. Enturn ed enturn s'emplunan rempars da terra, per prender las maschinas or da la lingia da tir, suppona. La maschina arriva e sa ferma davant il bajetg d'eroport. Il bural da chargiar s'avra, e nus avain da sortir il pli svelt pussaivel. Ils dauzapalettas cumparan sco furmiclas e prendan la rauba or dal spazi da chargiar. Ils motors vegnan restrenschids, ma la canera è tuttina anc gronda. Malgrà la ramur ed ils schuldads ch'ans fan segns da festinar prov jau da registrar il pli bler pussaivel. Dapertut èn satgs da sablun, emplunads in sin l'auter, davosvart schuldads cun mitragliettas. Chappelinas blauas cun brastocs cunter ballas, l'eroport cumplettamain circundà da rempars. Containers mantunads protegian ils aviuns. Davant mai ina seria da trais containers alvs. Nus stuain entrar. Las portas vegnan serradas, la canera diminuescha in pau, ins po prender giu las chappelinas. In uffizier franzos controlla noss passaports, davosvart chamina in auter uffizier. Sia unifurma nun è quella da l'ONU. Para dad esser in Serb! Manfred m'ha raquintà ch'ils Serbs hajan conquistà l'eroport il novantadus e dà a fit a l'UNPROFOR. Il tip ves'ora sco sch'el savess tut, er la glista dals passagiers, suppona. Jau ma regord dals pleds da Manfred.

Die Landung ist erstaunlich sanft. Der grosse Vogel setzt auf. Es scheint, als sei man in einem gigantischen Graben gelandet. Rundherum sind Erdwälle aufgeschüttet, wohl um den direkten Beschuss zu verunmöglichen. Die Maschine kommt an, fährt in Richtung des Flughafengebäudes, die Ladeluke öffnet sich, wir werden aufgefordert, so schnell wie möglich herauszukommen, dann erscheinen Hubstapler, holen die Ladung aus dem Frachtraum, die Motoren werden zwar gedrosselt, aber sie heulen weiter, es ist sehr laut. Trotz der zur Eile antreibenden Soldaten und dem Lärm sehe ich mich um, nehme hohe, aus weissen und braunen Sandsäcken gebaute Schiessburgen wahr, aus denen Gewehrläufe ragen, Soldaten mit Helmen, MPs, alle in Splitterwesten, rundherum die aufgeworfenen Erdwälle. Dort, wo die Maschinen entladen werden, haben sie Container übereinander gestapelt, um die Flugzeuge vollständig aus der Sicht und Schusslinie zu nehmen. Vor mir drei in Serie aufgestellte weisse Container. Wir werden aufgefordert, in den ersten einzutreten. Die Türe wird geschlossen, der Lärm lässt nach, wir nehmen die Helme ab. Ein französischer UN-Offizier kontrolliert die Papiere, hinten läuft ein serbischer Kontrolloffizier auf und ab. Von Manfred weiss ich, dass die Serben den Flughafen 1992 erobert und der UNPROFOR verpachtet haben. Sieht so aus, als ob der Serbe hinten die Passagierlisten kennt.
Manfred hat gesagt:

«Na fidar a nagin. Er betg als schuldads da l'ONU. Ils pli privlus èn las chappelinas blauas russas. Els èn il bratsch prolungà dals Cetnics. Pli fidads èn ils Franzos.»

A mai nun interessan ils plans da las pussanzas mundialas. A mai nun interessa, sch'ils Russ occupan questa citad u ils Tircs u la Nato. A mai interessa be la famiglia da Sunaric. Il Franzos ma renda il pass.

«Noss vehichel vegn a purtar Vus en citad.»

Tras la fanestra ves jau il char armà. Schuldads stattan davantvart. I na paran betg Franzos! Jau turn en l'ultim container e ma driz danovamain a l'uffizier davos la maisa:

«Vegn quel char guidà dals Russ?»

«Na, dals Ucrains.»

Manfred aveva discurrì dals Russ.

«Na datti nagins auters vehichels?»

«Na.»

«Jau sun dal CICC. Pudais Vus garantir la segirezza da quel char armà?»

«Garantir na poss jau insumma nagut.»

«Giessas Vus en quel char tar ils Ucrains?»

«In politicher bosniac è en quest mument ì en quel char. Jau na crai ch'el faschess quai sch'el avess resalvas.»

«Essas segir?»

«Dal tuttafatg.»

Jau sort e vom en il char armà, naginas fanestrinas da la vart e plazza per sis fin otg persunas. Sin ils banchins tschentan sis persunas. Jau sun l'ultim. Ins sesa sco enturn ina maisa, ma i manca la maisa. Tgenin pudess esser il politicher? Il fotograf cun sia tastga e la schurnalista na vegnan betg en dumonda. Lura

«Vertraue keinem, auch den UNO-Leuten nicht. Am schlimmsten sind die russischen Blauhelme, sie sind der verlängerte Arm der Cetniks. Am ehesten kannst du den Franzosen trauen.»
Mich interessieren die Grossmachtpläne nicht, mich interessiert es nicht, ob die Russen hier herrschen, die Türken oder die Nato. Mich interessiert, ob Sunarics Familie noch da ist. Der Franzose händigt mir die Papiere aus.
«Unser Fahrzeug wird Sie in die Stadt bringen.»
Durch das Fenster sehe ich das gepanzerte UN-Fahrzeug auf Rädern. Soldaten stehen davor, es sind keine Franzosen. Ich gehe zurück in den letzten Kontrollcontainer und frage den Mann hinter dem Tisch:
«Wird das Fahrzeug von russischen Soldaten geführt?»
«Nein, von Ukrainern.»
Manfred hat deutlich russische Soldaten gesagt.
«Gibt es kein anderes Fahrzeug?»
«Nein.»
«Ich bin vom IKRK. Können Sie garantieren, dass diesem Fahrzeug nichts passiert?»
«Garantieren kann ich für nichts, mein Herr.»
«Würden Sie bei diesen Ukrainern einsteigen?»
«Ein bosnischer Politiker ist eben eingestiegen.»
«Sind Sie sicher?»
«Ganz sicher.»
Ich wende mich ab und trete den Weg zum UN-Fahrzeug an. Der Wagen ist gepanzert, keine seitlichen Fenster, Platz für etwa sechs bis acht Personen. Sechs sind bereits da, ich bin der Letzte. Man sitzt sich gegenüber. Ich versuche herauszufinden, welcher der bosnische Politiker sein könnte. Der Fotograf und die Journalistin, dazu die beiden Blauhelme, die ich schon

fissan qua anc duas chappelinas blauas, giuvnots ch'eran gia en l'aviun. Il tschintgavel è in um cun ina valisch d'actas, grisch, tip secretari. Il sisavel in pitschnet, corpulent, cun chavels tschurriclads. Quai sto esser il politicher! El para d'esser gnervus, sfruscha adina la gianoscha cun il maun dretg. Ils schurnalists discurran englais, causa dal motor n'encleg'ins nagut. Il pitschen guarda enturn, jau al dun dal chau. El replitga cun in spert cupid, dat l'impressiun d'ina persuna ch'è tuttadi en acziun, incapabel da star quiet. Jau avess gugent drizzà ad el il pled, siond però ch'el na renda pli mes sguard, tasch jau. I ma para curius ch'el nun era en l'aviun. Il char sa metta en moviment, las rodas sfullan en la glitta. Ils schuldads ucrains rin. Jau hai in nausch sentiment, il politicher bosniac na ma para d'esser in garant per la segirtad. La schurnalista porta ina chapitscha verda cun pala ed è vestgida sco in schuldà. Il brastoc cunter ballas la fa franc mal al sain. Jau pens a Blanche. Il pitschen stat si. El guarda sur la spatla dal manischunz sin la via, cloma tut agità:

«Kasindolska ulica! Kasindolska ulica!»

E lura anc auters pleds che jau na chapesch betg. Il char sa ferma tuttenina, la porta davos s'avra, in uffizer cumpara, discurra cun il politicher. Quel vegn tut sblatg, stat si e sorta. Tuttenina cumpara in schuldà, drizza il schluppet sin el e tira. In tun setg, l'um croda per terra, e resta là plain sang. La balla al sto avair tutgà precis en il chau. Jau sbragel, la schurnalista siglia or dal char directamain en ils bratschs d'in schuldà. Quel dat dal chau.

im Flugzeug gesehen habe. Der Fünfte ist ein farbloser Mann mit Aktenkoffer, Typus Sekretär. Der Sechste, ein kleiner korpulenter Mann, mit gekraustem Haar, das muss der Politiker sein, er macht einen nervösen Eindruck. Die Journalisten reden Englisch miteinander, wegen des laufenden Motors ist nicht auszumachen, was. Der Kleine schaut sich um, ich nicke ihm zu, er nickt flüchtig zurück. Er vermittelt mir das Gefühl von einem Menschen, der sehr viel arbeitet, den ganzen Tag tätig ist, kaum ruhig sitzen kann. Ich hätte ihn gerne angesprochen, da er meinen Blick aber kaum erwidert hat, lasse ich es bleiben. Merkwürdig, dass ich ihn nicht schon in der Maschine gesehen habe. Der Wagen fährt an, die Räder drehen im Schlamm durch. Die ukrainischen Blauhelme lachen. Mir ist nicht wohl bei der Sache, der «bosnische Politiker», wie ihn der Offizier bezeichnet hat, macht mir nicht den Eindruck, als sei er eine Sicherheitsgarantie. Die Journalistin trägt eine grüne Schirmmütze und einen Tarnanzug. Ob die kugelsichere Weste nicht schmerzt? Der Kleine hat sich erhoben, schaut über die Schulter des Fahrers, ruft aufgeregt:
«Kasindolska ulica! Kasindolska ulica!»
Und dann Worte, die ich nicht verstehe. Der Wagen stoppt abrupt, die hintere Türe wird geöffnet, ein Offizier erscheint, spricht den Politiker an. Dieser wird bleich, erhebt sich, steigt aus. Bevor er richtig ausgestiegen ist, tritt ein Soldat dazu, richtet sein Gewehr auf ihn, und ich höre einen scharfen Knall. Der Mann sinkt zu Boden, er ist blutüberströmt, die Kugel muss ihn direkt in den Kopf getroffen haben. Ich schreie, die Journalistin springt aus dem Wagen direkt in die Hände eines Blauhelmsoldaten. Dieser schüttelt den Kopf.

«No, Lady, no!»

Ella vegn stumplada enavos en il char. Entant ha il fotograf sortì l'apparat e sajetta tut quai che l'objectiv tira. Il schuldà, che ha stumplà enavos la dunna, al stira l'apparat or da maun, avra el, stira or il film e dat dal chau:

«No.»

El dat enavos l'apparat da fotografar e munta. Il vehichel sa metta en moviment. Pir ussa percepesch jau las fatschas dals dus schuldads che sesan visavi. Els èn apparentamain schoccads. Il fotograf di:

«Quai fiss stà la cumprova, diavel.»

I ma para sco sche nus faschessan part d'in toc da teater, en il qual in pèr nars giogan rollas ch'els na chapeschan betg. Co pomai è quai pussaivel d'assassinar in carstgaun, be uschia, senza ch'insatgi schess in pled, intermediass, fermass il temp. Ma duai jau drizzar a l'um cun la valisch d'actas? El sesa gist en l'angul da l'autra vart. Ma il motor è uschè dad aut ch'ins stuess sbragir per sa far chapir. Jau ma sent sco in scolar d'emprima classa ch'ils gronds na vulan prender sin lur chamonetta ch'els han construì sin ina planta, pertge ch'el è memia pitschen. Els schessan tuttina insatge auter che quai ch'els pensan. Pertge pia dumandar? I ma vegn endament il cussegl dal funcziunari a Genevra: Arrivà a Sarajevo stuais studegiar il temp. Ma jau nun hai gì temp per studegiar il temp. Igl è i bler memia svelt. Jau sun vegnì stratg en in turnigl. Fors'avess jau stuì ma prender il temp e betg ir cun quest char. Ma jau viv anc. Appaina arrivà sun jau gia in survivent. In sco Sunaric. Il char sa ferma. Ils dus schuldads restan en il char. Nus sortin. La schurnalista ed il fotograf svaneschan en l'Hotel Bosnia.

«No, Lady, no!»
Sie wird ins Fahrzeug zurückgestossen, der Fotograf hat inzwischen seine Kamera herausgenommen und fotografiert. Der Soldat, der die Frau hereindrängt, reisst ihm den Apparat aus der Hand, öffnet die Kamera, zieht den Film heraus, schüttelt den Kopf:
«No.»
Dann gibt er ihm den Apparat zurück, steigt ein. Das Fahrzeug setzt sich in Bewegung. Erst jetzt sehe ich in die Gesichter der beiden Blauhelme. Sie spiegeln Entsetzen. Der Fotograf sagt auf Englisch:
«Das wäre der Beweis gewesen, Scheisse!»
Ich komme mir vor, als seien wir Teil eines Theaterstücks, in dem ein paar Irre Rollen spielen, die sie nicht verstehen. Ist es denn möglich, dass man einfach einen Mann umbringt, ohne dass jemand etwas sagt, eingreift, die Zeit anhält? Soll ich mich an den Mann mit der Aktentasche wenden? Er sitzt genau in der gegenüberliegenden Ecke. Ich müsste brüllen, um mich verständlich zu machen. Ich fühle mich wie ein Erstklässler, den die Drittklässler nicht in die Baumhütte mitnehmen, weil er noch zu klein ist. Auch kommt es mir vor, als ob hier jeder etwas anderes sagen würde, als er denkt. Mir kommt der Satz des Mannes in Genf in den Sinn: Sie müssen, wenn sie da ankommen, zuerst die Zeit studieren. Man hat mir die Zeit dazu nicht gegeben, ich bin einfach in einen Strudel geraten. Hätte ich sie mir nehmen sollen, nicht einsteigen in das Ukrainenfahrzeug? Mir ist ja nichts passiert. Ich bin ein Überlebender, kaum angekommen ein Überlebender. Der Wagen hält an. Die beiden Blauhelme bleiben im Wagen sitzen. Wir steigen aus. Die Journalistin und der Fotograf verschwinden im Hotel Bosnia.

«Nua stuais ir?»
L'um cun la valisch stat directamain davant mai.
«Nus na pudain restar memia ditg sin via. Sche Vus vulais, pudais vegnir cun mai.»
«Jau crai che jau dovrel uss in café, sch'i dat insatge dal gener.»
«Oh, i nun è uschè facil d'organisar in café chaud, ma fors'avainsa cletg.»
L'um guarda enturn. Lura cumenza'l da currer. Jau al suond, la bulscha sin il givè. El curra en ina giassa, lura sin ina via pli stretga e finalmain en il piertan d'ina chasa che dat sin ina curt interna. Musica! Musica englaisa, ina cafetaria.
«Qua èsi pli u main segir, e café duessi er avair, sperain.»
Nus ans tschentain, ina giuvna cumpara, el discurra cun ella.
«I dat café!»
La valisch ha'l mess dasper sai. El tira in faziel da nas or da la giaglioffa e sgnufla.
« Igl è fitg insolit ch'ins tschiffa in dafraid en quests dis desastrus. I manca il temp per vegnir malsaun. Jau na sun anc mai stà uschè saun sco durant quests trais onns da guerra. Ma uss hai jau abandunà la citad per in pèr uras ed hai propi piglià in dafraid.»
El ri ed jau na sai tge che ma surprenda dapli, ses sarcassem u ses bun tudestg.
«Enconuschais quest um ch'è vegnì assassinà?»
«Gea, ma betg bain.»
«Jau hai cret che Vus sajas ses secretari.»

«Wo werden Sie erwartet?»
Der Mann mit der Aktentasche steht vor mir.
«Wir sollten nicht zu lange auf der Strasse stehen bleiben. Wenn Sie wollen, können Sie mit mir kommen.»
«Ich glaube, ich brauche jetzt einen Kaffee, wenn es so etwas gibt.»
«Oh, Kaffee ist nicht so einfach zu haben, aber vielleicht kann man etwas machen.»
Der Mann schaut sich nach allen Seiten um, dann beginnt er zu laufen, ich laufe ihm hinterher, den Rucksack auf dem Rücken, erneut in eine Gasse, dann auf eine breitere Strasse, in einen Hauseingang, der auf einen Innenhof führt. Musik! Englische Musik, ein Kaffeehaus.
«Hier ist es einigermassen sicher, und Kaffee hat's auch, hoffentlich.»
Wir setzen uns, eine Frau erscheint, sie reden kurz miteinander.
«Es gibt Kaffee.»
Er hat seinen Koffer neben sich gestellt, nimmt ein Taschentuch hervor, schneuzt sich:
«Wissen Sie, es ist ungewöhnlich, dass man im Krieg erkältet ist. Man hat keine Zeit dazu. Ich war noch nie so gesund wie während der drei Jahre Belagerung. Jetzt bin ich einmal zum Flughafen gegangen, und schon hat's mich erwischt.»
Er lacht, und ich weiss nicht, ob ich mich mehr über sein gepflegtes Deutsch oder über seinen Sarkasmus wundern soll.
«Kennen Sie den Mann, der eben erschossen worden ist?»
«Ja, aber nicht sehr gut.»
«Ich dachte schon, Sie seien sein Sekretär.»

«Ves jau or uschia?»
«Be ... Igl era plitost ... Il tip pareva d'avair in secretari. E Vus eras l'unic che vegniva en dumonda. Ed en pli ...»
«Gea?»
«L'uffizier a l'eroport ha ditg ch'in politicher bosniac saja en il char, e che jau possia damai entrar senza tema.»
«Pli probabel vegn el ad avair manegià mai. L'auter era in affarist, cun il qual ils Serbs avevan anc in quint avert.»
«Sia mort As lascha fraid?»
«Nus avain quindesch fin ventg morts al di. As pudais imaginar quai?»
«Jau era medi, jau sai tge che quai è, la mort, ma tants ... na.»
«Nus stuain vegnir a la conclusiun ch'era ils Ucrains èn corrupts e collavuran cun ils Serbs. Per il mument è quai l'unic nov da constatar. Jau sun cuntent d'avair salvà la vita. Nus savain mintga di grà sche nus pudain salvar nossa vita.»
La giuvna porta il café. El la dat ventg marcs. Jau na poss crair a mes egls.
«Oh, quai è normal. In kilo café custa duatschient marcs. Quai è la guerra. Ils affarists vivan bain, ma privlus, co che Vus avais vis. I n'han anc mai vivì uschè bain sco ozendi. E tge faschais Vus a Sarajevo?»
«Jau tschertg la famiglia d'in ami, in Bosniac ch'è stà ad Omarska. El è fugì en Svizra.»
«Jau chapesch. E nua è sia famiglia?»
Jau tschertg l'adressa e la muss ad el.
«Grbavica. Quai è in quartier serb al vest da la citad. La lingia da cumbat traversa propi quel quartier.»

«Sehe ich aus wie ein Sekretär?»
«Nun, es ist eher so, dass der Mann so aussah, als habe er einen Sekretär. Ausserdem ...»
«Ja?»
«Ausserdem hat mir der Offizier auf dem Flughafen gesagt, dass ein bosnischer Politiker im Wagen mitfahre, ich daher unbesorgt mitgehen könne.»
«Vermutlich bin ich es, den er gemeint hat. Der andere war ein Geschäftsmann, mit dem die Serben offensichtlich etwas abzurechnen hatten.»
«Sein Tod scheint Sie nicht zu berühren?»
«Wir haben in Sarajevo fünfzehn bis zwanzig Tote pro Tag. Können Sie sich das vorstellen?»
«Ich war Arzt, ich weiss was der Tod ist, aber so viele auf einmal habe ich nie erlebt.»
«Neu für mich ist nur, dass auch die ukrainischen Blauhelme direkt mit den Serben zusammenarbeiten. Und ich bin froh, dass ich durchgekommen bin. Wir sind hier jeden Tag froh, wenn wir durchgekommen sind.»
Der Kaffee wird gebracht, der Mann zahlt dafür zwanzig deutsche Mark. Ich traue meinen Augen nicht.
«Oh, das ist üblich. Ein Kilo Kaffee kostet zweihundert Mark. Das ist Krieg. Und die Händler leben etwas gefährlich, wie Sie feststellen konnten, aber es geht ihnen so gut wie noch nie. Und was machen Sie in Sarajevo?»
«Ich suche die Familie eines Freundes, ein Bosnier, der in Omarska war und dann in die Schweiz geflohen ist.»
«Ich verstehe. Und wo ist die Familie?»
Ich krame die Adresse hervor und zeige sie ihm.
«Grbavica, das liegt im westlichen Teil der Stadt. Es ist ein serbisches Quartier, und die Frontlinie läuft quer durch.»

«*In quartier serb?*»
«*Gea.*»
«*Ma el è mohamedan.*»
«*A Sarajevo datti tut. U, lain dir, i deva tut avant la guerra.*»
«*Èsi là privlus?*»
«*I vegn adina sajettà. Ils ierts ed ils prads davant las chasas èn plain minas. Ins sto esser precaut. I dat er bandas. Grbavica è la guerra en la guerra.*»
«*Ma tge fan ils abitants, datti anc civilists?*»
«*I dat. I nun è pussibel che tuts stettian qua en la citad veglia. Sarajevo aveva sistschientmilli abitants. Ussa natiralmain pli paucs.*»
«*Pon ins viver anc en ina tala situaziun.*»
«*Ins sto, ma igl è anc pli privlus ch'en ils auters quartiers.*»
«*E co arriv jau en quest quartier?*»
«*L'emprim stuais avair in tetg sur il chau, ina basa. Là pudais sviluppar in plan per As avischinar a la chaussa.*»
«*L'Hotel Bosnia?*»
«*Emblidai! Vus pajais traitschient marcs per ina notg e stais ensemen cun in pèr schurnalists lungurus.*»
«*N'essas betg cuntent sch'insatgi scriva da questa guerra?*»
«*Nus duvrain armas e betg artitgels. L'embargo d'armas ha gì consequenzas be per nus. Ils Serbs han survegnì armas, quantas ch'els vulevan, ils Croats era. Nus essan en la trapla, dapertut sesan ils Serbs cun lur artigliaria pesanta sin las muntognas ed ans bumbar-*

«Ein serbisches Quartier?»
«Ja.»
«Aber er ist Muslim.»
«In Sarajevo ist alles möglich oder sagen wir, es war alles möglich.»
«Ist es gefährlich dort?»
«Es wird dauernd geschossen, dazu sind die Gärten und Kellereingänge vermint. Es gibt auch Banden, Grbavica ist Krieg im Krieg.»
«Wohnen noch Menschen da?»
«Ja, durchaus. Es können nicht alle in der Altstadt hier leben. Sarajevo hatte sechshundertfünfzigtausend Einwohner. Jetzt sind es freilich weniger.»
«Kann man in diesem Quartier noch leben?»
«Es ist noch gefährlicher als in den andern.»
«Haben Sie mir einen Rat, wie ich zu dieser Strasse komme?»
«Zuerst müssen Sie ein Quartier haben, und von da aus können Sie sich langsam an die Sache heranmachen.»
«Im Hotel Bosnia ...»
«Das können Sie vergessen! Da bezahlen Sie dreihundert Mark die Nacht und sitzen mit ein paar gelangweilten Journalisten zusammen.»
«Sind Sie denn nicht froh, dass jemand über den Krieg berichtet?»
«Wir brauchen Waffen, keine Zeitungsartikel. Das Waffenembargo haben bisher weder die Kroaten noch die Serben zu spüren bekommen, nur wir. Die UNO lügt uns seit drei Jahren vor, man könne die Artilleriestellungen der Serben, die von den Bergen auf die Stadt herunterschiessen, nicht bombardieren, weil ihre Stellungen zu sehr in Zivilgebieten seien. Die Kanonen sind alle auf den Bergen stationiert, da ist weit und breit

deschan. Ed ils schurnalists repetan las manzegnas da l'ONU, ch'ins na possia attatgar las basas dals chanuns che sajan amez il territori abità. La vardad è ch'els èn posiziunads sin las muntognas, e la na datti naginas chasas, nagliur! Na, nus na duvrain nagina misericordia, quai che nus duvrain èn armas.»

«Vul dir, betg en l'Hotel Bosnia.»

«Na, giai tar insatgi a chasa, là ves'ins sco che Sarajevo è vairamain. Vus pudais discurrer cun la glieud. Ils Bosniacs èn bunamain tuts fitg ospitaivels. Vus pajais tschunquanta marcs al di e purtais in pau da mangiar. Jau sun segir ch'ins vegn a gidar Vus.»

El ma dat in'adressa.

«Davida Turajlic è la dunna d'in da mes amis ch'è mort avant in pèr onns. Ella vegn a prender si Vus gugent.»

El ma declera co che jau possia chattar l'abitaziun.

«E tegnai endament, ins na dastga restar memia ditg sin via, oravant tut betg sin las cruschadas. Prendai la disa d'in brav pass da cursa, sco tuts qua tar nus.»

kein Haus! Und die Weltpresse verbreitet diese Lügen und andere Lügen mehr. Nein, wir brauchen kein Mitleid, wir brauchen Waffen.»
«Im Hotel Bosnia also nicht.»
«Nein, gehen Sie zu jemandem nach Hause, da sehen Sie, wie es in Sarajevo wirklich ist. Sie können mit den Leuten reden. Sie sind fast alle sehr gastfreundlich. Zahlen Sie ihnen fünfzig Mark, bringen Sie etwas zu essen mit. Ich bin sicher, man wird Ihnen behilflich sein.»
Er diktiert mir eine Adresse.
«Frau Turajlic ist die Ehefrau eines verstorbenen Freundes von mir, sie wird Sie bestimmt gerne aufnehmen.»
Er erklärt mir, wie ich die Wohnung der Frau finden kann.
«Und denken Sie daran, man darf sich wegen der Heckenschützen nicht zu lange auf der Strasse aufhalten, vor allem nicht auf Kreuzungen. Besser, Sie eignen sich einen lockereren Laufschritt an, wie alle hier. Sie werden sich schnell daran gewöhnen.»

3

Jau vom en tschertga da mi'ustiera. Jau percorsch pir ussa che jau nun hai dumandà il num dal politicher, uschia che jau n'hai nagina referenza, vegn a stuair empruvar senza. Ferhadija 17, segund plaun.
Ina bella chasa, stil deschnovavel tschientaner, en il guid da Manfred vegn el numnà stil eclectic da la monarchia K. e K. Jau travers in corridor d'entrada che maina en ina curt, sco avant en il café. Da la vart dal corridor è ina porta. Stranamain è'la averta. Jau entr e smatg il buttun da la glisch, i na capita nagut. Tras ina fanestra dat ina glisch turbla sin las stgalas. Jau vom sin il segund plaun. La stgala è da crap, las paraids traglischan en in mellen d'ocher, il passamaun sin la spunda da fier è da lain dir, sfruschà da sa Dieu quants mauns. A la porta dal segund plaun è ina tavletta cun scrit si: Dr. B. Turajlic. Jau scalin, ma il scalin na funcziuna betg. Avant che jau possia spluntar, s'avra la porta. Ina dunna en ils tschunquanta cumpara, chavels brins, fatscha radunda, chautschas da sport ed in gross pullover nair. Jau muss mes pass svizzer, ma preschent, decler mia finamira e ma perstgis d'avair emblidà il num dal signur che m'ha procurà l'adressa. Ella ma fa entrar en ina veglia, bell'abitaziun cun in lung tarpun en il corridor. Jau tir or ils chalzers.
«Avais in pèr pantoflas?»

Auf der Suche nach meiner zukünftigen Zimmerwirtin fällt mir ein, dass ich den Mann nicht nach seinem Namen gefragt habe. Ich besitze also keine Referenz, werde es so probieren müssen. Ferhadija 17, zweiter Stock …
Das Haus ist schön, eine Stilmixtur aus dem 19. Jahrhundert. Könnte diese eklektische K.K.-Architektur sein, von der in Manfreds Stadtführer die Rede ist. Ich betrete den Hauseingang, der weiter auf den Innenhof führt, wie beim Kaffeehaus vorhin. Seitlich des etwa fünf Meter langen Durchgangs finde ich die Haustüre. Sie ist eigenartigerweise nicht abgeschlossen. Ich trete in ein weites von trübem Licht erhelltes Treppenhaus und gehe zwei Stöcke hoch. Ich drücke auf den Lichtknopf, aber es bleibt dunkel. Die Treppenstufen sind aus Stein, die Wände senfgelb und der Handlauf auf dem geschmiedeten Geländer aus blank gescheuertem Hartholz. An der Türe im zweiten Stock steht ein Schild: Dr. B. Turajlic. Ich läute, die Glocke funktioniert nicht. Noch bevor ich klopfen kann, öffnet eine Frau, Mitte fünfzig, braunes Haar, rundes Gesicht, Trainerhose, dicker schwarzer Pullover. Ich zeige ihr meinen Schweizerpass, stelle mich vor, erkläre mein Anliegen, entschuldige mich, dass ich den Herrn, der mir die Adresse vermittelt hat, nicht nach dem Namen gefragt habe. Sie bittet mich herein, und ich trete in eine schöne alte Wohnung mit rotem Läufer im Gang. Ich ziehe die Schuhe aus. Sie fragt, ob ich Hausschuhe habe.

«Na, a quai nun hai jau pensà, ma displascha.»
«Fa nagut, jau dun a Vus in pèr da mes figl. Ils chalzers stuais laschar giu'n plaun. La curuna hai jau sacrifitgà avant in'emna per in gentar.»
«Sin il martgà nair?»
«Na, en la pigna da tola. Ella ha dà fieu per duas schuppas, ina giada tartuffels ed almain trais giadas café.»
Nus giain a sanestra tras il corridor d'entrada e vegnin en in salun cun ina maisa e quatter sutgas, duas stgaffals da cudeschs, tut dal tschientaner passà. Jau stun airi ed guard ils cudeschs.
«Ah, l'entir'enciclopedia da Mayer. Prendai plazza! Suenter la destrucziun da nossa biblioteca sun jau propi ritga. Jau na sai però, sche jau vegn ad esser buna da tegnair la dira. Sche la guerra vegn a cuntinuar anc ditg, vegn jau a stuair arder l'entir'enciclopedia, volum per volum. Per il mument n'As poss jau offrir gnanc in té. I manca il material dad arder. Jau sper che mes figl vegnia a chattar oz in pau laina. Jau as pudess però offrir in té da menta fraid. El è dad oz en damaun.»
«Be in cuppin, gugent.»
Ella va en cuschina. Jau guard enturn. Da mintga vart dal salun hai portas. Ina è da vaider. Ella è fitg auta e lascha entrar la glisch da la stiva che va sin la giassa principala. La dunna turna cun ina cria e dus magiels.
«Vus pudais durmir en stiva. Il canapé pon ins trair or. Quants dis vegnis a star tar nus?»

«Daran habe ich nicht gedacht.»
«Macht nichts, ich gebe Ihnen ein Paar meines älteren Sohnes. Die Schuhe müssen Sie leider auf den Fussboden stellen, das Schuhgestell habe ich vor ein paar Wochen für einige Mittagessen geopfert.»
«Auf dem Schwarzmarkt?»
«Nein, im Blechofen auf dem Balkon. Es hat für zwei Suppen und ein Mal Kartoffeln gereicht und bestimmt für drei Mal Kaffeekochen.»
Wir gehen links durch den Eingangskorridor und kommen in einen Salon, in dem ein Tisch mit vier Stühlen steht, dazu zwei Bücherschränke, alles letztes Jahrhundert. Ich bleibe stehen und betrachte die Bücher.
«Ach, das ist Meyers Konversationslexikon. Aber nehmen Sie doch Platz! Jetzt, nachdem sie unsere Bibliothek granatiert haben, bin ich reich. Ich weiss nicht, wie lange ich durchhalten kann. Wenn der Krieg weitergeht, werde ich eines um das andere verheizen müssen. Darum kann ich Ihnen auch keinen warmen Tee anbieten, es ist nichts Brennbares mehr da. Ich hoffe, dass mein Sohn etwas findet heute. Ich kann Ihnen aber Pfefferminztee anbieten, er ist vom Frühstück noch da.»
«Nur ein Glas, ganz gerne.»
Sie geht hinaus in die Küche. Ich schaue mir die Wohnung an. Von jeder Seite des Salons gehen Türen ab. Durch die mittlere, die aus Glas besteht und sehr hoch ist, dringt das Licht des auf die Hauptstrasse gehenden Wohnzimmers. Sie kommt mit einem Krug und zwei Gläsern zurück, schenkt ein.
«Ich werde im Wohnzimmer ein Bett bereit machen. Die Couch kann man ausziehen. Ich werde es jeweils am Abend herrichten und am Morgen wieder einklappen. Wie lange bleiben Sie?»

«Jau na sai betg. Pli paucs dis pussaivel, per esser sincer.»
«Mes figls vegnan la saira, vul dir, il giuven, il schurnalist. Il grond studegia medischina, ma uss è'l en l'armada, per fortuna betg en l'emprima lingia. El vegn be ina fin duas giadas l'emna. Durant il di fatsch er jau mes servetsch militar, sco interpreta. Jau vom a las diesch e turn vers las tschintg. Vus pudais sortir ed entar cun questa clav.»
«Essas cuntenta cun settanta marcs?»
«Jau fiss pli cuntenta sche Vus giessas per dus canisters aua en la via Tito ed organisassas insatge da mangiar dal martgà nair.»
«Quai fatsch jau gugent, ma Vus ma stuais dir nua ch'è la via Tito e co ch'ins chatta insatge da mangiar.»
La dunna porta in cudeschet da notizias e dissegna cun moviments generus in plan da la citad.
«Sarajevo è sco in bindè stret cun duas parts situadas da domadus varts dal flum Miljacka, in bindè da var diesch kilometers lunghezza. Tras quest bindè van duas vias parallelas, la via Tito e la via Vojvode. L'emprima va tras la citad, la segunda lung il flum. A l'ost, en la part orientala, è la citad veglia, tirca, la Bascarsija. Lura vegn la citad da la monarchia, qua essan nus da chasa. Vus giais pia fin tar la caserna 'Tito', lura arrivais en la citad nova cun ses blocs e da quà en il quartier d'industria. In toc dal bindè avais Vus vis cun vegnir da l'eroport. La destrucziun avais er vis, suppona.»
«Na, jau n'hai vis nagut. Il char armà aveva be in fanestrin davantvart, ed els ans han purtads fin a l'Hotel Bosnia.»

«Ich weiss es nicht. Möglichst kurz, wenn ich ehrlich sein soll.»
«Meine Söhne kommen am Abend, das heisst der jüngere, der Journalist. Der ältere studierte Medizin vor dem Krieg, jetzt ist er in der Armee, zum Glück nicht in der ersten Front. Er kommt nur ein- bis zweimal in der Woche. Am Tag bin ich weg, auch ich habe meinen Kriegsdienst zu leisten, als Übersetzerin. Ich gehe dann zwischen zehn und elf aus dem Haus und kehre so gegen halb fünf wieder. In dieser Zeit können Sie mit diesem Schlüssel ein- und ausgehen.»
«Sind Ihnen siebzig Mark pro Nacht recht?»
«Oh, mir ist lieber, Sie holen zwei Kanister Wasser in der Tito-Strasse und bringen etwas zu essen mit vom Schwarzmarkt.»
«Das will ich gerne tun, wenn Sie mir sagen, wo die Tito-Strasse ist und wo ich den Marktplatz finde.»
Sie holt ein Notizbuch und zeichnet mit schnellen Bewegungen einen Stadtplan aufs Papier.
«Sarajevo ist wie ein zehn Kilometer langes Band, das an der Miljacka liegt. Es gibt zwei parallele Strassen, die Tito-Strasse und die Vojvode-Strasse, die Erstere geht durch die Stadt, die Zweite dem Fluss entlang. Am Anfang, im östlichsten Teil, ist die Altstadt, die Bascarsija, dann kommt die neuere Stadt, wo wir uns befinden. Dann gehen Sie hinaus zur Titokaserne, dann kommt die Neustadt mit ihren Wohnhochhäusern, und endlich kommt die Industrie. Ein Stück des langen Bandes sind Sie ja gefahren, als Sie herkamen. Sie werden die Zerstörungen gesehen haben.»
«Ich habe nichts gesehen. Das gepanzerte Fahrzeug hatte nur vorne beim Fahrer kleine Fensterschlitze. Wir sind bis vors Hotel Bosnia chauffiert worden.»

«Lura nun avais anc vis le mendra part da la citad!»
«E nua è Grabowitz?»
«Vus manegiais Grbavica. Quai è in quartier a l'entrada da la citad nova. Ina part sgarschaivla.»
«Quai ha er ditg il signur che m'ha dà Voss'adressa.»
«Là cumbattan noss schuldads. Igl è fitg privlus. Jau ma dumond nua che Hajrun resta uschè ditg. Igl è passà las sis. Las mammas pensan adina al pli terribel. El n'ha gnanc scrit ina notizia en il cudeschet.»
Ella ma mussa il cudeschet cun trais scrittiras differentas, paginas plain pleds che jau na sun bun da decifrar.
«Jau na sper che la guerra giaja uschè ditg che nus vegnin ad emplenir il cudeschet. Ah, qua ma vegn endament insatge. Mintgatant avain nus gas per cuschinar, mintgatant betg. Sajas pia precaut. Ils Serbs controllan l'implant da gas. Mintgatant avain nus auta pressiun, lura stuain nus esser fitg precauts ed avrir be plaunet. Ed adina serrar giu cur che Vus avais a fin. Vi qua en la via Skarika ha insatgi emblidà da serrar giu il gas, essend ch'i na vegniva tuttenina pli nagin. La notg hani dat pressiun, ed il gas ha pudì sa derasar en cuschina ed en l'entir'abitaziun. La damaun è l'um stà si e s'ha envidà ina cigaretta. Igl ha dà in'explosiun enorma. Tut la chasa da quindesch plauns è ars'ora.»
«Jau vegn a laschar ils mauns da questa platta.»
«Per il solit gains'a letg ad uras. I manca la forza electrica e chandailas èn raras.»
Ella tira or il canapé e prepara il letg. Jau prend mia bulscha e bit mes satg da durmir sin il letg. Igl è fraid, ed jau tir en in pullover.

«Dann haben Sie den schlimmeren Teil noch vor sich.»
«Und wo liegt Grabowitz?»
«Sie meinen Grbavica? Das liegt am Anfang der Neustadt. Es ist die schlimmste Gegend Sarajevos.»
«Das hat mir der Politiker auch gesagt.»
«Dort kämpfen unsere Soldaten, es ist sehr gefährlich. Wo Hajrun nur so lange bleibt? Es ist schon sechs Uhr vorbei. Wissen Sie, wenn Sie eine Mutter sind, dann denken Sie immer ans Schlimmste. Er hat nicht einmal eine Notiz ins Büchlein geschrieben.»
Sie zeigt mir das Notizbuch. Drei verschiedene Handschriften, kreuz und quer beschriebene Seiten. Ich kann es nicht lesen.
«Ich hoffe nicht, dass der Krieg so lange geht, bis es vollgeschrieben ist. Noch etwas: Manchmal kommt Gas. Seien Sie vorsichtig damit. Die Serben kontrollieren das Gaswerk. Manchmal haben wir viel Druck, dann müssen Sie ganz vorsichtig und langsam andrehen. Und immer abstellen, wenn Sie fertig sind. Drüben in der Skarika hat jemand vergessen, den Herd auszumachen, weil plötzlich kein Gas mehr kam. Mitten in der Nacht wurde das Gas wieder mit ungeheurem Druck in die Leitungen gegeben. Die Wohnung füllte sich mit Gas, der Mann stand auf und muss eine Zigarette angezündet haben oder sonst etwas ... Das ganze Haus mit fünfzehn Stockwerken ist ausgebrannt.»
«Ich werde die Finger davon lassen.»
«Wir gehen meist sehr früh zu Bett, weil kein Strom da ist und die Kerzen rar sind.»
Sie zieht ein in der Mitte zusammengeklapptes Eisengestell aus der Couch und richtet das Bett her. Ich packe meinen Rucksack aus, werfe den Schlafsack aufs Bett. Es ist kalt, ich ziehe einen Pullover an.

«Gea, igl è fraid, ma en november eri be dudesch grads en chasa. Laina per stgaudar na datti daditg pli nagina. Vus vegnis a vesair, Sarajevo n'ha pli naginas plantas. Nus las avain tagliadas tuttas per avair laina da stgaudar. In di che la guerra è finida vegn quai ad esser fitg trist. La primavaira vegn a renascher senza fluras e feglia.»
«Na crajais che la glieud vegnia a derasar ord spir plaschair che la guerra è finida tanta primavaira ch'ins na bada gnanc che las plantas mancan?»
«Sperain che Vus hajas raschun. I fiss bel. Mintgatant hai jau gronda tema da perder la speranza.»
«Tema per Voss uffants?»
«Sch'ina mamma mussa tema, transmett'la quella directamain sin ils uffants. La tema però destruescha la forza ch'ins dovra per surviver. Cur ch'in dals figls turn'a chasa, stgatsch jau la tema or sin balcun. Sch'els vesan che jau hai buna luna, na perdan els betg la speranza. Cur ch'els sortan, splunta la tema a la porta dal balcun fin che jau avr puspè per parter cun ella l'abitaziun. Fin ussa n'è anc capità nagut, il tschiel saja ludà.»
Jau prend or da mia bulscha duas tschigulattas e las dun ad ella. Ella sa legra, manegia che oravant tut il figl grond haja gugent tschigulatta.
«I manca savens il zutger perquai bramainsa dultscharias.»
Manfred m'ha ditg da na prender cun mai mangiativas. Quai dettia be problems al cunfin. Quant gugent sortiss jau cun in kilo ris u farina u cun ina buttiglia ieli!
«Ah, finalmain, el vegn! Allah saja ludà.»
La dunna va a la porta ed avra. Jau n'avess dudì

«Ja, im November hatten wir nur zwölf Grad. Holz zum Heizen gibt es schon lange nicht mehr. Sie werden sehen, wenn Sie durch Sarajevo laufen, es hat keine Bäume mehr, nirgends. Wir haben alle gefällt, um ein wenig Brennholz zu haben. Wenn der Krieg zu Ende ist, wird es traurig sein in der Stadt, der Frühling wird kommen ohne Blüten und ohne Blätter.»
«Meinen Sie nicht, die Leute werden so viel Frühling ausströmen, weil der Krieg vorbei ist? Man wird die fehlenden Bäume gar nicht merken.»
«Sie mögen recht haben. Es wäre schön. Wissen Sie, ich habe oftmals eine solche Angst, dass kaum mehr Platz für die Hoffnung bleibt.»
«Wegen Ihrer Söhne?»
«Wenn eine Mutter Angst zeigt, dann überträgt sich das auf die Kinder. Die Angst zerstört die Lebenskraft, und ohne Lebenskraft kann man nicht überleben. Deshalb schicke ich meine Angst auf den Balkon, sobald einer von ihnen kommt. Wenn sie sehen, dass ich guter Laune bin, dann verlieren auch sie die Hoffnung nicht. Sobald sie weggehen, klopft die Angst wieder an die Balkontüre, bis ich aufmache und mit ihr die Wohnung teile. Bisher ist keinem etwas passiert, Gott sei Dank.»
Ich hole aus meinem Rucksack zwei Tafeln Schokolade und überreiche sie ihr. Sie freut sich, meint, der ältere Sohn stehe auf Schokolade, und da meistens der Zucker für den Tee fehle, hätten sie unheimliche Süssigkeitsgelüste. Manfred hat mir gesagt, ich solle keine Esswaren mitnehmen, das würde an der Grenze nur Probleme machen. Wie gerne würde ich jetzt ein Kilo Reis oder Mehl auspacken können.
«Ach, jetzt kommt er, ich bin eine glückliche Mutter.»
Die Frau geht zur Türe, öffnet. Ich habe nichts gehört,

nagut. In um giuven stat en la porta dal salun. En il stgir ves jau be sias conturas. El avanza, ed jau pertschaiv sia fatscha barbusa, chavels mez lungs.
«Dobro!»
El sfruscha sur ils chavels da la mamma, di in pèr pleds. Ella mussa sin mai.
«Jau hai emblidà Voss num.»
«Kauer. Fortunat Kauer.»
«Mes num è Hajrun, bainvegni a Sarajevo.»
El discurra englais, para però da chapir era il tudestg che sia mamma discurra cun mai. Ella al guarda cun superbia. Ma el para in mat sper ella, in mat maladester, para da tschertgar ils pleds. Jau engraziel per il bainvegni. Suenter ina pausa manegia'l:
«Las circumstanzas per s'entupar avessan pudì esser pli agreablas.»
«Senza guerra na fissan nus mai s'entupads.»
El ri.
«Ina tala frasa pudess esser da mia mamma, er ella vesa dapertut il positiv.»
El sa volva vers sia mamma, ma ella è gia svanida en cuschina che sa chatta da l'autra vart da l'abitaziun. Nus ans mettain a maisa en il salun. Igl è vegnì stgir, jau sort ina chandaila e fatsch glisch. Per fortuna m'ha Manfred dà in pèr chandailas. Uschia hai jau uss almain il sentiment d'avair prendì cun mai insatge ch'ins sa duvrar qua. Hajrun m'offra ina cigaretta.
«Na, grazia.»
«Na fimais betg?»

doch es steht tatsächlich ein junger Mann in der Türe des Salons. Wegen der Dunkelheit sind nur seine Umrisse wahrzunehmen. Er tritt näher, und ich sehe sein hinter Schnauz und kurzem Backenbart verstecktes Gesicht, halblanges Haar.
«Dobro!»
Er streicht der Mutter übers Haar. Sie wechseln einige Worte. Sie deutet auf mich.
«Ich habe Ihren Namen schon wieder vergessen.»
«Kauer. Fortunat Kauer.»
«My name is Hajrun, welcome to Sarajevo!»
Er spricht Englisch, scheint aber das Deutsch seiner Mutter verstanden zu haben. Sie schaut an ihm auf, er wirkt wie ein kleiner Junge, unbeholfen, als ob er nach Worten suchte. Ich bedanke mich. Nach einer Pause meint er:
«Es hätten auch freundlichere Umstände sein können, um sich zu begegnen.»
«Ohne Krieg wären wir uns bestimmt nie begegnet.»
Er lacht.
«So etwas könnte von meiner Mutter stammen, sie sieht auch überall das Positive.»
Er will sich nach ihr umdrehen, doch sie ist bereits in die Küche verschwunden, die sich rechts vom Eingang auf der anderen Seite des Hauses befindet. Wir setzen uns an den Tisch im Salon. Es ist inzwischen dunkel geworden, ich hole eine Kerze aus dem Rucksack und zünde sie an. Zum Glück hat mir Manfred die Kerzen mitgegeben. So habe ich wenigstens jetzt das Gefühl, etwas mitgebracht zu habe, das man hier gebrauchen kann. Hajrun bietet mir eine Zigarette an.
«Nein, danke.»
«Sie rauchen nicht?»

«*Bain, ma na adina.*»
«*Prendai ina! En guerra na refus'ins cigarettas.*»
«*Sche Vus insistis.*»
El envida duas cigarettas sur la flomma da la chandaila e ma porscha ina. Quant vegl vegn el pomai ad esser? En Svizra al dess jau bel e bain trent' onns. Ma qua, en quest pajais en guerra? Jau na sai betg, forsa ventgatrais u ventgatschintg. Tgi sa, forsa vegn el a pudair ma mussar la via a Grbavica?
«*Tge maina in Svizzer da ses pajais paschaivel qua tar nus.*»
«*Quai fiss ina lung'istorgia.*»
«*Pli lunga ch'ina cigaretta?*»
Ses egls ma penetreschan. El ha insatge che dumonda respect. El para segir, bunamain rigurus.
«*Quai dependa dals auditurs.*»
«*Nagut n'è uschè cumplitgà ch'ins n'al pudess declerar en maniera simpla.*»
«*Er questa guerra?*»
El ponderescha in mument. Quant ferm ch'el s'ha midà dapi che sia mamma è sortida!
«*Gea, er questa guerra.*»
«*Jau l'enconusch be da raquints ed artitgels.*»
Quai nun è vaira. Avant duas uras sun jau mitschà, entant ch'in auter, che seseva anc dasper mai, giascha uss insanua en la lozza d'in post serb cun ina rusna en il chau.
«*Quai ch'ins legia en Europa nun è la vaira guerra.*»
Quest um, il figl da dunna Turajlic, Hajrun Turajlic, schurnalist, tge zuppa'l davos ses frunt? Tge ha'l gia vis da la guerra. Ha'l gia vis co ch'ins liquidescha in

«Doch, aber nicht immer.»
«Nehmen Sie eine. Im Krieg lehnt man keine Zigarette ab.»
«Wenn Sie meinen.»
Er zündet die beiden Zigaretten an der Kerze an und reicht mir eine. In der Schweiz hätte ich ihn dreissig geschätzt, doch hier bin ich unsicher, er könnte auch erst fünfundzwanzig sein. Ob er sich in Grbavica auskennt?
«Was führt Sie aus der sicheren Schweiz nach Sarajevo?»
«Das ist eine lange Geschichte.»
«Länger als die Kerze brennt?»
Seine Augen durchdringen mich. Er hat etwas Bestimmtes an sich, etwas Unerbittliches, das Respekt einflösst.
«Das kommt auf die Zuhörer an.»
«Es gibt nichts Kompliziertes, das man nicht einfach erklären kann.»
«Auch diesen Krieg?»
Er überlegt, und mir fällt auf, wie sehr er sich verändert hat, seit die Mutter nach draussen gegangen ist.
«Selbst diesen Krieg.»
«Ich kenne ihn nur aus Erzählungen und Beschreibungen.»
Dabei habe ich mich vor zwei Stunden als Überlebenden empfunden, als einer, der vom Krieg verschont worden ist, während ein anderer, der neben mir sass, mit einem Loch in der Stirne irgendwo im Schlamm eines serbischen Kontrollpostens lag.
«Was man in Europa liest, ist nicht der wirkliche Krieg.»
Dieser Mann, der Sohn von Frau Turajlic, Hajrun Turajlic, der Journalist, was verbirgt sich hinter seiner Stirn? Was hat er vom Krieg gesehen? Hat er schon erlebt, wie ein Mensch erledigt wird? Hat er schon je-

uman? Ha'l sez gia mazzà? Tge dumondas invanas. Jau vi emplenir mes vut, e basta. La guerra na m'interessa betg.
«I sto esser insatge detg important.»
Jau tasch. El na vegniss betg a chapir mes motivs. Jau n'als chapesch gnanc mamez dal tuttafatg.
«Avais gia mazzà in uman, Hajrun?»
«Jau na sai. E Vus?»
El na respunda a mias dumondas, las replitga cun cuntradumondas. Tge duai jau dir?
«I dat differentas furmas da guerra.»
«Essas per quai vegnì a Sarajevo?»
«Tgi sa.»
El tascha. Jau ma sent tut blut davant el. In um che pudess esser diesch onns pli giuven, ed jau l'enconusch pir dapi in'ura.
«Jau dovr ina guida per ir a Grbavica.»
«Ina guida? Quai na fiss nagin problem …»
«E tge fiss lura il problem?»
La mamma porta ina schuppa chauda.
«Jau m'allegr d'avair in osp, signur Kauer.»
«Quai nun era mes intent. Jau nun hai fom.»
«Quai din tuts per na mangiar davent tut als auters.»
I savura bain. Ella emplenescha ils plats. Nus mangiain la schuppa. Broda cun in pèr tartuffels e per mintgin in toc paun.
«Ils tartuffels èn d'in pachet umanitar. La charn e las conservas cun pesch e verdura han engulà ils Ustaschis tranter Mostar e Sarajevo.»

manden umgebracht? Doch was interessieren mich diese Fragen, mich geht der Krieg nichts an.
«Es muss etwas sehr Wichtiges sein.»
Ich schweige. Er würde es nicht verstehen. Ich verstehe es ja selbst nicht, ich will mein Gelübde erfüllen. Dann gehe ich zurück.
«Haben Sie jemals einen Menschen getötet, Hajrun?»
«Das weiss ich nicht. Und Sie?»
Er beantwortet keine Frage, er wirft alles zurück, was man ihm zuspielt. Was soll ich sagen?
«Es gibt verschiedene Formen von Krieg.»
«Sind Sie deshalb hier?»
«Kann sein.»
Er schweigt. Ich fühle mich durchschaut. Von einem Mann, der zehn Jahre jünger sein könnte als ich und den ich noch keine halbe Stunde lang kenne.
«Ich brauche jemanden, der mich zu einer Adresse in Grbavica führt.»
«Da gibt es viele, das ist das kleinste Problem.»
«Wo liegt denn das grosse?»
Die Mutter kommt mit einer Schüssel dampfender Suppe.
«Heute sind Sie unser Gast, Herr Kauer.»
«Das wollte ich nicht, ich bin nicht hungrig.»
«Das sagen wir alle, um den andern nicht alles wegzuessen.»
Es duftet gut. Sie füllt die Teller. Wir schlürfen die Suppe. Bouillon mit ein paar Kartoffeln drin, für jeden ein Stückchen Brot.
«Die Kartoffeln stammen aus dem Humanitätspaket. Das Fleisch und die Konserven mit Fisch und Gemüse werden auf dem Weg von Mostar hierher von den Ustaschi ausgeräumt worden sein.»

279

Ella ri, fa stinchels cun ses figl, pleds che jau na chapesch betg. In'intimitad, ina sort da famigliaritad estra als circundescha. Sco sch'i fissan fatg in per l'auter, e sco sche quai na midass mai pli. Forsa che Christina s'ha imaginada uschia sia maternitad? Jau sent ch'in tal liom dat ina forza insuperabla.
«E Voss um? È'l mort durant la guerra?»
«El è mort avant dudesch onns. El era in giurist zunt reputà. Mintgatant pens jau ch'igl è bun ch'el ha pudì murir avant la guerra. El aveva tants amis, Serbs, Croats e Gidieus. Jau crai ch'el n'avess betg supportà questa demenza totala ch'il rassissem ha creà.»
«El l'avess stuì supportar sco quai che nus tuts stuain supportar.»
«El era l'um il pli cultivà ch'ins po s'imaginar. Jau hai emprais ad enconuscher el propi en quest'abitaziun. Jau era vegnida cun mia mamma qua ad ina festa ed hai vis el per l'emprima gia. Jau aveva be sedesch onns ed el ventgatrais. Sia famiglia era daventada fitg ritga durant la monarchia K. e K. Els avevan grondas terras e bleras chasas en citad ed en champagna. Ils communists dentant han exproprià tut, cun excepziun da quest'abitaziun. Nus avain pudì restar, avain però stuì pajar fits per l'atgna chasa, quarantatschintg onns! Ed ussa, suenter la victoria dal chapitalissem, vegninsa a stuair cumprar ella. Natiralmain sut la cundiziun ch'ella na vegnia destruida da la guerra.»
«Sajettan els fin giu qua.»
«L'emna passada è crudada ina granata directamain sin la plazza qua davant. Igl ha dà plirs morts e blers

Sie lacht, scherzt mit ihrem Sohn, Worte, die ich nicht verstehe. Eine mir unbekannte Vertrautheit umgibt die beiden. Als ob sie füreinander geschaffen worden wären, als ob sich das nie ändern könnte. Hat sich Christine so ihre Mutterschaft vorgestellt? Ist es die Kraft dieser untrennbaren Bindung, welche die Frauen so stark macht?
«Und ihr Mann, ist er im Krieg umgekommen?»
«Er ist vor zwölf Jahren gestorben. Er war ein stadtbekannter Jurist. Manchmal denke ich, dass es gut war, dass er noch vor dem Krieg gestorben ist. Er hatte unzählige Freunde, Kroaten, Serben, Juden. Ich glaube, er hätte diesen Rassenwahnsinn nicht ertragen.»
Hajrun mischt sich ein:
«Er hätte es ertragen müssen, wie wir es alle ertragen müssen.»
«Er war der feinste Mensch, den man sich denken kann. Ich habe ihn hier in dieser Wohnung kennen gelernt. Mit meiner Mutter bin ich zu einem Fest hierher gekommen und habe ihn zum ersten Mal gesehen. Ich war gerade sechzehn und er dreiundzwanzig. Seine Familie war in der österreichisch-ungarischen Monarchie sehr reich geworden, und sie hatten Ländereien und Häuser. Dann kamen die Kommunisten und haben alles weggenommen, bis auf diese Wohnung. Und wir haben Miete für sie bezahlt, 45 Jahre lang, Miete für die eigene Wohnung! Nun, im Kapitalismus, werden wir sie wahrscheinlich kaufen müssen. Immer unter der Voraussetzung, dass der Krieg vorbeigeht und sie bis dann nicht zerstört worden ist.»
«Schießen sie denn bis ins Zentrum?»
«Vorige Woche fiel eine Granate direkt auf den Platz hier vorne, es gab mehrere Tote und viele Verletzte,

ferids. Las fanestras da la chombra da l'auter figl èn tuttas idas en tocs. Nus avain stuì serrar ellas cun plastics.»

«Sche Vus vulais ir a Grbavica stuais spetgar la brenta. Lura na vesan ils franctiradurs nagut.»

«Jau dovr insatgi ch'enconuscha la via. Surtut en la brenta.»

«Ins po chattar ella.»

«È cura vegn la brenta?»

«L'enviern vegn'la savens. Ma igl è mal dir ordavant.»

La schuppa era buna, ma rara.

«Il paun è stupent.»

La dunna surri.

«Grazia, jau hai fatg el tar Irina. Ella è ina dunna veglia, Croata. Ella s'ha adina dustada da barattar sia platta da lain cunter ina platta da gas. Uss è'la l'unica cun in furnel. Pli che tschuncanta dunnas fan lur paun tar ella. Ins sto purtar in pau material dad arder, e lura sesain nus ensemen e spetgain fin ch'il paun è finì. Ier hai jau pudì cumprar in mez kilo farina, perquai avains'ussa paun. Siond ch'els han bumbardà durant l'entir suentermezdi, hai jau stuì spetgar quatter uras per turnar ils tschient meters a chasa. Ah, savais, nus stain anc bain! Bler pli mal stattan quels cun uffants pitschens. I na dat nagin latg, nagins ovs, nagin paintg. Igl è terribel, sch'ins sto purtar a letg in uffant fomentà!»

«È Voss cumpatriots ch'èn fugids a l'exteriur, na tramettani mai pachets?»

das Zimmer vom älteren Sohn hat keine Scheiben mehr, wir mussten Plastik davorspannen.»
«Wenn Sie nach Grbavica wollen, müssen Sie warten, bis der Nebel kommt. Dann haben die Heckenschützen keine Sicht.»
«Ich brauche jemanden, der die Strassen kennt. Erst recht bei Nebel.»
«Ich werde schauen, ob ich jemanden für Sie finde.»
«Und wann kommt der Nebel?»
«Er kommt oft, aber man kann ihn schlecht voraussagen.»
Die dünne Suppe hat gut geschmeckt, aber den Magen füllt sie nicht.
«Das Brot ist gut!»
Die Frau lächelt.
«Danke, ich habe es bei Irina gebacken. Sie ist eine alte Frau, Kroatin. Und sie hat sich immer geweigert, ihren alten Holzofen gegen einen Gasherd einzutauschen. Nun ist sie die einzige, die einen Backofen hat. Mehr als fünfzig Frauen backen bei ihr Brot, die ganze Umgebung. Man muss etwas Brennmaterial mitbringen, und dann sitzen wir zusammen und warten, bis das Brot gebacken ist. Gestern hatte ich ein halbes Kilo Mehl kaufen können, deshalb haben wir Brot. Weil aber granatiert worden ist, musste ich vier Stunden warten, bis ich die hundert Meter zurückkommen konnte. Ach, wissen Sie, wir haben es noch gut. Schlimm dran sind die Familien mit kleinen Kindern. Es gibt keine Milch, keine Eier, keine Butter. Es ist schrecklich, wenn man als Eltern die Kinder hungrig ins Bett bringen muss.»
«Schicken Ihnen denn Ihre Landsleute, die im Ausland sind, auch ab und zu etwas?»

Hajrun fa ina grimassa spretschanta.
«Da lur pachets arriva be la mesadad. Dal rest, na vuless jau survegnir gnanc in pachet da quels che han laschà enavos nus en la merda.»
La mamma al interrumpa.
«I dat victimas, quels che han stui fugir per salvar lur vita.»
«Jau na discur betg da quels.»
«Pertge essas uschè sever envers quels che refusan da s'offrir sco pavel da mitraglias?»
«Suenter la guerra duain els far merda.»
«Na dir da quellas, Hajrun!»
«Nus tegnain la dira qua en nossa citad assediada. Nus stuain far quint da vegnir sajettads dals franc-tiradurs, cumbattain, scrivain, sajettain. Ed els giaudan la pasch a l'exil, spetgan fin che Sarajevo è deliberà per turnar e construir ina nov'existenza cun ils raps ch'els han fatg a l'ester. E nus na vegnin ad avair pli nagut.»
«Scrivais da quai en Vossa gasetta?»
«Igl è quai che tuts pensan tar nus.»
«Jau betg, Hajrun. Jau pens che mintgin ha sia forza. Forsa essan nus fitg grats in di per tut quels che han anc la forza da reconstruir nossa citad, che han anc speranza en il futur, che n'èn betg uschè destruids sco nus. Forsa hani emprais insatge a l'ester che nus duvrain per recumenzar. Jau na vi odiar nagin, gnanc ils Serbs che tiran sin nus. L'odi turbla il sguard. Nus ans stuain deliberar dals adversaris. Nus als stuain rebatter, quai e tut. L'odi umiliescha tuts, er quels che odieschan. Nus avain da basegn d'in e mintgin. En temps da guerra, ed en temps da pasch. Sarajevo è adina stada ina citad per tuts.»

Hajrun verzieht verächtlich den Mund:
«Erstens käme es gar nicht an, die Post funktioniert schon längst nicht mehr, und andererseits würde ich die Päckchen von denen, die uns im Stich gelassen haben, gar nicht wollen.»
Die Mutter fällt ihm ins Wort:
«Es gibt auch die Vertriebenen, die einfach gehen mussten.»
«Von Ihnen rede ich nicht.»
«Denken Sie, dass es so verwerflich ist, dass jemand sich weigert, als Zielscheibe den Kopf hinzuhalten?»
«Wenn der Krieg zu Ende ist, sollen sie bleiben, wo sie sind.»
«Sag das nicht, Hajrun.»
«Wir harren hier aus, erwarten jeden Tag von Heckenschützen erschossen zu werden, kämpfen, schreiben, schiessen, und sie geniessen die Ruhe des Exils, warten bis Sarajevo befreit ist und wollen dann zurückkommen und mit ihrem im Wohlstand verdienten Geld hier ihre Existenz aufbauen.»
«Schreiben Sie so etwas in der Zeitung?»
«Es ist, was alle hier denken.»
«Ich nicht, Hajrun. Ich denke, jeder hat so viel Kraft, wie er hat. Vielleicht sind wir einmal froh um die, die wieder Kraft haben, die nicht so gezeichnet sind vom Krieg wie wir. Vielleicht haben sie in der Fremde etwas gelernt, was wir dann brauchen werden. Ich will niemanden hassen, nicht einmal die Serben, die auf uns schiessen. Wir müssen uns wehren und sie von den Bergen zurückdrängen, Sarajevo befreien, das ist alles. Hass erniedrigt alle, auch die, die hassen. Wir brauchen hier alle. Im Krieg, aber auch im Frieden. Sarajevo war schon immer eine Stadt, in der alle leben konnten.»

Hajrun tascha. Jau decid dad ir en mia chombra. Per l'emprim di tanschi.
«Jau sun fitg stanchel. Stgisai, jau vom a durmir.»
«Duai jau svegliar Vus damaun?»
«Jau na crai betg. Avant che jau emblidia, nua pon ins cumprar mangiativas?»
«Empruvai en la Bascarsija. Giai var in kilometer amunt. E prendai avunda raps cun Vus. Ils pretschs èn orribels.»
Jau vom en mia chombra ed avr la fanestra. Il tschiel e cuvert. Igl è dal tuttafatg stgir e quiet sco sin in santeri. Jau emprov da m'imaginar tut ils umans che stattan enturn mai, che aman, speran, odieschan, suffran, cridan, cumbattan. Ma jau na sun betg bun. Il quiet ed il stgir na furman betg ina culissa, davant la quala ins pudess s'imaginar vita. I para in desert. Duatschienttschuncantamilli abitants, ed ins na po betg sentir els! D'ina collina lontana daud'ins chanuns. I para tuttina d'avair glieud. È la guerra en temps da guerra l'unic segn da vita? Jau vom en mes satg da durmir. Igl è pli quiet ch'en chamona. Là daud ins almain il vent. Jau vuless che Blanche fiss tar mai. Be uss, en quest mument. Jau ma serrass cunter ses dies, avriss cun il maun dretg sia chamischa da notg, tegness ses sain, ella sa stendess forsa, faschess la giatta, filass, schess in pèr pleds ch'ins na sto betg encleger per chapir. Ses chavadels vegnissan dirs, ella tschertgass mia marenda, forsa suspirass'la, schess: ma tge pomai è quest qua? Avriss ses chaluns. Jau mettess mes maun plat sin ses turp, ella tirass il flad, tut bletscha! Uschè spert? Ella ma prenda e ma fa entrar.

Hajrun schweigt. Ich werde mich in mein Zimmer zurückziehen. Für den ersten Tag ist es genug.
«Ich fühle mich sehr müde. Wollen Sie mich bitte entschuldigen.»
«Soll ich Sie wecken morgen?»
«Ich bin ein Frühaufsteher. Bevor ich es vergesse: Wo kann ich versuchen, etwas Essbares aufzutreiben?»
«Versuchen Sie es in der Bascarsija. Gehen Sie etwa einen Kilometer unsere Strasse flussaufwärts. Und nehmen Sie genug Geld mit. Die Preise sind enorm.»
Ich gehe in mein Zimmer, öffne das Fenster und schaue hinaus. Der Himmel ist verhangen. Es ist dunkel, vollkommen dunkel und still. Ich versuche, mir vorzustellen, dass hier überall Menschen wohnen, lieben, hoffen, leiden, trauern, kämpfen. Es ist unmöglich, die Ruhe und Dunkelheit lässt nur die Vorstellung von Tod und Verlassenheit aufkommen. Zweihundertfünfzigtausend Menschen, und man kann sie nicht fühlen! Man hört Schüsse in der Ferne auf einem der Hügel. Es sind also doch welche da. Ist im Krieg der Krieg das einzige Lebenszeichen? Ich lege mich in meinen Schlafsack. Es ist ruhiger als in der Alphütte. Dort hört man wenigstens den Wind. Ich wünschte mir, Blanche wäre hier. Nur jetzt, diesen Moment. Ich würde mich an ihren Rücken kuscheln, mit der rechten Hand den Nachthemdschlitz öffnen, ihre Brust halten, sie würde sich räkeln, feine Laute von sich geben, ein paar Worte, die man nicht verstehen muss, ihre Brustwarzen würden hart, sie würde mit der rechten Hand mein Glied suchen, vielleicht würde sie «Oh!» oder «Was ist denn das?» sagen, langsam ihre Schenkel öffnen. Ich würde meine rechte Hand flach auf ihre Scham legen, sie würde seufzend ausatmen. Ganz nass. So schnell nass? Sie nimmt

Jau giasch sin la vart. Il maun dretg puspè sin ses sain. Senza moviment. Be giaschair e sentir. Ella tira ensemen il muscul, ell'è ina maistra, suspira pli ferm, jau tir la chamischa da notg sur ses dies, sfrusch il dies cun mes maun sanester, mias unglas muntan ils spundigls sco ina stgala. Ins senta mintga singul spundigl, hai jau gnanc savì! Il culiez è lom e tuttina ferm, radund e tuttina betg uschè radund sco in cilinder. Fruschond vers il givè, sent jau ils musculs, las tarscholas tendidas. Pos ti dauzar in pau il chau? Jau met mes bratsch sin il plimatsch, ed ella metta ses chau lasura. Ussa fatsch jau cundun e prend ses oss-clavigl tranter il polesch ed il det-mussader. Amez è'l bler pli gross che da la vart. Has rut ina gia il clavigl? Lura entaupa il maun sanester il dretg. Tes sains èn sco dus glinas plainas, quai hai jau pensà gia bleras giadas, ma jau na l'hai mai ditg. Jau tegn in dals sains cun domadus mauns. Quant lom ch'el è, e chaud e stagn. Sco in paun? Na, ins na po betg cumparegliar, els sa defurman sut ils mauns, daventan lungs, gizs. Jau na sun pli bun da star quiet, stoss ma muventar. Cun tai pudess jau uras a la lunga. Adina fin curt avant ... Lura ma fermar e spetgar fin che l'unda chala e puspè ed adina puspè. Blanche, jau vuless che ti restassas cun mai en questa citad che fa tema. Jau ma sent sco l'unic uman sin terra, malgrà la glieud che dorma en las chombras daspera. Diavelen, pertge essan nus uschè solitars sin quest mund, Blanche? Jau t'empermet, avant Nadal sun jau puspè a chasa.

mich und führt mich ein. Ich liege da, an ihrem Rücken. Die rechte Hand wieder auf ihrer Brust. Ohne Bewegung. Nur liegen und spüren. Sie zieht ihre Muskeln zusammen, sie ist eine Meisterin, sie schnurrt, ich ziehe ihr das Nachthemd über den Rücken, streiche ihn mit der linken Hand, ihre Bewegungsfreiheit ist eingeschränkt, da wir auf der Seite liegen. Meine Fingernägel fahren über die Wirbel. Sie sind alle einzeln spürbar, habe ich gar nicht gewusst, der Hals ist wie … Es fällt mir kein Vergleich ein, ein Hals eben, ihr Hals, weich und doch fest. Wenn ich gegen die Schultern hinstreiche, fühle ich die Muskeln und Sehnen, angespannt, weil sie auf der Seite liegt … Kannst du den Kopf ein wenig heben? Ich lege den Arm aufs Kissen, ihr Kopf liegt auf meinem Arm, ich winkle den Ellbogen ab, greife mit Daumen und Zeigefinger ihr Schlüsselbein. Es ist in der Mitte viel dicker als auf der Seite, hast du einmal das Schlüsselbein gebrochen? Jetzt trifft die linke Hand die rechte, deine Brüste sind wie zwei Vollmonde, das habe ich schon oft gedacht, aber ich hab es dir noch nie gesagt. Ich halte die eine mit beiden Händen, wie weich und warm sie ist und fest, wie ein Brot? Nein, man kann das nicht vergleichen, die verformen sich unter den Händen, werden spitz. Ich schaffe es nicht mehr, ruhig zu liegen, muss mich bewegen. Mit dir könnte ich stundenlang. Immer bis kurz davor. Dann still halten und warten, bis die Welle verebbt, und wieder und wieder. Blanche, ich möchte, dass du bei mir bist in dieser unheimlichen Stadt. Ich fühle mich wie der einzige Mensch auf der Erde, obwohl im Nebenzimmer Leute schlafen. Warum sind wir so verdammt allein auf der Welt, Blanche? Ich verspreche dir, Weihnachten bin ich zu Hause.

4

Fracass da tuns ma sveglia. In temporal ch'ins dauda dal lontan. Ma i na po esser in temporal. I tuna plitost sco ils curs da repetiziun da l'artigliaria a Cunter, cur ch'i sajettan da la Gelgia si en las gondas sur l'alp Foppa. Jau guard sin l'ura. Igl è las set passà. Jau daud la dunna a far urden en il salun daspera, stun si e ma tir en. I tuna ad in tunar. Co mai vesan ora chasas bumbardadas? Jau sun amez ina citad destruida, ma jau nun hai anc vis la destrucziun. Bain, jau hai vis maletgs en gasetta u a la televisun, ma jau na sun bun da m'imaginar quai vairamain. Jau sort e vom sin tualetta. I spizza da pisch. Nus derschentain be cur ch'i fa propi da basegn, ha ella ditg ier. Jau pisch. Quant simpel ch'els prendan tut. Jau taidl il resun dal pisch. El dat sin la surfatscha da porcellana e fa ina ramur amiaivla. En il salun va in radio. Jau salid la dunna. Ella ha ils egls plain larmas.
«*Tge è capità?*»
«*Els han communitgà al radio ch'en duas citads da la Bosnia occidentala sajan tschintgtschient persunas scheladas e mortas da la fom be durant quests dus mais d'enviern. Tge sto anc capitar fin ch'il rest dal mund enclegia tge che succeda tar nus? Nus n'essan betg animals, mabain umans sco quels a Paris u a San Francisco. As imaginai in uman che mora dal fraid a Berlin. Las gasettas na pudessan taschentar quai. Tge capitass sch'i crudass giu a Genevra ina granata sin la plazza dal martgà. Tge capitass?*»

Dumpfes Donnern weckt mich. Wie ein fernes Gewitter. Es kann kein Gewitter sein, es klingt, wie wenn sie in Cunter Artillerie-WK haben und von den Auen der Gelgia in die Geröllhänge der Alp Foppa schiessen. Ich schaue auf die Uhr, es ist sieben vorbei. Ich höre die Frau, wie sie im Salon aufräumt, erhebe mich, ziehe mich an. Es donnert unablässig, einmal näher, dann wieder weiter weg. Wie sehen die Häuser wohl aus, die einen Volltreffer erhalten? Ich habe Bilder im Fernsehen gesehen, trotzdem kann ich es mir nicht recht vorstellen. Ich gehe aufs Klo. Ätzender Uringeruch.
«Wir spülen, wenn es wirklich was zu spülen gibt», hat sie gestern gesagt. Ich uriniere. Wie unkompliziert sie es nehmen. Ich lausche dem Strahl, wie er auf der Porzellanoberfläche ein hohes plätscherndes Geräusch von sich gibt. Im Wohnzimmer tönt ein Radioapparat. Ich begrüsse die Frau. Sie hat Tränen in den Augen.
«Was ist passiert?»
«Sie sagen am Radio, dass in zwei ostbosnischen Städten fünfhundert Menschen erfroren und verhungert sind in diesem Winter. Was muss denn noch geschehen, bevor die Welt begreift, was bei uns los ist? Wir sind doch keine Tiere, wir sind doch Menschen wie in Paris oder San Francisco. Stellen Sie sich vor, in Berlin erfriert ein Mensch auf der Strasse, es steht doch am nächsten Tag in der Zeitung, oder in Genf schlägt mitten am Tag eine Granate ein, mitten auf den Marktplatz. Was würde geschehen?»

Duai jau dir ad ella che nossa regenza proclamass la mobilisaziun generala, che noss'armada faschess siglir per aria tut las punts e tut ils tunnels, ch'ils Svizzers transfurmassan il pajais en ina fortezza e che jau refusass il servetsch e vegniss en il meglier cas bittà en praschun u en il mender cas executà? Duai jau dir ad ella che jau preferiss da murir empè da prender in'arma e mazzar? El schnuffa e dat dal chau.

«Han tuts emblidà nus? Essan nus nagut, betg interessants avunda per l'Europa? Balla da giugar exponida a la voluntad da quests cumissaris e delegads che ans tractan sco material strategic? Èn els tuts malfacturs, quests lords, quests incumbensads spezials, quests generals da las chapellinas blauas, quests affarists surrients? Sarajevo è gia vegnì destruì antruras. As pudais imaginar da tgi?»

«Dals Tircs forsa, jau na sai.»

«Betg dals Tircs, mes char, ils Tircs han bajegià Sarajevo e fatg grond el. Giai a la Bascarscija e Vus vegnis a vesair la citad dals Tircs. Sarajevo è vegnì destruì dals Europeans, dal prinzi Eugen da la Savoia. Suenter la battaglia cunter ils Tircs ha'l mess Sarajevo en fieu e flomma. Gia el aveva pensà ch'ils Bosniacs sajan Tircs camuflads. Sarajevo ha duvrà tschient onns per sa remetter. Ed ussa sentan danovamain ils cristians il sontg dovair d'eliminar nus Tircs.»

«Damai tuttina ina guerra religiusa?»

«Nus nun essan en emprima lingia mohamedans. Nus essan Bosniacs. A nus nun emporta sch'ils auters vulan esser catolics u ortodoxs, nus vulain esser Bosniacs, Bosniacs mohamedans.»

«Per las pussanzas politicas è quai memia cumplitgà. Quellas dovran cunfins, repartiziuns, divisiun da

Soll ich sagen, der Bundesrat ruft die Generalmobilmachung aus, die Armee sprengt alle Brücken in die Luft, verwandelt das Land in eine Festung, und ich werde den Militärdienst verweigern und ins Gefängnis geworfen, weil ich mir vorgenommen habe, lieber erschossen zu werden als jemanden zu erschiessen?
«Hat man uns denn einfach vergessen, sind wir nichts, uninteressant für Europa, sind wir ein Spielball in den Händen dieser Kommissare und Delegierten? Sind wir nur der Spielball der Mächte, hat man uns schon in einen strategischen Plan einkalkuliert, in dem wir als Kanonenfutter vorkommen? Sind denn alles Verbrecher, diese Lords und Sonderbeauftragten, diese Blauhelmgeneräle, diese lächelnden Geschäftsleute? Sarajevo ist erst ein Mal in seiner Geschichte so zerstört worden wie jetzt. Wissen Sie, von wem?»
«Ich weiss es nicht. In den Türkenkriegen …»
«Die Türken haben Sarajevo gebaut und gross gemacht. Gehen Sie in die Bascarscija und Sie werden es sehen. Nein, zerstört wurde Sarajevo von den Europäern, von Prinz Eugen von Savoyen, er hat nach der siegreichen Schlacht gegen die Türken Sarajevo in Schutt und Asche gelegt. Schon er dachte, dass die Bosnier verkappte Türken sind. Sarajevo hat hundertfünfzig Jahre gebraucht, um sich von dieser Zerstörung zu erholen. Und jetzt sind es wieder die Christen, die es gegen uns Türken abgesehen haben.»
«Kein Religionskrieg also?»
«Wir sind Bosnier, verstehen Sie, wir sind keine Muselmanen, sollen die andern Katholiken sein oder Orthodoxe, wir sind Bosnier, muslimische Bosnier.»
«Das ist für Grossmächte zu kompliziert, die brauchen klare Grenzen, klare Aufteilungen, klare Machtvertei-

pussanza, gruppas definidas, uschiglio na pon ellas guvernar.»

«Sarajevo è la clav per il Balcan. Na be ad Istambul, er tar nus sa scuntran l'orient e l'occident. Qua tar nus han las differentas culturas vivì ensemen paschaivlamain dapi tschientaners. Cristians, mohamedans, zighinghers, sin quindesch kilometers quadrats. Cur che l'inquisiziun en Spagna ha stgatschà ils gidieus, èn blers vegnids tar nus. Las pussanzas mundialas ston prender quai en consideraziun. I dat sin quest mund anc autras valurs che raps e pussanza.»

«Quels che guvernan na s'interessan betg per ils carstgauns. La guerra è in dals meds che servan ad els a guvernar ed a realisar lur plans. Umans èn per els ina massa ch'ins po manipular, la glieud simpla ha per els be ina valur strategica.»

«Vus na discurris betg sco in Svizzer. Vus duessas As engaschar. Chapir la guerra è pli simpel che promover la pasch. Nun era la Crusch cotschna in'idea dals Svizzers?»

Tgi sa, forsa fiss l'idea da Dunant propi nossa legitimaziun en Europa.

«La Crusch cotschna era l'idea d'in Svizzer. In'idea ch'è vegnida pervertida gia a ses temp, siond che l'iniziant da l'idea è mort dal fastidi. Er oz nun essan nus ina fortezza per ils umans persequitads, nus essan la fortezza per ils chapitals en fugia.»

Dal rest, ma sent jau sco Svizzer? Jau hai plitost vargugna.

«Vus essas memia cinic per in um giuven che vegn dad in pajais paschaivel.»

«Mintgin ha da purtar sia atgna chargia, e mintga pajais ha ses agen drama.»

lungen, klare Menschengruppen, sonst können sie nicht herrschen.»
«Sarajevo ist der Schlüssel für den Balkan. Nicht nur in Istanbul, auch hier kommen Ost und West zusammen. Hier haben die Kulturen über Jahrhunderte friedlich zusammen gelebt. Hier gab es Christen, Muslims und Zigeuner auf denselben fünfzehn Quadratkilometern. Als in Spanien die Inquisition die Juden vertrieb, sind viele hierher gekommen. Das müssten die Grossmächte berücksichtigen, denn es gibt auf der Welt noch andere Dinge als Geld und Macht, Dinge, die wichtiger sind.»
«Ich glaube, für die Grossen sind Menschen das Unwichtigste, was es gibt. Sie brauchen beherrschbare Massen, nur das interessiert sie. Und um sie zu beherrschen, ist Krieg nur eines von vielen Mitteln.»
«Sie reden nicht wie ein Schweizer, Sie müssten für den Frieden sein. Die Verbrecher zu verstehen ist einfacher als den Frieden aufbauen. War nicht das Rote Kreuz eine Schweizer Idee?»
Wer weiss, vielleicht wäre Dunants Idee und die Bemühung, sie in die Wirklichkeit umzusetzen, unsere Daseinsberechtigung in Europa.
«Es war die Idee eines Schweizers, die noch zu seinen Lebzeiten derart pervertiert worden ist, dass er vor Gram darüber gestorben ist. Wir sind keine Schutzburg für heimatlose Menschen, wir sind die Hochburg von Fluchtgeldern.»
Ausserdem, bin ich ein Schweizer?
«Sie sind zu zynisch für einen jungen Mann, der aus dem Frieden kommt.»
«Es hat jeder seine eigene Bürde und jedes Land sein eigenes Drama.»

«Els bumbardeschan puspè. Per il mument betg en noss conturns, ma faschai attenziun! Giai tar la biblioteca. Davosvart è ina butietta da mangiativas. Traversai il flum, e Vus vegnis tar la bieraria. Là pudais ir per aua. Il lieu è pli segir che la funtauna a la via Tito. Ils canisters chattais en il bogn.»
È'la ussa gritta?
«Jau vegn a visitar la citad veglia. Betg esser gritta.»
«Tge pensais! Ins sto discurrer, u betg? Uschiglio na chatt'ins la vardad.»
Jau tir en mes brastoc cunter ballas, prend ils dus canisters e sort. La stgala è stgira sco ier. La giassa è bunamain vida. Ils paucs ch'èn per via curran, plitost glieud veglia. Ina u duas butias èn avertas, davant l'emprima stattani colonna. Quels che sortan portan satgets alvs en maun, forsa farina u zutger. La glieud para d'esser gnervusa, els guardan savens enturn sai. Per franctiradurs ina simpla mira. La fom vegn ad esser pli gronda che la tema. L'architectura vanagloriusa da la monarchia K. e K. cun ses balcuns e cun sias fatschadas generusamain decoradas, ha fatg plazza a pitschnas chasinas cun penslas da lain e portals da fier. Inquals bajetgs èn ars ora, auters be donnegiads. Qua e là datti perfin da quels averts, ins vesa in chalger a la lavur u in fravi d'arom, las vaidrinas però èn vidas. Tenor il cudeschet da Manfred è qua il center turistic. La citad veglia, cun ses cafés e sias plunas budettas, moscheas e bogns tircs. Il travasch dal mintgadi renda ella senza dubi fascinanta e pittoresca. Sco in basar.
Normalmain na support jau betg massas da turists, ussa però sun jau l'unic visitader e fiss cuntent per

«Sie granatieren wieder, im Moment nicht hier, aber passen Sie trotzdem auf. Ich rate Ihnen, gehen Sie zur Bibliothek, dahinter hat es einen Stand mit Esswaren, wenn Sie dann von dort aus den Fluss überqueren, kommen Sie zur Brauerei, dort können Sie Wasser holen, die Kanister finden Sie im Bad.»
Ob sie jetzt böse ist?
«Ja, ich werde mir die Altstadt ansehen. Nicht böse sein?»
«Wo denken Sie hin. Man muss reden. Sonst kommt man der Wahrheit nicht näher.»
Ich ziehe die kugelsichere Weste an, hole zwei Kanister und verabschiede mich. Die Treppe ist so düster wie gestern. Ich trete auf die Strasse. Es ist kaum jemand da. Die wenigen, meist älteren Leute, laufen sehr schnell. Ein, zwei offene Geschäfte, vor dem ersten stehen sie Schlange. Diejenigen, die herauskommen, tragen weisse Säcke in der Hand, wohl Mehl oder Zucker. Die Leute scheinen nervös, schauen oft um sich. Für Heckenschützen ein einfaches Ziel. Der Hunger scheint grösser als die Angst. Ich laufe weiter. Die renommierfreudige K.K.-Architektur mit ausladenden Erkern und grosszügig ausgeschmückten Fassaden wird von kleinen niederen Häuschen mit Vordächern aus Holz und meist verschlossenen Eisentoren abgelöst. Einige sind ausgebrannt, einige auch nur beschädigt. Hier und da ist eines offen, ein Kupferschmied oder ein Schuster ist bei der Arbeit zu sehen, die Schaufenster sind beinahe leer. Nach Manfreds Reiseführer wäre dies die touristische Hauptattraktion. Das alte Zentrum mit Kaffeehäusern und Hunderten von kleinen Buden, mit Moscheen und türkischen Bädern. Wenn es voll ist mit Menschen, muss es bestimmt sehr malerisch wirken. Wie ein Basar. Die Touristen würden mich ärgern,

mintg'olma, turists u globetrotters, i nun impurtass. Sur las chasinas ora cucca in grond edifizi, construì a la nordafricana. El è d'in cotschen da quadrels cun strivlas melnas e cun ina culmaina en curnisch dentada. Ina moschea? Fa in'impressiun curiusa, naginas fanestras, be foras. Jau m'avischin, l'edifizi svanescha per in mument davos ina lingia da chasas, tuttenina stun jau davantvart. Jau ves tras las fanestras vidas ils ansertgels defurmads da la cupla. Sur ina stgala plain rument cuntansch jau l'intern. Jau legel en il guid:

«La biblioteca populara da la Republica da la Bosnia-Erzegovina è vegnida fundada il 1949 ed installada en il vegl palazi communal da la citad, in edifizi dal deschnovavel tschientaner, construì dad architects austriacs en stil pseudomauric. La biblioteca cumpiglia var in milliun cudeschs, ediziuns da la pressa quotidiana, revistas e.a.p. Ella conserva era in grond dumber d'ediziuns da l'exteriur, cudeschs scientifics e cudeschs d'art. En pli sa chattan qua la pli gronda collecziun dad ovras litteraras genuinas e las revistas periodicas da la Bosnia-Erzegovina. Ella vegn duvrada sco biblioteca universitara.»

Las columbas sgolan tranter las balustradas vi e nà. Il sulegl splendura tras il tetg da la cupla destruida e bitta sia glisch sin ils mirs. Grondas travs da fier, stortas dal fieu, balantschan ardidamain d'in'arcada a l'autra. En la fanestra principala pendan stgaglias da vaider colurà. Ils pilasters da l'octangul en il center da la ruina èn sa sfendids, in per lung, in auter per

ich würde es nicht lange aushalten, doch jetzt bin ich der Einzige, und ich wäre froh, es wären ein paar da. Über die kleinen Häuschen hinaus ragt ein grosses Gebäude, in nordafrikanischer Art, ziegelrot und beige gestreift mit geradem, kunstvoll gezinntem Giebelkranz. Eine Moschee? Sieht etwas merkwürdig aus, keine Fenster, nur Löcher. Ich laufe näher heran, es verschwindet für kurze Zeit hinter der Häuserzeile, dann stehe ich davor. Ich sehe durch die leeren Fensterlöcher ins verbogene Eisengeflecht der Kuppel. Über eine mit Schutt und Trümmern überhäufte Treppe gelange ich ins Innere. Ich lese im Reiseführer:
«Die Volksbibliothek der Sozialistischen Republik Bosnien und Herzegowina wurde 1949 gegründet und ist im Gebäude des ehemaligen städtischen Rathauses eingerichtet. Das Gebäude stammt aus dem 19. Jahrhundert und wurde von den österreichischen Architekten in pseudomaurischem Stil errichtet. Die Bibliothek besitzt zirka eine Million Bücher, Ausgaben der Tagespresse, Zeitschriften usw. Sie hat eine grosse Anzahl ausländischer Ausgaben aus allen Bereichen der Wissenschaft und Kunst sowie die kompletteste Sammlung alter bosnisch-herzegowinischer Literatur und periodischer Zeitschriften. Sie wird gleichzeitig als Universitätsbibliothek benützt.»
Die Tauben fliegen oben zwischen den Balustraden hin und her. Die Sonne scheint durchs Kuppeldach und wirft ihr Licht über die Mauern. Grosse Eisenbalken schwingen sich, verdreht von der Hitze, kühn von einer Arkade zur andern. Am Hauptfenster hängen farbige Glassplitter in den Bleifassungen. Die Säulen des Achtecks in der Mitte sind längs oder quer halbiert, eine steht wie eine Tänzerin, zweigeteilt hauchdünn, und

travers, in terz stat là sco in artist, satigl, satigl, purtond ses pais cun la facilitad d'in saltimbanc. Tuttenina stat Hajrun davant mai. Ses egls traglischan en il mez cler da la ruina. El mussa sin las muschnas.
«La biblioteca d'Alexandria na vegn ad avair guardà ora bler auter.»
Nun aveva in mohamedan destruì quella biblioteca? Jau na di nagut, m'enclin e prend si ina stgaglia cotschen stgira. Jau ser in egl e guard cun l'auter tras il vaider. La ruina è cotschna, tut è cotschen, ils capitels schluppads, ils pilasters, ils artgs, las travs da fier, ils quadrels, ils rests da la cupla, ils fragments arabescs, las stgalas che van sin las balustradas, tut è cotschen fieu. Jau di:
«Jau ma dumond sche cudeschs cumenzan a sbragir cur ch'els ardan?»
«Jau vegn savens nà qua e ma dumond sch'ils spierts da las poesias arsas sgolan anc enturn, ils eroxs dals romans, las amantas dechantadas, ils moribunds cun lur ultims pleds, ils nars, ils retgs e las maitressas dals manuscrits da teater, las dialas, ils nanins ed ils draguns da cudeschs d'uffants, ils eroxs d'epopeas naziunalas, ils generals da cudeschs d'istorgia.»
«Forsa sesa il prinzi Eugen da la Savoia là sisum sin la stgala che maina sin las arcadas superiuras.»
«Ins duess dumandar el pertge ch'el haja destruì Sarajevo. Tgi sa, forsa savess el declerar il motiv dal cumbat millenar tranter la mesaglina e la crusch. Ins stuess penetrar en ils tscharvels da quests mazzacraders per chapir pertge ch'els han fatg quai e fan anc adina. Dschingis Khan è segiramain er en qua, e Tamerlan e Mechmed il conquistader, e Murad il victur cunter ils Serbs sin il champ d'Amsel.»

trägt mit scheinbarer Leichtigkeit ihre Last. Plötzlich steht Hajrun vor mir. Seine Augen leuchten im Zwielicht der Ruine. Er deutet auf die Trümmer:
«Ob es in der Bibliothek zu Alexandria auch so ausgesehen hat?»
Das war ein Mohammedaner, der Alexandria zerstören liess, wenn ich mich nicht täusche. Ich sage nichts, hebe eine Glasscherbe auf. Dunkles Rot. Ich schliesse ein Auge und schaue mit dem anderen hindurch. Die Ruine ist rot, alles rot, die geborstenen Kapitele der Säulen, die Rundbögen, die Stahlträger, die Ziegel, die Kuppelreste, die Arabeskenfragmente, die Treppen, feuerrot. Ich sage:
«Ob Bücher schreien, wenn sie brennen?»
«Ich komme oft hierher und frage mich, ob die Geister der verkohlten Gedichte noch in den Ruinen schweben, die Lemuren verbrannter Romanhelden, Schatten von geliebten Frauen, Sterbende mit ihren letzten Worten, Narren, Könige und Maitressen aus Theaterstücken, Feen, Zwerge und Drachen aus Kinderbüchern, Heroen aus nationalen Epen und Feldherren aus historischen Untersuchungen.»
Als ob ich für ihn weiterdächte, sage ich:
«Ob Prinz Eugen von Savoyen auf der Treppe zu den oberen Arkaden sitzt?»
«Man müsste ihn fragen, warum er Sarajevo zerstört hat. Vielleicht würde er uns den tausendjährigen Kampf des Kreuzes gegen den Halbmond erklären können. Man müsste in die Gehirne dieser Massenmörder eindringen, um zu verstehen, was sie treibt. Dschingis Khan ist bestimmt auch hier drin, und Tamerlan und Mechmed der Eroberer und Murad der Sieger gegen die Serben auf dem Amselfeld.»

«*Gea, e Barbarossa e Bernard da Clairvaux, l'instigatur a la cruschada, e Frederic il segund e Gottfried da Bouillon.*»
«*Ed Alexander il Grond.*»
«*Ina giada stuess ins radunar tuts, tuts ensemen.*»
Hajrun mussa sin las arcadas superiuras.
«*E lura ils mazzacraders odierns, ils manaders da Belgrad e Zagreb, Milosevic sortì d'ina gasetta e Mladic il general assassin d'ina publicaziun da propaganda ardenta, e Tudjman d'ina revista ch'ins ha collecziunà en qua.*»
«*E Tito?*»
«*Gea, Tito era. El sto surpigliar il presidi.*»
El tschenta sin in crap da chantun siglientà permez.
«*Ed ils milliuns schuldads mazzads, stilettads, sajettads.*»
«*Ed ils uffants nundumbrads, dunnas e vegls.*»
El crida. Jau stun qua, ils dus canisters en maun e na sai pli tge dir. El sesa sin il crap e singlutta. Jau vom tar el, met mes maun sin sia spatla.
«*Nus na vegnissan a savair nagut da nov, Hajrun.*»
El dat dal chau, incapabel da dir in pled.
Ier notg sun jau ì en fanzegna ed hai prendî quai per pura realitad. Amez la derutta e la mort hai jau vis in dies, in sain, in culiez ed jau m'hai muventà, enzuglià da charn imaginada, chauda e lomma.
El stat si, dat dal chau:
«*Perstgisai, quai na m'è anc mai capità.*»
«*Che Vus cridais?*»

«Ja, Barbarossa und der heilige Bernhard von Clairvaux und Friedrich der Zweite und Gottfried von Bouillon.»
«Und der Grosse Alexander.»
«Man müsste sie alle einmal zusammenbringen, alle.»
Hajrun zeigt auf die oberen Torbögen der Arkaden: «Und die jetzigen Schlächter aus Belgrad und Zagreb dazu, der Geist von Milosevic, der bei der Feuersbrunst aus einer brennenden Zeitschrift aufstieg und dort hinter jener Säule lauert, Mladic der Mördergeneral aus einer Propagandaschrift und Tudjman aus einer Zeitung, die man ebenfalls hier aufbewahrt hat.
«Und Tito?»
«Ja, Tito auch. Er müsste den Vorsitz übernehmen.»
Er setzt sich auf einen geborstenen Eckstein.
«Und die Millionen erstochener, erschlagener, erschossener Soldaten?»
«Und die ungezählten Kinder, Frauen und Alten.»
Er weint. Ich stehe da, die beiden Kanister in der Hand und weiss nicht mehr, was ich sagen soll. Er sitzt auf dem Stein und schluchzt. Ich gehe hin, lege meine Hand auf seine Schulter.
«Wir würden nichts Neues erfahren, Hajrun.»
Er nickt, ist unfähig, etwas zu sagen.
Gestern Nacht habe ich mich so vollständig einem Traumbild hingegeben, dass ich es für wirklich nahm. Inmitten von Tod und Zerstörung nur noch einen Rücken gesehen, eine Brust umklammert, mit beiden Händen, mich bewegt, umhüllt von warmem, weichem Fleisch. Ich war nur noch Körper, nur noch Haut.
Er steht auf, schüttelt den Kopf:
«Verzeihen Sie, das ist mir noch nie passiert.»
«Dass Sie weinen?»

«Da quintar mias fanzegnas ad insatgi auter, e gist a Vus.»
«Vus na ma stimais betg navair?»
«Na prendai betg en mal. Ins daventa dir sch'ins chamina adina enturn cun l'atgna annunzia da mort.»
El tira in palpiri cun in ur nair or da giaglioffa e m'al tanscha.
«Ins separa il mund en amis ed inimis. I na dat nagut tranteren. Ins daventa malgist.»
«Tar nus en il militar datti insatge sumegliant, il crap da fossa. I sa tracta d'in toc tola. Sch'in schuldà mora, vegn la plachetta rutta permez e tramessa a chasa per infurmar la famiglia.»
«Cura avais gì l'ultima guerra?»
«Ils blers en l'armada svizra moran tras suicidi.»
«Suicidi è il luxus da la glieud che viva en pasch. En guerra curra mintgin per sia vita e na sa dumonda betg, sche questa vita vala propi la paina da currer.»
«Jau vom uss per aua.»
«Sche Vus vulais, accumpogn jau Vus a Grbavica.»
Nus traversain las ruinas e sortin. Hajrun dasper mai.
«Curri! La punt è privlusa! Ed emplenì ils canisters be a mesas, uschiglio vegnis a perder la bratscha cun turnar.»
Jau cur sur la punt. Cur perquai ch'ins curra en questa citad, tuts survivents curran perquai che currer augmenta la schanza, sminuescha il ristg, perquai che ... Sut mai il flum, apaina aua, in fraid murdent munta, jau ves ina veglietta che fa laschiva. Nun ha'la tema giu là? Ella fiss ina noda ideala.

«Dass ich meine Tagträume jemandem mitgeteilt habe, und ausgerechnet Ihnen.»
«Sie halten nicht viel von mir.»
«Verstehen Sie mich nicht falsch. Man wird hart, wenn man dauernd mit seiner Todesanzeige in der Tasche herumläuft.»
Er zieht einen Zettel mit schwarzem Rand und Passfoto aus seiner hinteren Hosentasche und streckt ihn mir hin.
«Man schneidet die Welt mit einem scharfen Messer in Freund und Feind. Da gibt es nichts dazwischen. Man wird ungerecht.»
«Bei uns im Militär gibt es etwas Ähnliches, der sogenannte Grabstein, er besteht aus einem Stück Blech, von dem die eine Hälfte nach Hause geschickt wird, wenn einer gefallen ist.»
«Wie lange ist es her, dass Ihr Krieg hattet?»
«Die meisten in der Armee sterben durch Selbstmord.»
«Selbstmord ist ein Luxus, den sich die Leute im Frieden leisten können. Im Krieg rennt jeder um sein Leben und überlegt sich nicht, ob dieses Leben die Mühe wert ist.»
«Ich werde jetzt Wasser holen.»
«Wenn Sie wollen, bringe ich Sie nach Grbavica.»
Ich steige über die Trümmer und laufe in Richtung Brücke. Hajrun ist neben mir.
«Machen Sie die Kanister nur halb voll, sonst fallen Ihnen auf dem Rückweg die Arme ab.»
Ich renne über die Brücke. Renne, weil man hier rennt, weil alle Überlebenden rennen, weil Rennen das Risiko vermindert, weil … Unter mir der Fluss, wenig Wasser, eisige Kälte steigt auf, eine Frau wäscht ihre Wäsche da unten. Hat sie keine Angst, sie gibt eine vor-

Glieud ma curra encunter. Il tschiel è per part cuvert. Il sulegl è gist svanì davos in nivel, sin las spundas tatga la tschajera. Finalmain, l'autra vart! Davant in lung edifizi stattan umens e dunnas enturn ina funtauna, in conduct da dus meters lunghezza cun pliras pitschnas bavrolas che mainan aua. Jau met mes canister suten, guard enturn mai, ves ils auters ch'èn vegnids per aua. Els stattan ensemen, baterlan, fan gests e rin, sco sch'els pudessan emblidar qua per in mument la realitad terribla da la guerra. Ah, ils canisters èn plains! Jau hai emblidà da prender davent els ad ura. Jau nun hai il curaschi da svidar ora la mesadad, ser il viertgel e vi partir. Insatgi ma tira vi dal tschop. In vegliet. El stat davant mai e discurra en bosniac per mai en.
«Sorry I don't understand. Jau na chapesch bosniac.»
El mussa sin mes brastoc cunter ballas e fa cun la detta il segn per raps.
«Ah! Perstgisai, ma jau na vend el. Ne. Ne.»
L'um dauza las spatlas e las lascha puspè crudar. Lura tira'l ina fotografia or da la giaglioffa che mussa in um giuven. El di:
«Sajko, Sajko, Armee, Armee.»
Jau dun dal chau. El smetta cun in moviment da resignaziun. Jau prend ils canisters e ma met en viadi. Il currer e fadius, ils canisters stiran vi da la bratscha. I dura in quart d'ura, sch'ins va svelt, ed ins va svelt! Jau sun gia en la Ferhadija, pass la sava da la portachasa, munt la stgala e splunt. Dunna Turajlic avra.

zügliche Zielscheibe ab? Leute rennen mir entgegen. Der Himmel ist teilweise bewölkt, die Sonne gerade hinter einer Wolke verschwunden, an den Hügeln hängen Fetzen von Nebel. Endlich, die andere Seite! An einem langgezogenen Gebäude umringen Männer und Frauen eine Wasserstelle, ein zwei Meter langes Rohr, aus dem Röhren herausschauen, aus denen Wasser fliesst. Ich stelle meine beiden Kanister darunter, schaue mich um, sehe die andern Wasserholer, wie sie zusammenstehen, sprechen, gestikulieren, lachen, als ob sie für einen Moment hier die grausige Realität des Krieges vergessen könnten. Ach, jetzt sind die Kanister voll! Ich habe verpasst, sie rechtzeitig vom Wasserstrahl wegzuziehen. Ich wage es nicht, die Hälfte auszuschütten, schliesse die Deckel und will sie ergreifen. Jemand zupft mich am Ärmel. Ein Alter. Er steht vor mir und spricht Bosnisch auf mich ein.
«Sorry I don't understand, verstehe kein Bosnisch.»
Er zeigt auf meine kugelsichere Weste und macht mit den Fingern das Zeichen für Geld.
«Oh, ich verkaufe sie nicht. Ne, ne!»
Der Mann hebt die Schultern, lässt sie fallen. Dann zieht er ein Foto aus der Tasche, ein junger Mann ist darauf. Er sagt: «Armee, Armee» und deutet auf das Foto.
«Sajko, Sajko, Armee, Armee.»
Ich schüttle den Kopf. Er lässt resigniert von mir ab. Ich nehme die Kanister und mache mich auf den Weg. Das Rennen fällt schwer, die Kanister ziehen an den Armen. Ich komme ins Schnaufen. Der Weg dauert eine Viertelstunde, wenn man schnell läuft, und man läuft schnell. Ich bin schon in der Ferhadija, biege in den Hauseingang, gehe die Treppe hoch, klopfe. Frau Turajlic öffnet.

«Gia qua?»
«Jau hai vis Voss figl en biblioteca.»
«Gea, el va savens là.»
«N'al vesais betg gugent?»
«Nus stuain guardar enavant. Finir questa guerra e recumenzar. Tut tschai na gida nagut. Mettai giu ils canisters!»
Jau vom en cuschina e met ils canisters sin maisa.
«Nus vegnin a reviver. La Bosnia na po pirir! Ella exista pli ditg che la Serbia u la Croazia. Noss pajais existeva gia avant ils Slavs. Els vegnan a stuair viver cun nus.»
La cuschina è blaua. Vi dal tschiel sura da la cuschina èn strivlas d'aua. Il blau temprà derasa ina atmosfera da privadientscha, nettezza e buna tschaina. Dunna Turajlic avra la porta dal balcun. Igl entra aria fraida e cun ella in fim che savura da palpiri e da chartun.
«Gea, gea, el spizza, ma el vala dapli ch'ina trucla d'aur.»
Ella va sin il balcun e ma fa segn da suandar. Ella mussa sin in canister da tola. Pli baud cuntegneva'l ulivas u conservas. En il viertgel e da la vart ha'l foras rectangularas.
«Qua chatsch jau en gasettas e laina. Jau hai sacrifitgà ad el gia la mesadad da la mobiglia da mia sira. Persuenter ans ha el procurà pèr schuppas, fratem e ris. El è noss dieuet da chasa.»
«Jau stoss sortir anc ina gia per cumprar da mangiar. Qua sut en la butia parevi d'avair farina e zutger.»

«Schon hier?»
«Ich habe Ihren Sohn gesehen. In der Bibliothek.»
«Ach ja ... Er geht oft dahin.»
«Sehen Sie es nicht gerne?»
«Man muss vorwärts schauen, man muss diesen Krieg beenden und dann wieder neu beginnen, alles andere hilft nichts. Aber stellen Sie die Kanister erst ab.»
Ich gehe in die Küche und stelle die Kanister auf den Tisch.
«Wir werden wieder aufstehen. Bosnien kann nicht untergehen. Es besteht viel länger als Kroatien und Serbien. Als es noch gar keine Slawen gab in dieser Region, gab es schon dieses Land. Man wird mit uns leben müssen.»
Die Küche ist blau angestrichen, an der Decke hat's Streifen von Wasserschäden, ein mildes blasses Blau, das die Stimmung von Zuhause, Sauberkeit, gutem Essen verbreitet. Sie öffnet die Balkontüre, kalte Luft strömt herein und mit ihr Rauch von verbranntem Papier oder Karton.
«Ja, er stinkt, aber er ist Gold wert.»
Sie geht auf den Balkon hinaus und bedeutet mir zu folgen. Auf dem Balkon steht ein Blechkanister mit quadratischem Querschnitt, etwa einen halben Meter hoch, in dem es einmal Paprika oder Oliven hatte, vielleicht Öl. In den Deckel hat man eine kleine Öffnung gemacht, auf der Seite ebenfalls, rechteckig.
«Hier stopfe ich die Zeitung hinein und dann das Holz. Ich habe ihm schon fast die ganze Möblierung der Mutter meines Mannes geopfert. Er gibt uns warme Speisen, Suppen, Eintopf, Reis. Er ist unser Hausgötze.»
«Ich muss wieder weg und noch einkaufen. Da unten im Laden schien es Mehl oder Zucker zu geben.»

«Vus faschais quai gia stupent.»
«Cura turna Voss figl?»
«Vers las tschintg, sperescha.»

«Sie machen es schon richtig.»
«Wann kommt Ihr Sohn zurück?»
«Ich hoffe so gegen fünf.»

5

Jau hai cumprà paun e fava, ina conserva ed ina buttiglia ieli. Jau hai duvrà duas uras e mez per quai, ed ussa ses jau sin il canapè. Hajrun ha empermess da m'accumpagnar a Grbavica. Ma cura? Jau vuless ir il pli spert pussaivel e turnar puspè en Svizra, na sun betg sco Manfred che chatta il senn da la vita cun gidar ils auters. Cur ch'i han sajettà oz quest um, ha il vegl sentiment da videzza prendì possess da mai. La grond'absurditad è turnada sco in demuni en la chasa nettegiada. Igl era sco sche quest culp avess stgirentà l'orizont da la notg cun Blanche. Uschè pauc dovri! Cun in culp sa stgirenta il sulegl. Il vut ch'jau hai fatg turnicla sco in fragment sghignond tras l'aria.

Jau aveva emblidà la brev, hai avert per cas la tastga da la vart da mia bulscha ed ella m'è crudada en ils mauns. Jau legel:

«Char ami, jau hai ditg ponderà sche jau duess empruvar da t'impedir dad ir a Sarajevo. D'ina vart m'has fatg in plaschair, da l'autra vart però er tema. Jau na crai betg che ti vegns a chattar mia famiglia. Mia dunna è Serba. Sia famiglia è serba. Jau crai che ti na sas anc adina betg quant grond che l'odi è. Sche ti es a Sarajevo vegns ti a savair ch'ins na po midar nagut, almain per il mument. Ti has ditg: jau vi. Jau

Ich habe etwas Brot und Bohnen eingekauft, eine Konserve und eine halbe Flasche Öl. Dabei war ich genau zweieinhalb Stunden unterwegs. Ich sitze auf meiner ausziehbaren Couch. Hajrun hat mir versprochen, mich nach Grbavica zu bringen. Wann? Ich möchte so schnell wie möglich dahin und dann zurück in die Schweiz, will nichts ändern hier, bin nicht wie Manfred, der seinen Lebensinhalt darin findet, andern zu helfen. Als sie diesen Mann erschossen, überkam mich die alte Leere, als ob mein Wissen von der Sinnlosigkeit des Lebens nun endgültig bestätigt würde. Es war, als ob dieser Schuss den Lichthorizont, den ich bei Blanche gesehen habe, endgültig verfinstert hätte. So wenig braucht es. Mit einem Schuss verdüstert sich die ganze Sonne. Nun, da dieser lichte Strahl erstickt ist, giesst sich die ganze Leere, die ich schon immer empfunden, mit neuer Unerbittlichkeit in mich hinein. Das Gelübde, das ich abgelegt habe, trudelt wie ein grinsendes Fragment durch den Himmel.
Ich habe den Brief vergessen. Durch einen Zufall habe ich die Seitentasche des Rucksacks geöffnet, und er ist mir dabei wieder in die Finger geraten. Ich lese:
«Lieber Freund, lange habe ich mir überlegt. Soll ich Dich von Deinem Entschluss abhalten. Er freut mich, aber ich habe Angst. Ich glaube, Du findest meine Familie nicht. Meine Frau ist Serbin. Ihre Familie ist serbisch. Du weisst nicht, wie gross der Hass ist. In Sarajevo wirst Du sehen, man kann nichts ändern. Du hast

crai ch'i nun ha nagin senn da fermar in uman en sia ferma voluntad. Tia voluntad è ferma. Mia voluntad è daventada pitschna. Ina pitschna voluntad n'è nagut cunter ina gronda voluntad. Perquai di jau be: turna! E turna saun. Sunaric.»
Sia dunna è Serba. Vul quai dir ch'ella ha dà si el, u ch'el ha dà si ella? È quai la raschun ch'el na vuleva turnar? Pertge nun ha'l ditg quai avant? En la chombra èsi daventà somber, giu da las spundas s'ha tschentada la brenta sin la citad. Forsa fiss gist uss il meglier temp per ir a Grbavica.
«Signur Kauer, il té è pront.»
La vusch da dunna Turajlic.
«È Hajrun gia turnà?»
«Vus vulais ch'el mainia Vus a Grbavica, navaira?»
«Jau dovr insatgi che ma mussa la via.»
«Tras Grbavica va l'emprima front. Jau engraziel a Dieu che mes segund figl è pir en la segunda.»
«Avais in'alternativa?»
«Vus stuais empruvar d'As metter en la situaziun d'ina mamma.»
«Jau crai ch'ins na possia betg chapir ina mamma dal tuttafatg.»
Nus ans tschentain e bavain té.
«Cur che jau era en speranza da Hajrun, s'ha midà mes sguard. Jau veseva tut sco tras in vel da saida, d'argient traglischant. Quest sguard nun hai jau pli pers, gnanc en questa guerra. Jau na vi betg m'imaginar da viver senza el. Sche mes figls turnan è quai mintga giada in regal per mai. Bunamain tuttas mias vischinas han pers in figl u in frar. Lur vita n'è pli la medema. Il mund s'ha stgirentà. Vus avais vis las

gesagt, ich will. Es hat keinen Sinn, einen Menschen aufhalten, wenn er will. Dein Wille ist stark. Mein Wille ist nichts geworden. Ein kleiner Wille ist nichts gegen einen grossen Willen. Darum sage ich nur. Komm zurück. Gesund. Sunaric.»
Seine Frau ist Serbin. Heisst das, dass sie ihn aufgegeben hat oder dass er sie aufgegeben hat? Wollte er deshalb nicht zurück? Warum hat er mir nichts davon gesagt? Im Zimmer ist es düster geworden, von den Hängen her hat sich Nebel über die Stadt gelegt. Ob dies nicht die beste Zeit wäre, nach Grbavica zu gehen?
«Herr Kauer, der Tee ist fertig.»
Die Stimme von Frau Turajlic.
«Ist Hajrun schon hier?»
«Sie wollen, dass er Sie nach Grbavica führt, nicht wahr?»
«Ich muss jemanden haben, der mich führt.»
«In Grbavica ist die erste Front. Ich bin dankbar, dass mein zweiter Sohn nur in der zweiten Linie ist.»
«Wie soll ich denn sonst hinkommen?»
«Sie müssen eine Mutter verstehen.»
«Ich glaube, ganz werde ich mich in die Mütter nie einfühlen können.»
Wir sitzen da, trinken Tee.
«Als ich mit Hajrun schwanger war, sah ich die Welt ganz anders als vorher. Wie durch einen rosa Seidenschal, silbern glänzend, und diesen Blick habe ich nie mehr ganz verloren, selbst jetzt im Krieg nicht. Ich möchte es mir nicht vorstellen, wie es wäre, wenn er nicht mehr zurückkäme. Jeder Tag, an dem meine beiden Söhne noch leben, ist ein Geschenk. Wissen Sie, ich habe Nachbarinnen, und viele von ihnen haben schon jemanden verloren. Ihr Leben ist nicht mehr dasselbe. Die Welt ist schwarz geworden. Sie haben die

chasas destruidas, la biblioteca e las ruinas da la citad veglia. Er ils umans èn destruids, pli ferm anc, ma ins na vesa nagut. Las mammas che han pers lur figls èn sco ils tscheps da las plantas tagliadas. Cur che la guerra è finida vegni a durar ditg fin che las plantas vegnan ad esser creschidas suenter.»

zerstörten Häuser gesehen, die Bibliothek und die Altstadt. Die Menschen sind auch zerstört, schlimmer noch, weil man es nicht sieht. Die Mütter, die ihre Söhne verloren haben, sind wie die Stümpfe der Bäume, die für den Krieg gefällt worden sind. Wenn der Krieg zu Ende ist, wird es lange dauern, bis in der Stadt die Bäume wieder nachgewachsen sind.»

6

Nus essan sin via per Grbavica. La tschajera è sa tschentada sin la terra, ils grattatschiels svaneschan en il grisch. Naginas glischs. Mantuns da ruinas dapertut, autos bumbardads, bus e camiuns ch'èn ars ora, l'asfalt plain foras da granatas, tut umid. Hajrun chamina sper mai e mussa cun il det sin la fora d'ina granata.
«Nus numnain questas foras rosas d'asfalt.»
El guarda adina enturn sai. Mintgatant ma prenda'l per il bratsch e lura currinsa.
«Sin questa cruschada han ils franctiradurs sajettà dapli che trenta persunas. Ins di ch'i dettia glieud che vegnia la fin d'emna da tut las varts da la Serbia a Grbavica per fisilar in pèr Bosniacs. Els sa postan lura en ina da las chasas las pli damanaivlas da noss quartiers e tiran cun schluppets da precisiun sin nus. Ma ussa na vesan els nagut.»
Mintgatant passa in auto plain foras da projectils.
«Qua era il parlament.»
Il sgrattatschiel as perda en la tschajera. I na dat pli gnanc in vaider. Las rusnas susdan sco gniffas da roboters senza forza electrica. I n'ha propi naginas plantas. Betg ina suletta. Jau ma ferm e guard in tschep che para dad esser vegnì pitgà, terrà cun ina manera. El sto esser crudà avant ch'el era taglià tras, sfess permez. Pir lura hani terrà er l'autra mesadad.

Wir sind auf dem Weg nach Grbavica. Der Nebel liegt tief, die Hochhäuser verschwinden darin. Keine Lichter. Schutthaufen überall, zerschossene Autos, ausgebrannte Busse, Lastwagen, im Asphalt Einschläge von Granaten, alles feucht. Hajrun läuft neben mir und deutet auf einen Granattrichter.
«Asphaltrosen nennen wir sie hier.»
Er schaut sich fortwährend um. Manchmal packt er mich am Ärmel, dann rennen wir.
«An dieser Kreuzung sind über dreissig Leute von Heckenschützen erschossen worden. Es heisst, dass Leute aus Serbien übers Wochenende herüberkommen nach Grbavica, um ein paar Bosnier abzuknallen. Sie hocken dann in einem der Häuser am äussersten Ende des serbischen Viertels und schiessen mit Präzisionsgewehren auf uns. Jetzt sehen sie nichts.»
Manchmal fährt ein Auto vorbei. Meist zerbeult oder mit Einschusslöchern.
«Hier war das Parlamentsgebäude.»
Das Hochhaus verliert sich im Nebel. Es hat kein einziges Fenster mehr. Die Löcher gähnen wie Mäuler von Robotern, denen der Strom abgestellt worden ist. Es hat tatsächlich keine Bäume. Nicht einen einzigen.
Ich bleibe stehen und schaue mir einen Stumpf an, der aussieht, als habe man ihn geschlagen. Mit dem Beil umgehackt. Er muss umgefallen sein, bevor das Beil ihn ganz durchtrennt hat, in der Mitte gespalten. Dann haben sie die andere Hälfte umgehackt. Wir laufen

Nus chaminain in sper l'auter senza discurrer. L'um barbus, che ma pareva l'emprim di uschè ester, negativ e nuntransparent, ha pers ses aspect privlus. Igl è sco sch'ils spierts da la biblioteca ans reunissan. Nus chaminain sper ina caserna vi. Tito stat cun tutta maiestad sin ses piedestal. Hajrun mussa sin el.

«D'uffant avevan nus fatg ina scumessa per eruir, tgi che fiss bun dad ir sin la statua e pischar surengiu. Igl era notg ed jau l'hai empruvà, sun rampignà si ed hai pachetà ora mia marenda. Ma avant che pudair pischar, s'ha la statua muventada. Franc, Tito s'ha movì, jau avess engirà ch'el s'ha muventà. T'imaginescha! Igl era sco sche Tito avess dauzà ils mauns per ma bittar giu. Jau sun bunamain mort da l'anguscha. Ils cumpogns clamavan da pischar, ma jau sun siglì giu, incapabel da declerar insatge.»

«Sche tut las bellas dunnas e tut ils poets inamurads da las poesias arsas sgolan sur la citad, na po Sarajevo pirir.»

El ponderescha ditg.

«Las fanzegnas èn ina chaussa, la realitad in'autra. Jau hai legì tschients rapports da guerra, il diari dal prinzi Eugen da la Savoia, raquints da simpels schuldads che descrivan lur experientschas en carnets bunmartgads. En lur descripziuns da la guerra dovran els adina pleds sco: eliminar, destruir, terrar, far butin, arder. Nagin però na descriva la fin uschia sco quai ch'ella è vairamain. Jau n'hai mai legì ina descripziun exacta d'in schuldà mort, d'in corp senza chau, da dets sajettads davent. Uschespert che ti descrivas ils detagls da la guerra, daventas ti pacifist. Per giustifitgar la guerra ston ins renunziar a la rea-

schweigend nebeneinander her. Der bärtige Mann, der mir so fremd schien am ersten Abend, ablehnend und undurchschaubar, hat seine Bedrohlichkeit verloren. Es ist, als ob die Geister aus der Bibliothek uns verbinden würden. Wir laufen an einer Kaserne vorbei. Tito steht majestätisch mit dickem Marschallmantel in der Bronze. Hajrun deutet auf ihn.

«Als Kinder haben wir eine Wette gemacht, wer es schaffen würde, auf die Statue zu klettern und von dort herunterzupinkeln. Ich bin hochgeklettert und habe den Pimmel ausgepackt. Doch bevor ich zum Pinkeln kam, bewegte sich die Statue. Wirklich, sie bewegte sich, ich hätte geschworen, dass sie sich bewegt hat. Das musst du dir vorstellen, es war, als ob Tito seine Arme hochnehmen und mich herunterschleudern wollte. Ich bin vor Schreck starr geworden. Die Kameraden unten schrien, ich solle endlich pinkeln, doch ich bin entsetzt heruntergesprungen, unfähig zu erklären, was ich da oben erlebt hatte.»

«Wenn alle schönen Frauen und die verliebten Dichter aus den Liebesgedichten über der Stadt schweben, dann kann Sarajevo nicht untergehen.»

Er überlegt lange, dann sagt er:

«Das eine sind die Träume, das andere die Wirklichkeit. Ich habe Hunderte von Kriegsberichten gelesen, das Tagebuch des Prinzen Eugen von Savoyen, Berichte von einfachen Soldaten, die ihre Taten in Groschenromanen beschreiben. Sie schreiben immer von Vernichten, Zerstören, dem Erdboden Gleichmachen, Erbeuten, Anzünden. Keiner aber beschreibt das Ende. Keiner sagt, wie ein toter Soldat aussieht. Sobald du den Krieg in seinen Details beschreibst, wirst du zum Kriegsgegner. Wer den Krieg rechtfertigen will, darf

*litad. Quai è il motiv, per il qual la guerra è uschè
estra a la glieud. La guerra è in'unica fanzegna fin
ch'ella è qua. Perquai na po nagin sa dustar cunter
ella, igl è numnadamain nunpussaivel da cumbatter
fanzegnas. Guarda, vi là vesas ils blocs da Grbavica.
Nus traversain uss ils binaris dal tram, lura empru-
vainsa da cuntanscher ina via laterala, per circundar
il post dals Serbs. Nus stuain empruvar da restar
adina en la sumbriva da chasas, mirs u autos. Pli
pauc pussaivel en il liber! Qua fan quai tuts. Qua èsi
pli privlus dad ir per aua ch'en la bieraria.»
Nus currin sur ils binaris, traversain il flum e cun-
tanschain ils emprims blocs.
«Fa attenziun! Qua è tut plain minas. Ti na dastgas
betg far in sulet pass sper la via.»
Culps da flinta! Hajrun ma stira davos in auto per
terra.
«Els han vis nus!»
Nus giaschain fatscha a fatscha, buffain, spetgain
enfin ch'il fieu chala.
«Ussa stuainsa serpegiar.»
Nus ans struztgain a l'ur dal trottuar lung la via, sco
baus. La schanuglia fa mal. Nus avanzain be plaun.
Hajrun spetga savens, observa, jau zup mia fatscha en
mes bratschs, na sai mai cur ch'i va vinavant. Min-
tgatant tschivlan projectils tras la tschajera. Tema?
Gea, il pli gugent stess jau si e curriss davent. Sco d'uf-
fant durant ils gieus da sa zuppar, cur ch'ins stueva
s'avischinar dascus. Jau na supportava strusch la ten-
siun, dauzava adina memia baud il chau e vegniva
chattà per il solit sco emprim. In cumpogn m'ha ditg*

keine Wirklichkeit beschreiben. Daher ist der Krieg für alle ein Traum, bis er da ist. Darum kann sich keiner gegen ihn wehren, denn Träume kann man nicht bekämpfen. Schau, dort drüben siehst du die Blocks von Grbavica. Wir werden jetzt die Geleise der Strassenbahn überqueren, dann versuchen wir eine Strasse hinter dieser Hauptstrasse zu erreichen, um den serbischen Posten zu umgehen. Wir werden immer im Schatten von Häusern, Mauern oder Autos bleiben. Nie im Offenen, wenn es irgend möglich ist. So tun es alle hier, selbst wenn sie Wasser holen. Hier ist das Wasserholen noch viel gefährlicher als in der alten Brauerei.»
Wir rennen über die Geleise, überqueren den Fluss, erreichen die ersten Wohnblocks.
«Pass auf, hier ist alles vermint. Du darfst keinen Schritt neben der Strasse laufen!»
Ein Mündungsfeuer seitlich vor uns! Hajrun reisst mich hinter einem Auto zu Boden.
«Sie haben uns gesehen!»
Keuchend liegen wir uns gegenüber, warten, bis die Schüsse aufhören.
«Jetzt müssen wir kriechen.»
Wir robben am Rinnstein entlang durch die Strasse, wie die Käfer. Die Knie schmerzen. Wir kommen nur langsam vorwärts. Hajrun wartet öfter, ich begrabe das Gesicht in meinen Armen, man weiss nie, wann es weitergeht. Manchmal bellen Schüsse durch den Nebel. Angst? Ja, am liebsten würde ich aufspringen und davonrennen. Wie bei den Versteckspielen, wenn wir uns anschleichen mussten. Ich habe die Spannung kaum ausgehalten, habe den Kopf immer zu früh gehoben und wurde meist als Erster entdeckt. Ein älterer Junge

ina gia: tar ils Indians avessas ti gia daditg pers il scalp.
«Nus stuain traversar quella cruschada, là davant è lura il bloc.»
Hajrun sbassa il chau, ils culps han chalà.
«Ussa!»
Nus siglin si e currin sur la cruschada vi. Culps. Hajrun sa bitta per terra davos in mir, el buffa. Jau ma dumond, sch'ins ha cun currer dapli schanzas da surviver. Sch'in projectil sto tutgar, lura tutga'l. Dal rest, tgi spetga sin mai? Manfred u Sunaric? Els vegnissan a magunar la perdita! E Blanche? Jau na crai betg ch'ella spetgia propi sin mai. Christina na vegniss gnanc a percorscher mi'absenza. Mamma è morta. Sia mamma viva anc e mora bunamain da la tema per ses figl. Tge mai vegniss jau a dir ad ella, sch'el muriss en quest mument?
«Là davant, là è il bloc che ti tschertgas.»
«Hajrun, ti stuessas ussa turnar.»
«Es nar, jau vom cun tai.»
«Na, jau vi che ti turnias!»
«Ti na vegns betg a chattar enavos.»
«Jau hai empermess a tia mamma da betg implitgar tai en questa chaussa.»
«Ti m'has implitgà gia daditg!»
«Ussa pos ti anc turnar. Sch' insatgi auter che la famiglia da mes ami viva en quell'abitaziun, ta vegnani a tradir als Serbs.»
«E ti?»
«Jau sun in ester, tge vulani far cun mai?»
«Jau na ta lasch betg sulet!»

sagte einmal: Bei den Indianern wärst du schon längst tot.

«Wir müssen die Kreuzung da vorne überqueren, dann ist es in dem hinteren Block.»

Hajrun duckt sich, die Schüsse haben aufgehört.

«Jetzt!»

Wir springen auf und rennen über die Kreuzung. Schüsse. Hajrun wirft sich hinter einer Mauer zu Boden, er keucht. Ich frage mich, ob man mit dem Leben eher davonkommt, wenn man rennt. Wenn eine Kugel treffen muss, dann trifft sie auch so. Ausserdem, wer wartet schon auf mich? Manfred, Sunaric? Sie würden den Verlust verschmerzen. Und Blanche? Ich glaube nicht, dass sie wirklich auf mich wartet. Christine würde es gar nicht merken ... Mutter ist tot ... Seine Mutter lebt noch und wird fast verrückt aus Angst um ihn. Was werde ich ihr sagen, wenn es ihn erwischt?

«Da vorne, der Wohnblock, der ist es.»

«Hajrun, du solltest jetzt zurückgehen.»

«Bist du verrückt, ich werde mit dir kommen.»

«Das will ich nicht.»

«Du wirst alleine nicht zurückfinden.»

«Ich habe deiner Mutter versprochen, dass ich dich da nicht hineinziehen werde.»

«Du hast mich längst hineingezogen.»

«Jetzt kannst du noch zurück. Wenn in der Wohnung gar nicht seine Familie, sondern sonst irgendwelche Leute wohnen, werden sie dich an die Serben verraten.»

«Und dich?»

«Ich bin Ausländer, was wollen sie mit mir schon machen.»

«Ich werde dich nicht allein lassen.»

«*Va! Jau nun hai pli basegn da tai.*»
Ses egls spidan fieu.
«*Jau na sun betg vegnì fin qua per turnar sulet. Jau vegn a t'accumpagnar.*»
«*Na, turna uss, e quai immediat.*»
El dat dal chau.
«*Vuls ti cumprovar ch'in scriptur sa er esser in erox?*»
El guarda da la vart cun in spretsch che pudess far tema.
«*Jau spetg qua, schurnalist, fin che ti turnas, d'accord.*»
El spetga, boffa il flad or dal nas. Ils chavels da la tempra tremblan. Senza ma guardar stat el si e curra enavos en la tschajera.

«Lass mich allein. Ich brauche dich nicht.»
Seine Augen blitzen.
«Ich bin mit dir hierher gekommen, ich werde dich auch zurückbringen.»
«Du wirst zurückgehen. Und zwar sofort!»
Er schüttelt den Kopf.
«Du brauchst nicht zu beweisen, dass auch Schreiberlinge Helden sein können.»
Er schaut verächtlich auf die Seite.
«Ich warte hier, Journalist, bis ich gesehen habe, dass du zurückgegangen bist.»
Er stösst den Atem durch die Nase, seine Schläfenhaare zittern. Ohne mich eines Blickes zu würdigen, richtet er sich auf und rennt den Weg zurück.

7

Igl è quiet. Jau ma dauz e vom tar il bloc. La porta d'entrada è anc entira. Curius, las stgalas paran d'avair survegnì in pèr culps. La gronda part da las fanestras mancan. En la glisch turbla ves jau foras da projectils che tatgan sco arogns vi dals mirs. La lampa da maun vegn jau pir ad envidar cur che jau la dovr propi. Jau hai suà cun serpegiar. Pir ussa percorsch jau quant fraid ch'igl è. Jau vom si da stgala. Tge lieu smaladì, tge tristezza! Betg da smirvegliar ch'ils umans cumenzan a s'assassinar, serrads sco cunigls en talas chaschas.

In erox es ti, Kauer, in um che dat sia vita per ses ami.

«Ma vesas ti uschia?»

Sin mia dumonda tasch la er questa giada. Ma jau la sent davos l'ureglia zuppada insanua en mia chavazza, ed jau la daud be cur ch'ella prenda il pled. Tge ha'la vulì savair? Co che jau vesia mamez? Spetg'la ina resposta? Jau ma ves sco in uffant scappà da chasa, e ... che vuless puspè turnar. El turna là nua ch'el era scappà. Ma là n'è pli nagut. Nagina saiv, nagin iert, nagina chasa, nagins genidurs, nagins fragliuns, gnanc il chaun. L'uffant sa dumonda, sch'el saja al fauss lieu.

Ti na vegns a chattar la famiglia da Sunaric.

«Es ti segir?»

Es ist ruhig. Ich richte mich auf, gehe hinüber zum Wohnblock. Die Türe ist noch da. Erstaunlich, denn das Treppenhaus scheint mehrere Treffer von Granaten erhalten zu haben. Die meisten Fenster fehlen, im fahlen Licht sehe ich Einschusslöcher, die wie Spinnen an den Wänden kleben. Die Taschenlampe werde ich erst anknipsen, wenn ich sie unbedingt brauche. Ich habe während des Robbens geschwitzt, erst jetzt merke ich wie kalt es ist.
Ich steige die Treppe hinauf. Welch gottverdammter Ort. Ist es ein Wunder, dass die Menschen aufeinander losgehen, wenn sie so eingepfercht leben müssen?
Ein Held bist du, Kauer, ein Mann, der für seinen Freund sein Leben einsetzt.
«Siehst du mich so?»
Die Stimme schweigt, aber ich fühle sie hinter dem Ohr in einem Raum, der in meinem Schädel sein muss und den ich nur spüre, wenn er sich zu Wort meldet. Was wollte er wissen? Wie ich mich selbst sehe? Wartet er auf eine Antwort? Ich sehe mich wie ein Kind, das von zu Hause abgehauen ist, und es möchte wieder zurück, und ... Es kehrt um und kommt da an, von wo es weggelaufen ist ... Aber da ist nichts mehr. Kein Zaun, kein Garten, kein Haus, seine Eltern nicht, seine Geschwister nicht, nicht einmal der Hund. Da ist nichts. Und das Kind fragt sich, ob es den Ort verwechselt hat.
Du wirst die Familie von Sunaric nicht finden.
«Bist du sicher?»

Dal tuttafatg.

«*Pertge nun has ditg quai pli baud?*»

Ella tascha. I ma para sco sch'ella vuless svanir davos l'ureglia. Jau ponderesch cun tge che jau la pudess retegnair.

«*Duai jau puspè turnar?*»

Ella ri.

«*Di, duai jau turnar?*»

Jau sun arrivà sin il tschintgavel plaun e stun davant la porta sanestra, sco quai che Sunaric m'aveva declerà. Jau envid la lampa. La porta è naira dal fim, in verd da tigl dat tras il fulin sco sch'el tusses. Duai jau spluntar? E sche nagin na respunda? Lura è tut stà invan.

Sche ti fissas sco in uffant scappà da chasa, avrissas la porta senza targlinar. Ti la rumpessas, sche nagin na l'avriss.

«*Jau vegn gea a spluntar.*»

Cun la lampa tschertg jau la plachetta dal num. Qua sper il scalin è'la ... Jau legel: Mihail ... Il rest, ... ovic è stgarpà davent. Sunaric, i sto esser qua.

Alura, jau prov sco in uffant che turna a chasa. Jau tegn in'ureglia vi da l'isch e taidl. Nagut. U tuttina? Ina ramur, ma ella vegn da l'abitaziun daspera. Jau vom tar l'autra porta, giz las ureglias. Nagut. Gnanc in tun. Jau cur in plaun engiu, er qua na daud'ins nagut. Forsa na stat gnanc olma en l'entir bloc. Sin las plachettas pon ins leger ils nums: Obrenovic, Mujadinovic, Mihailovic, ma davos las portas na daud'ins gnanc in segn da vita.

Tge schessas a la dunna, sch'ella fiss propi qua?

Ganz sicher.
«Warum hast du mir das nicht früher gesagt?»
Sie schweigt. Es kommt mir vor, als ob sie hinter dem Ohr verschwinden wollte. Ich überlege, womit ich die Stimme halten könnte.
«Soll ich umkehren?»
Sie lacht.
«Sag es mir! Soll ich umkehren?»
Ich stehe im fünften Stock vor der linken der beiden Wohnungstüren, so wie Sunaric es mir beschrieben hat. Ich knipse die Taschenlampe an. Die Türe ist schwarz vom Rauch, das Lindengrün schimmert durch, als ob es husten würde. Wenn ich jetzt klopfe, und es ist niemand da, dann ist alles umsonst gewesen.
Wenn du wie ein Kind wärest, das abgehauen ist, würdest du dann zögern, die Türe aufzumachen?
«Ich klopfe ja schon.»
Mit der Taschenlampe suche ich die Türe nach einem Namensschild ab. Neben der Türe ein Klingelknopf und ein Name, Mihail … Das …ovic ist abgerissen. Mihailovic, es muss hier sein.
Also versuchen wir es, wie ein Kind, das wieder nach Hause kommt. Ich halte ein Ohr an die Türe und lausche. Nichts. Doch da! Ein Geräusch, aber aus der Wohnung nebenan. Ich gehe an die gegenüberliegende Wohnungstür, halte das Ohr daran, lausche. Kein Ton. Ich renne einen Stock hinunter, auch hier ist nichts zu hören. Vermutlich wohnt im ganzen Block kein Mensch mehr. Da sind zwar die Türschilder: Obrenovic, Mujadinovic, Mihailovic, aber hinter den Türen sind keine Lebenszeichen zu vernehmen.
Was würdest du der Frau denn sagen, wenn sie da wäre?

«Ah, ti es anc là. Bel che ti ta fas puspè dudir. Sche jau la vesess? Jau la salidass, jau la schess che Sunaric vivia anc, e …»
Ella è Serba!
«Mia vita entira è stada da bell'entschatta senza senn, in viadi absurd dapli u damain na vegn betg ad empurtar uschè bler.»
Pertge es vegnì nà qua? Tge t'has empermess d'ina tala acziun?
Jau ma tschent sin la stgala fraida, pos mes chau en ils mauns, ponderesch. Gea, tge m'hai jau empermess? Nagut. Jau na vuleva betg turnar a l'ospital. Jau na vuleva turnar en citad e m'ignivar tar Blanche. Jau n'hai tschertgà ni Sunaric ni Manfred ni quest'uniun bosniaca. Cur ch'el è crudà sin mai, la fatscha barbusa sin mia vista, ses corp pesant sco ina mola, hai jau pensà ch'i valess forsa la paina da sacrifitgar l'atgna vita per in ami …
Giusut va la porta. Jau met la lampa en giaglioffa. Insatgi vegn da stgala si. Ma para plitost ina dunna, pass quiets e ligers. Jau tegn il flad, ma dauz, guard engiu. Jau ves be ina sumbriva. Ils pass s'avischinan. Jau ma retir da stgala si tut bufatg. Ussa han ils pass cuntanschì il quart plaun, cuntinueschan, anc in stgala, ed anc ina. Ina porta s'avra, pass, la porta sa serra, silenzi. La persuna sto esser entrada en l'abitaziun dals Mihailovics.
Da l'abitaziun daud'ins ramurs. Jau vom plaunsieu a la porta a tadlar. Musica d'in transistur, suppona. I tuna sco sche las battarias fissan prest vidas. La vusch d'ina dunna? Musica qua a la fin dal mund? Jau vom

«Ach, dich gibt's noch. Schön, dass du dich wieder mal meldest. Wenn ich sie sehe? Ich würde ihr Grüsse ausrichten, ich würde ihr sagen, dass Sunaric lebt, und ...»
Sie ist Serbin!
«Sinnlos war mein Leben auch ohne diese Reise.»
Warum bist du denn hergekommen?
Ich setze mich auf eine Treppenstufe, lege den Kopf in die Hände, überlege. Ja, was habe ich mir versprochen? Nichts. Ich wollte nicht zurück ins Spital, ich wollte nicht zurück in die Stadt und bei Blanche unterkriechen. Ich wollte mir den ganzen bosnischen Verein mit Manfred und seinen Leuten vom Halse schaffen. Und Sunaric, als er über mir lag und ich seine Bartstoppeln auf meinem Gesicht spürte, den schweren Körper, der wie ein Mühlstein auf mir lag, da durchzuckte mich der Gedanke, dass es sich lohnen würde, für einen Freund sein Leben einzusetzen ...
Unten geht die Haustüre. Ich stecke die Taschenlampe ein. Schritte kommen die Treppe hoch. Vermutlich eine einzelne Person, hört sich nach Frauenschritten an, leise und leicht. Ich halte den Atem an, stehe auf, schaue hinunter. Ich kann nur einen Schatten erkennen. Die Schritte kommen näher. Ich ziehe mich so leise wie möglich am Geländer nach oben. Jetzt haben die Schritte den vierten Stock erreicht, steigen weiter, noch eine Treppe, noch eine, eine Türe wird geöffnet, Schritte, die Türe fällt ins Schloss, Ruhe. Die Gestalt muss in die Wohnung der Mihailovics getreten sein.
Aus der Wohnung dringen Geräusche. Ich gehe leise bis an die Türe hinunter, um besser zu hören. Musik, vermutlich aus einem Transistorradio. Verzerrt, als ob die Batterien aus dem letzten Loch pfiffen. Eine Frauenstimme? Ich kann es kaum glauben, Musik an diesem

tut damanaivel. Tuttenina! Ina detunaziun sgarschaivla. Il funs vibrescha sut mes pes. In sbratg en l'abitaziun. Tocs da betun crodan da surengiu. Ina bumba? Lura in fieu artifizial. Explosiuns illumineschan las stgalas, tuns da schluppets. Jau sun sco paralisà, vuless currer da stgala giu, ma mes pes na ma fan betg per cumond. Jau daud bain las detunaziuns, ma jau na sun bun da reagir, daud ils tuns, ves il fieu e sun incapabel da currer. La porta da l'abitaziun s'avra. Ina pitschna persuna cumpara, i sto esser in uffant, davos el ina fimaglia. Jau na ves sch'igl è in mat u ina matta, igl è memia stgir. Jau ves be l'alv en ils egls spalancads. E puspè ina detunaziun. In radi da fieu. Canera snuaivla. En la glischur da l'explosiun hai jau vis la fatscha da l'uffant. In mat cun chavels sburritschids, il frunt tut da sang e la fatscha stgarvunada. Gia curra'l sper mai vi e da stgala giu. Jau tremblel. In vair'inferno! Fanestras van en tocs, crappa sgola tras l'aria, projectils rebattids tschivlan enturn mias ureglias. Ina tema naira ma tschiffa, jau ma precipitesch da stgala giu, sur ruinas e stgaglias ora, ma tegn vi da la spunda, descend il pli svelt pussaivel ed arriv a l'entrada. Dadora furiescha la battaglia. Impussibel d'abandunar la chasa. Il mat vegn ad esser fugì giu'n tschaler.

Ende der Welt. Ich gehe ganz nah an die Türe. Da! Ein gewaltiger Donnerschlag. Der Boden vibriert unter meinen Füssen. Ein Aufschrei aus der Wohnung! Betonbrocken fallen herab. Ist eine Bombe aufs Haus gefallen? Ein Feuerwerk geht los. Explosionen erhellen das Treppenhaus, Schüsse. Ich bin wie gelähmt, möchte die Treppe hinunter rennen, aber die Beine gehorchen mir nicht, ich nehme die Detonationen wahr, aber ich kann nicht reagieren, ich höre Schüsse, sehe das Feuer und bin unfähig wegzulaufen, die Wohnungstüre wird aufgerissen. Eine kleine Gestalt erscheint, es muss ein Kind sein, hinter ihm beizender Qualm. Ich kann nicht erkennen, ob es ein Junge oder ein Mädchen ist, zu dunkel hier, sehe nur das Weisse der weit aufgerissenen Augen, die mich anstarren. Und wieder eine Detonation. Ein Feuerstrahl. Ohrenbetäubender Lärm. Im Lichtschein der Explosion habe ich das Gesicht des Kindes gesehen, ein Junge mit strähnigem wildem Haar, mit blutender Stirn und russgeschwärztem Gesicht. Schon rennt er an mir vorbei, die Treppe hinunter. Ich zittere. Ein Inferno ist losgebrochen, Fenster zerspringen, Steine sausen durch die Luft, Querschläger heulen. Eine panische Angst überwältigt mich, ich stürze die Treppe hinunter, über Trümmerteile, Scherben, halte mich am Geländer fest, laufe so schnell wie möglich hinab, bis ich endlich im Eingang ankomme. Draussen tobt eine Schlacht, dass es unmöglich ist, das Haus zu verlassen. Der Junge wird in den Keller geflüchtet sein.

8

Jau prend la lampa or da giaglioffa, fatsch glisch, descend in plaun ed entr en in tschaler senza fanestras. Igl ha in pèr chaschas da lain, ma il mat nun è qua. La canera è snuaivla, ina vaira battaglia! La chasa strembla tar mintga detunaziun. Sch'ina granata entrass en quest tschaler, restassan da mai be pli tocs charn. La tema ma fa suar, mes cor batta sco in nar. Ina granata da maun e mia beglia tatgass vi da las paraids. Jau prov da controllar mia gnerva. Jau na vi murir. Jau na sun betg anc a la fin. Mes dents sbattan. Jau avess stuì star a chasa empè da currer sco in dement tras il mund. Diavelen, quest vut smaladì! Ina granata explodescha pauc davent da qua, forsa a l'entrada, u è'la perfin ida tras la porta-chasa? Crappa rodla da stgala giu. Jau ser cun in sfratg la porta e stun a granugl en il chantun il pli distant da la porta.

«Mamma, nua es? Mamma!»
La poxima granata.
«Jau na pos crappar en questa fora, jau na vi!»
Mintga detunaziun ma spaventa dapli ed jau prov da ma far anc pli pitschen. Nua vegn ad esser il mat? El na vegn bain betg ad esser currì or en quest enfiern. Tgi sa sch'el viva anc? El era tut sulet en l'abitaziun. Jau n'hai nagin'idea quant ditg che jau stun a granugl en quest chantun, e las detunaziuns cuntinueschan. Craps crodan vinavant da stgala giu e spluntan cunter la porta.

Ich hole die Taschenlampe heraus, gehe einen Stock tiefer und trete in einen fensterlosen Raum. Ein paar Holzkisten liegen herum. Der Junge ist nicht hier. Der Lärm ist gewaltig, die Schlacht ist in vollem Gange. Bei jedem Einschlag kracht das Haus. Wenn eine Granate in den Keller fällt, werden nur noch Fetzen von mir herumliegen. Der Angstschweiss bricht aus, und mein Herz rast. Eine Handgranate, und mein Fleisch klebt an den Wänden. Ich versuche das Zittern unter Kontrolle zu bringen. Verdammt, ich will nicht sterben. Ich bin noch nicht am Ende. Meine Zähne klappern. Ich hätte zu Hause bleiben sollen. Verflucht soll es sein, das idiotische Gelübde. Eine Granate detoniert ganz in der Nähe, muss im Eingang gewesen sein, Steine poltern die Kellertreppe herunter. Ich schlage die Türe zu und kauere mich in der von ihr am weitesten entfernten Ecke nieder.
«Mamma ingio est? Mamma!»
Die nächste Granate!
«Eu nu poss crappar aint in quista foura, eu nu vögl … Es hat erst angefangen, ich kann jetzt nicht gehen …»
Bei jeder Detonation zucke ich zusammen, versuche mich noch kleiner zu machen. Wo ist der Junge? Er kann unmöglich hinaus in diese Feuerhölle gerannt sein. Lebt er noch? Er war ganz allein in der Wohnung. Ich habe keine Ahnung, wie lange ich schon in dieser Ecke kauere, und die Detonationen gehen weiter. Steine kollern die Treppe herunter, schlagen gegen die Türe.

«Ve be, um da l'ossa, talaccader chajus, ti magister sabiut. Ve be e fa tes duair, ma spert. Ti na pos pli ma spaventar. Dapli che quai n'has er ti betg a disposiziun. Ina giada es er ti a la fin da tes latin. Ve be, ma prenda cun tai. A mai na fas pli nagin impressiun. Tar mai has chajà.»
Jau ri e pens: sche la mort è propi en quest tschaler, sa sent'la franc prendida per il tgil. Mias chautschas! Tge è cun mias chautschas. Sun jau sesì en in paltaun? Tge spizza qua en tala maniera?
«Merda!»
Jau tir ora las chautschas. Las chautschas sut bit jau en il chantun visavi. I ma serra la gula, tge disgust! Nua è mes faziel da nas? Talaccader, ti es in portg perfid! Jau ma sent sco bastunà. Tge emporta sch'ina granata explodescha en quest tschaler u betg. Jau na trembl betg pli. Jau tir en las chautschas, m'enschanugl, prend ina chascha da lain e ma tschent lasura. La lampa croda per terra e ma glischa directamain en ils egls. Jau la volv, la stid e ser ils egls. Sin la retina cumparan conturas d'aur, sco ghirlandas che nodan sur l'iris vi, fils da glisch entretschads in en l'auter, sa midond adina puspè per svanir plaunet … Il fracass da dadora vegn sco d'in auter mund. El ma lascha indifferent. Adina dapli material rampluna cunter la porta serrada.
Tuttenina ina canera terribla. La chasa para da dar ensemen. La terra trembla, i stgadaina, crappa siglia cunter la porta, sco sch'in camiun l'avess derschida da stgala giu. Dal tschiel sura smuschigna la pulvra. Lura silenzi. Ins dauda ils tuns sco da lontan. Jau vom tar la porta, emprov da l'avrir. Ella na ceda betg. Jau smatg cun tutta forza, ma invan. Jau sun serrà en. La

«Komm doch, du feiges Klappergestell, du Besserwisser. Komm doch und mach schon. Du kannst mich nicht mehr schrecken. Mehr als das hast du nicht auf Lager. Einmal bist auch du am Ende deines Lateins! Komm doch, hol mich. Mir machst du keinen Eindruck mehr, bei mir bist du unten durch.»
Ich lache und denke, wenn der Tod im Raum ist, muss er sich sehr beschissen fühlen. Meine Hose! Was ist mit meiner Hose? Bin ich in eine Pfütze? Was stinkt hier so?
«Scheisse!»
Ich ziehe die Hose aus. Dann die Unterhose, schmeisse sie in die gegenüberliegende Ecke. Der Ekel würgt mich im Hals. Wo ist das Taschentuch?
Du bist ein fieses Schwein, Klappermann. Ich fühle mich wie erschlagen. Mir ist egal, ob noch eine Granate kommt oder nicht. Ich zittere auch nicht mehr. Ich ziehe die Hose wieder an, knie mich nieder, ziehe eine Holzkiste heran, stütze mich auf sie. Die Taschenlampe fällt runter und zündet mir in die Augen, ich drehe sie um, mache sie aus und schliesse die Augen. Auf der Netzhaut erscheinen goldene Konturen, wie Girlanden, die über die Iris schwimmen, Lichterfäden, die ineinander verwoben sich dauernd ändern und langsam verschwinden … Das Donnern von draussen kommt wie aus einer anderen Welt. Es lässt mich kalt. Immer mehr Trümmer prasseln gegen die Türe.
Plötzlich ein ohrenbetäubender Lärm. Ist das Haus zusammengefallen? Die Erde zittert, es rumpelt, knallt gegen die Türe, als ob ein Lastwagen eine Ladung Steine die Treppe heruntergekippt hätte. Von der Decke rieselt Staub. Dann ist Ruhe. Die Schüsse sind nur noch dumpf, wie von weit weg zu vernehmen. Ich gehe zur Türe, versuche sie zu öffnen, sie gibt nicht nach. Ich

porta s'avra vers enora, la stgala vegn ad esser plain material. Forsa è l'entira tromba da las stgalas dada ensemen e blocca uss l'entrada. Jau tschertg in toc fier per rumper en la porta. Sper las chaschas èn in pèr lattas. Ina voluntad selvadia da cumbatter ma tschiffa. Jau emprov da demolir la porta cun in dals lains, ma ella na tschessa betg. Jau prend mes cuntè da giaglioffa ed emprov da la perforar, pitg sco in nar per quai en, prov da chatschar la loma dal cuntè tranter il material sintetic e la platta da fibra. Ina lavur fadiusa, en in maun la lampa, en l'auter il cuntè. Jau suel, ma ferm, tir il flad. La lampa bitta la glisch sin la porta, ed jau cuntinuesch a lavurar en il buttatsch stgir da la balena.

Guarda, el cumbatta per sia vita!

«E lura?»

Avant ina mes'ura has ditg che tia vita n'haja nagin senn.

«Regl da surviver. Instinct. Rests primitivs.»

Uschè pauca controlla, signur docter?

«Sch'ins vul far ina fin, lura per motivs persunals, ord libra voluntad e na perquai ch'ins croda per cas or dal gieu.»

Ella tascha.

Jau lavur vinavant, bat mes cuntè en la porta.

«Has vis il mat? Has vis co che ses egls traglischavan?

stemme mich mit aller Kraft dagegen, aussichtslos. Ich bin eingeschlossen. Da die Türe nach aussen aufgeht, muss ich annehmen, dass der ganze Kellergang voller Schutt ist. Vielleicht ist das Treppenhaus zusammengestürzt und hat den Zugang verschüttet. Ich suche den Raum nach einem Werkzeug ab, das mir helfen könnte, die Türe aufzubrechen. Ausser den Kisten gibt es ein paar Dachlatten. Vielleicht lässt sich daraus etwas machen. Mich überkommt ein wilder Wille zu kämpfen. Ich versuche mit der Dachlatte die Türe zu demolieren. Aber sie ist stark. So schnell wird es nicht gehen. Ich mache mich daran, mit dem Taschenmesser ein rundes Loch herauszuschnitzen, hacke auf die Türe ein, versuche die Klinge zwischen Holz und Kunststoffbeschichtung zu treiben, um den weissen Kunststoff abzuziehen. Eine mühselige Arbeit, in der einen Hand die Taschenlampe in der andern das Messer. Ich komme ins Schwitzen, halte inne, schöpfe Atem, die Taschenlampe wirft ihren Strahl auf die Türe, dann arbeite ich weiter am Bauch des Wales.
Sieh mal einer an. Er kämpft um sein Leben!
«Na und?»
Vor einer halben Stunde hast du gesagt, dein Leben habe keinen Sinn.
«Überlebenstrieb, Instinkt, tierische Restbestände.»
So wenig Kontrolle?
«Wenn schon ein Ende machen, dann selbst, aus freiem Willen, nicht weil man durch einen dummen Zufall aus dem Spiel kippt.»
Sie schweigt.
Ich arbeite weiter, ramme das Taschenmesser in die Türe.
«Hast du den Jungen gesehen. Die Augen, wie sie ge-

Nua vegn el ad esser ì? Bain betg ordadora, en la battaglia.»
Ella tascha insistentamain. Mia sor dispitadra para d'avair pers il flad? Jau hai gia fatg ina fora en la porta. Ella è uschè gronda ch'ins po chatschar tras il maun. Jau lavur vinavant, la fora daventa pli gronda, pulvra e pitschens tocs da cement smuschignan nauaden. Il rument vegn ad emplenir l'entira entrada dal tschaler. Quai vul dir: jau na vegn a sortir uschè svelt. Jau vegn a stuair empruvar da trair il rument en il tschaler e da ma far ina via or en il liber. Jau hai said, scleresch cun la lampa las paraids ed il tschiel sura per chattar in pèr guts d'aua. Là tatgan in pèr. Jau met la chascha da lain suten e tschitsch ils guts giu dal betun. Lura dun jau puspè cun la latta sin l'ur da la fora. La lampa è gia in pau pli flaivla. Jau stoss spargnar battarias. Tgi sa quant ditg che jau hai da tegnair la dira en questa fin dal mund. La fora ha gia la grondezza d'ina platta da grammofon. Igl è stentus da l'engrondir. La platta da fibra è grossa e dira. Ella ceda be toc a toc. In sguard sin l'ura ma conferma che jau sun gia dapi uras en questa tauna. Jau lavur uss en il stgir per spargnar battarias, tschertg puspè in pèr guts per far bletsch la lieunga. Ils guts èn cotschens e gustan da miffa e da ruina. Jau na daud pli ni tuns ni explosiuns. La battaglia para dad esser a fin. La fora è creschida. Ina paraid da blocs da betun, fiers e pulvra ma guarda encunter. L'entrada è plaina. Singuls craps crodan da

blitzt haben. Wo er hingerannt sein mag? Doch nicht etwa in die Schlacht hinaus.»
Die Stimme schweigt beharrlich. Ist ihr die Luft ausgegangen? Ich habe schon ein Loch in die Türe gemacht, das gross genug ist, die Hand hindurchzustrecken. Ich arbeite weiter, das Loch wird grösser, Staub und kleine Schuttteile rieseln herein. Der Schutt muss den Eingang vollständig ausfüllen. Ich werde versuchen müssen, die Trümmerteile durch das Loch in den Keller hereinzuschaffen und so einen Gang freizulegen, durch den ich nach oben komme. Ich habe Durst! Mit der Taschenlampe suche ich die Mauern nach Wasser ab. Ein paar Tropfen hängen an der Decke, ich stelle eine Kiste darunter und schlürfe sie ein. Ich schlage mit der Dachlatte auf die Ränder des Loches, um es zu vergrössern. Das Licht der Taschenlampe ist schwächer geworden, ich muss sparsam mit der Batterie umgehen. Das Loch ist schon so gross wie eine Schallplatte, das Vergrössern mühsam, da das Pressholz dick und unnachgiebig ist. Ich schaffe es nur, jeweils einzelne Späne herauszubrechen. Ein Blick auf die Uhr bestätigt mir das Gefühl, schon Stunden eingeschlossen zu sein. Sonst arbeite ich im Dunkeln, um die Batterie nicht unnötig zu gebrauchen. Wieder suche ich nach ein paar Tropfen, um mir den vom Staub ausgetrockneten Mund zu netzen. Die Tropfen sind rot vom Rost eines Armiereisens, sie schmecken muffig. Ich höre weder Schüsse noch Explosionen. Das Gefecht scheint im Augenblick zu ruhen. Das Loch ist gewachsen. Ich blicke auf eine Schuttwand. Der Eingang ist mit Trümmern aufgefüllt. Einzelne Steine fallen von selbst herein. Andere sind verkeilt, doch man kann sie lösen. Ich schaffe das Geröll und die Steine ins Innere des Kellers. Das Loch

sasez en il tschaler. Ma la fora na tanscha betg anc per allontanar ils tocs gronds. Il meglier fiss da rumper ora l'entira porta. Cun in crap giz engrondesch jau la fora. Jau hai ina fom naira ed ina said da murir. Tut ils guts ch'eran da chattar hai jau litgà davent. Adina puspè tschertg jau cun la lampa guts novs, ma els han ditg da sa furmar. La part sura da la porta hai jau pitgà ora ed ussa badigl jau il rument en il tschaler. In pèr tocs èn vaira gronds e pesants. Scrottas da pel sa statgan da mes mauns. Il sang cula. Jau sun stanchel, ves la glina e las stailas. Davosvart, lung la paraid, hai anc in spazi liber. Jau ma tschent sin il funs fraid…

Jau ma svegl tut sfratgà. Il fraid m'è î tras pel ed ossa. Jau envid la lampa. Per fortuna va'la anc. Jau tschertg in pèr guts aua, tschitsch ils paucs che jau chat e lavur vinavant. La fora ha uss la grondezza d'ina chamona da chaun. Tuttenina in bloc da betun. El na sa lascha mover gnanc in zic. Cun ina latta emprov jau d'al muventar. I na va betg.

«Agid! Na ma gida nagin a sortir da qua?»

Jau sbragel sco in nar, taidl, sbragel puspè. Quietezza. Jau emprov anc ina gia da mover il bloc cun ils mauns. El ceda in pèr millimeters. Jau vom en la fora ed emprov d'al spustar anc in pau, driz la lampa vers ensi. Be sur mai è ina trav da betun. Speranza tegn'la. Jau smatg plaun plaunet il bloc cun la latta or da sia posiziun. El sa mova puspè in pèr centimeters. Uss è'l liber. Cun il lain cugn jau il kerli centimeter per cen-

reicht aber noch immer nicht, um die grossen Brocken hindurchzubekommen. Am besten wäre es, die ganze Türe herauszunehmen. Ich vergrössere mit einem scharfen Betonstück das Loch. Hunger habe ich auch, noch schlimmer ist der Durst. Alle Tropfen sind weggeleckt. Immer wieder schaue ich mit der Lampe nach, ob sich nicht neue gebildet haben. Es dauert lange. Die obere Hälfte der Türe habe ich herausgeschlagen, ich beginne den Schutt mit beiden Armen in den Keller zu schaffen. Ich habe mir die Hände an den scharfkantigen Betonteilen blutig geschürft. Ich bin so erschöpft, dass ich mich hinlegen muss, um etwas auszuruhen. Hinten an der Wand gibt es noch Stellen, an denen der Boden frei ist, ich lege mich auf den kalten Beton …
Ich erwache wie gerädert, die Kälte ist in die Knochen gedrungen. Die Lampe an, sie gibt noch Licht, Gott sei Dank. Ihr Schein sucht nach Wassertropfen. Ich schlürfe gierig die wenigen, die ich finde, und arbeite weiter. Ein Loch von der Grösse einer Hundehütte habe ich bereits herausgebrochen. Doch nun stosse ich auf einen Betonklotz, der so verklemmt ist, dass ich ihn nicht bewegen kann. Mit einer Dachlatte versuche ich, ihn herauszuhebeln. Es ist aussichtslos.
«Hilfe, hilft mir denn keiner hier raus?»
Ich schreie so laut ich kann, lausche. Rufe. Lausche. Nichts. Ich versuche noch einmal, mit den Händen den Betonklotz zu bewegen. Er gibt tatsächlich ein paar Millimeter nach. Ich steige ins Loch hinein und versuche ihn noch mehr herauszulösen. Ich richte die Lampe nach oben. Ein grosser Betonträger liegt über mir, er wird nicht so schnell nachgeben. Ich löse den Klotz mit der Dachlatte vorsichtig. Er fällt ein paar Zentimeter herunter. Nun stemme ich ihn mit der Latte Stück für

timeter vers la porta. La latta va en tocs. Jau stoss serpegiar enavos en il tschaler per in'autra, rampign puspè en la fora, ma pitg il chau cunter in crap, blastem, clom per agid, stir vi dal bloc, ma volv ed al stumplel cun ils pes vers il tschaler fin ch'el croda cun ina ramplunada giu sin il funs. Jau sun sfinì, giasch senza flad en mia fora da talpa.

Jau hai entant inventà in sistem: jau transport ils tocs pli pitschens en ina chascha fin a la sortida e dersch els giu en il local. Jau litg da cuntin ils guts novs dal tschiel sura, sai che nagin na ma dauda, tuttina clom jau adina puspè per agid. Gia passà ventgaquatter uras sun jau uss en qua. Ils mauns plain sang, la bucca sitga, ils egls ardents. Mintgatant stoss jau storscher in fier d'armar per vegnir vinavant. Per il mument na vegn jau insumma betg vinavant. Ils blocs èn memia gronds. Entirs stgalims! Jau na poss bunamain pli …

Jau stoss avair durmì. Ils egls en tatgads ensemen. Jau sun apaina bun d'als avrir. La lampa! Tge èsi cun la lampa? Quant ditg hai jau durmì, diavel! Jau ma sun durmentà senza stizzar la lampa! Qua è'la. Morta. Nagut da far. In pèr zulprins hai jau anc.

Baiver. Be in u dus guts. Jau mor da la said. Igl è stentus da sortir senza glisch. Uss in zulprin. Gea, igl ha dà in pèr guts. Sin la chascha. Tschitscha'ls! Ahh! Tge miracul. Els bognan la lieunga. La gula è uschè

Stück zur Türe hin. Die Latte bricht. Ich muss zurück in den Raum, um eine andere zu holen, krieche wieder in die Öffnung, stosse den Kopf an, fluche, rufe wieder um Hilfe, reisse an dem Klotz, drehe mich um, stosse ihn mit den Beinen weg, bis er endlich mit einem dumpfen Poltern in den Keller fällt. Der Kerl hat meine ganze Kraft abgefordert. Keuchend liege ich in meinem Maulwurfsgang.
Ich schaufle die kleineren Steine und Brocken in eine Kiste, dann schaffe ich die Kiste zur Türe und kippe sie in den Keller hinunter. Sobald sich wieder Tropfen gebildet haben, schlürfe ich sie. Obwohl ich mir nicht vorstellen kann, dass mich jemand hört, rufe ich öfter um Hilfe. Mehr als vierundzwanzig Stunden bin ich jetzt schon in dem Loch. Die Hände sind blutig von den scharfen Kanten, die Augen brennen, der Mund ist ausgedörrt. Manchmal muss ich ein Armiereisen umbiegen, um weiter zu kommen. Im Augenblick komme ich überhaupt nicht mehr weiter. Die Trümmer sind zu gross. Ganze Treppenstufen liegen im Weg. Ich kann nicht mehr. Bleibe im Gang liegen …

Ich habe geschlafen. Die Augen sind so verklebt, dass ich sie kaum aufbekomme. Die Taschenlampe! Es kann doch nicht wahr sein. Ich habe die Taschenlampe brennen lassen, einfach eingeschlafen gestern in meiner Höhle. Sie liegt neben mir. Tot. Streichhölzer habe ich noch.
Trinken. Nur ein paar Tropfen! Ist das mühsam, ohne Licht aus dem Gang in den Keller zu kommen. Jetzt ein Streichholz. Es hat wieder ein paar Tropfen gegeben. Auf die Kiste und schlürfen. Wasser! Wie wunderbar es die Zunge netzt. Die Kehle ist so ausgedörrt, dass ich

sitga che jau na sun strusch bun da tragutter. Jau poss apaina star en pe. Senza glisch na poss jau cuntinuar. Jau na sun pli bun. Hai pers memia bler liquid.
«Jau n'hai betg reussì, Sunaric, la missiun è crappada. Jau nun hai chattà ni tia dunna ni tes uffants. Na, na, jau na ta fatsch naginas reproschas. Jau fiss ì en Bosnia er sche jau avess savì tut. N'avess fatg nagut auter, nagut. Jau hai tschertgà la guerra, senza chapir pertge. Culpa? Tge vul dir culpa? Jau hai empruvà insatge, ma igl è ì en las chautschas. En num da Dieu.»
Jau serpegel anc ina gia en il cuvel e clom per agid.
«Be na crair che jau na vuleva surviver. In pèr zulprins hai jau anc. Trair en il chau e turnar en la fora. Tge è quai? Qua davant mai ves jau glisch! Ina glisch, diavel, qua dadora èsi di! Jau vegn a serpegiar fin a la fin da mes corridor, là vegn jau ad envidar in zulprin. Forsa ch'i va tuttina ... Gea, quest bloc, sche jau vegn da stuschar el d'ina vart ...»

kaum schlucken kann. Bin schlecht auf den Beinen. Ohne Licht kann ich nicht weitermachen. Wäre auch kaum noch in der Lage. Zu viel Flüssigkeit verloren.
«Sunaric, ich muss dir sagen, dass meine Mission in die Hose gegangen ist. Weder deine Frau noch die Kinder gefunden. Nein, nein. Ich mach dir keinen Vorwurf. Ich wäre auch nach Bosnien gegangen, wenn ich alles gewusst hätte. Nichts hätte ich anders gemacht. Nichts. Schuld? Was heisst hier Schuld. Ich habe etwas probiert, und nun?»
Ich krieche noch einmal in die Höhle und rufe um Hilfe.
«Nicht, dass du glaubst, ich hätte gar nicht wirklich raus gewollt. Ein paar Streichhölzer habe ich noch. Kopf einziehen und nochmals hinein in den Gang. Was ist das? Da vorne ist doch ein Licht. Da hat es doch tatsächlich Licht. Sunaric! Verdammt, da ist der Tag, da draussen! Ich werde bis ganz nach vorne kriechen und dann ein Streichholz anzünden. Ich habe dir gesagt, Unkraut vergeht nicht. Ja, hier der Brocken, wenn ich den herauskriege ...»

Quarta part

Vierter Teil

1

Il sulegl splendura sur il bloc da chasas. I tschorventa. Jau stoss serrar ils egls. Puncts blaus che sautan si e giu. Na star airi, avra ils egls! Jau rampign sur las ruinas sin via. Engiu u ensi? Qua, vuschs! Duai jau ma mussar? Dus schuldads. Jau ma zup davos la carcassa d'in auto. M'hani vis? Na, els van vinavant. Ussa davent! Jau ma volv e guard direct en la chonna d'ina pistola.
«Peng, peng.»
Il mat stat davant mai, ils chavels en fatscha. I m'ha prendì il flad. Jau al fixesch, vuless dir insatge. Ina pistola da plastic. Enturn ses corp setg ha el lià in chartun sco in brastoc cunter ballas. Nun eran quai puspè vuschs? Jau tegn il det mussader davant mia bucca. El pudess esser in zighingher, il pullover sdrappà, ils chavels nairs e sburritschids. El na para d'avair tema da mai, guarda enturn, ma fa in segn e curra senza guardar enavos. Jau al suond il pli svelt pussibel. El sa ferma davant ina fora en l'asfalt e mussa engiu. Sto esser il crater d'ina granata. Tge far en in crater? El dat in sigl e svanescha fin al culiez, sa volva e ma fa segn da vegnir. Jau al suond. In tunnel! I spizza da fecalias, in tumbin da la chanalisaziun,

Die Sonne steht direkt über dem gegenüberliegenden Block. Ich muss die Augen schliessen. Blaue Punkte tanzen mir auf den Lidern. Ich muss weiter. Mich zwingen, die Augen zu öffnen. Ich klettere über die Trümmer auf die Strasse. Hinunter oder hinauf? Da, Stimmen! Soll ich mich zeigen? Zwei Soldaten. Ich verstecke mich hinter einem ausgebrannten Auto. Ob sie mich gesehen haben? Nein, sie gehen weiter. Jetzt schnell weg. Ich will mich umdrehen und schaue direkt in die Mündung einer Pistole.
«Peng, peng.»
Der Junge, die Haare wild ins Gesicht, steht vor mir. Es hat mir den Atem verschlagen. Ich starre ihn an, will etwas sagen. Eine Spielzeugpistole. Er hat eine Splitterweste aus Karton umgebunden. Waren da nicht wieder Stimmen? Ich halte den Zeigefinger vor den Mund, schüttle den Kopf. Er sieht aus wie ein Zigeuner, der Pullover zerrissen, die Haare wild. Er scheint keine Angst vor mir zu haben, schaut sich um, macht ein Zeichen, rennt, ohne zurückzuschauen. Ich folge ihm, so gut es geht. Er bleibt vor einem Loch im Asphalt stehen, zeigt in das Loch. Es ist ein Granatenloch. Was sollen wir in einem Granatenloch? Er springt hinein und verschwindet bis zum Kopf, dreht sich um, winkt, ich solle nachspringen. Ich lasse mich in das Loch hinuntergleiten. Erst jetzt merke ich, dass es kein gewöhnliches Granatenloch ist. Ich ducke den Kopf, ein Tunnel. Es stinkt nach Fäkalien. Muss ein Kanalisationsrohr

suppona. Nagin'aua. Il mat po gist star en pe, jau stoss ma sgobar. Suenter pauc temp ma fa mal la tatona. El curra in toc, spetga, curra vinavant. Nus essan avanzads var traitschient meters. Mintgatant ves'ins entrar in pau glisch. Qua davant sto esser ina fora pli gronda. Il mat fa segn da spetgar. El curra fin tar la glisch, chatscha or il chau e svanescha. Suenter in temp turna'l. Jau vi ma dauzar, ma el dat dal chau: «Ne, ne.»

El sa tschenta sper mai. Nus spetgain. Jau ves ses dents alvs. La said è uschè gronda che jau na tegn bunamain pli ora, e mes magun rampluna sco ina nauscha bestga. Fin qua na savev'jau betg tge che quai fiss avair said u fom. La said è ina femnatscha, setga ed ossusa. Quai ch'ella prenda en maun cumenza ad arder, e quai ch'ella tutga cun ses flad setga vi. La fom dentant è sco in animal che ha fatg ses gnieu en il corp e spetga fin ch'ins dat ensemen. Qua, in ratun! El s'avischina, gnif a piz, pail sburritschì, sa ferma, savura, sa volva. Tge stgif! Tge far sch'i vegnan anc dapli da quests animals smaladids? Quest qua vegn segir a tschivlar nà anc auters. Là, guarda! In entir triep, gnifs a piz cun lungs pails alvs vidlonder. Els vegnan adina pli damanaivel, vegnan a magliar si nus, garantì! Ratuns da guerra, razza fomentada. Per quels essan nus in bun baccun. Guarda, co ch'els s'avischinan, ve mat, svelt! Scappain, avant ch'i restian be pli noss skelets.

«Schschscht.»

El metta ses maun sin mia bucca.

sein. Kein Wasser. Er geht vor, fast aufrecht, ich muss mich bücken. Nach kurzer Zeit schmerzt der Nacken. Er rennt ein Stück voraus, wartet, geht weiter. Wir sind bestimmt schon dreihundert Meter vorwärts gekommen. Ab und zu dringt durch einen Spalt schwaches Licht. Weiter vorne muss ein grösseres Loch sein. Der Junge bedeutet mir mit der Hand, zu warten, rennt bis zum Lichtschacht, streckt den Kopf hinaus, verschwindet. Nach einer Weile kommt er wieder, ich will mich erheben, aber er sagt:
«Ne, ne.»
Er setzt sich neben mich. Wir warten. Ich sehe seine weissen Zähne. Der Durst ist unerträglich. Mein Magen knurrt. Bevor ich in diesem Loch gefangen war, habe ich noch nie Hunger gehabt. Jetzt weiss ich, was es heisst. Der Durst ist wie ein altes Weib, knochig und dürr, und was sie anrührt, beginnt zu brennen, und was sie anhaucht, verdorrt. Der Hunger ist wie ein Tier, das sich einnistet und wartet, bis man langsam zusammenbricht. Da, eine Ratte! Sie kommt auf uns zu, spitze Schnauze, struppiges Fell, hält an, schnuppert, kehrt um. Mich schüttelt es vor Ekel. Was, wenn es noch mehr von ihnen hat. Die wird bestimmt ihre Artgenossen herbeipfeifen. Da! Schau! Ein ganzes Rudel, spitze Schnauzen mit diesen langen weissen Haaren dran. Die zittern immer so. Sie kommen immer näher, die werden uns auffressen. Bestimmt. Kriegsratten, ausgehungerte Brut, für die sind wir ein Leckerbissen, schau doch, wie sie immer näher kommen. Schnell zum Ausgang, Junge, komm! Aus dem Weg, bevor nur noch das Skelett von uns übrig bleibt.
«Schschscht.»
Der Junge legt mir die Hand auf den Mund.

«Schscht.»
El retira ses maun, sco sch'el avess ars el.
«Said, fom, baiver ...»
El dauza las spatlas, mussa cun il chau ensi. Ils ratuns èn svanids. Jau dun ensemen, fiac sco ina lieur suenter la chatscha sfurzada. Jau ma sfrusch il suaditsch d'anguscha or dal frunt.
«Okay, okay.»
Gnanc in ratun, ma jau hai vis ratuns, in'entira banda. Jau ma cupid ....
«He, he!»
Il mat ma sveglia. Las quantas èsi? Jau stoss avair durmì passa duas uras. Jau tremblel, dovr aua. Igl è vegnì stgir. Jau al suond fin tar il bural. El chatscha il nas en l'aria, sa volva vers mai e dat dal chau. Lura munta'l, ed er jau ma fultsch or dal chanal. Igl ha brentina, tge cletg. Il mat cumenza a currer, jau prov da star sin ses chaltgogns. Nus currin tras las chavorgias dals blocs, ans schluitain lung las chasas destruidas. Mintgatant sa ferma'l, guarda enturn, curra vinavant. Jau sun uschè flaivel che jau na sun strusch bun d'al suandar. Il pir è la said. Qua e là daud'ins tuns, ma nus ans allontanain dad els. Ina cruschada, lura puspè chasas. Nus muntain sin in crest. El mussa en la tschajera.
«Aerodrom!»
Nus currin lung la pista da l'eroport. Co mai vegna'l sin quest'idea? Forsa na datti qua naginas minas. Qua vegnani dentant franc tschiffar nus. Da l'autra vart ma vegn forsa a chattar insatgi da l'UNPROFOR. Lura ma pudess jau dar d'enconuscher.

«Schscht.»
Er zieht die Hand zurück, als ob er sie verbrannt hätte.
«Durst, Wasser, trinken ...»
Er zuckt mit den Schultern, weist mit dem Kopf nach oben. Die Ratten haben sich in Luft aufgelöst. Ich sacke erschöpft zusammen, wische mir den Angstschweiss aus der Stirn.
«Okay, okay»
Keine einzige Ratte, aber ich habe doch Ratten gesehen, ein ganzes Rudel. Ich dämmere weg.
Der Junge rüttelt mich wach.
«He, He!»
Ich schaue auf die Uhr. Ich muss mehr als zwei Stunden geschlafen haben. Ich brauche Wasser. Es ist dunkel geworden. Ich krieche hinter ihm zum Loch. Er streckt die Nase in die Luft. Wendet sich um zu mir, nickt. Dann steigt er hinaus. Ich stemme mich aus dem Kanal. Es hat Nebel. Gott sei Dank! Der Junge fängt an zu laufen, ich hefte mich an seine Ferse. Wir laufen durch Neubauschluchten, immer ganz nah an den zerstörten Häusern, manchmal bleibt er stehen, späht herum, läuft weiter. Ich bin so geschwächt, dass ich kaum Schritt halten kann. Wenn nur der Durst nicht wäre. Manchmal höre ich Schüsse, aber wir entfernen uns von ihnen. Eine Kreuzung, dann wieder Häuser. Plötzlich stehen wir vor einer grossen Wiese. Er zeigt in den Nebel:
« Aerodrom!»
Wir rennen entlang der Flugpiste. Wie kommt er auf die Idee? Weil es hier keine Minen hat? Dafür werden sie uns hier bestimmt erwischen. Anderseits wäre es möglich, von UNPROFOR-Leuten aufgelesen zu werden. Dann könnte ich mich zu erkennen geben.

«Taidl'ina giada, mes mat. Jau hai in'idea ...»
El dat dal chau, curra vinavant, ed jau al suond,
senza savair nua e senza sentir ils pes.

«Junge, hör mal! Ich habe da eine Idee …»
Er dreht sich um, schüttelt den Kopf, rennt weiter. Ich renne hinterher, ohne zu wissen, warum. Ich habe kein Gefühl mehr in den Füssen, keuche.

2

Nus chaminain sin ils binaris da viafier. Da l'eroport avevan nus prendî ina via pulaina tras il guaud sur las collinas. Il mat aveva be ditg: Igman ed era currî ensi. Jau aveva fadia dal suandar. El ans aveva guidà saun e salv tras la front e fin en uss n'è crappà nagina mina. Nus avevan svià tut ils posts da guardia ed eran passads sper ina pitschna staziun vi. Da là davent n'avain nus betg pli abandunà ils binaris. Jau pruvava adina puspè da discurrer cun el, ma el dauzava be las spatlas.

El para d'avair prescha. Jau hai anc adina fom. La said è stizzada. Nus avevan traversà ina punt sur in pitschen flum, ed jau era î giu tar l'aua, m'aveva mess sin il venter ed aveva bavî plaunet, sierv per sierv. L'aua m'ha fatg reviver, culava giu da la gula sco energia pura.

Plaunet laschain nus Sarajevo davos nus. Jau na sai, sche nus essan sin territori croat, serb u bosniac. Fin uss hai jau suandà il mat senza patratgar. La bulscha cun tut mia rauba è anc a Sarajevo. Ils raps ed il pass hai jau sin mai, en pli il cuntè da giaglioffa e zulprins. Hajrun vegn a pensar che jau saja mort, pajà n'hai jau er betg. Per il mument na ma resta nagut auter che da chaminar vinavant, almain uschè ditg ch'il mat para dad esser segir da la via. Tenor il dissegn da dunna Turajlic chaminainsa vers vest, l'unica direc-

Wir laufen auf dem Geleise der Eisenbahn. Bevor wir sie erreicht haben, sind wir vom Flughafen links durch den Wald und über die Hügelzüge geflohen. Der Junge hat nur «Igman» gesagt und ist bergauf gerannt. Ich konnte ihm kaum folgen. Er hat uns an allen Kontrollposten und Frontabschnitten vorbeigehievt. Wir haben einen kleinen Bahnhof passiert und sind von da an immer auf dem Geleise gegangen. Ich habe versucht, mit ihm zu reden, aber er hob nur die Schultern.
Er scheint es eilig zu haben, und ich habe grösste Mühe Schritt zu halten. Der Hunger ist noch immer da, aber den Durst habe ich gestillt, als wir über eine Brücke kamen. Ich bin zum Wasser hinuntergelaufen, habe mich flach ans Ufer gelegt und ganz langsam, Schluck für Schluck getrunken. Das Wasser hat mich belebt, als ob es reine Energie wäre.
Wir lassen Sarajevo langsam hinter uns. Keine Ahnung, ob wir uns auf serbischem, bosnischem oder kroatischem Gebiet befinden. Bisher bin ich blindlings dem Jungen gefolgt. Mein Rucksack mit all meinen Sachen ist noch in Sarajevo. Ich greife in die hintere Hosentasche, der Geldbeutel ist noch da. Den Pass habe ich auch. Taschenmesser, Streichhölzer. Hajrun wird denken, dass ich umgekommen bin, bezahlt habe ich auch nicht. Es bleibt mir wohl nichts anderes übrig, als weiterzugehen, so lange der Junge derart sicher ausschreitet. Nach der Zeichnung von Frau Turajlic laufen wir gegen Westen, der einzigen Richtung, die aus dem Tal-

ziun che maina or dal fop da Sarajevo. Igl è gia daditg passà mesanotg. Jau sun stanchel. Ma il mat na sa lascha betg persvader da tschertgar in lieu da durmir. Jau hai fatg tut per al declerar che nus stoppian organisar in cuz. El ha adina be dà dal chau.
«Ma ti na vegns bain betg a vulair chaminar tutta notg. Jau perd proximamain mes pes. En pli hai jau ina fom naira.»
«Schschscht.»
«Sche ti cuntinueschas uschia, essans damaun a Honolulu.»
El sa ferma, guarda enavos.
«Hololulu?»
El fa ina grimassa e sa metta a rir.
«Hololulu, dobro ... Dobro, Hololulu.»
El stat qua cun ses chavels spalads, ils dents alvs e ri! Jau na sai far auter che rir er jau. El dat da la bratscha e cloma:
«Hololulu, Hololulu, Hololulu.»
«Gea, Hololulu. Hulahup.»
Nus riain domadus. Ses rir vegn da ses pli profund intern, in rir da bellezza, sco sch'el avess gist vis in clown, in rir sfranà. Ed jau ri da ses rir. Cur ch'il rir para da chalar, di in da nus Hololulu, e tut cumenza da nov. Jau ma tegn il venter. El s'ha mess giu sin ina spunda dal binari, ed jau ma lasch crudar sper el. Jau na sai quant ditg che nus essan tschentads uschia, cur ch'el di:
«Konjic.»
«Tge è Konjic?»

kessel von Sarajevo hinausführt. Es ist Mitternacht vorbei. Ich bin müde. Doch der Junge will sich nicht überreden lassen zu schlafen. Ich habe all meine Erklärungskünste aufgeboten, ihm klarzumachen, dass wir schlafen sollten. Doch er hat immer nur den Kopf geschüttelt. Ich versuche es noch einmal, rede auf ihn ein:
«Du willst doch nicht die ganze Nacht laufen, mir fallen die Füsse ab, und Hunger habe ich ...»
«Schscht.»
«Wenn du so weiterläufst sind wir am Morgen in Honolulu.»
Er hält an, schaut zurück:
«Hololulu?»
Er verzieht das Gesicht, fängt an zu lachen.
»Hololulu, dobro ... Dobro, Hololulu.»
Wie er da steht mit seinem wirren Haar und den weissen Zähnen und lacht, kann ich nicht anders als ebenfalls lachen. Er fuchtelt mit den Armen in der Luft und ruft:
«Hololulu, Hololulu, Hololulu.»
«Ja, Hololulu, Hulahup.»
Wir lachen beide. Sein Lachen kommt tief aus der Kehle, ohne Hemmung, als ob er gerade die beste Clownnummer gesehen hätte, ungebremst und ohne Halt. Und ich lache über sein Lachen, und wir lachen um die Wette, und wenn das Lachen verebben will, sagt einer wieder Hololulu, und alles fängt von vorne an. Ich halte mir den Bauch, er hat sich an der Geleiseböschung niedergelassen, ich lasse mich neben ihn fallen. Ich weiss, nicht wie lange wir so dagesessen haben, als er sagt:
«Konjic.»
«Was ist Konjic?»

El mussa cun il det sin ils binaris:
«Konjic. Konjic.»
«*Ils binaris mainan a Konjic?*»
El dat ferventamain dal chau.
«*Es ti là da chasa?*»
«Konjic, Konjic.»
«*E pertge es ti lura stà a Sarajevo?*»
«Sarajevo, ne.»
Ins stuess chapir e discurrer almain in pèr pleds. El sa dauza, senza ma guardar. Lura cumenza'l a chaminar. Jau stun si chamin davos el ed emprov d'al tschiffar a la spatla. El sa scurlatta.
«*Co diavel t'imagineschas noss viadi?*»
«Konjic.»
«*Gea. Jau hai chapì. E lura?*»
«Konjic.»
Inutil! Jau lasch crudar la bratscha. El sa volva e va vinavant. Jau na ristg betg d'al tutgar anc ina giada. Nus cuntinuain senza discurrer. Adina sin ils binaris, traversa per traversa, in chaminar stentus. Las traversas han ina distanza da stgars in mez meter. Jau stoss far pass bler memia pitschens, entant ch'il mat, cun sias chommas curtas, ha da far passuns. Jau guard savens enavos, sch'i na vegniss in tren. La notg avess ins segir vis ils reflecturs, ma uss èsi cler. In pèr utschels chantan, la bostgaglia n'ha anc nagina feglia, stat simplamain qua e fa frunt al fraid. Ella è cuvernada da prugina.
«Uei, quants onns has?»

Er zeigt mit dem Finger auf das Geleise und sagt:
«Konjic. Konjic.»
«Die Geleise führen nach Konjic?»
Er nickt eifrig mit dem Kopf.
«Bist du in Konjic zu Hause?»
«Konjic, Konjic.»
«Und wie kommst du nach Sarajevo?»
«Sarajevo, ne. Ne.»
Man müsste wenigstens ein paar Worte sprechen und verstehen können. Er steht auf, ohne mich anzusehen. Dann läuft er los. Ich stehe auf, laufe ihm hinterher und versuche, ihn an der Schulter zu fassen. Er zuckt zusammen.
«Wie stellst du dir das vor?»
«Konjic.»
«Ja, das habe ich verstanden. Und dann …?»
«Konjic!»
Es ist aussichtslos. Ich lasse die Arme sinken, er dreht sich um und läuft weiter. Ich wage es nicht, ihn noch einmal anzufassen. Wir laufen schweigend weiter. Immer auf dem Geleise, von Holzschwelle zu Holzschwelle, ein unangenehmes Gehen, denn der Abstand von einer Schwelle zur andern beträgt nur einen halben Meter. Ich muss mir einen Schritt angewöhnen, der unnatürlich klein ist, während der Junge mit seinen kürzeren Beinen viel zu weit ausholen muss. Ich schaue mich oft um, damit ich früh genug merke, wenn ein Zug kommt. In der Nacht hätte man sicher die Lichter der Lokomotive gesehen. Aber jetzt ist es hell geworden. Ein paar Vögel pfeifen, die Büsche haben noch kein junges Laub, stehen trotzig da, Rauhreif hängt an ihnen.
«He, du, wie alt bist du?»

El ma dat in'egliada plain dumondas. Jau prend ils dets, muss sin el.
«Ti. Onns, otg, nov, diesch?»
El dauza las spatlas.
«Emblida, i nun è impurtant.»
Nus chaminain. Tuttenina sa sgoba'l, prenda si ina buttiglia da plastic, sa volva e di:
«Coca-Cola.»
«Coca-Cola, gea. Ins pudess duvrar ella sco buttiglia d'aua.»
La cuntrada s'ha midada. Adina dapliras collinas, ina val, in pitschen flum, vischnancas giusut. La viafier munta ad in muntar, a l'entschatta parallel cun il stradun, lura s'allontanesch'la dal fund da la val e prenda sia atgna via lung las spundas amunt. La via giu la val è be pli in stritg. Il tschiel è cler, l'aria fraida, in flaivel vent schuschura. Nus vegnin a stuair tschertgar in lieu per durmir, avant ch'i chatschia l'alva.
«Co has num, mat? Co, ti, num?»
El sa volva, ma dat puspè quell'egliada. Jau muss sin mai.
«Jau hai num Fortunat. For-tu-nat. Jau. E ti? Co has ti num? Hajrun? Dragan?»
Jau muss cun il det sin el.
«Ahh! Ajet.»
«Ajet. In bel num. Ajet taidla. Nus stuain tschertgar in lieu per durmir.»
Jau met ils mauns in sin l'auter, als tegn cunter mia ureglia e sbass il chau. El dat dal chau, mussa cun il maun sin ina pitschna chasa a l'ur dals binaris. Nus

Er schaut mich fragend an. Ich nehme die Finger zu Hilfe, zeige auf ihn.
«Du. Jahre, acht, neun, zehn?»
Er zuckt die Schultern.
«Schon gut, ist nicht wichtig.»
Wir laufen. Plötzlich bückt er sich, hebt eine Plastikflasche auf, dreht sich um und sagt:
«Coca-Cola.»
«Coca-Cola, ja. Die könnte man als Wasserflasche benutzen.»
Das Gelände ist hügelig geworden, ein Tal wird sichtbar, ein kleiner Fluss rauscht, Dörfer sind unten auszumachen. Das Bahntrassee aber steigt stetig an, anfänglich parallel zur Strasse, dann entfernt es sich vom Talboden, geht seinen eigenen Weg durch die Hänge bergan, während man die Strasse unten neben dem Fluss schwach wahrnehmen kann. Der Himmel ist klar, die Luft kalt, und es geht ein leichter Wind. Wir werden uns etwas zum Schlafen suchen müssen, bevor es ganz hell geworden ist.
«Junge, wie heisst du eigentlich? Du, Name?»
Er dreht sich um, schaut mich fragend an. Ich deute auf mich.
«Ich heisse Fortunat. For-tu-nat. Ich. Du? Wie heisst du? Hajrun? Dragan?»
Ich zeige mit dem Finger auf ihn.
«Ahh. Ajet.»
«Ajet heisst du? Ein schöner Name. Ajet, hör, wir müssen etwas zum Schlafen suchen.»
Ich lege die Hände aufeinander, halte sie ans linke Ohr und neige den Kopf. Er nickt, weist mit der ausgestreckten Hand nach vorne. Man erkennt ein kleines Haus am Rande des Geleises. Wir laufen schneller. Es

accelerain. Ina staziun, tut da per sai. La vischnanca è dalunsch davent giu en la val. Jau tschertg invan la tavla cun il num da la staziun.

«È quest Konjic? Konjic?»

«Konjic ne. Konjic ...»

El fa cun la bratscha in segn per grond.

«Ina citad damai. E la stattan tes geniturs. Papa, Mamma, Konjic.»

«Papa ne, mamma ne.»

«Er betg in barba, u ina tanta, u ina tatta, diavalen!»

El tascha.

«Ti m'has prendì per il tgil, navair? Ti n'has nagina parentella qua.»

El ma lascha, va vers la chasa e svanescha en da porta. Jau al suond. La stazium nun è duvrada, para sblundregiada. Ajet va si da stgala sin il plaun sura. Jau examinesch la stanza dal capostaziun. La scrivania è averta, las chaschuttas stratgas ora, fegls per terra. Sin il spurtegl hai in bloc cun bigliets, scrits a maun, Sarajevo, Konjic, Mostar, Ploce. Questa staziun sto pia esser sin la lingia Sarajevo-Mostar. Konjic vegn ad esser avant Mostar. Ploce suenter, ed insacura vegn il mar, la costa dalmatina. Quants kilometers vegnan quai ad esser. Vegn jau a cuntanscher ella? Jau na dastg ma laschar tschiffar da nagin. Chaminar be durant la notg. Durant il di durmir ed organisar insatge da mangiar. Jau ma stoss deliberar dal mat. Jau tremblel dal fraid e da la fom, munt. Ina pitschn'abitaziun, in dischurden sgarschaivel, in letg cun pennas da fier, ina veglia matratscha, in pèr sutgas da lain, tuttas ruttas, ina pitschna pigna da

ist ein Bahnhof, ganz für sich auf der Strecke. Das dazugehörige Dorf liegt weit unten im Tal. Ich suche vergeblich ein Bahnhofsschild.
«Ist das Konjic hier? Konjic?»
«Konjic ne. Konjic ...»
Er macht mit den Armen ein Zeichen für gross.
«Eine Stadt also, und dort wohnen deine Eltern. Papa, Mama, Konjic.»
«Papa ne, Mama ne.»
«Oder ein Onkel oder eine Tante oder die Grossmutter, Herrgott noch mal!»
Er schweigt.
«Du hast mich auf den Arm genommen, nicht wahr? Du hast gar keine Verwandten hier.»
Er lässt mich stehen, geht auf das Gebäude zu und verschwindet in der Türe. Ich folge ihm. Der Bahnhof ist unbenutzt. Sieht geplündert aus. Ajet steigt die Treppe hoch in den oberen Stock. Ich schaue mir das Zimmer des Bahnhofsvorstehers an. Der Schreibtisch ist offen, die Schubladen herausgerissen, Blätter liegen am Boden. Auf dem Schalter liegt ein Block mit Fahrkarten, handgeschriebene Kopien von Fahrkarten, Sarajevo, Konjic, Mostar, Ploce. Das hier muss also die Strecke nach Mostar sein. Konjic liegt vermutlich davor. Ploce dahinter, und irgendwann muss das Meer kommen, die dalmatische Küste. Wie weit das wohl sein mag? Ob ich das schaffe? Ich darf mich von niemandem erwischen lassen. Nur in der Nacht laufen, am Tag schlafen und etwas zu Essen organisieren. Den Jungen muss ich loswerden. Ich schlottere vor Kälte und Hunger. Ich gehe hoch. Eine kleine Wohnung, wilde Unordnung, ein Federbett eine alte Matratze, ein paar hölzerne Stühle, alle zerbrochen, ein kleiner gusseiserner

fier culà. In chamin munta da quai trist vers il palantschieu sura. Lura hai anc in tarpun malnet e plain foras. Ajet dorma gia sin la matratscha. Jau tschertg insatge per al cuvrir. La fanestra ha tendas. Jau las sdrap davent e cuvr il mat, per mai fissani tuttina stadas memia curtas. El dorma sco ina muntanella. Jau m'enzugl cun il tarpun stgiffus, vegn a durmir in pèr uras. Lura èsi da star si e da svanir bufatg.

Ofen, dessen Rauchrohr traurig zur Decke steigt, ein schmutziger löcheriger Teppich. Ajet liegt auf der Matratze. Ich suche etwas, womit ich ihn zudecken könnte. Am Fenster hat es Vorhänge. Ich reisse sie herunter und lege sie über den Jungen. Für mich wären sie ohnehin zu kurz gewesen. Er schläft wie ein Murmeltier. Ich wickle mich widerwillig in den staubigen Teppich, werde nur ein paar Stunden schlafen. Dann werde ich leise aufstehen und verschwinden.

3

Jau ma svegl e guard sin l'ura. Igl è las trais il suentermezdi. Il mat è svanì. Las tendas èn per terra. Jau ma zugl or dal tarpun e vom a la fanestra. Il tschiel è cuvert, nagin sulegl. Jau tremblel, bat la bratscha enturn il corp per far ir la circulaziun, sco quai che mes bab m'aveva mussà. Mangiar insatge! Jau stoss organisar insatge da mangiar, uschiglio na vegn jau a surviver la proxima notg. Jau daud il mat. El tschivla, vegn da stgala si, enta maun triumfond ina giaglina morta e sut il bratsch la buttiglia emplenida.
«Dobro, dobro. Co has fatg quai, ti moster!»
El fa ir ils egls, maina la lieunga sur ils lefs, schluppegia.
«Ussa splimainsa la signura, faschain in fieu e lura datti in banchet.»
Nus ans bittain domadus sin la pula, jau la tegn ed el la splima. Jau sort il cuntè, tagl si il venter. Ora cun la beglia e davent cun tut. Igl è sco tar in'operaziun, ins sto savair nua ch'il hardumbel sa chatta. Cor, pulmuns, gnirunchels. Da la vart! Quai vegnin nus a brassar.
«Ed uss in fieu. Nus duvrain palpiri e laina.»
Ajet curra engiu, jau prend dapart ina sutga. Suenter in temp arda in fieu en la pigna da fier. Il chamin fa ina tala fimaglia ch'ins stenscha bunamain. Jau avr la fanestra. Ajet ha rut giu ina pertga da coller. El

Ich erwache, schaue auf die Uhr, es ist drei. Der Junge ist weg. Die Vorhänge liegen am Boden. Ich wickle mich aus dem Teppich, gehe zum Fenster. Der Himmel ist bedeckt, keine Sonne. Ich schlottere, schlage mit den Armen um mich, um den Kreislauf anzuregen, wie es mich mein Vater gelehrt hat. Etwas essen! Ich muss etwas zum Essen auftreiben, sonst schaffe ich es nicht noch eine Nacht. Ich höre den Jungen. Er pfeift, kommt die Treppe hoch, in der Hand triumphierend ein totes Huhn und unter dem Arm die gefüllte Plastikflasche.
«Dobro, dobro. Wie hast du das gemacht, du Teufelsbraten!»
Er verdreht die Augen, fährt mit der Zunge über die Lippen, schmatzt.
«Jetzt rupfen wir die Dame und machen ein Feuer, junger Mann, und dann gibt's ein Festessen.»
Wir fallen gemeinsam über das Huhn her, ich halte es, er rupft ihm die Federn aus. Ich krame mein Taschenmesser hervor, schlitze dem Huhn den Bauch auf. Eingeweide raus und weg damit. Es ist wie eine Operation, man muss wissen, wo was ist, Herz, Lungen, Nieren. Auf die Seite damit, die werden wir rösten!
«Jetzt Feuer, wir brauchen Papier und Holz.»
Ajet rennt hinunter, ich zerkleinere einen Stuhl. Nach kurzer Zeit brennt ein Feuer im Gussofen. Das Rohr qualmt, man erstickt beinahe. Ich reisse es aus dem Ofen heraus, öffne das Fenster. Ajet hat eine Haselrute

prenda or il cuntè da mia giaglioffa, fa piz a la pertga e ma la porscha. Jau chatsch la pertga en la giaglina, prend il viertgel giu da la pigna e met la pula lasura. Suenter in'ura è'la ustrida. Il dadens hai jau mess en ina stgatla da conservas. Ajet la fa girar precautamain sur il fieu. Il pli gugent ma bittass jau sco in luf sin il pulaster. Jau tagl la giaglina permez, zugl ina mesadad en in toc tenda e dun il chalun ad Ajet. A la fin finala ha el organisà il past da festa.
«Dobro, dobro.»
Ses dents sa chavan en la charn. Jau sdrap davent in toc dal pèz e dun ina morsa. Segner, è quai divin! Rui bain. E rui plaun, uschiglio vegn tut puspè si. Ti nun has mangià dapi quatter dis, rui plaun e ditg e tragutta senza prescha. In sierv d'aua gida.
«Co has fatg quai, mat? Tschertgà in bain puril e fatg l'Indian?»
Jau discur cun mauns e pes. El dat dal chau, ri e di:
«Ha! Aha! Oke!»
«E lura has vis il giagliner, t'es avischinà dascus, has spetgà, guardà sche l'aria saja netta, has observà las giaglinas, tschernì la pli grassa, e … zac. Has tschiffà la bella per in'ala e l'has stort enturn immediat il culiez, per ch'ella na possia alarmar la pura.»
Jau hai giugà l'entira scena e curunà mia performanza da chatscha cun in sigl davos il letg. Suenter ina pausa sun jau puspè cumparì cun il maun en l'aria, imitond sia posa triumfanta. El tschenta sin

abgebrochen, nimmt mir das Messer aus der Hosentasche, spitzt den Stecken und reicht ihn mir. Ich stosse ihn durch das Huhn, nehme den Deckel vom Ofen und lege das aufgespiesste Huhn drüber.

Nach einer Stunde ist die Henne gar. Die Organe habe ich auf eine plattgemachte Konserve gelegt, Ajet schiebt sie auf die Glut. Ich muss mich beherrschen, nicht wie ein Verrückter loszufressen. Ich halbiere das Huhn, wickle die eine Hälfte in einen Fetzen des Vorhangs. Ajet bekommt den Schenkel, schliesslich hat er die Pute organisiert.

«Dobro. Dobro.»

Seine Zähne graben sich in das Fleisch. Ich reisse für mich ein Stück vom Brustkorb heraus und beisse hinein. Mein Gott, ist das köstlich! Kauen, so gut es geht. Langsam Kauer! Kauen Kauer, sonst kommt alles wieder hoch! Du hast vier Tage nichts gegessen, langsam kauen und langsam schlucken. Etwas Wasser zum Nachhelfen.

«Wie hast du das geschafft, Junge. Einen Bauernhof aufgetrieben und angepirscht?»

Ich illustriere das Gesagte mit Händen und Füssen. Er nickt eifrig, lacht, sagt:

«Ha! Aha! Oke!»

«Und dann hast du den Hühnerstall gefunden, bist leise in die Nähe geschlichen, hast gewartet, geschaut, ob die Luft rein ist, dann bist du vorgeprescht, hast das Huhn am Flügel erwischt und ihm den Hals umgedreht, damit es nicht noch jemanden alarmieren kann.»

Ich habe die ganze Szene gespielt und mit einem Sprung hinter das Bett die Jagd gekrönt, einen Moment hinter dem Bett gewartet und bin dann mit erhobener Hand, seine Triumphpose nachahmend, hinter dem

ina sutga rutta e ri sco in retg, crabotta tranter il rir in pèr pleds nunchapibels, ri vinavant. Sch'el be cuntinuass e mai na smettess da rir.
«Taidla, Ajet! Jau stoss ta dir insatge. Jau hai decis da turnar en Svizra. Chapeschas?»
El ha smess da rir. Da sia fatscha seriusa ma guardan dus egls stgirs. M'ha el chapì?
«Jau vom a Mostar, lura al mar, Dalmzia. Okay? Lura Italia, lura Svicarska. Okay?»
«Oke.»
«Ma jau vom sulet. Jau solo, chapeschas? Jau na ta poss betg prender cun mai.»
Jau prend ils mauns en agid per al far chapir.
«Jau ... vom .... Svicarska. E ti ... turnas a Sarajevo, okay?»
«Sarajevo, ne!»
«Nua vuls lura ir, diavel?!»
«Jau vom Svicarska.»
Ha el ditg: vom? El ha bain ditg: jau vom!
«Ti vas Svicarska?»
«Ti vas Svicarska.»
Grondius! Cumenza anc a discurrer rumantsch!
«Ti vuls pia m'accumpagnar en Svizra. E co t'imagineschas quai?»
El na di pli nagut.
«Ti tutgas bain nà qua, ti es nat e creschì si qua. Ti na pos simplamain scappar. Igl è guerra, d'accord. Ma er questa guerra vegn ina gia ad esser a fin. Ti n'has nagins geniturs, d'accord. Ins vegn a chattar insatgi

Bett wieder aufgetaucht. Er sitzt auf einem der kaputten Stühle und lacht wie ein König, japst zwischen dem Lachen unverständliche Laute vor sich hin, lacht weiter. Man möchte etwas unternehmen, ihn nicht aufhören lassen, ihn immer weiterlachen hören.
«Ajet, hör mal gut zu. Ich muss dir jetzt etwas sagen. Ich habe mich entschlossen, zurück in die Schweiz zu gehen ... Verstehst du?»
Er ist plötzlich sehr ernst geworden, blickt mich aus seinen dunklen Augen an. Hat er mich verstanden?
«Ich. Gehe nach Mostar. Dann ans Meer. Dalmatia, Okay? Dann Italia, dann Svicarska. Okay?»
«Oke.»
«Aber ich gehe alleine. Ich solo, verstehst du? Ich kann dich nicht mitnehmen.»
Nimm die Hände zu Hilfe! Dann versteht er's, siehst du.
«Ich gehe Svicarska, und du gehst nach Sarajevo zurück ...»
«Sarajevo ne!»
«Und wo willst du dann hingehen, verdammt?»
«Ich gehe Svicarska.»
Hat er «ich gehe» gesagt? Er hat doch gerade «ich gehe» gesagt.
«Du gehst Svicarska?»
«Du gehst Svicarska.»
Jetzt fängt er noch an, Deutsch zu sprechen.
«Du willst also in die Schweiz mitkommen. Wie stellst du dir das vor?»
Er sagt nichts mehr.
«Du gehörst doch hierher, du bist hier geboren und aufgewachsen. Du kannst doch nicht einfach abhauen. Es ist Krieg, natürlich. Aber der wird auch wieder zu Ende gehen. Du hast keine Eltern mehr. Es wird sich jemand

che guarda da tai. Jau na ta poss betg prender cun mai. Igl è impussibel.»
«*Igl è impussibel.»*
«*Tge duai jau far cun tai, uffant?»*
Segner char, co declerar? Quai na po ir bain. Sche quels ans vegnan a chattar, m'arrestani per avair rapinà in uffant.
«*En dus n'avain nus nagina schanza. Ti n'has gnanc palpiris, nus n'avain nagin proviant, nagina charta, nagin cumpass, nagin ... insumma nagut.»*
El dauza la tenda cun la mesa giaglina.
«*Pula.»*
«*Gea, la pula tanscha per in di, e lura murinsa puspè da la fom.»*
«*Hololulu. Pula.»*
«*E tge è cun Sarajevo?»*
«*Sarajevo, ne. Jau vom Sarajevo ne!»*
«*Sche ti vuls gia discurrer rumantsch, lura di: jau na vom betg a Sarajevo.»*
«*Jau na vom betg a Sarajevo.»*
«*Fitg bun, quai vul dir insumma na bun. Miserabel. Sche ti na vuls betg turnar a Sarajevo, lura ... Fin Mostar e lura ta port jau al CICC. Quels duain lura guardar tge ch'els vulan far cun tai.»*
El tascha, metta la giaglina sin il givè, fa cun il chau in moviment en direcziun da la fanestra.
«*Jau vom, ti vas, pula, vom Mostar, Svicarska, Hololulu, oke?»*
«*Geabain, okay fiss forsa in pau exagerà.»*
Igl è entant las sis, i cumenza a far notg, temp per sa metter en viadi. Il magun ha almain tant stress cun la giaglina sco jau cun l'idea da stuair prender cun mai

finden. Ich kann dich nicht mitnehmen. Es ist unmöglich.»
«Unmöglich.»
«Was soll ich mit dir machen, Kind?»
Mein Gott, wie erklären? Das kann nicht gut gehen. Wenn die uns erwischen, werden sie mich wegen Kindesentführung verhaften.
«Zu zweit haben wir überhaupt keine Chance. Du hast keine Papiere, wir haben keinen Proviant, keine Landkarte, keinen Kompass, kein gar nichts.»
Er greift zum Stofffetzen, in dem das halbe Huhn eingewickelt ist und hält es in die Höhe.
«Huhn.»
«Ja das Huhn reicht für einen Tag, und dann sind wir wieder am Hungern.»
«Hololulu. Huhn.»
«Und was ist mit Sarajevo?»
«Sarajevo, ne. Ich gehe Sarajevo ne!»
«Wenn du schon unbedingt Deutsch reden willst, dann sage: Ich gehe nicht nach Sarajevo.»
«Ich gehe nicht nach Sarajevo.»
«Sehr gut, das heisst, überhaupt nicht gut. Miserabel. Wenn du nicht zurückgehst, dann … Bis Mostar, dann bringe ich dich zum IKRK, und dann sollen die sehen, was sie mit dir machen.»
Er schweigt, schultert das Huhn, macht mit dem Kopf eine Bewegung zum Fenster:
«Ich gehe, du gehe, Huhn, gehe Mostar, Svicarska, Hololulu. Oke?»
«Na ja, okay wäre übertrieben.»
Es ist inzwischen sechs Uhr geworden, die Dämmerung bricht herein. Zeit zum Aufbrechen. Der Magen hat mit dem Huhn mindestens so viel Stress wie ich mit

il lumpaz fin Mostar. Jau prend anc in sierv or da la buttiglia da plastic, fatsch in nuf en la tenda e chatsch la buttiglia anen.
«En vischinanza d'in aua, la stuain nus emplenir.»
Jau scurlat il fagot:
«Aua, buttiglia. Quai è ina buttiglia d'aua.»
El repeta.
«Buttiglia d'aua.»
Nus sortin. I cumenza a far stgir. Il tschiel è anc adina cuvert. Ma i n'ha pli nagina tschajera. Nus vegnin a stuair far attenziun. Collinas miaivlas, forsa in pau pli autas, vitgs circundads da pumers, ers cultivads sin spundas stippas. Mintgatant ves'ins il minaret d'ina moschea. Las chasas èn entiras. Nus chaminain senza discurrer. Il mat di:
«Tunnel. Tunnel ne!»
Nus sviain il tunnel. Ina chaussa stentusa. Igl hai spundas stippas, e perfin grippa. Il mat para d'esser fitg segir. Ma mussa mintga privel. Entant m'èsi vegnì cler ch'i na dat nagin motiv per la tema da vegnir sut las rodas d'in tren. Ils binaris èn memia donnegiads. I dat parts da binaris siglientads, mantuns da rument, plantas crudadas u crappuns che giaschan sin il traject. Las punts èn anc tuttas en pe. Las differentas partidas da guerra s'han cuntentadas da render la lingia intransibla. Nus chaminain. Jau cumenz a tschantschar, decler al mat pleds rumantschs, binari, traversa, glisch, mir, vesair, udir, stgir, cler, di, notg, tunnel. El emprenda spert, mintgatant dumonda'l anc ina gia, mintgatant tascha'l ina pezza, e tut-

dem Gedanken, dass ich den Bengel bis Mostar mitnehmen muss. Ich nehme noch einen Schluck aus der Plastikflasche, knüpfe den Rest des Vorhanges zu einem Bündel und schiebe die Flasche hinein.
«Wenn wir in die Nähe von Wasser kommen, müssen wir sie auffüllen.»
Ich schüttle den Beutel:
«Wasser, Flasche. Das hier ist die Flasche mit Wasser.»
Er wiederholt.
«Flasche mit Wasser.»
Wir gehen hinaus, es dunkelt bereits ein, der Himmel ist noch immer verhangen. Aber es hat keinen Nebel, wir werden uns in Acht nehmen müssen. Sanfte Hügel, etwas höher vielleicht Dörfer, die von Fruchtbäumen umgeben sind, Äcker, die auch an steilsten Hängen angelegt worden sind. Manchmal sieht man ein Minarett. Die Häuser sind unzerstört. Wir laufen, ohne zu reden.
«Tunnel, ne!»
Wir umgehen die Tunnels, was manchmal sehr mühsam ist, da das Gelände steil abfällt. Der Junge ist erstaunlich sicher, macht mich auf jede Gefahr aufmerksam. Es ist mir inzwischen klar geworden, dass die Angst, von einem Zug überrascht zu werden, unbegründet ist. Die Geleise sind zu beschädigt. Es gibt Stellen, an denen die Schienen weggesprengt worden sind, oder es liegen Haufen von Schutt, umgekippte Bäume oder Felsbrocken auf der Strecke. Die Brücken stehen noch alle. Man hat sich begnügt, die Linie unbefahrbar zu machen. Wir laufen. Ich fange an zu reden, erkläre dem Jungen deutsche Worte, Schiene, Schwelle, Licht, Mauer, sehen, dunkel, hell, Tag, Nacht, Tunnel. Er lernt sehr schnell, manchmal fragt er nach, manchmal schweigt er eine ganze Zeit, und plötzlich schnurrt er

tenina baterla'l ina pluna pleds senza connex, in suenter l'auter. Mintgatant al decler jau chaussas, conscient ch'el nun enclegia. El prenda si in pèr pleds ed als repeta cur che jau na di nagut, sco sch'el fiss il chatschader ed ils pleds sia preda. Quants kilometers faschainsa en in'ura? Trais u quatter forsa? Ier essan nus chaminads otg uras ed oz tschintg, quai fissan tredesch uras gia trais e mez fan quarantatschintg kilometers. Il pretsch dal bigliet per Konjic era la mesadad da quel per Mostar ed in quart dal pretsch per Ploce. Fin a Konjic vegnin nus ad avair fatg in quart da la via al mar. Las traversas èn diras, ils pass curts, lur tact martella en il chau. Mintgatant traglischa ina staila tras ils nivels. Nus avain laschà enavos la citad da Konjic, Ella è construida a l'ur d'ina spunda al pe d'in grip. Avend dudì camiuns e maschinas militaras, avain nus tschertgà da passar tranter las chasas ed il grip. Nus avain traversà la spunda taissa ed essan lura puspè arrivads sin ils binaris.

A sanestra è in lai. I cumenza a far di. Jau ma sent stanchel, vi tschertgar in lieu per durmir. Ajet para d'esser anc adina frestg. Per il solit chamina'l ordavant. Jau n'emprov betg d'al tegnair enavos. I n'avess nagin senn. Igl è sco sch'el sa sentiss responsabel per mai, curra ventg traversas, sa ferma, guarda enavos per esser segir che jau suondia. Cuntinuescha. Sch'el stat sin ina mina, hai jau anc in uffant sin la conscienza.

La colur è il pli nausch. In grisch sblatg, sco sch'el fiss crudà en la tschendra. La pel unflada, ils dets schlun-

Worte herunter, ohne Zusammenhang, eines nach dem anderen. Manchmal rede ich auf ihn ein, im Wissen, dass er nichts versteht. Er schnappt ein paar Worte auf und wiederholt sie, wenn ich längere Zeit schweige, als ob er der Jäger wäre und die Worte seine Beute.
Wie viele Kilometer laufen wir in einer Stunde? Drei oder vier vielleicht. Wir sind gestern acht Stunden und heute bisher fünf Stunden gelaufen, das wären dreizehn Stunden mal dreieinhalb Kilometer, das sind fünfundvierzig Kilometer. Der Fahrpreis auf den Fahrkarten nach Konjic war halb so gross wie der nach Mostar, und ein Viertel vom Preis der Fahrkarte nach Ploce. Wenn wir Konjic erreichen, werden wir einen Viertel des Weges bis zum Meer hinter uns haben. Die Schwellen sind hart, die Schritte sind kurz, ihr Takt hämmert im Kopf. Manchmal blinkt ein Stern zwischen den Wolken hindurch. Wir haben Konjic hinter uns gelassen. Die Stadt klebt an einem Felskessel, und da wir Militärfahrzeuge hörten, drückten wir uns der Bergflanke entlang, um sie herum, bis wir wieder auf die Bahnlinie stiessen.
Links unter uns breitet sich ein See aus. Es dämmert. Ich fühle mich müde. Wir werden uns einen Schlafplatz suchen. Ajet ist die Anstrengung kaum anzumerken. Er läuft meist voraus. Ich versuche nicht, ihn zurückzuhalten, es hätte keinen Sinn. Es ist, als ob er sich für mich verantwortlich fühlte, rennt zwanzig Schritte voraus, dreht sich um, schaut, ob ich nachkomme, geht weiter. Wenn er auf eine Mine tritt, habe ich ein weiteres Kind auf dem Gewissen.

Die Farbe ist das Schlimmste. Ein fahles Grau, als ob es in die Asche gefallen wäre. Aufgedunsene Haut, die

ganads. Uschiglio fani il pugn cur ch'els arrivan. Il corp stuess vegnir cotschen, il sang sa derasar sco in fieu, las alas dals pulmuns stuessan sa scuflar. Sbragia, sbragia, per l'amur da Dieu! Ils egls èn per cletg serrads. Il nas è uschè pitschen ch'ins vesa be las duas foras. La bratscha penda engiu, las chommas fan in angul. Per fortuna n'è la mamma betg anc sa svegliada da la narcosa. Co vegn jau a dir quai ad ella?

Ils binaris traversan il flum, ch'è daventà in lai, sur ina gronda punt da fier. L'aua vegn adina pli largia, las collinas èn main stippas, igl ha bler guaud. Ins na vesa gnanc ina glisch. Probablamain na datti er qua pli nagina forza electrica. En l'entir pajais nagina glisch. Forsa percorsch'ins la guerra pervia da la stgirenta notg. D'in eroplan, che sgola da l'Europa en l'Asia, duess'ins pudair localisar exactamain la guerra. Ins parta da Kloten cun milliuns da glischs sut sai. Lura travers'ins las Alps, ins vesa damain glischs ma igl ha adina anc in pèr. Lura vegn la planira dal Po, in mar da glischs, Milano, Bergamo, Trieste, e tuttenina èsi stgir. Ins pensa forsa ch'i saja il mar, u il desert, u in pajais senza umans, ma qua è la guerra, giu là èn ils umans sa zuppads en il stgir.
Si là datti ina stalla u insatge sumegliant. La stalla è vida. Nagin iral sco tar nus. Il fain vegn mantunà davant la stalla enturn in lung bastun. Nus prendain in pèr zugls fain e bittain els en il parsepen. Jau prend la mesa pula or da la taila e sdrap giu in pèr tocs

Finger gestreckt. Sonst machen sie Fäuste, wenn sie kommen. Es müsste jetzt rot werden, das Blut müsste wie ein Lauffeuer durch den Körper jagen, die Lungenflügel müssten sich aufblasen, schreie, schreie doch endlich. Es hat die Augen geschlossen, Gott sei Dank. Die Nase ist so klein, man nimmt nur die beiden Löcher wahr. Die Arme hängen schlaff herunter, die Beine sind angewinkelt, als ob sie strampeln wollten. Zum Glück ist die Mutter noch nicht aus der Narkose erwacht. Wie werde ich es ihr sagen?

Die Geleise überqueren den Fluss, der in einen See übergegangen ist. Eine grosse eiserne Brücke führt über das Wasser, das immer breiter wird, sanft ansteigende Hügel und viel Wald. Kein einziges Licht. Vermutlich ist auch hier die Stromversorgung zusammengebrochen. Im ganzen Land kein Licht? Vielleicht erkennt man den Krieg daran. Aus einem Flugzeug, das in der Nacht von Europa nach Asien fliegt, müsste man den Krieg genau lokalisieren können. Man steigt in Kloten auf und sieht die Millionen Lichter unter sich. Dann überquert man die Alpen, überall Lichter, verstreut um die Gipfel, dann die Poebene, ein Lichtermeer, Milano, Bergamo, Trieste, und plötzlich ist es dunkel. Man denkt, man überfliegt das Meer oder die Wüste oder ein Land ohne Menschen, aber da ist der Krieg, da unten, da haben sich die Menschen in der Finsternis verkrochen.

Da oben hat's einen Stall, oder etwas Ähnliches. Der Stall ist leer. Kein Heuboden wie bei uns. Das Heu wird vor dem Stall um eine Holzstange getürmt. Wir zupfen einige Wische heraus und werfen sie in die Futterkrippe. Ich nehme das Huhn aus dem Bündel und

charn. Nus mangiain cun gronda devoziun, mintga buccada cun premura. Lura ma bit jau en il fain. Ajet suonda. Nus giaschain test'a testa en il parsepen.
«Buna notg, Ajet.»
«Buna notg, Ajet.»
«Jau n'hai betg num Ajet, jau hai num Fortunat, mat. Ti has num Ajet, jau hai num Fortunat.»
«Jau hai num Fortunat.»
«Na, ti n'has betg num Fortunat, ti has num Ajet.»
«Ti has num Ajet.»
«Na, mat, ti has num Ajet, Dieu, è quai cumplitgà! Jau di uss buna notg, Ajet, e ti dis buna notg, Fortunat! Okay?»
«Oke.»
El tascha. Sa durmenta dalunga. Jau rest alert, il magun rampluna. Co duai ins sa durmentar cun ina tala fom? Smaladì saja il di da l'inscunter cun Manfred e Sunaric che m'ha stratg en questa buglia da merda, e cun Maria la signuna cun sias tettas sco masainas ...
Ed oravant tut ti, Kauer, smaladì sajas cun tia vita da tschavat e tes problemins da luxus.
Ella è turnada, tut damanaivel. Ella è là davos l'ureglia sanestra, en in lieu che ha la grondezza d'ina nav da baselgia. Mes cor batta fin a la gula. Uschè cler n'hai jau anc mai dudì ella. Questa vusch ma fa tema, diavel. È'la reala u be imaginara? Jau na vegn betg a la dumandar. Ella na ma dess tuttina nagina resposta. Jau sent be co ch'ella sa retira e co ch'il spazi en il tscharvè svanescha. Per la medischina èn vuschs internas segns infallibels da schizofrenia. Fin uss l'hai jau prendida per ina tanta malvesida che vegn a

reisse ein paar Stücke Fleisch ab. Wir essen andächtig, jeden Bissen mit Hingabe. Dann werfe ich mich aufs Heu, Ajet kommt nach. Wir liegen Kopf an Kopf.
«Gute Nacht, Ajet.»
«Gute Nacht, Ajet.»
«Ich heisse nicht Ajet. Ich heisse Kauer, Junge. Du heisst Ajet, ich heisse Kauer.»
«Ich heisse Kauer.»
«Nein, du heisst nicht Kauer, du heisst Ajet.»
«Du heisst Ajet.»
«Nein, Junge, du heisst Ajet, ist das kompliziert. Ich sage gute Nacht, Ajet, und du sagst, gute Nacht, Kauer! Okay?»
«Oke.»
Er schweigt, schläft schnell ein. Sein Gesicht erinnert mich an ein Engelbild, das ich irgendwann gesehen habe. Ich bleibe wach, der Magen knurrt. Wie soll man bei dem Hunger einschlafen können. Verdammt der Tag, an dem ich Manfred getroffen habe und Sunaric, der mich in diesen Schlamassel hineingezogen hat, und die Sennerin Maria, mit ihren Honigkorbbrüsten ...
Und vor allem du, Kauer, verdammt sollst du sein, du mit deinem ganzen verkorksten Leben und deinen Luxusproblemen.
Jetzt ist sie wieder da! Ganz in der Nähe, hinter dem linken Ohr, in einem Raum, der gross ist wie ein Kirchenschiff. Mein Herz schlägt bis zum Hals, so deutlich habe ich sie noch nie gehört. Diese Stimme macht mir Angst. Ist sie wirklich, oder bilde ich sie mir nur ein? Ich frage nicht. Sie würde mir ohnehin keine Antwort geben. Ich spüre nur, wie sie sich zurückzieht, und der Raum verschwindet. Innere Stimmen gelten doch als untrügliches Zeichen einer Schizophrenie. Ich

far visita. Ma mai na l'hai jau sentida uschè clera sco ussa. Sco sch'i fiss anc in auter jau en in spazi enorm davos l'ureglia sanestra. U è quai be la fom che ma fa vegnir nar?

habe sie bisher wie eine unangenehme aber unvermeidliche Tante genommen, die auf Besuch kommt, doch noch nie habe ich die Stimme so deutlich gespürt wie jetzt, als ob da eine Person wäre, die ich ist, in einem riesigen Raum, den ich nicht kenne, hinter dem linken Ohr. Ist wohl der Hunger, der mich verrückt macht.

4

Questa giada sun jau l'emprim che sa sveglia. Igl e suentermezdi, jau stun si e sort. Enturn ed enturn naginas chasas. Jau vom a la riva dal lai, ma lav ora ils egls ed emplenesch la buttiglia. Ins stuess tagliar giu ina pertga, storscher ina gutta e pestgar. Qua datti segir ina pluna peschs. U lura cun ils mauns, tanscher sut ils craps en, sco quai che nus faschevan d'uffants. Jau guard ditg en l'aua senza vesair insatge. Ins sto sa disar da guardar tras l'aua. A l'entschatta na vulan ils egls chapir, pir cun il temp pon els penetrar il spievel da l'aua. Pelvair, i dat peschs, gronds e grass. Jau tir or ils chalzers, fatg si las chautschas e vom en l'aua. Ella è fraida sco l'aua d'in glatscher, la pel dals pes sa tira ensemen. Ils peschs hai jau spaventà, ma jau sun segir ch'in u l'auter è mitschà sut in crap. Jau stend ils bratschs, punsch en l'aua, palp vers il crap, diminuesch la distanza tranter ils mauns. Pazienza! Il pesch vegn a spetgar sut il crap, sch'i dat insumma in pesch. Be plaunet, el na po scappar. Sch'ins senta insatge fraid, glisch sco da metal, ston ins tschappar dalunga. Il pli svelt pussaivel. Ma jau sun memia plaun, tschif il pruoder be cun il polesch ed il det-mussader dal maun dretg. El sa dosta, sflatscha sco in nar vi e nà fin che jau na sun pli bun d'al tegnair. El croda cun in sflatsch enavos en l'aua. Diavel, quai fiss stà in baccun! Jau na support pli ditg il fraid, e sfinì

Diesmal bin ich der Erste, der aufwacht. Es ist Nachmittag, ich stehe auf und gehe hinaus, weit und breit kein Haus zu sehen. Ich laufe hinunter zum Ufer des Sees, wasche mir die Augen aus und fülle die Flasche. Man müsste eine Angel basteln und Fische fangen. Hier gibt es bestimmt eine Menge davon. Oder von Hand unter die Steine greifen, wie wir es als Kinder gemacht haben. Ich spähe ins Wasser, lange erfolglos. Man muss sich daran gewöhnen, unter die Oberfläche zu schauen. Das Auge will anfänglich gar nicht, erst mit der Zeit bringt man es so weit, den Wasserspiegel zu durchbrechen und hinunter zu sehen. Tatsächlich, da hat es Fische, und wie. Ich ziehe die Schuhe aus, kremple die Beinstösse auf und mache zwei Schritte ins Wasser. Es ist bitterkalt, die Haut an den Füssen zieht sich zusammen. Die Fische habe ich verscheucht, doch einer ist bestimmt unter dem Stein verschwunden. Ich breite die Arme aus, steche langsam ins Wasser, taste mich an den Stein heran, verringere nach und nach den Abstand zwischen den Händen. Der Fisch wird unter dem Stein warten, wenn überhaupt einer da ist! Keine Hast, nur langsam, er kann nicht entwischen. Wenn man ihn spürt, kalt und metallen, dann muss man zupacken. So schnell es geht. Doch ich bin zu langsam, erwische den Kerl nur zwischen Daumen und Zeigefinger der rechten Hand, er klatscht wild hin und her, wischt mir aus der Hand und plumpst ins Wasser zurück. Die Kälte ist nicht auszuhalten. Geschlagen

turn jau en stalla e svegl Ajet. Nus mangiain il rest da la pula, Ajet svida la buttiglia bunamain sulet. Jau al raquint dals peschs, ma el na chapescha betg. Uschia giain nus ensemen giu tar il lai, ed jau al muss ils peschs ed al decler co ch'ins tschiffa els. El na chapescha anc adina betg. Jau tir or ils chalzers, fatg si las chautschas e vom en l'aua. El para d'esser fascinà, repeta mintga pled:
«Pesch, sut il crap, be plaun, tschiffar.»
I ma schela bunamain giu la detta dals pes. Finalmain sbiatta in vaira fegher tranter mes dets. Jau sigl a la riva e bat ses chau sin in crap.
«Ti stos guardar ils egls, mat, ils egls.»
«Ils egls.»
«Gea, là è la mort. En ils egls sa dat'la da conuscher per in curt mument, qua sa tradesch'la, la mort.»
«La mort?»
«Bella grassa, la litgiva, n'avess jau betg cret.»
Mes pes èn daventads alvs. Jau als sfrusch fin ch'els survegnan puspè colur, tir en ils chaltschiels ed ils chalzers. Entant ha er Ajet tratg or ils chalzers e s'ha mess davant in crap en l'aua per pruvar sia fortuna. Ma invan. El ha memia pauca pazienza, fa memia blers moviments. El marmugna be dapersai.
«Scungiras ils peschs u tge? Ve uss or da l'aua, uschiglio piglias in dafraid empè da peschs.»
El na dauda gnanc quai che jau di. Ed er sch'el avess chapì, n'avess el franc betg fatg per cumond. Duai jau ir en l'aua per el? Suffl'en pigna! Ch'el percorschia sez, sch'ils pes al schelan giu.
Suenter in'urella hai jau fatg in fieu, la litgiva brassa sur la flomma. Il mat n'è anc adina betg qua. Tge

kehre ich zum Stall zurück. Wir essen den Rest des Huhnes, Ajet trinkt die Flasche beinahe leer. Ich erzähle ihm von den Fischen, doch er versteht nicht. So gehe ich mit ihm hinunter zum See, zeige sie ihm, erkläre, wie man sie fangen kann, ziehe noch einmal die Schuhe aus, krempe die Beinstösse hoch und steige ins Wasser. Er wiederholt alle Worte, die ich ihm sage.
«Fisch. Fangen. Unter dem Stein. Langsam. Packen.»
Mir erfrieren beinah die Zehen. Ich lasse nicht locker, bis mir endlich eine Forelle zwischen den Fingern zappelt. Mit einem Sprung setze ich an Land und schlage sie mit dem Kopf über einen Stein.
«Schau die Augen an Junge, die Augen.»
«Die Augen.»
«Ja, da ist der Tod. In den Augen kannst du ihn für kurze Zeit sehen, da verrät er sich.»
«Tod?»
«Ganz schön fett, die Forelle, hätte ich nicht gedacht.»
Meine Zehen sind weiss geworden, ich reibe sie, bis sie wieder Farbe bekommen, und ziehe Socken und Schuhe wieder an. Inzwischen ist Ajet ins Wasser gestiegen und versucht sein Glück, umsonst. Er ist zu ungeduldig, zu ruckartig. Er raunt leise etwas vor sich hin:
«Beschwörst du die Fische, oder was? Komm jetzt raus, sonst holst du dir eine Erkältung.»
Er hört gar nicht, was ich sage. Auch wenn er es verstanden hätte, er hätte bestimmt nicht gehorcht. Soll ich ins Wasser gehen und ihn raustragen? Ich lasse ihn stehen, soll er selber merken, wenn ihm die Füsse wegfrieren.
Nach einer halben Stunde habe ich ein Feuer gemacht, die Forelle brutzelt über der Flamme. Der Junge ist noch immer nicht da. Was kümmert es mich, wenn er

m'emporta, sch'el è uschè stinà, jau al vegn tuttina a surdar al CICC a Mostar u pli tard a Triest. Il tamberl vegn segir a tschiffar ina puntga. M'empip. Jau na sun in babysitter. Atgnamain ha'l organisà ier ina pula. Tuttina, jau na sun sia mussadra, e nus nun essan a scolina. E stersas m'ha'l manà or da Grbavica. Jau vom davant la stalla e guard sin il lai. El stat propi anc adina cun ils pes bluts en l'aua! Jau descend, tir or ils chalzers, fatg si las chautschas per la terza giada e guat vi tar el. Da davos al prend jau ils mauns, guat cun el tar in auter crap, tansch en l'aua, diminuesch la distanza. Uei, tge cletg! In pesch. Ma nus essan memia plauns. Ussa prend jau il mat ed al port a la riva. El sa dosta cun mauns e pes, sbragia, morda, sgriffla.

«*Ins na po adina be gudagnar, uei.*»

«*Jebem ti mater, jebem ti sestru!*»

«*Tge dis? Na vegn ad esser fitg amical, suppona.*»

El trembla sc'ina feglia. Jau emprov d'al sientar cun mia giacca. El crida da la ravgia, trembla però uschè ferm ch'el na rabla ora gnanc in pled. Jau al tir en. Chatschiels n'ha'l nagins, be in pèr chalzers da gimnastica stgarplinads. Nun hai jau gnanc badà fin ussa. Nus ascendain, ed jau al fatsch in sez damanaivel dal fieu. La litgiva è pronta. Jau la tagl permez, al dun in toc, ma el dat be dal chau.

«*Ma vuls ti permalar u tge? Jau hai mangià tia pula smaladida, ussa vegns ti a mangiar mes pesch. Uschiglio pos ti turnar a Sarajevo!*»

El para d'avair sentì mia ravgia. Tar il pled pula ha'l dà in egliada. Jau al porsch danovamain il toc pesch.

so starrköpfig ist, ich werde ihn in Mostar oder spätestens in Triest dem IKRK übergeben. Der blöde Kerl wird sich eine Lungenentzündung holen. Ist mir egal. Ich bin kein Babysitter. Aber gestern hat er das Huhn organisiert. Ich bin trotzdem kein Kindergärtner. Und vorgestern hat er mich aus Grbavica herausgebracht. Ich gehe vor den Stall und schaue hinab zum See. Er steht tatsächlich noch immer im Wasser. Ich laufe hinunter, ziehe die Schuhe aus, kremple zum dritten Mal die Beinstösse hoch und wate zu ihm. Von hinten nehme ich seine beiden Hände, wate zwanzig Meter weiter zu einem anderen Stein, führe ihn. Wir haben kein Glück. Zwar wäre da ein Fisch gewesen, doch wir sind zu langsam. Ich packe den Jungen, trage ihn ans Ufer. Er wehrt sich mit Händen und Füssen, schreit, beisst, kratzt.

«Man kann nicht immer gewinnen, Mann.»
«Jebem ti mater, jebem ti sestru!»
«Das wird wohl kaum etwas Nettes sein.»
Er ist vollkommen unterkühlt und ich versuche ihn, mit meiner Jacke trocken zu reiben. Er weint vor Wut, schlottert aber derart, dass er kein Wort herausbringt. Ich ziehe ihn an, Socken hat er keine, nur ein paar alte zerschlissene Turnschuhe. Habe ich bisher nicht gemerkt. Wir gehen hoch, ich mache ihm einen Platz am Feuer zurecht. Die Forelle ist gar. Ich schneide sie auseinander, gebe ihm ein Stück, doch er schüttelt den Kopf.

«Willst du mich beleidigen? Ich habe dein verdammtes Huhn gegessen, jetzt wirst du meine Forelle kosten. Oder du kannst nach Sarajevo zurück.»
Er scheint meine Wut gespürt zu haben, beim Wort Huhn hat er mich fixiert. Ich strecke ihm das Stück Fisch

El al prenda, spetga, guarda ditg sin il pesch. Lura mangia'l be plaunet, senza ma guardar. Nus finin, stidain il fieu e prendain puspè la via sut ils pes. L'aura è la medema sco ier. Adina sin las traversas lung il lai. El chamina sper mai, para da nun avair anc magunà la schleppa ch'el ha survegnì. Schleppa dubla, ina dal pesch, l'autra da mai.

«*Nossa proxima finamira è Mostar. Sche mes quint turna, stuessan nus arrivar là damaun marvegl.*»

Ses silenzi paralisescha mes patratgs. Jau stoss adina pensar a nossa baruffa. El repeteva regularmain tscherts pleds ch'el udiva. Ma ussa na di el nagut, ed jau m'imaginesch tge pled ch'el repetess. Forsa proxima, pervia dal x u marvegl essend ch'il egl tuna curius.

«*Quel che vul esser ferm sto emprender ad amar las sconfittas e schleppas, mes char, las victorias daventan veglias en in, dus, trais.*»

Sia fatscha para quella d'in vegl che sa dosta dad ir a l'asil.

«*La pli gronda victoria è la victoria sur da sasez. E quella survegn ins be cun supportar schleppas.*»

Tge raquint jau a quest pover uffant? Per cletg na ma chapescha'l. Hoz en damaun pareva'l in anghel, ed uss al pudess jau squassar. Ils binaris passan lung il grip. In atmosfera pesanta sa derasa, ils grips survegnan fatschunas, animals selvadis ed ils pes survegnan egls, palpan bufatg, traversa per traversa. Tuttenina sent jau insatge vi dal bratsch. Il mat! El ma tira per la mongia fin che jau prend mes pugn or da giaglioffa. El metta ses maun en mes, lom e tremblond, sco in utschè ch'è crudà or da ses gnieu. Jau hai said. Ma la buttiglia è vida.

erneut entgegen. Zögernd nimmt er es, wartet, schaut es lange an. Dann isst er es langsam, ohne mich noch einmal eines Blickes zu würdigen.

Wir laufen weiter auf den Schwellen, immer dem See entlang. Das Wetter ist wie gestern. Er läuft schweigend neben mir her, scheint seine Niederlage noch nicht verdaut zu haben. Doppelte Niederlage. Einmal gegen die Fische und dann gegen mich.

«Unser nächstes Ziel ist Mostar, müssten wir morgen früh erreichen, wenn meine Rechnung stimmt.»

Sein Schweigen lähmt meine Gedanken, ich grüble unserem Zusammenstoss nach. Bisher hat er meist ein Wort aus meinen Sätzen aufgeschnappt und wiederholt, nun sagt er nichts, und ich überlege, welches Wort er herausgepickt hätte. Vielleicht «Ziel» oder «stimmt».

«Wer stark sein will, muss lernen, seine Niederlagen zu lieben, Junge. Siege werden sehr schnell alt.»

Er trägt das Gesicht eines störrischen, alten Mannes, der sich weigert, ins Altersheim abgeschoben zu werden.

«Der grösste Sieg ist der Sieg gegen sich selbst, und dieser Sieg ist nur mit einer Niederlage zu haben.»

Mein Gott, was erzähle ich da. Zum Glück versteht er mich nicht. Gestern im Schlaf sah er wie ein Engel aus, und jetzt könnte ich ihn schütteln.

Die Geleise gehen einer Felswand entlang. Eine unheimliche Stimmung verbreitet sich, Köpfe ragen aus dem Fels, Fratzen. Die Füsse bekommen Augen, tasten sich vor, Schwelle für Schwelle. Plötzlich spüre ich etwas an meinem Arm. Es ist der Junge, er zieht mich am Ärmel, bis ich meine Faust aus der Jackentasche nehme. Er schmiegt zittrig seine Hand in meine. Sie fühlt sich an, wie ein Vogel, der aus dem Nest gefallen ist. Ich habe Durst. Doch die Flasche ist leer.

«Ve, giain giu tar il lai, jau hai said.»
«Jau hai said.»
«Era ti?»
«Gea.»
Nus giain giu tar il lai ed emplenin la buttiglia. La tschajera impedescha la vista sin l'autra riva. Ins na vesa sch'i dat anc vitgs da l'autra vart dal lai. Cun baiver m'imaginesch jau las legiuns da bacterias che culan giu per mia gula, ma jau nun hai tema d'in'infecziun. Jau sun segir che per il mument na ma po capitar nagut. Pertge? Jau hai survivì l'um ch'els han stratg or dal char armà, jau hai survivì il bumbardament, sun scappà dal tschaler, hai traversà la front, sun gia trais dis en gir tras in pajais en guerra, senza ch'insatgi m'avess tschiffà. I na ma vegn a capitar nagut, jau sai. Jau na sai dentant danunder che jau prend questa tschertezza. Pertge questa voluntad da surviver? Tge vegn jau a prender a maun cun questa vita survivida? Nus cuntinuain sin ina stretga via lung il lai. Entant che nus restain sin ils binaris, nun ans po capitar bler. Tuttenina dat Ajet in sbratg, sa liberescha e cura tar l'aua. Jau al suond e ves co ch'el stat fin als schanugls en l'aua. E stira vi d'ina bartgetta, discurra agitadamain raubas che jau na chapesch betg.
«Tge vuls ti cun questa bartga?»
El mussa sin il lai.
«Jau na sai betg sche quai è bun, Ajet.»
«Bun, bun!»
«Guarda sch'igl ha rembels.»

«Komm, wir gehen hinunter zum See, ich habe Durst.»
«Ich habe Durst.»
«Du auch?»
«Ja.»
Wir gehen hinunter zum See und füllen die Flasche. Der Nebel verunmöglicht die Sicht hinüber. Es ist nicht zu sehen, ob es auf der anderen Seite Dörfer gibt. Während ich trinke, stelle ich mir die Myriaden von Bakterien vor, die durch meine Kehle gurgeln. Ich habe keine Angst vor einer Infektion. Ich weiss, dass ich nicht krank werde. Warum bin ich mir so sicher, dass mir nichts passieren kann? Ich habe den Mann, den sie aus dem UN-Fahrzeug herausholten, überlebt, ich habe das Bombardement im Keller überwunden, bin aus dem Keller entkommen, bin heil durch die Frontlinie gelangt und seit drei Tagen im Kriegsgebiet unterwegs, ohne dass mich jemand erwischt hätte, es wird mir auch jetzt nichts passieren. Woher nehme ich diese Sicherheit? Wozu dieser Überlebenswille? Was fange ich zu Hause mit dem überlebten Leben an? Wir laufen weiter auf einem kleinen Weg entlang des Sees. Solange die Bahnschienen in Sichtweite bleiben, kann nicht viel passieren. Plötzlich stösst Ajet einen Schrei aus, reisst sich los und rennt ans Wasser. Ich folge ihm und sehe, wie er bis zu den Knien im Wasser steht und an einem kleinen Boot herumzerrt. Er spricht aufgeregt, ich verstehe nichts.
«Was willst du mit dem Boot?»
Er zeigt auf den See.
«Ich weiss nicht, ob das gut ist, Ajet.»
«Gut, gut!»
«Schau nach, ob es Ruder hat.»

Jau fatsch cun ils mauns e bratschs moviments da remblar.
«Rembels, guarda sch'igl ha rembels.»
El para d'avair chapì.
«Rembels, gea, sch'igl ha rembels!»
«Ed aua? È'la plain aua?»
El prenda in rembel e m'al tanscha. Jau tir la bartga a la riva. Ella para dad esser en urden. Ajet è intgantà da la bartga. Jau sun malsegir. I m'è memia pauc calculabel. Nus n'avain vis bler da la guerra, e tuttina na poss jau ma fidar da la chaussa. Tgi sa quants egls zuppads che observan il lai. Sch'igl ha franctiradurs ans pudessani schluppettar giu sco andas. Da l'autra vart fissi bler pli cumadaivel cun ina bartga. Ils pes pudessan sa remetter in pau, e nus vegnissan pli svelt vinavant. Jau dun in sguard sur il lai via. La tschajera è uschè spessa ch'ins na vesa l'autra riva.
«Pervia da mai! Empruvainsa. Ma giain immediat amez il lai per che nagin n'ans vesa.»
Jau dun in stumpel a la bartga, sigl lien, ma tschent sin la banchina e cumenz a remblar. Il mat è davant tar il piz da la bartga e spia sin l'aua. Mintgatant sa fa'l dudir e mussa cun il det en ina direcziun nua ch'el ha dudì ina ramur. Tuttenina dat el ina zaccudida, supprima in sbratg. Ins auda ils sflatschs da las alas d'in utschè che sgola davent.
«Igl è be in'anda. Anda. Quac, quac, quac.»
«Ah. In'anda!»
Malgrà il fraid sent'ins in'atmosfera paschaivla. La tschajera, il silenzi, la bartgetta che fa ballabaina. Jau m'imaginesch in viadi en bartga cun Blanche. Da

Er versteht mich erst, als ich ihm mit beiden Händen vorrudere.
«Ruder. Sieh nach, ob es Ruder hat.»
Er springt ins Boot.
«Ruder hat, ja. Ruder.»
«Und Wasser, ist es voller Wasser?»
Er hat ein Ruder ergriffen und streckt es mir entgegen. Ich ziehe das Boot ans Ufer und inspiziere es. Es scheint intakt. Ajet ist ganz begeistert von dem Boot. Ich bin unsicher. Es ist mir zu unberechenbar. Wir haben bisher zwar kaum etwas vom Krieg gesehen, trotzdem traue ich der Sache nicht. Wer weiss, wie viele versteckte Augen auf diesen See schauen? Man gibt eine ideale Zielscheibe ab. Andererseits wäre es viel bequemer. Die müden Beine könnten sich erholen, und wir kämen erst noch schneller voran. Ich schaue über den See. Noch immer liegt der Nebel so dicht, dass man das andere Ufer nicht wahrnehmen kann.
«Na schön, probieren wir es, aber wir fahren in der Mitte des Sees, damit uns von beiden Ufern aus niemand sieht.»
Ich steige ein, stosse vom Land ab, setze mich auf die Bank und beginne zu rudern. Der Junge ist vorne im Schiff. Ab und zu macht er sich bemerkbar, zeigt in eine Richtung, aus der er ein Geräusch gehört hat. Plötzlich zuckt er zusammen, unterdrückt einen Schrei. Man hört das Klatschen der Flügel eines auffliegenden Vogels.
«Das ist nur eine Ente. Ente. Qua, qua, qua.»
«Ah. Ente ...»
Trotz der Kälte überkommt mich eine friedliche Stimmung. Der Nebel, die Stille, das ziehende Boot. Ich stelle mir vor, wie es wäre, mit Blanche eine Bootsfahrt zu machen, so mitten in der Nacht auf der Reuss oder

stgira notg. Sin la Reuss u sin l'Ara. Christina na fiss mai vegnida cun mai en bartga, ma cun Blanche m'al pudess jau imaginar. Nus riessan ensemen sco uffants. Ma i stuess esser la stad. Ed avant stuess ins studegiar la charta per evitar rempars u cataracts. Jau giz las ureglias, igl è tut quiet. Ins auda be ils rembels che sfunsan en l'aua ed ils guts che crodan puspè dals rembels en l'aua. La bartga passa quiet sur l'aua vi, senza balantschar. I para sco sch'ella restass adina al medem lieu. Be il chant dals utschels ans renda palais che nus essan en moviment. En nundumbraivlas variaziuns tramettan els lur clom en la notg. Novas nunchapiblas ad adressats nunenconuschents.
«Audas l'utschè?»
Jau muss en la direcziun dal chant.
«Audas il tschütschrrrütschüüüü.»
«Ah.»
«Jau crai ch'igl è ina luschaina.»
«Luschaina?»
«Gea, luschaina. Ina luschaina, bleras luschainas. Fan els forsa guerra per taschentar las luschainas?»
«Guerra!»
Il mat ma guarda cun egliuns, dat dal chau sco sch'el avess chapì. E sche tut las guerras vegnissan fatgas be per quest motiv. Absurd, navair? Ins pudess simplamain mazzar tut las luschainas, empè da far guerra. Ma quels che decidan sur da la guerra na san evidentamain betg ch'els fan guerra per mazzar las luschainas. Els san be ch'els ston destruir. Uschia mazzan els tut enturn sai, sperond da mazzar in di per cas quai ch'els supponan d'esser la raschun da lur

der Aare. Christine hätte ich zu so etwas nie überreden können, Blanche schon. Wir würden zusammen lachen. Aber Sommer müsste es sein, und man müsste vorher auf der Karte schauen, ob es Staumauern gibt oder Stromschnellen. Ich spitze die Ohren, es ist alles ruhig, man hört nur das Eintauchen der Ruder und das Heruntertropfen des Wassers, wenn die Ruder gehoben werden. Wir fahren dahin, langsam, ohne Schaukeln. Es kommt mir vor, als ob wir gar nicht führen. Nur die vorüberziehenden Gesänge der Nachtvögel machen deutlich, dass wir in Bewegung sind. In immer neuen Variationen entsenden sie ihren Ruf in die Nacht. Unverständliche Botschaften an unbekannte Adressaten.
«Hörst du den Vogel?»
Ich strecke den Finger in die Richtung, aus der das Singen kommt.
«Hörst du's, tschütschütschütschü?»
«Aha.»
«Nachtigallen, glaub ich.»
«Nachtigallen.»
«Ja, eine Nachtigall, viele Nachtigallen. Ich habe mir gerade überlegt, ob sie den Krieg angefangen haben, um die Nachtigallen zum Schweigen zu bringen.»
«Krieg.»
Der Junge schaut mich mit grossen Augen an. Er nickt mit dem Kopf, als ob er verstanden hätte. Ob heute alle Kriege nur zu diesem einen Zweck geführt werden? Absurd, nicht? Man könnte einfach alle Nachtigallen töten anstatt Krieg zu führen. Aber vielleicht wissen die Kriegsherren nicht, dass es um die Nachtigallen geht, sie töten einfach in der Hoffnung, irgendwann einmal

infelicitad. Ed in di vegnan els a cuntanscher lur finamira. Lura na datti pli luschainas.
Ajet dat in clom. Jau volv il chau e ves ina serra. La fin da noss viadi en bartga, suppona. Nus shartgain a la riva sanestra. La tschajera è in pau main spessa. Sut il mir da serra ves jau il letg dal flum, sitg sco in ualitg. Nagina pussaivladad da remblar vinavant. Nus chattain ina via e cuntinuain a pe. La cuntrada è bunamain muntagnarda. Sin las spundas ves'ins mintgatant vischnancas. La via maina en ina chavorgia. Da domaduas varts sa dauzan muntognas grippusas. Sut nus il flum che maina puspè in pau aua. Suenter diesch kilometers sa schlargia la val puspè. A l'ost chatscha l'alba. I cumenza a plover. Mintgatant rampluna in camiun senza glisch sur la via plain foras. Nus ans zuppain. Jau sun stanchel, la plievgia daventa pli ferma, va tras tut ils vestgids. Jau na vi pensar quant kilometers ch'igl è fin a Mostar.
Suenter duas uras però vesain nus la siluetta da la citad. Ella s'avischina plaun plaunet. Il flum cula giu profund en ses letg. Nus entrain en la citad. Gnanc olma! Sco mort'ora. Nus essan bletschs sco mieurs tratgas or da l'aua. Las chasas vesan ora sco tscheps, ins vesa be ruinas, rument, crappa, belma, tranteren ina senda stretga.
«*Spert, giain vi là.*»
Nus currin tranter ils craps sin ina via rumida da salaschada ed ans fermain davos ina chasa.
«*Vesas quai? Tut rut. Tut caput!*»
«*Caput. Tut caput.*»
«*Nus stuain mangiar.*»

das zu töten, was sie als Grund ihres Unglücks ahnen. Und sie werden ihr Ziel erreichen, irgendwann einmal. Dann wird es keine Nachtigallen mehr geben.
Ajet ruft aufgeregt. Ich drehe den Kopf und sehe eine Staustufe. Das Ende unserer Bootsfahrt. Wir legen am linken Ufer an. Der Nebel ist etwas weniger dicht. Unter der Staustufe ist das Bachbett trocken. Keine Möglichkeit weiterzurudern. Wir stossen neben der Staumauer auf eine Strasse und laufen weiter. Die Landschaft ist gebirgig. An den Hängen sieht man ab und zu Dörfer. Die Strasse führt in eine Schlucht. Hohe Berge steigen seitlich auf. Unten der Bach, der wieder Wasser führt. Nach etwa zehn Kilometern treten die Berge wieder auseinander. Im Osten fängt es an, heller zu werden. Es beginnt zu regnen. Ab und zu rumpelt ein Fahrzeug über die löchrige Strasse, Lastwagen ohne Licht. Wir verstecken uns. Ich bin müde, der Regen dringt durch die Kleider. Ich mag nicht daran denken, wie lange es noch geht bis Mostar. Wir laufen, Ajet gibt mir die Hand. Nach weiteren zwei Stunden sehen wir die Silhouette der Stadt. Sie kommt langsam näher. Der Fluss fliesst tief unter uns in seinem Bett. Wir laufen völlig durchnässt durch die ausgestorbenen Strassen der Stadt. Die Häuser sind Stümpfe, alles zusammengeschossen. Ruinen, Trümmer, Steine, zwischendurch ein ausgetretener schmaler Weg.
«Komm herüber.»
Wir gehen zwischen den Steinen hindurch auf eine gepflästerte Strasse, die geräumt worden ist, halten hinter einem Haus an.
«Siehst du das? Alles kaputt.»
«Kaputt ... Alles kaputt.»
«Wir brauchen jetzt etwas zu essen.»

«Pula.»
«Gea, u in toc paun, nun emporta. Currer uss!»
Nus currin vinavant, giain enturn ina chantunada e collidain cun in um che perda ses pachet. Jau ma sgob per prender si el. L'um m'al stira puspè or da maun.
«Perdunai, jau n'al vuleva engular.»
El para almain uschè stut sco nus. Crabotta insatge, guarda enturn.
«Tourists?»
«Svicarska.»
«Attenziun, ura da polizia. Igl è scumandà da sortir fin a las sis.»
El scuttina, guardond da quai inquiet enturn sai. El è be pitschnet, porta ina chapitscha che cuvra il frunt, ed il culier dal mantè d'enviern ha'l fatg si uschè ferm ch'ins vesa malapaina la fatscha.
«Nus tschertgain insatge da mangiar.»
El guarda puspè enturn e fa in segn d'al suandar. El chamina spert en la direcziun, da la quala nus essan vegnids. Jau barat in sguard cun Ajet. El dat dal chau. L'um sa volva, fa in segn, e nus al suandain.

«Huhn ...»
«Ja, oder ein Brot oder Käse oder irgendetwas. Aber jetzt rennen! Es ist schon hell.»
Wir rennen, biegen um eine Ecke und stossen mit einem Mann zusammen. Ein Paket fällt ihm aus der Hand. Ich bücke mich, um es aufzuheben. Er reisst es mir unwirsch aus den Händen.
«Verzeihung, wenn Sie Deutsch verstehen, sorry.»
Er scheint mindestens so erschrocken wie wir, stottert etwas zusammen, schaut sich um, dann:
«Tourist?»
«Svicarska.»
«Achtung. Ausgangssperre. Bis sechs Uhr früh. Verboten.»
Er ist klein, rundlich, mit einer Mütze tief ins Gesicht gezogen, der Kragen des warmen Wintermantels so weit hochgeschlagen, dass man sein Gesicht kaum erkennen kann.
«Wir suchen etwas Essbares.»
Ich rede mit Händen und Füssen, in der Hoffnung, dass er wenigstens die Zeichen versteht. Er schaut sich wieder um, macht mit dem Kopf ein Zeichen, dass wir ihm folgen sollen, und läuft dann rasch in die Richtung, aus der wir gekommen sind. Ich werfe Ajet einen Blick zu. Er nickt. Der Mann dreht sich um, winkt, wir laufen ihm hinterher.

5

Nus entrain en in local che para in martgà d'antiquitads. Vi da las paraids pendan kelims. Ina curuna da cudeschs che para da dar dapart mintga mument dal pais da las padellas d'arom, cafetieras, crias da té ed autras raubas dal gener. Tranter las duas fanestras che van sin il flum e ch'èn omaduas entiras hai ina pigna da fier culà. Visavi è in buffet baroc ed amez il local ina bella maisa cun quatter sutgas pulstradas.
«Vus essas Svizzer, äh? Discurris tudestg?»
«Gea, er englais u talian, in pau franzos, sch'i sto esser.»
«Ah, quai è tuttina, jau enconusch tut las naziuns. Avant che quests nars han destruì nossa bella citad, vegnivan tar nus giasts da tut ils pajais, Tudestgs, Giapunais, Austriacs, Americans ...»
«E Svizzers ...»
«Natiralmain er Svizzers. Bainvegni a Mostar, la pli bella citad suenter Nagasaki.»
El guarda sin las sutgas pulstradas, lura sin noss vestgids bletschs.
«Jau vom gist per dus taburets.»
«Nossa bartgetta ha fatg naufragi.»
«Spetgai!»
El svanescha per in curt mument en in auter local e cumpara puspè cun duas cuvertas.
«Vus stuais midar vestgids.»
«Nus avain be quests qua.»

Wir treten in einen Raum, der wie ein Antiquitätengeschäft aussieht. Überall hängen Kelims an den Wänden, ein Bücherbord, das vor lauter Kupferkesseln, Kaffeepfännchen, Teekrügen und ähnlichem Zeug beinahe zusammenkracht. Zwischen den zwei auf den Fluss gehenden Fenstern, die beide ganz sind, thront ein Gussofen. An der gegenüberliegenden Wand steht ein altes barockes Buffet, in der Mitte ein schöner Tisch mit vier rot gepolsterten Stühlen.
«Sie sind Schweizer. Sprechen Sie Deutsch?»
«Ja, auch etwas Englisch und Italienisch, oder zur Not Französisch.»
«Ach, spielt keine Rolle, ich kenne alle Nationen. Bevor diese Verrückten meine Stadt kaputtgemacht haben, waren hier alle, Deutsche, Japaner, Österreicher, Amerikaner.»
«Und Schweizer ...»
«Natürlich auch Schweizer. Willkommen in Mostar, der schönsten Stadt nach Nagasaki.»
Er schaut auf die gepolsterten Stühle, dann auf unsere nassen Kleider.
«Ich hole gleich zwei Hocker.»
«Es hat die letzten Stunden ununterbrochen geregnet.»
«Es wird noch Sonne geben heute, bestimmt.»
Er verschwindet für kurze Zeit im Nebenraum und erscheint mit zwei Wolldecken.
«Sie müssen die Kleider wechseln.»
«Wir haben leider nur diese hier.»

«Nus vegnin a sientar els. Jau fatsch dalunga in fieu.»
Il local è propi fraid. Jau cumenz a ma svestgir. Mes corp trembla. Jau survegn la pel giaglina e pens al frar Francestg che numnava ses corp frà asen. Pli malsaun ch'el era e pli bain ch'el al tractava.
«La puntga na vegn ad avair nagina schanza, frà asen. Ti vegns a superar er quai! Tegna la dira!»
«Tge manegia'l?»
«Oh, jau discur cun mes asen.»
«Cun Voss asen? Asen tuna bain. Antruras avevan nus blers asens a Mostar. Ma restads èn be quels da duas chommas, quels da quatter avain nus mangià si tuts.»
«Ajet, tir'or er ti ils vestgids.»
Nus ans zugliain en las cuvertas. L'um fa in fieu cun palpiri, metta laina lasura, l'emprim stganatschs pitschens, lura pli gronds. El è svelt e segir, las manadas èn fitg controlladas. I para sco sch'i na dess per el nagut pli normal che dus tips bletschs che vegnan amez enviern en sia stiva per sa stgaudar.
«Jau sun martgadant, e quai che Vus vesais qua è tut quai ch'ils Ustaschis m'han laschà enavos, faschists da merda. Ch'Allah als laschia coier giu l'enfiern. Ma jau na vi planscher, auters stattan anc bler pli mal. Jau hai tuttina pudì salvar questa rauba.»
El sa volva vers Ajet e discurra cun el. Ajet dat dal chau. L'um porta nuschs. Ajet mangia tut il stgarnuz.
«Quel ha lura fom!»
«Nus n'avain mangià bler ils ultims trais dis.»
«Jau enconusch quai. Nus avain gì pauc da mangiar ils ultims trais onns.»

«Wir trocknen sie. Ich werde gleich ein Feuer machen.»
Der Raum ist kalt. Während ich die Kleider ausziehe, zieht sich mein Körper zusammen, Hühnerhaut über und über. Ich denke an Bruder Franz, der seinen Körper «Bruder Esel» nannte, und je kranker er wurde, umso netter mit ihm sprach.
«Keine Chance auf eine Lungenentzündung, Bruder Esel. Du wirst auch das schön brav überstehen. Du wirst durchhalten, ist das klar?»
«Was meinen Sie?»
«Oh, ich rede mit meinem Esel.»
«Mit ihrem Esel? Esel ist gut. Früher hatten wir viele Esel in Mostar. Jetzt gibt es nur noch solche mit zwei Beinen, die vierbeinigen haben wir alle aufgegessen.»
«Ajet, zieh auch du deine Kleider aus.»
Wir wickeln uns in die Wolldecken. Der Mann macht mit Papier ein Feuer, legt kleine Holzstücke drauf, dann grössere. Er ist schnell und sicher, kein Handgriff kommt zufällig. Er macht den Eindruck, als ob es für ihn nichts Normaleres gäbe, als dass jemand im Dezember klatschnass in seine Stube kommt, um sich aufzuwärmen.
«Ich bin Händler und das ist alles, was die Ustaschi übrigliessen, diese Faschisten. Allah soll sie in der Hölle kochen lassen. Aber man soll nicht klagen, andere haben es noch viel schlimmer. Ich habe immerhin dies hier gerettet.»
Dann wendet er sich an Ajet, fragt ihn etwas auf Bosnisch. Ajet nickt. Der Mann bringt ihm Nüsse. Ajet verschlingt die ganze Tüte.
«Der hat aber Hunger.»
«Wir haben seit drei Tagen nicht viel gegessen.»
«Wir seit drei Jahren.»

Ajet cupida sin ses taburet.
«Sche Vus vulais, po'l durmir en l'autra stanza.»
«Quai fiss fitg gentil.»
L'um maina il mat en la chombra daspera. El resta in'urella cun el, jau daud co ch'Ajet al dat resposta, ma jau na chapesch tge ch'els discurran. Finalmain cumpara l'um puspè.
«El dorma gia.»
El ha in surrir sin sia fatscha sco in tat superbi da ses abiadi.
«Bain, ed ussa pendainsa si ils vestgids.»
Jau al guard. El sa prenda temp. In pèr guts crodan giu sin la pigna e tschivlan sin il viertgel chaud.
«Vus prendais in cognac, navaira?»
«Cognac?»
«I dat adina vias pulainas.»
El ri, va tar il buffet baroc e turna cun ina buttiglia Napoleon e dus magiels da cristal. Cun derscher en fa'l ir plain gust ils lefs. La brama ma tschiffa.
«Viva! Bavain sin vossa fugia.»
«Ma ... Fugia ...»
«Bavai, quai vegn a stgaudar.»
Il liquid brin arda sin la lieunga e cula sco lava da la gula giu. I ma squassa. L'um ria.
«Il mat ha ditg che Vus vegnias da Sarajevo.»
«Gea.»
«Co statti là?»
«Betg fitg bain. Ma la glieud cumbatta, els nun han pers la speranza. Jau crai ch'els tegnan la dira.»

Ajet nickt auf seinem Hocker ein.
«Wenn Sie wollen, kann er im Nebenzimmer schlafen.»
«Das wäre sehr nett.»
Der Mann führt den Jungen ins Nebenzimmer. Er redet auf Bosnisch mit ihm, bleibt eine Weile im Zimmer, ich höre Ajet Antworten geben. Was sie miteinander reden? Endlich kommt der Mann wieder heraus.
«Er schläft schon.»
Er hat ein Lächeln auf dem Gesicht wie ein Grossvater, der stolz auf seinen Enkel ist.
«So, und nun hängen wir die Kleider auf.»
Ich schaue ihm zu. Er lässt sich Zeit. Einige Tropfen fallen zischend auf den heissen Ofen.
«Sie nehmen einen Cognac, nicht wahr?»
«Wenn Sie einen haben.»
«Es gibt immer Schleichwege.»
Er lacht, geht zum Barockschrank und kommt mit einer Flasche Napoleon und zwei Kristallgläsern wieder. Beim Einschenken bewegt er genüsslich seine fleischige Unterlippe. Mir läuft das Wasser im Mund zusammen.
«Dann Prost. Auf Ihre Flucht.»
«Na ja, Flucht ...»
«Trinken Sie, es wird Sie aufwärmen.»
Die braune Flüssigkeit brennt auf der Zunge und rinnt wie ein Lavastrom durch die Kehle. Ich schüttle mich. Der Mann lacht.
«Sie kommen aus Sarajevo, hat der Junge gesagt.»
«Ja.»
«Und wie steht's da?»
«Ich glaube, nicht sehr gut. Doch die Leute kämpfen, sie geben nicht auf. Ich könnte mir vorstellen, dass sie es schaffen werden.»

«Gea, er nus avain cumbattì. Vus stuais savair ch'ils Croats han destruì cumplettamain nossa citad avant dus onns. Vus l'avais gea vesida. Els n'han gnanc schanegià nossa punt, quests barbars.»
El prenda ina cartina giu dal buffet.
«Vegni nà qua. Vus stuais guardar quai cun buna glisch. Vegni a la fanestra. Quai è'la. Vul dir quai er'la.»
Ina fotografia da notg cun la punt illuminada. In solit artg grond, las balustradas che sa reuneschan amez en in angul mut. Da domaduas varts ina tur senza liadira, corps cristallins. Jau guard or da fanestra sin la punt provisorica che remplazza malamain la veglia da crap, destruida.
«Il grond Hajrudin l'ha erigida. El ha construì l'entira citad.»
El ma lascha sulet cun la fotografia e metta en laina.
«Uschè nausch sco a Sarajevo nun èsi tar nus. Ils cumbats han smess dapi trais onns, ed ils transports da mangiativas arrivan normalmain a lur destinaziun. Ins survegn qua pli facilmain insatge per emplenir il stumi. L'UNPROFOR ha dapli influenza sin ils Croats che sin ils Serbs. Ma nossa citad è divisa, ed ils Croats han fatg tut per ch'ella restia divisa.»
«Co aveva'l num, l'architect?»
«Hajrudin, in grond um. El ha planisà la chanalisaziun e las turs, l'entira citad. Mostar era in juvel, in smaragd. Vus stuessas avair vis ella avant. Ma Vus avais fom. Jau vegn gist a stgaudar las bagiaunas.»
«Jau na sai co engraziar a Vus.»
«I dat adina pussaivladads ... Eras mintga notg en viadi?»

«Ja, wir haben auch gekämpft. Wissen Sie, die Kroaten haben vor drei Jahren unsere Stadt so zerstört, dass nichts übrig geblieben ist. Sie haben es ja gesehen. Nicht einmal unsere Brücke haben diese Barbaren verschont.»
Er nimmt vom Stubenschrank eine farbige Postkarte: «Kommen Sie her, Sie müssen sich das am Fenster anschauen. Das ist sie, das heisst, das war sie.»
Ein Nachtfoto mit der beleuchteten Brücke. Ein einziger grosser Bogen, die Brüstung in der Mitte in einen stumpfen Winkel zusammenlaufend. Auf beiden Seiten je ein Turm ohne Verputz, kristalline Körper. Ich schaue aus dem Fenster auf die Ersatzhängebrücke, welche die alte Steinbrücke notdürftig ersetzt.
«Der grosse Hajrudin hat sie gemacht. Er hat die ganze Stadt geplant.»
Er lässt mich allein mit dem Foto am Fenster und legt Holz nach.
«So schlecht wie in Sarajevo haben wir es hier nicht. Die Kämpfe sind seit drei Jahren vorbei, und bis hierher kommen die Lebensmitteltransporte meistens durch. Man beschafft sich hier leichter das Essen, die UNPROFOR hat mehr Einfluss auf die Kroaten als auf die Serben. Aber unsere Stadt ist geteilt, und die Kroaten haben alles unternommen, dass sie geteilt bleibt.»
«Wie heisst der Architekt?»
«Hajrudin, ein grosser Mann. Er hat die Kanalisation geplant und die Türme, die ganze Stadt. Mostar war ein Smaragd. Sie müssten es gesehen haben. Aber Sie haben Hunger, ich werde gleich die Bohnen aufwärmen.»
«Ich weiss nicht, wie ich Ihnen danken soll?»
«Es gibt immer eine Gelegenheit … Sind Sie die ganze Nacht unterwegs gewesen?»

«Gea, nus durmivan durant il di e viagiavan la notg.»
«Nua avais chattà il mat?»
«Oh, el ha chattà mai. El m'ha salvà la vita a Grbavica. Senza ses agid n'avess jau mai pudî fugir da Sarajevo.»
«El ha pretais che Vus sajas ses bab.»
«Tge?»
«Gea, el ha ditg che Vus sajas vegnì a Sarajevo per al prender cun Vus en Svizra.»
«E Vus l'avais cret?»
«Jau na sai ... En questa guerra è tut pussaivel.»
«Ma el na ma sumeglia gea insumma betg.»
«Ils uffants sumeglian plitost als tats ch'als geniturs.»
«Jau na sai betg tge far cun el. Jau vegn a surdar el insanua al CICC.»
«Bah, il CICC! Vus n'avais betg vis nossas chasas d'orfens.»
«Ins stuess chattar ina persuna che fiss pronta d'al manar enavos a Sarajevo.»
Tge pomai schess el, sch'jau al dumandass da prender il mat. Jau al pudess rugar. U meglier, offrir ad el il rest da mes daners. Quai vegn el segir ad acceptar!
«A mai ha'l ditg ch'el na veglia betg turnar.»
«Jau sai, ma tge diavel duai jau far cun el?»
Tuttenina ves jau il mat sin la sava da l'isch. El sto avair dudî noss discurs e ma guarda cun egls pitgivs ...
«Ajet, ti stos durmir. I dat ina notg dira e lunga. Va, dai.»
Quest sguard ma fa vegnir mez nar. Jau l'accumpogn en ses letg, el ma fixescha vinavant.
«Ajet, Svicarska, jau vom.»

«Ja, ich reise in der Nacht, und am Tag schlafe ich.»
«Wo haben Sie den Jungen gefunden?»
«Oh, er hat mich gefunden. Er hat mir das Leben gerettet in Grbavica. Ohne ihn wäre ich nie aus Sarajevo herausgekommen.»
«Er hat behauptet, Sie sind sein Vater.»
«Was?»
«Ja, er sagte, Sie sind nach Sarajevo gekommen, um ihn mit in die Schweiz zu holen.»
«Und das haben Sie ihm geglaubt?»
«Ich weiss nicht. In diesem Krieg ist alles möglich.»
«Aber er sieht doch völlig anders aus als ich.»
«Die Kinder sehen meist den Grosseltern ähnlicher als den Eltern.»
«Ich weiss nicht, was ich mit ihm machen soll. Ich werde ihn irgendwo abgeben, beim IKRK oder so.»
«Ach, das IKRK! Ich möchte Ihnen unsere Waisenhäuser lieber nicht zeigen.»
«Man müsste jemanden finden, der ihn nach Sarajevo zurückbringt.»
Was würde er wohl antworten, wenn ich ihn fragte, ob er Ajet haben will?
Ich könnte ihn darum bitten. Oder besser, ich biete ihm Geld an. Darauf wird er mit Sicherheit reagieren.
«Mir hat er gesagt, dass er nicht zurück will.»
«Ich weiss, aber was soll ich sonst mit ihm machen?»
Der Junge steht im Türrahmen, er muss uns zugehört haben. Er hat einen Blick …
«Ajet, du sollst schlafen, es wird eine lange Nacht werden.»
Ich kann diesen Blick nicht ausstehen. Ich begleite ihn in sein Zimmer. Er legt sich ins Bett, schaut mich an:
«Ajet, Svizarska ich gehe.»

«Okay, tut en urden, tut dobro ...dobro.»
El sa volva andetgamain, sco sch'el na vuless pli savair nagut. Jau al cuvr. Rampun! Cun extorcar vegns tar mai tar il fauss. Jau hai ditg da bell'entschatta che jau na possia prender tai cun mai. Jau sort puspè.
«Er jau stoss durmir in pèr urettas, uschiglio na vegn jau a surviver questa notg. Avess er jau la pussaivladad da durmir...»
«Vus essas mes giast, ma mangiai l'emprim.»
El ha gia mess maisa. Jau mord en il paun, rui fin ch'el daventa lom. Las bagiaunas èn stupentas.
«Nus vegnin a stuair puspè chaminar. Adina sin questas traversas smaladidas. Fin al mar.»
«Vus vulais ir al mar?»
«Gea, ed alura lung la costa dalmatina fin a Triest.»
L'um guarda en ses magiel.
«Forsa datti insatge pli cumadaivel che chaminar.»
«A mai è tut endretg, be ch'jau vegnia a chasa.»
«Jau enconusch in camiunist ... Ins stuess organisar palpiris.»
«Schai tge che jau hai da far.»
«Avais in passaport?»
«Gea, natiralmain.»
«Mussai.»
Jau vom tar mia giacca e prend ora il pass. El è bletsch. L'um al prend'en maun e l'avra, el sfeglia precautamain las paginas che tatgan ina vi da l'autra.
«Gea, quai stuess ir.»
«Sche Vus pudais m'organisar quai, jau vegn a ...»

«Ja, ja, ist ja gut. Wird alles gut. Dobro ... dobro.»
Er dreht sich abrupt um, als wolle er nichts von mir wissen. Ich decke ihn zu. Rotzbengel. Mit Erpressung kommst du bei mir nicht durch. Ich habe von Anfang an gesagt, dass ich dich nicht mitnehme. Ich gehe wieder hinaus.
«Auch ich muss ein paar Stunden schlafen, sonst werde ich heute Nacht nicht durchhalten. Dürfte ich Sie fragen, ob ich hier ...»
«Sie sind mein Gast, aber essen Sie zuerst etwas.»
Er hat bereits den Tisch gedeckt. Ich beisse ins Brot, kaue, bis es süss wird. Die Bohnen schmecken wunderbar.
«Ich werde wohl laufen müssen. Erneut auf diesen verdammten Schwellen, bis ans Meer.»
«Sie wollen ans Meer?»
«Ja, und dann der dalmatischen Küste entlang nach Triest.»
Der Mann schaut in sein Schnapsglas:
«Vielleicht gibt es etwas Besseres als laufen.»
«Mir ist alles recht, wenn ich nur nach Hause komme.»
«Ich kenne einen Lastwagenfahrer ... Man müsste einen Passierschein beschaffen.»
«Sagen Sie, was ich tun muss.»
«Haben Sie einen Pass?»
«Ja, natürlich.»
«Kann ich ihn mal sehen.»
Ich hole aus der aufgehängten Jacke meinen Pass. Er trieft. Der Mann nimmt den Pass in die Hand, blättert, nestelt vorsichtig die verklebten Seiten auseinander.
«Ja, das müsste gehen.»
«Wenn Sie mir das organisieren können, ich werde Ihnen ...»

«Avais milli marcs?»
«Milli marcs?»
«I dat in unic spezialist en citad che lavura propi bain.»
«Pervia da mai.»
Jau prend la bursa or da las chautschas bletschas. I na tanscha.
«Jau hai zuppà anc in pèr pliffers en la tschinta.»
Igl è stà l'idea da Manfred da zuppar ils daners en lieus differents. Las bancnotas èn tuttas bletschas. Jau al dun ils daners. El penda il passaport e las bancnotas cun cluppers vi da las cordas da laschiva sur la pigna. Jau ma sent sco en ils nivels. Sch'il deal funcziunescha, sun jau en dus u trais dis en Svizra! E sch'el m'engiona? Sch'el scappa cun ils daners ed il pass? El pudess alarmar la polizia, pudess dir che jau haja rapinà Ajet ...
«Uei, vusch, ta fa dudir! Jau avess ina dumonda ...»
Nagina reacziun.
«Enstagl d'adina be chatinar, ma pudessas cussegliar questa giada. Daudas mai?»
Has in'alternativa?
«Ins ha adina alternativas. Quai è il terribel en la vita.»
Lura tscherna.
Tge sentiment. Ella ha propi dà resposta.
«Bel che ti es qua.»
Jau sun adina qua.
«Nus pudessan empruvar d'ans cumportar. Siond che nus essan adina ensemen.»

«Jau guard tge che jau poss far per Vus, giai uss a durmir in pau.»

«Haben Sie tausend Mark?»
«Tausend Mark?»
«Es gibt einen einzigen Mann in der Stadt, der anständig arbeitet.»
«Also schön.»
Ich stehe auf und nehme die Börse aus der nassen Hose.
«Ich habe im Hosengurt noch etwas versteckt.»
Es war Manfreds Idee, das Geld auf verschiedenen Stellen zu verteilen. Die Noten sind alle gleichermassen durchnässt. Ich gebe ihm das Geld.
Er hängt den Pass und das Geld mit Klammern an die Wäscheleine und kichert. Ich fühle mich wie auf Wolken. Wenn das gut geht, bin ich in zwei, drei Tagen in der Schweiz. Und wenn der Mann mich betrügt? Wenn er mit dem Geld und dem Pass abhaut, die Polizei holt und mich wegen Kindesentführung verpfeift?
«Na, Stimme. Melde dich mal!»
Keine Reaktion.
«Anstatt mich anzukeifen, könntest du mir einen Rat geben. Hörst du!»
Hast du eine andere Wahl?
«Man hat immer eine andere Wahl, das ist das Schreckliche am Leben.»
Dann wähle!
Sie hat sich tatsächlich gemeldet.
«Freut mich, dass du da bist.»
Ich bin immer da.
«Wir könnten versuchen, uns zu vertragen, wenn wir schon dauernd zusammen sind.»

«Ich sehe, was ich für Sie tun kann, schlafen Sie inzwischen ein wenig.»

L'um sto m'avair observà ina pezza da la vart. Jau dun dal chau e vom en l'autra stanza. Il sulegl guarda tras la fanestra che dat libra vista sin il flum. L'entira fila da chasas da l'autra vart dal flum è ars'ora. En il cler dal sulegl para ella in reptil enorm che prenda in bogn da sulegl, cupidond da quai lass en ils emprims radis da la damaun.

Der Mann muss mich längere Zeit von der Seite angeschaut haben. Ich nicke und gehe ins andere Zimmer. Die Sonne scheint zu den Fenstern herein. Man sieht direkt auf den Fluss. Er hat ein tiefes Bett in die Felsen gegraben, fliesst schäumend über Schnellen und Katarakte. Die ganze Häuserzeile auf der anderen Seite des Flusses ist ausgebrannt. Im Sonnenschein sieht sie aus wie ein grosses Reptil, das sich zum Sonnenbad hingelegt hat und in der Wärme der ersten Morgenstrahlen träge vor sich hin döst.

6

Il camiunist, in tip magher e pitschen, sesa cun ina tschera davos la roda da manischar. El maina il camiun da l'ONU sur las foras da l'asfalt vi sco in chapitani sia bartga tras las autas undas dal mar agità. Il martgadant d'antiquitads è vegnì vers las trais ed ans ha svegliads. Ajet durmiva uschè ferm ch'igl è stà in straschin d'al svegliar. Il vegl ha manegià ch'i fetschia prescha e che nus stoppian esser en in'ura en il quartir da l'ONU. Da là giaja in convoi a la costa dalmatina. El m'ha surdà mes pass e dus permiss da passar. Jau sun stà stut.

«Insatge betg en urden?»

«Bain, bain, stupent ...Ma ...»

Jau sfegl mes passaport. Sin pagina nov stat scrit: quest passaport vala er per: Ajet, 11-9-86. In bul da l'uffizi da pass e patentas a Cuira ed ina signatura illegibla.

«Ma essas daventads nars?»

«Ina buna lavur. Jau garantesch, Vus na vegnis ad avair naginas difficultads cun Voss mat.»

«El n'è betg mes mat!»

«Ma el vul ir cun Vus.»

«Tge duai jau far cun el. Jau na vi prender el cun mai.»

«Tge vegn el a far qua?»

«El è nat qua, el ha ses geni ... Tge duai el far en Svizra?»

«Qua a Mostar n'enconuscha'l propi nagin, e turnar a Sarajevo ... Savais sez che quai na va betg.»

Der Lastwagenfahrer, ein kleiner drahtiger Kerl in Uniform, sitzt mürrisch hinter dem Lenker und kurvt den schweren UN-Laster über die löchrige Asphaltstrasse. Der Antiquitätenhändler kam gegen drei und hat uns geweckt. Ajet war kaum aus dem Schlaf zu holen, doch der Alte drängte, wir müssten sofort zum UN-Quartier, dort fahre in einer Stunde ein Konvoi zur dalmatischen Küste. Er überreichte mir den Pass und zwei Passierscheine. Ich wunderte mich.
«Ist etwas nicht gut?»
«Doch, doch, ausgezeichnet ... Nur ...»
Ich blätterte in meinem Pass. Auf Seite neun: ‹Dieser Pass ist auch gültig für: Ajet 11. 9. 1986.›
Ein Stempel der Passbehörde Chur und eine unleserliche Unterschrift.
«Sind Sie verrückt geworden.»
«Eine schöne Arbeit. Ich versichere Ihnen, dass Sie und Ihr Junge damit keine Schereien haben werden.»
«Er ist nicht mein Junge.»
«Aber er will mit Ihnen gehen.»
«Was soll ich mit ihm anfangen? Ich will ihn nicht mitnehmen.»
«Was soll er denn hier?»
«Er ist hier geboren, er hat hier seine ... Was soll er in der Schweiz.»
«Hier in Mostar kennt er keinen Menschen, und nach Sarajevo kann er unmöglich zurück.»

«Ed il CICC?»
«El ha bain ditg che Vus sajas ses bab.»
El ma guarda da quai rugond.
«Savais tge che Ajet signifitga sin bosniac?»
«Jau na discur betg bosniac.»
«Dar ad insatgi in bel segn.»
El ma tegna in pachet da cigarettas sut il nas e strucl'ils egls. Jau squass il chau.
«Prendai, en guerra na refus'ins ina ….»
«Jau sai, jau sai.»
«Nus stuain ir, uschiglio parta il convoi senza vus.»
Ils vestgids eran bunamain sitgs. Nus ans avain tratg en spert e ramassà nossas paucas raubas. El ans ha dà paun e conservas, ans ha manà tras la citad bumbardada fin tar il champ da l'ONU ed ans ha gidà a chattar il camiun.
«Turnai a Mostar cur che la guerra è finida. Nus vegnin a reconstruir la punt e tut la citad, ed jau vegn a vender a Vus il pli bel kelim ch'i dat.»
Gea, quai vegn jau a far. Uschespert che la guerra è finida port jau enavos il mat, sin quai scumet jau mia testa. Il camiunist ha guardà sin nus cur che nus essan entrads ma el na s'ha betg fadià da tschantschar. Jau l'offr ina cigaretta.
«È quest toc via fitg privlus?»
«Sch'i fiss be privlus!»
«Gea?»
«Quai è il mender job che jau hai mai fatg en mia vita. Ina banda è quai, ina razza da merda. Ch'i dettia in tal pievel n'avess jau mai cret avant. Quai stuais far

«Und das IKRK?»
«Er hat doch gesagt, dass Sie sein Vater sind.»
Er schaute mich an, fast bittend.
«Wissen Sie, was Ajet auf Bosnisch bedeutet.»
«Ich spreche kein Bosnisch.»
«Jemandem ein schönes Zeichen geben.»
Er streckte mir ein Päckchen Zigaretten hin und zwinkerte mit den Augen. Ich schüttle den Kopf.
«Nehmen Sie, im Krieg lehnt man keine ...»
«Ja, ja, ich weiss.»
«Wir müssen jetzt gehen, sonst fährt der Konvoi ohne Sie ab.»
Die Kleider waren fast trocken. Wir zogen uns an und rafften die Sachen zusammen. Er steckte uns Brot und Konserven zu, brachte uns durch die zerbombte Stadt zum UN-Lager und half uns, die Führerkabine des Tanklasters zu finden.
«Kommen Sie nach Mostar, wenn der Krieg vorbei ist. Wir werden die Brücke wieder aufbauen und die ganze Stadt, und ich werde Ihnen den schönsten Kelim verkaufen, den Sie je gesehen haben.»
Ja, das werde ich tun! Sobald der Krieg vorbei ist, werde ich den Jungen wieder zurückbringen, darauf kannst du dich verlassen. Der Fahrer hat uns nur kurz angeschaut, als er einstieg. Er gibt sich keine Mühe, ein Gespräch anzufangen. Ich biete ihm eine Zigarette an.
«Ist die Strecke gefährlich?»
«Wenn's nur gefährlich wäre.»
«Ja?»
«Das ist der beschissenste Job, den ich je gemacht habe. Ein Pack ist das, eine Brut. Dass ein solches Volk überhaupt existiert, hätte ich vorher nicht für möglich gehalten. Das sollten Sie einmal erleben. Wenn die die

tras ina gia. Sch'els avran il grugn, pos esser segir ch'els din manzegnas.»
«I dat dapertut da quels e da tschels.»
«Gea, d'accord, ma qua datti dapli da tschels che da quels, quai e segir sco la porta-praschun.»
Tge duai jau replitgar?
«Jau sun cuntent da vegnir a chasa. Jau vom uss a Dubrovnik e lura adia per adina. Suenter Ploce vegn jau a bittar vus or dal camiun, uschiglio survegn jau problems. Empruvai voss cletg sin il martgà liber. I dat adina puspè Talians che fan Athen-Triest e return.»
Nus passain senza problems in checkpoint suenter l'auter. Jau hai mussà ad Ajet il passaport ed al hai declarà che jau saja per quest viadi uffizialmain ses bab e ch'el stoppia taschair cun passar ils posts da controlla.
Suenter tschintg uras passain nus il cunfin bosniac. I na dat naginas cumplicaziuns. Nus passain ils rempars dal delta maritim, ina cuntrada mirvegliusa cun champs e prads circundads da chanals, sin ils quals circuleschan bartgettas a motor. Utschels sgolan vi e nà ed ins vesa lunsch sur il delta or fin al mar. Suenter in'ura abandunain nus la planira fritgaivla, e la via maina en ina cuntrada crappusa lung la costa.
«Qua sa spartan nossas vias. Jau vom vers il sid e lasch sortir vus sper in restaurant. Là passan tut ils camiuns che van vers il nord. Jau giavisch a vus buna fortuna ed a mai traitschient marcs.»
Nus sortin. Davant il restaurant èn trais camiuns. In da quels ha in numer talian. Nus entrain en l'ustaria. Vi d'ina maisa tschentan dus schuldads, vi d'in'autra in um pitschen. Davos la credenza stat ina camariera cun ina cigaretta en bucca. Nus ordinain tartuffels e

Fresse aufmachen, dann lügen sie.»
«Es gibt überall solche und solche.»
«Ja, aber hier gibt es wesentlich mehr solche, das schwör ich Ihnen.»
Was soll ich dazu sagen.
«Ich bin froh, dass ich nach Hause komme. Ich fahre nach Dubrovnik, dann auf die Fähre und auf Niewiedersehen. Hinter Ploce muss ich euch rauswerfen, sonst bekomme ich Schwierigkeiten. Ihr könnt es auf dem ‹freien Markt› probieren, es hat immer Italiener, die von Triest bis nach Griechenland und zurück fahren.»
Wir passieren Checkpoint um Checkpoint. Ich habe Ajet den Pass gezeigt und ihm erklärt, dass ich jetzt offiziell sein Vater sei und dass er schweigen solle.
Nach etwa fünf Stunden passieren wir die bosnische Grenze. Auch hier geht alles ohne Komplikationen. Wir fahren über die Dämme des Flussdeltas, eine traumhaft schöne Landschaft mit Feldern, die alle von Wassergräben umgeben sind, auf denen Boote verkehren. Vögel kreisen, und man sieht weit hinaus über das Delta bis ans Meer. Nach einer weiteren Stunde verlassen wir die fruchtbare Ebene. Die Strasse führt in eine steinige, karge Küstenlandschaft.
«Hier trennen sich unsere Wege. Ich muss Richtung Süden und lasse euch an einem Restaurant aussteigen, an dem alle Lastwagen vorbei müssen, die nach Italien fahren. Ich wünsche euch viel Glück und mir dreihundert Mark.»
Wir steigen aus. Vor dem Gasthaus stehen drei Laster. Einer mit italienischem Kennzeichen. Wir treten ein. An einem Tisch sitzen zwei Soldaten, am anderen ein untersetzter Mann. Hinter der Theke steht eine junge Serviererin, die raucht. Wir bestellen gebratene Kartoffeln

pesch. Ajet e daventà timid e quiet. El mangia ses pesch e guarda vi tar l'um che baterla cun la camariera.

Jau stun si, ed al dumond en mes talian bergamasc nua ch'el giaja.

«Italia, e tu?»

«Anche noi.»

«Sturzenegger, Rüdisühli, Schelleberg, höh?»

El ri da schluppar.

«El enconuscha para ...»

«Ha! Jau hai lavurà dudesch onns en Svizra. Wädenswil.»

«Pudain nus vegnir in toc cun Vus?»

«Nua vulais ir?»

«Turitg.»

«Jau vom be fin a Milano.»

«Quai fiss gia grondius!»

El emposta anc ina biera.

«Ma pèr durmir hai jau be in letg en il camiun. La notg stuais guardar sez. Jau vom oz fin Split. E damaun vinavant.»

Jau guard sin Ajet. El observa da quai discret il camiunist. L'um che ri uschè dad aut n'al para betg tant fidà. L'um baiva en tutta prescha sia biera gronda e cloma lura la camariera.

«Gea, gea, Svizzeroni, quels m'avessan bunamain mazzà a Wädenswil.»

«Tge?»

«Sis mais dapli, ed jau fiss crappà da la lungurella.»

Jau ri.

und Fisch. Ajet ist scheu und zurückhaltend geworden, isst seinen Fisch und schaut den Mann an, der mit der Serviererin schäkert.
Ich kratze mein bisschen Italienisch zusammen und frage ihn, wohin er fährt.
«Italia. E tu?»
«Anche noi.»
«Rüdisühli, Sturzenegger, Schelleberg, äh?»
Er lacht aus vollem Halse.
«Warum haben Sie das so schnell gemerkt?»
«Ach, ich habe zwölf Jahre in der Schweiz gearbeitet, Wädeschwil. Da hört man die Svizzeroni aus tausend andern heraus.»
«Können wir ein Stück mitkommen?»
«Wohin willst du?»
«Nach Zürich.»
«Ich fahre nur bis Milano.»
«Das wäre schon sehr gut.»
Er bestellt noch ein Bier.
«Aber zum Schlafen habe ich nur ein Bett nel camion. Für euch müsst Ihr selber schauen. Ich fahre heute bis Split. Und morgen weiter.»
Ich schaue Ajet an. Er blickt zweifelnd auf den Chauffeur, scheint ihm nicht zu trauen. Der Mann stürzt in unheimlichem Tempo ein grosses Bier hinunter und ruft nach der Kellnerin.
«Ja, ja, die Svizzeroni. Die hätten mich fast umgebracht in Wädeschwil.»
«Was?»
«Wenn ich auch nur ein Jahr länger geblieben wäre, wäre ich vor Langeweile krepiert, te lo giuro.»
Ich lache.

«Qua na datti nagut da rir. Trist èsi, trist avunda. Il pajais cun la pli pitschna libertad e la pli veglia manzegna.»
«Tge manzegna?»
«Ch'el saja il pli liber.»
Tuna sco ina sgnocca quintada per la tschientavla giada. Cun pajar fa'l puspè bels egls a la camariera, stat si e sorta. Er jau paj. Nus sortin, el ans spetga, il motor ha'l gia laschà ir.
«Hop Schwiiz! Jau hai num Tempesta, perquai ch'i na dat per mai nagins viadis memia lungs e perquai che jau na spetg betg gugent.»
Jau dauz Ajet sin il sez, el tegna mes maun.
«Ma quest qua nun è Svizzer, u betg?»
Jau na di nagut, ma jau ma sent mal, saviond che mes silenzi di tant sco pleds.
«I m'è tuttina tge che ti fas cun el. L'essenzial è che vus na ma faschais nagins problems. Davant il cunfin croat stuais sortir e passar sezs il dazi, d'accord?»
Jau dun dal chau.
«Guarda ina gia giu qua, Svizzerun. Quai è la pli bella cuntrada da l'entira costa dalmatina, Navrod Bacine.»
Ins vesa en ina valetta cun vignas, ierts d'ulivas ed in lai blau vert. In pèr purs lavuran en las vignas.
«Qua stuess'ins avair ina chasina da vacanzas.»
«Il Lai da Turitg n'è er betg mal.»
«Il Lai da Turitg? Lieu da merda.»
Ajet para d'avair respect da quest um brusc e bunamain grop. El s'enclina vers mai. Sia segirezza da l'entschatta è sco sufflada davent.

«Das ist nicht zum Lachen, das ist traurig. Das unfreieste Land der Welt mit der ältesten Lüge.»
«Und welche Lüge?»
«Che sia il più libero.»
Klingt wie ein Witz, den er schon hundertmal erzählt hat. Er schäkert während des Zahlens weiter mit der Kellnerin, steht auf und geht hinaus. Ich zahle ebenfalls. Wir treten hinaus, er wartet mit laufendem Motor.
«Hopp, Schwiiz, man nennt mich Tempesta, weil mir keine Strecke zu lang ist und weil ich nicht gerne warte.»
Ich hebe Ajet auf den Sitz, er klammert seine Hand um meine.
«Ma questo non e miga Svizzerone, se non mi sbaglio?»
Ich sage nichts. Ich fühle mich unbehaglich, weil mein Schweigen genauso viel aussagt.
«Mir ist es Wurst, was du mit dem ragazzo vorhast, verstehst du? Hauptsache, ihr macht keine Schiereien. Und vor dem kroatischen Zoll steigt ihr aus, ci siamo?»
Ich nicke.
«Schau da hinunter, Svizzerone, es ist der schönste Flecken der ganzen dalmatischen Küste, Navrod Bacine.»
Ein petrolblauer See breitet sich aus, an dessen Ufern Gärten, Felder und Olivenhaine. Ein paar Bauern arbeiten in den Rebbergen.
«Qui si che si dovrebbe avere un Ferienhüsli.»
«Der Zürichsee ist auch nicht schlecht.»
«Che? Zürichsee. Posto di merda!»
Ajet hat sichtlich Respekt vor dem raubeinigen Mann mit seinem Schnurrbart und den stechenden Augen. Er lehnt sich an mich, seine fast erwachsen anmutende Sicherheit ist verschwunden.

«Questa costa era l'eldorado dals Jugoslavs, avant la guerra, natiralmain. Mintgin cun in pau daners aveva qua sia chasetta da vacanzas ch'el affittava als Tudestgs. Ma dapi quatter onns hani stagiun morta ed ina ravgia infama sin lur regenza che ha inizià questa guerra.»

Nus passain tras ina cuntrada aspra e pauc fritgaivla, spundas bluttas e crappusas senza fastizs da cultivaziun, mintgatant ina pitschna vischnanca cun chasas da vacanzas construidas a la svelta.

«Vus pudais esser cuntents ch'jau na sun betg cun mia dunna, uschiglio ...»

El fa in segn da bittar davent.

«Essas solitamain en viadi cun Vossa dunna.»

«Gea, adina cun in'autra.»

El ri da schluppar.

«Aha.»

«Ti pensas che jau saja in portg, navaira? Betg respunda, jau as enconusch, vus Svizzers cun ils mauns nets. Ellas vegnan da libra veglia cun mai, las pli bellas pitschcas. Ed ord spira renconuschientscha datti anc ina massaschina en il camiun, sche ti sas tge ch'jau manegel. Quai è vita, mes char!»

El ma tegna ina pitschna stgatla sut il nas.

«Qua prend'ina presa.»

«Jau avr la stgatlina e savur vi d'ina pulvra alva.»

«Tge è quai?»

«Stivals da set miglias.»

«Tge?»

«Quai vegn a metter tai en pe, mes char.»

«Grazia, jau stun en pe er senza.»

«Uei, tema, Svizzerot? Ti na fimas franc gnanc erva, navair?»

«Die ganze Küste war das Eldorado der Jugoslawen. Jeder hat sich hier ein Sommerhaus gebaut, se aveva qualche soldo, und an die Deutschen vermietet. Aber jetzt ist tote Hose, und alle sind wütend auf die Regierung, die diesen Krieg angefangen hat. Non vengono piu i tedeschi. Fertig Touristen.»
Wir fahren längere Zeit durch die karge Küstengegend, unbewirtschaftete steinige Hänge mit kleinen Dörfern, die aus schnell und billig hochgezogenen Ferienhäusern bestehen.
«Du kannst froh sein, dass ich meine Frau nicht dabei habe, sonst ...»
Er macht eine wegwerfende Bewegung mit der Hand.
«Kommt Ihre Frau sonst mit?»
«Ja, immer eine andere, capisci.»
Er lacht schallend.
«Ja, ich glaube ich verstehe.»
«Du denkst, ich bin ein porco, è vero o no?»
«Na, ja, ich meine ...»
«Ach, ich kenne euch doch, Svizzeroni colle mani pulite! Freiwillig kommen sie mit, die schönsten pitschca, die du dir vorstellen kannst, und aus Dankbarkeit, dass ich sie mitnehme, gibt es noch Feinmassage im Camion, se mi spiego. Questa è la vita, caro mio ...»
Er reicht mir eine kleine Büchse.
«Dai, prendi una presa.»
Ich öffne sie und rieche an dem weissen Pulver.
«Was ist das?»
«Stivali delle sette leghe!»
«Wie?»
«Das wird dich auf den Beinen halten, amico mio.»
«Danke, ich werde es auch ohne schaffen.»
«Ööö, paura? Svizzerone. Non fumi neanche, äh?»

«Jau hai allucinaziuns avunda er senza drogas!»
«Interessant, quinta?»
«Dependa da la situaziun.»
«Quinta, quinta, quai m'interessa adina. Ma naginas paraulas.»
«Jau hai vis ina glisch.»
«Ina glisch?»
«Gea.»
«E co?»
«Cun ina dunna.»
«In flash cun far l'amur. E lura?»
«Nagut.»
«Co nagut? Be in solit flash?»
«Gea.»
«Vesas, quai na capita betg cun questa rauba. Ti vegns ad avair in flash suenter l'auter, mintga gia, chapeschas?»
«Cun cocain?»
El mova ses corp vi e nà.
«I dat anc meglra rauba per vesair glischs che cocain.»
El tschertga en sia giaglioffa, sorta in'autra stgatlina, l'avra. Pirlas.
«Tscha!»
«Grazia, ma jau …»
«Tge grazia? Prenda! Ti na stos magliar ella dalunga. Insacura. Ti vegns a vesair! Il flash da l'amur è be ina sbrinzletta cunter quai.»
Jau met la pirla en giaglioffa. Per curtaschia. Glieud cun ina disposiziun da schizofrenia fa meglier da betg magliar memia bler da questa rauba. La cuntrada na vegn strusch a sa midar. Jau tasch. Tempesta sa prepara ina cigaretta be cun in maun. Il sulegl sfundra en il mar. I vegn svelt stgir. El envida ils reflecturs.

«Nein, ich habe genug Halluzinationen ohne Drogen.»
«Interessante, e come?»
«Ganz verschieden.»
«Erzähle, das interessiert mich immer. Ma miga balle!»
«Ich habe ein Licht gesehen.»
«E come?»
«Mit einer Frau.»
«Un flash mit vögeln, bello. E poi.»
«Nichts.»
«Come nichts? Nur einmal?»
«Ja.»
«Vedi. Das passiert dir mit dem Zeug nicht. Ti viene ogni volta. Jedes Mal, verstehst du.»
«Mit Kokain.»
Er wiegt den Oberkörper hin und her.
«Ma, es gibt noch besseres per vedere luce.»
Er kramt in seiner Westentasche, nimmt eine kleine Schachtel heraus, öffnet sie. Pillen.
«Tò.»
«Danke, aber ...»
«Was danke. Prendi. Du musst sie nicht jetzt nehmen. Irgendwann. Vedrai. Mehr Licht als con fare l'amore.»
Ich stecke sie ein. Aus Höflichkeit. Leute, die schon zur Bewusstseinsspaltung neigen, sollen nicht noch Amphetamine schlucken. Die Landschaft ändert sich kaum. Ich schweige. Tempesta dreht einhändig Zigaretten. Die Sonne geht im Meer unter, es wird schnell dunkel. Er schaltet die Scheinwerfer ein.

«Anc ina mes'uretta, lura arrivains'a Split. Jau hai midà mes plan. Questa notg datti perdunanza, in pau baracca stoss jau anc pudair far oz. A Split datti las pli bellas pitschcas da tut la Jugoslavia. Ed in Slibovic, horcadibacca! Tge fieu! Il pitschen pos ti laschar durmir davosvart sin la cutschetta, e ti prendas ina cuverta e dormas sin il sez davant.»
En il lontan traglischa ina citad.

«Noch eine halbe Stunde, dann sind wir in Split. Ich habe meinen Plan geändert. Ich habe noch etwas vor heute Nacht. A Split ci sono le piu belle donne und der beste Slibovitz. Der Kleine kann da hinten schlafen, wenn er will, und du nimmst eine Decke und kannst auf dem Vordersitz schlafen.»
In der Ferne leuchten die Lichter von Split.

7

Ajet dorma sin la cutschetta davos. Igl è la damaun las quatter. Jau hai durmì mal, malgrà la stancladad. En il camiun mancan ils moviments regulars e ninants da la viafier che ma faschevan durmir antruras uschè bain en il tren. Jau met mia cuverta sur il mat, sort, fatsch dus girs enturn il camiun e vom a far ina spassegiada. Il tschiel è cler, las stailas straglischen sco confettis da neon bittads d'in dieu carnevalesc sur l'orizont. La mesaglina derasa ina strana cleritad, la citad è anc quieta. Igl è frestg. Il vent suffla da la champagna vers il mar. Jau chamin lung il cuntschet, taidl a batter las undas cunter il mir, guard las navs che ninan paschaivlamain en l'aua. En il stgir sa fa dudir in motor, lura cumparan duas glischs. Jau ma avischin e ves in pèr umens a runar raits sin lur bartga, senza discurrer, manipulaziuns daventadas rutina, tact internalisà. Viertgels vegnan averts e serrads, tut bunamain senza far canera, brastgers da cigarettas, baus luminus che sa movan sin la punt da la bartga. In clom, il fracass d'ina chadaina. Plaun plaunet s'allontanescha la bartga puspè da la riva, volva e banduna il pitschen port. Da la vart orientala, sur la citad, sa mussa il cler dal di. In tschert sentiment da malesegirezza ma tschiffa. Tge pomai vegn a capitar, sch'il mat sa sveglia ed jau sun absent. Jau

Ajet schläft auf dem hinter den Sitzen aufgeklappten Bett. Es ist vier Uhr morgens. Ich habe trotz der Müdigkeit schlecht geschlafen. In dem stehenden Lastwagen fehlen die Bewegungen, die mir das Schlafen im Zug so leicht machen. Ich lege meine Decke über den schlummernden Jungen, steige aus, gehe um zwei andere Lastwagen herum und mache einen Spaziergang. Der Himmel ist klar, die Sterne glitzern herab wie Neonkonfetti, die ein Fastnachtsgott über den Horizont geworfen hat, ein halber Mond steht darüber, die Stadt ist ruhig. Es ist kühl. Der Wind weht aus dem Landesinneren zum Meer herab. Unten an der Küste laufe ich dem Kai entlang, lausche den Wellen, wie sie an die Mauer schlagen, betrachte die Schiffe, die leise vor sich hin schaukeln. Weiter vorne ein Motor, Lichter. Ich laufe darauf zu und sehe ein paar Männer, die Netze auf ihr Boot hieven, ohne zu reden, eingespielte Handgriffe, Deckel, die aufgemacht und wieder geschlossen werden, beinahe lautlos, brennende Zigaretten, Leuchtkäfer, die sich auf dem Deck hin und her bewegen. Ein Ruf, das Rasseln einer Kette, langsam bewegt sich das Boot vom Pier fort, wendet und tuckert aus dem kleinen Hafen, bis nur noch die beiden Positionslichter wahrzunehmen sind. Auf der Gegenseite über der Stadt macht sich der Schein des Tages bemerkbar. Ein leises Gefühl der Unsicherheit beschleicht mich. Wer weiss, was mit dem Jungen ist, wenn er plötzlich erwacht und ich nicht da bin. Ich kehre um,

turn tar il parcadi e vi ir tar il camiun. Insatge n'è betg en urden. Jau ves ils camiuns, ma jau na ves betg il camiun da Tempesta. Jau vom d'in camiun a l'auter, munt sin ils stgalims. Nagin! Diavel, Tempesta, nua es! Jau cur enturn il parcadi. Tgi sa sche quest idiot fiss partì senza mai. Èd il mat? Tge capita sch'el dasda? El vegn a murir da la tema. Tempesta, ti portg, sche ti tutgas er be in chavel a quest uffant ta mazzacresch jau. Entant s'ha illuminà in camiun. Jau vom sin il stgalim e splunt a la fanestra. In tip durmentà avra la fanestra.

«Jau tschertg in camiun alv. En quel camiun è mes mat, e quest idiot d'in camiunist è partì senza mai.»
«Jau n'hai dudì nagut.»
«Ma in camiun sto esser partì.»
«Na. Segir betg. Quai avess jau dudì.»
«Diavel, nua è mes mat. Sche jau ta tschif, ti baraccader smaladì ...»
«Essas segir ch'el è sin quest parcadi?»
«Ma datti anc auters?»
«Gea, plinensi, mez kilometer.»
«Tgi sa, forsa hai jau propi sbaglià parcadi.»
Jau sigl giu dal stgalim e cur en la direcziun ch'il tip ha mussà. Jau sun cumplettamain ord clocca, m'imaginesch tge che jau vegn a far, sche jau na chat pli l'uffant. Pelvaira, in auter parcadi! Jau cur sin la plazza. Dieu, il camiun è qua. Jau munt, avr la porta e guard directamain en la fatscha durmentada dad Ajet. Jau entr, ma lasch crudar sin il sez. Il cor batta

laufe zum Parkplatz zurück und will zum Laster. Irgend etwas stimmt nicht. Der Laster von Tempesta fehlt! Ich gehe von einem Fahrzeug zum andern, steige auf die Trittbretter der Führerkabinen, schaue hinein. Er ist nicht da. Verdammt! Tempesta, wo bist du? Ich renne um den Parkplatz herum. Wenn dieser Idiot ohne mich abgefahren ist ... Und der Junge. Er wird sterben vor Angst, wenn er erwacht und ich nicht da bin. Tempesta, du Schwein, wenn du ihm auch nur ein Haar krümmst, bring ich dich um. In einem der Laster ist das Licht angegangen. Ich steige aufs Trittbrett und klopfe ans Fenster. Ein verschlafener Typ erscheint.
«Ich suche einen weissen Lastwagen. Mein Junge ist drin, und dieser Idiot von Fahrer ist ohne mich abgefahren.»
«Ich habe nichts gehört.»
«Es muss ein Laster weggefahren sein.»
«Nein, bestimmt nicht. Das hätte ich gehört.»
«Teufel, wo ist der Junge. Wenn ich dich erwische, versoffenes Rattengesicht ...»
«Sind Sie sicher, dass es dieser Parkplatz ist?»
«Gibt es noch andere?»
«Ja, weiter oben, fünfhundert Meter.»
«Wer weiss, vielleicht habe ich wirklich den Parkplatz verwechselt.»
Ich springe vom Trittbrett und renne in die Richtung, die der Mann angegeben hat. Ich bin ausser mir, überlege mir, was ich tun werde, wenn Tempesta mit dem Jungen verschwunden ist. Tatsächlich, ein anderer Parkplatz. Ich renne durch die Einfahrt. Der Laster ist da. Ich öffne die Türe, steige ein und schaue in Ajets schlafendes Gesicht. Gott sei Dank! Ich lasse mich auf den Sitz fallen. Das Herz pocht bis zum Halse, ich schwitze.

sco in nar, jau suel. Jau cupid, maletgs van tras mes chau, entiras istorgias, aventuras, chasas sgolan tras l'aria.

«Su ragazzi! Nus avain anc in detg viadi davant las rodas!»
Tempesta stat là, ils chavels sburritschids ed in'odur da parfum bunmartgà.
«Durmì bain?»
«In fic da bellezza! Ina chaussa superiura al durmir.»
«Cun avrir ils egls han ins però main fadia, sch'ins ha durmì bain, garantì!»
«Massa cumplitgadas per mai, tias remartgas. Ussa giain nus in toc, e cur ch'jau dovr zulprins per star alert, faschainsa ina bella pausa.»
El lascha ir il motor, e nus abandunain il parcadi. Nus taschain. Ajet sa sveglia e vegn a seser sper mai. El n'ha percurschì nagut. La bella pausa vegn lura tuttina detg spert.
«Perstgisai, ragazzi, jau stoss far giu las chautschas e durmir ina mesa chapitscha. Faschai ina spassegiada e turnai en duas urettas.»
Nus sortin e spassegiain tras la bostgaglia.
«Quai èn ulivers, Ajet. Ins fa ieli d'ulivas ordlonder.»
«Ulivers, ieli d'ulivas.»
«Gea, or dad ulivas fan ins ieli d'ulivas.»
«Svicarska ulivers?»
«Na, tar nus datti be maila, paira, tschareschas e flurs-sulegl.»
«Flurs-sulegl?»

Nach längerer Zeit falle ich in einen unruhigen Halbschlaf. Bilder kreisen, Geschichten, Abenteuer, Häuser fliegen durch die Luft.

«Su ragazzi! Wir haben noch einen weiten Weg vor den Rädern.»
Tempesta steht da, die Haare ungekämmt, mit einer Fahne billigen Parfüms.
«Gut geschlafen, Herr Lastwagenfahrer?»
«Wesentlich mehr als geschlafen. Un ficcata a la grande!»
«Das Offenhalten der Augen ist nach einem gesunden Schlaf aber wesentlich leichter zu bewerkstelligen.»
«Troppo complicato per me. Wir fahren jetzt ein Stück, und wenn ich Zündhölzer brauche, um nicht einzuschlafen, machen wir eine schöne Pause.»
Er lässt den Motor an, und wir verlassen den Parkplatz. Es fallen kaum Worte. Ajet wird wach und kommt nach vorne. Er hat von allem nichts gemerkt. Die Pause hingegen kommt dann doch ziemlich schnell.
«Scusate Ragazzi, aber ich muss mal. Und dann werde ich ein paar Stunden schlafen, troppo casino ieri notte! Macht, was ihr wollt.»
Er biegt in eine Seitenstrasse, parkiert den Laster und verschwindet hinter einem Busch. Ich gehe mit Ajet spazieren.
«Das sind Olivenbäume, Ajet. Davon macht man Olivenöl.»
«Olivenbäume macht Olivenöl.»
«Ja, aus den Oliven macht man Olivenöl.»
«Svicarska, Olivenbäume?»
«Nein, bei uns gibt es Äpfel, Birnen, Kirschen und viele Sonnenblumen.»
«Sonnenblumen?»

«Gea. Forsa vegn jau a purtar tai a Suagnin.»
«Suagnin?»
«Ina vischnanca en las muntognas, ma quai vegns ti a savair anc baud avunda. Tut vegn bun. Dobro.»
«Ajet, Svicarska, jau vom.»
El para disfidant.
«Sche quai fiss l'unic problem, char mat!»
«Problem?»
«Tut vegn bun, nagina tema.»
Suentermezdi cuntinuain nus il viadi, e vers saira arrivainsa al cunfin. Tempesta para dad esser anc in pau reducì. El emblida d'ans stgargiar, sco quai ch'el aveva smanatschà. Il dazier guarda noss pass, jau sun detg gnervus, tragut. El dat dal chau. Jau tir il flad. Ajet na mussa naginas emoziuns. El para da s'interessar sulettamain per il radio da l'auto.
«Vuls in pau musica? Bain, bain. Jazz, pop, insatge classic?»
«Micol Dschagson.»
«Mamma mia, e ti?»
Jau ponderesch.
«Jau preferiss ussa la sisavla da Mahler.»
«Quai vul dir insatge classic.»
El tschertga e tschertga fin ch'el chatta vegls songs dals onns settanta. Nus tadlain, «You 've got a friend», e «Bridge over troubled water», «If I could save time in a bottle». Tge hai jau tut manchentà en quels onns!
«Svicarska jau vom.»
«E tge fas ti là?»
El ma guarda.
«Ti stos ir a scola, emprender tudestg far quints, gimnastica …»
«Gimnastica, oke.»

«Ja. Vielleicht fahren wir nach Savognin.»
«Savognin?»
«Ein Dorf in den Bergen. Es wird alles gut. Dobro.»
«Ajet, Svizarsca, ich gehe.»
Er scheint misstrauisch.
«Wenn das das einzige Problem wäre, mein Junge.»
«Problem?»
«Wir werden es schon schaffen, irgendwie.»
Am späten Nachmittag fahren wir weiter. Gegen Abend kommen wir über die Grenze. Tempesta vergisst, uns auszuladen. Der Zöllner schaut unseren Pass an. Ein Moment überkommt mich Angst, ich schlucke. Er nickt. Wir fahren weiter. Ich atme auf. Ajet scheint der Zoll überhaupt nichts ausgemacht zu haben. Er ist fasziniert von Tempestas Autoradio.
«Allora un po di musica. Maestro! Was willst du? Jazz, Pop, Klassik?»
«Micol Dschagson.»
«Mamma mia, e tu?»
«Am liebsten hätte ich jetzt Mahler, sechste Symphonie.»
«Vuol dire classico.»
Er dreht an den Knöpfen, bis er Siebziger-Jahre-Popsongs findet. Ajet gefällt die Musik. Wir hören lange schweigend zu, «You 've got a friend», «Bridge over troubled water», «If I could save time in a bottle». Was ich alles verpasst habe in der Zeit …
«Svicarska ich gehe.»
«E cosa fai, li?»
Er schaut mich fragend an.
«Du musst zur Schule gehen, Deutsch lernen, Rechnen, Turnen …»
«Turnen, oke.»

«Signori, nus arrivain a Milaun. Nua vulais sortir?»
Jau ves las tavlas grondas illuminadas, la citad traglischanta.
«Tge manegias?»
«Nua vulais sortir?»
«Nus prendain il tren.»
«Damai a la staziun.»
«Quai fiss stupent.»
Tempesta maina ses camiun tras la gronda citad da Milaun ed ans lascha sortir propi davant la staziun.
«Svizzeruns, stai bain.»
«Stai tez bain, orcan!»

«Stiamo per arrivare a Milano. Wohin wollt ihr beide?»
Ich sehe die erleuchtete Stadt, die Autobahnschilder.
«Was meinst du?»
«Wo soll ich euch rauslassen.»
«Wir nehmen den Zug.»
«Alla stazione.»
«Das wäre gut.»
Tempesta fährt mit dem Lastwagen durch Milano und lässt uns am Bahnhof aussteigen.
«Svizzeroni, macht's gut in eurer Schweiz.»
«Mach's besser, Windhose.»

8

Nus prendain il tren per Turitg. Ajet dorma. Nus avain in cumpartiment be per nus. Jau sun cuntent che jau sun saun, sent las fibras da mes corp, in bun sentiment. Sco suenter ina lunga tura en muntogna. Las vistas ardan. Jau m'allegr da ma durmentar sin las rodas ramplunantas.
A Chiasso vegnin nus svegliads. Il dazist svizzer.
«Insatge da declerar.»
«Na.»
«Nua èn vossas valischs.»
«Nus n'avain naginas valischs.»
In auter funcziunari s'avischina, guarda mes passaport, vul vesair il cuntegn da mias giaglioffas. Pir ussa percorsch jau noss'odur e noss aspect. Jau prend ora mia bursa, il cuntè, in faziel da nas. Cun quel sgola ora la pirla da Tempesta. Dieu ans pertgiria, la pirla! Jau vegn gnervus. Sch'el è investigader da drogas, lura buna notg! Duai jau declerar co che jau sun vegnì tar quella pirla. Ridicul, quel na ma crajess gnanc in pled. Jau la stoss far svanir. Uschiglio ma vegnani ad arrestar, e lura vegnani a scuvrir ch'Ajet nun è mes figl. Jau pudess laschar crudar la pirla per terra e star lasura. Na, cun quai ma rendess jau be suspect. I vegnissan a m'accusar sco rappinader d'uffants, sco pedofil.
Tragutta il guaffen, Kauer!
«E questa pirla?»

Wir besteigen den Zug nach Zürich. Ajet schläft. Wir haben ein Abteil für uns. Ich bin glücklich, dass ich heil bin, spüre meinen Körper. Wie nach einer langen Tour in den Bergen, etwas fiebrige Wangen, so richtig schön, auf den ratternden Rädern einzuschlafen.
In Chiasso werden wir geweckt. Der Schweizer Zöllner.
«Etwas zu verzollen?»
«Nein.»
«Wo ist Ihr Gepäck?»
«Wir haben kein Gepäck.»
Noch ein Beamter kommt dazu, schaut meinen Pass an, bittet mich meine Taschen zu leeren. Erst jetzt wird mir bewusst, wie wir aussehen und riechen. Ich krame die Geldbörse hervor, das Armeetaschenmesser, ein Schnupftuch, und mit dem Schnupftuch fliegt Tempestas Pille heraus. Mein Gott, die Pille! Mich überfällt augenblicklich eine unkontrollierbare Nervosität. Wenn es ein Drogenfahnder ist, wird er Verdacht schöpfen. Soll ich ihm erklären, wie ich dazu gekommen bin? Lächerlich, ich muss sie irgendwie verschwinden lassen. Sie werden uns festnehmen, und dann finden sie heraus, dass Ajet nicht mein Sohn ist. Ich werde sie fallen lassen und drauftreten. Damit mache ich mich erst recht verdächtig. Man wird mir Kinderschmuggel anhängen, Pädophilie …
Schluck das Ding, Kauer!
«Und diese Pille?»

«Vitamins.»

«Na vesa gist ora da pirla da vitamins, signur ... Kauer.»

«Tadlai, jau sun medi, ed jau sun bun da distinguer tranter vitamins ed anfetamins.»

Jau prend la pirla e la tragut. Il funcziunari ma guarda da quai irritá, tardivescha in mument, lura dat el dal chau e va vinavant. Jau na sent anc nagut da la pirla. Forsa na capita insumma nagut. A l'entschatta da mes studi avevi num che l'LSD fiss detg adattà per terapias cun grev traumatisads, ch'ins na possia però duvrar la droga per motivs politics. I fa sguzias sin la pel, para sco sch'jau faschess in bogn en l'aua minerala. Il tren ha in ritem regular. Jau sent ils tuns da las rodas, e sch'jau ser ils egls, sun jau bun da vesair las colurs dals tuns. A l'entschatta be ils tuns auts, flatgs cotschens e rintgs mellens. Cun il temp er ils tuns bass, l'entir vagun che tgula e las rodas che battan cun passar las stgomias. Ils tuns vegnan adina pli colurus, in rudè da corps da colur che fan turnigls, muntan, giran, sa volvan. Ina cascada blaua cun spiralas oranschas en rotaziun. Da la lampa descendan radis da glisch. Sin quests radis ballantschan stgaglias da terracotga cun pitschnas fatschas surrientas. Tuttas ma guardan da quai provocant, arrogant. Ina rotscha da fatschas che glischnan giu sin ils radis da la glisch, dond adina puspè dapart, siglind permez, sa transfurmond però a medem mument en novas fatschas. In tremblar, scho sch'ellas sa gizzassan giu, sco dents che vegnan mulads sin in palpiri da vaider, crudond dapart e sa transfurmond en novas fatschas. In sentiment insupportabel. Jau emprov da ma dustar cunter las fatschas, da sufflar davent ellas, ma invan.

«Eine Vitaminpille.»
«Sieht eher wie etwas anderes aus, mein Herr.»
«Hören Sie, ich bin Arzt und werde Vitamine von Amphetaminen unterscheiden können.»
Ich ergreife die Pille stecke sie in den Mund und schlucke sie hinunter.
Der Beamte sieht mich irritiert an, dann nickt er mit dem Kopf und verabschiedet sich. Bisher spüre ich nichts. Vielleicht wirkt es gar nicht. Am Anfang des Studiums hiess es, dass LSD durchaus brauchbar wäre bei schwer Traumatisierten, dass es aber aus politischen Gründen nicht anwendbar sei. Mich kribbelt es plötzlich auf der Haut, wie wenn ich in Mineralwasser baden würde. Der Zug hat einen pochenden Rhythmus. Wenn ich die Augen schliesse, kann ich die Töne sehen. Erst nur die lauten, rote Flecken, gelbe Kreise. Mit der Zeit auch die leisen, das Knarren des Wagens, das Quietschen der Räder, wenn sie über eine Weiche fahren. Die Töne werden farbig, ein Reigen aus durcheinanderwirbelnden, drehenden, aufsteigenden Farbkörpern. Ein blauer Sturzbach, darin orange Spiralen, die sich drehen, einige links herum, andere rechts herum, Strahlen kommen von der Lampe herunter. Auf diesen Strahlen kleine Scherben, auf denen kleine Gesichter sind. Sie schauen mich an, herausfordernd, arrogant. Eine ganze Heerschar von Gesichtern, die auf den Strahlen herunterkommen, alle am Zersplittern, und im Zersplittern sich zu neuen Gesichtern formierend. Ein Zittern, als ob sie sich selbst abschliffen, wie Zähne, die auf einer rauhen Unterlage abgerieben werden, zerfallen, sich neu aufstellen. Ein unerträgliches Gefühl. Ich versuche, mich gegen die Gesichter zu wehren, sie wegzuwischen, aber sie sind unausrottbar, schauen

Ellas na sa laschan stgatschar, ma guardan sghignond e da quai impertinent, siglian permez, sa transfurman danovamain en autras fatschas, essend tuttina las medemas.
«Diavalen, giai a sa far arder, gnifs smaladids, giai!»
Jau sent in maun sin mia spatla. I sto esser Ajet.
«Fortunat, dobro?»
«Dobro, dobro.»
Sia vusch è stada sco in tagl da cuntè en la taila, sin la quala ballavan ils gnifs. Davosvart cumpara ina surfatscha blaua, ils gnifs crodan tras il tagl. La taila sezza vegn tschitschada viaden en il tagl e svanescha. Uss è tut blau, sco il tschiel cun sias millis e millis stailas sco fatschas. Mintgina reflectescha sco in spievel in radi da glisch. Ellas glischnan giu sin quests radis ed entran en mai, tras mes egls, tut questas nundumbraivlas fatschas da stgaglias, rientas. Jau na ma dost pli cunter ellas, las lasch penetrar. Ellas m'empleneschan. Mes corp daventa adina pli grond, gigantic, emplenescha l'entir vagun, sa scufl'e scufla si ed or da fanestra. Jau ma scufl vinavant, ma scufl si vers il tschiel, en mai las fatschas surrientas che glischnan giu sin la terra. Jau sun tut e nagut, nivel e cristal, glisch e via da latg.

mich an, grinsen, arrogant, zersplittern, formieren sich zu immer neuen Fratzen.

«Verschwindet, ihr verfluchten Gesichter, haut ab!»
Ich spüre eine Hand auf meiner Schulter. Das muss Ajet sein.
«Fortunat, dobro?»
«Dobro, dobro.»
Seine Stimme hat wie mit einem Messer in die Leinwand geschnitten, auf der die Fratzen tanzen. Dahinter erscheint eine blaue Fläche, die Gesichter purzeln durch den Schlitz hinein. Die Leinwand selbst stülpt sich durch das Loch und verschwindet. Bald ist alles blau, wie ein Himmel, an dem als Sterne Myriaden von Gesichtern hängen. Jeder von ihnen spiegelt einen Lichtstrahl aus. Auf diesem Lichtstrahl rutschen sie jetzt herunter, in mich hinein, durch meine Augen, alle die unzähligen grinsenden Scherbengesichter. Ich wehre mich nicht mehr, lasse sie eindringen. Sie füllen mich auf, ich blähe mich, mein Leib wird riesig, füllt das Abteil aus, den ganzen Wagon, dann bläht er sich aus den Fenstern. Ich werde immer grösser, bis in den Himmel hinauf, in mir die leuchtenden Gesichter, die auf die Erde hinunterfunkeln. Ich bin nichts und alles, Nebel, und Kristall, Licht und Milchstrasse.

9

La medema stanza d'hotel! Las medemas tapetas, il medem tarpun stendì cun ils medems flatgs da sang che spizzan. Il medem tip terribel a la recepziun. Cur che jau hai dumandà el, sche la stanza ventgaquattar saja anc libra, m'hal guardà sco sche jau vuless gist far ses spurtegl plain sang.

Jau hai mess il mat a durmir, hai prendì ina biera or da la minibar e laschà passar revista mia entira istorgia. Il spievel, Blanche, Manfred, Sunaric, ils Serbs, la chamona, il sgol, Sarajevo, la fugia. Igl è la damaun las quatter. Ajet dorma paschaivlamain, vesa ora sco in anghel sut sia cuverta. Tge vegn jau a raquintar a Sunaric? Da scuntrar Manfred hai jau anc damain brama. Be l'idea da vesair Blanche dat in bun sentiment. Gea, ad ella vegn jau a raquintar tut. Tge vegn jau a far cun il mat? Jau l'hai survegnì gugent, quai na poss jau negar.

Jau n'hai vis nagina pussaivladad d'al tegnair tar mai. Perquai m'hai jau decidì d'ir cun el a Suagnin. A Casti avain nus prendì l'auto da posta. Jau l'hai mussà las muntognas, las vischnancas, mussà vers Salouf, il lieu da la chamona. Igl era in curius sentiment, sco sche jau fiss turnà a chasa suenter in lung temp d'absenza. Igl era sco per l'emprima giada. Sco sche jau fiss stà mez tschorv pli baud. Ajet aveva plaschair da la naiv e dal sulegl.

Dasselbe Hotelzimmer! Dieselben Tapeten, derselbe miefende Spannteppich mit den Blutflecken. Noch immer derselbe unfreundliche Typ an der Rezeption. Als ich ihn fragte, ob das Zimmer vierundzwanzig noch frei sei, schaute er mich an, als ob ich ihm gleich den Tresen mit Blut voll schmierte.
Ich habe den Jungen ins Bett gebracht, aus der Minibar ein Bier genommen und mir die Geschichte noch einmal durch den Kopf gehen lassen. Angefangen beim Spiegel, Blanche, Manfred, Sunaric, die Serben, die Jagdhütte, Sarajevo und die Flucht. Es ist inzwischen vier Uhr früh. Ajet schläft, sieht wirklich aus wie ein Engel. Was werde ich Sunaric erzählen? Auf Manfred habe ich noch weniger Lust. Einzig der Gedanke an Blanche löst Vorfreude aus. Ja, ihr kann ich es erzählen. Was soll ich mit dem Jungen? Er ist mir ans Herz gewachsen, das kann ich nicht bestreiten.

Ich sah keine Möglichkeit, ihn bei mir zu behalten, darum hatte ich mich auch entschlossen, mit ihm nach Savognin zu fahren. In Tiefencastel stiegen wir ins Postauto um, und ich habe Ajet die Schneeberge erklärt, die Namen der Dörfer, nach Salouf gezeigt, wo meine Jagdhütte steht. Es war ein merkwürdiges Gefühl, als ob ich nach langer Abwesenheit zurückkehrte, als ob ich immer halbblind hier hoch gefahren wäre und nun voll und richtig sehe. Ajet war begeistert vom Schnee und der Sonne.

«Bellas chasas, tut nov.»
«Ellas èn veglias sco la crappa, char mat, ins ha simplamain renovà ellas, perquai paran ellas novas.»
«Renovà?»
«Gea, renovà, smaultà da nov, picturà, tetg nov ...»
Jau emprov d'accumpagnar mes pleds cun gests adequats.
«Jau plasch chasas novas, renovà.»
«A mai plaschan chasas renovadas.»
«Gea.»
Nus eran arrivads tar la chasa nua che la dunna steva cun sia famiglia. Il cor batteva pli ferm che durant tut la fugia. Tge vegniss'la a dir? Cumenzass'la a sbragir? Tge vegniss jau a far, sch'ils maletgs da la pagliola, che m'avevan assaglids en la chascharia, ma vegnissan danovamain a dies. E ses um? Vegniss el ad esser là? Tge interpresa tuppa. Avev'jau pers tut mes sang fraid? Currer per il mund, senza savair tge che succeda! Ed il mat? Ma lura eran nus arrivads. Il pur era davant chasa e tagliava unglas. La vatga migiva, e sper ella giappava in chaun.
«Tascha, Harro, ti na vegns bain betg a scurrentar il docter. Bun di signur docter.»
«Bun di.»
«Co vai?»
«Pulit, pulit, na poss betg planscher.»
«Ditg na pli vis.»
«Jau sun stà a l'ester.»
«Turnais puspè a l'ospital?»
«Na, jau sun turnà per autras raschuns.»
El largia il taglia-unglas, Ajet sa sgoba ed al prenda si.

«Schön, die Häuser, alle neu.»
«Sie sind uralt, mein Junge, man hat sie einfach renoviert. Darum sehen sie neu aus.»
«Renoviert?»
«Ja, renoviert, neu verputzen, streichen, malen, neues Dach ...»
Ich machte zu allem Handbewegungen.
«Ich gefalle neue Häuser, renoviert.»
«Mir gefallen renovierte Häuser.»
«Ja.»
Wir gingen zum Hof, in dem die Frau mit ihrer Familie wohnt. Das Herz klopfte mir mehr als je auf der Flucht. Was würde sie sagen? Würde sie mich anschreien? Was, wenn mich beim Blick in ihre Augen wieder die Bilder der Geburt überfielen, wie damals in der Käserei? Und ihr Mann? Würde er da sein? Was für ein kopfloses Unternehmen! Hatte ich meinen Verstand verloren, einfach loszurennen, ohne zu wissen, was mich erwartete? Und der Junge? Doch da standen wir schon vor dem Hof. Der Mann war vor dem Stall damit beschäftigt, einer Kuh die Klauen zu schneiden. Die Kuh brüllte, und der Hund stand kläffend daneben.
«Sei ruhig, Harro, du wirst den Doktor doch nicht vertreiben wollen. Guten Tag, Herr Doktor.»
«Ja, guten Tag ...»
«Geht's gut?»
«Ja, ja. Ich bin so weit zufrieden.»
«Schon lange nicht mehr gesehen.»
«Ich war im Ausland.»
«Und jetzt kommen Sie ins Spital zurück?»
«Nein, nein, ich bin wegen etwas anderem hier.»
Das Klauenmesser fiel ihm herunter, Ajet bückte sich blitzschnell und las es auf.

«Grazia, giuvnot. Co has num?»
Ajet ma guarda.
«L'um vul savair tes num.»
El sa stenta d'encleger.
«Jau hai num Fortunat, ti has num ...»
«Ajet.»
Il pur al aveva prendì il taglia-unglas or da maun.
«Ajet, in num legher. Da tge pajais?»
«Nus vegnin da Sarajevo.»
«Ma là èsi bain guerra?»
«Ina lung'istorgia.»
In mat è vegnì or da stalla, e l'um ha clomà:
«Vus dus ma pudessas gidar. Ajet, ma tegna quest itg e ti Luregn discurras cun la vatga!»
Ajet s'ha sfadià da cuntentar il pur. El ha tegnì l'itg, sco sch'i fiss insatge fitg custaivel. Il pur ha cuntinuà:
«Ins ha manchentà Vus, docter.»
«Quai ma surprenda.»
«Na vulais entrar, signur docter. Mia dunna As vegn segir a far in café! Matilda ...»
Ina fanestra s'ha averta. Ella s'ha midada, ha taglià ils chavels, para d'esser en gamba.
«Pos far in café al docter?»
Jau l'hai guardada en fatscha, na pudeva far auter. Ella ha ris cun quel rir singular che m'ha gia irrità en la chascharia, ha dà dal chau de è svanida. Il pur ha sfruschà ses mauns vi da sia gippa da stalla ed ans ha manads en cuschina.

«Danke, junger Mann. Wie heisst du denn?»
Ajet schaute mich fragend an.
«Der Mann will deinen Namen wissen.»
Er versuchte angestrengt zu verstehen.
«Ich heisse Fortunat, du heisst ...»
«Ajet.»
Der Bauer nahm ihm das Messer aus der Hand:
«Ajet, ein lustiger Name. Aus welchem Land?»
«Wir kommen aus Sarajevo.»
«Ist da nicht Krieg?»
«Eine lange Geschichte.»
Ein Junge im Alter von Ajet kam aus dem Stall heraus. Der Mann rief ihn zu sich.
«Luregn, ve nan qua. Ihr beide könnt mir helfen. Ajet, komm her, hier hat es einen Salbentopf, den könntest du mir halten, und ti Christian discurras cun la vatga.»
Ajet war eifrig bemüht, den Bauern nicht zu enttäuschen. Er stand da und hielt die Dose in der Hand, als ob sie etwas sehr Wertvolles wäre. Der Bauer fuhr fort:
«Man hat Sie vermisst.»
«Das erstaunt mich.»
«Aber wollen Sie nicht ins Haus gehen, Herr Doktor? Meine Frau wird Ihnen bestimmt einen Kaffee machen. Matilda ...»
Ein Fenster öffnete sich. Sie schaute heraus. Sie hatte sich verändert, die Haare kurz geschnitten, gut sah sie aus.
«Kannst du dem Doktor einen Kaffee machen?»
Ich schaute ihr in die Augen, sie lächelte wieder jenes merkwürdige Lächeln, das mich schon in der Käserei so irritiert hatte, nickte, fast, als ob sie uns erwartet hätte, und verschwand. Der Bauer wischte seine Hände am Übergewand ab und führte uns in die Küche.

«Jau stoss anc finir la vatga, lura vegn er jau.»
El s'ha vieut vers Ajet:
«Vuls ti vegnir cun mai?»
Ajet m'ha guardà, ed jau hai dà dal chau. Il pur ha prendì el enturn las spatlas, ed ils dus èn sortids. Jau era sulet cun la dunna en cuschina. Ella tatgava etichettas sin vaiders da jogurt.
«Faschais sez il jogurt?»
«Nus pudessan vender dapli che quai che nus essan buns da far.»
Jau guard ses mauns schlavads. Detta curta, ma ferma, las palmas-maun plain pel dira.
«Il café vegn ad esser pront.»
«Grazia.»
Ella ha derschì café e latg en in grond cuppin.
«Jau na sai propi co cumenzar. Jau sun simplamain vegnì per ... Jau vuless ... Jau avess stuì vegnir gia bler pli baud. Ma jau na pudeva vegnir. Igl è capità bler dapi là.»
«Gea, er qua è capità bler.»
«M'imaginesch. Jau stun fitg mal per tut quai che Vus avais patì tras mai ...»
«Vus na stais pli a Suagnin, navair?»
«Na, jau stun a Turitg.»
«Igl è stretg qua tar nus, jau sai.»
«Quai nun è il motiv. Jau na pudeva betg pli ... E mia dunna, igl era memia bler per mai.»
«Gea, da Vossa dunna hai jau dudì.»
Ajet e l'auter mat entran.
«Mamma, nus avain fom.»
Ella è stada si, ha taglià giu paun e dà a mintgin ina

«Ich muss noch die Kuh fertig schneiden, dann komme ich auch.»
Er wandte sich zu Ajet und sagte ihm:
«Willst du mitkommen, die Kuh noch verbinden?»
Ajet schaute mich an, ich nickte. Der Bauer nahm ihn bei der Schulter, und die beiden gingen hinaus. Nun sass ich allein mit der Frau in der Küche. Sie war dabei, gefüllte Joghurtgläser mit Etiketten zu bekleben.
«Macht Ihr das Joghurt selber?»
«Die Leute reissen es uns fast aus den Händen.»
Ich schaute auf ihre Bäuerinnenhände. Kurze kräftige Finger, ausgewaschene Handflächen.
«Der Kaffee ist gleich so weit.»
«Sehr nett, vielen Dank.»
Sie schenkte den Kaffee in eine grosse Kachel und goss Milch dazu.
«Ich weiss gar nicht, wie ich anfangen soll. Ich bin einfach gekommen, weil … Ich möchte Sie … Ich hätte schon viel früher kommen müssen, aber ich konnte es einfach nicht. Seit jenem Tag ist viel passiert.»
«Ja, auch bei mir ist viel passiert.»
«Das kann ich mir denken. Und es tut mir aufrichtig Leid, was Sie durch mich …»
«Sie wohnen nicht mehr in Savognin, oder?»
«Nein, ich wohne in Zürich.»
«Es ist eben doch ganz schön eng hier bei uns, nicht wahr?»
«Das ist nicht der Grund. Ich konnte nicht mehr … Und meine Frau, das war zu viel für mich.»
«Ja, von Ihrer Frau habe ich gehört.»
Ajet und der Junge stürmten herein.
«Mamma, wir wollen etwas zu essen.»
Sie stand auf, schnitt ein Stück Brot ab und reichte

fletta ed in mail. Ajet ha mors en il mail, l'auter ha prendì el per la mongia ed ils dus èn puspè svanids. Ella ha clamà suenter:
«E co din ins?»
«Grazia.»
«Rampun!»
Ella s'ha puspè tschentada sper mai, jau tschertgava ils pleds.
«Vus stuais savair...»
«Gea?»
«Jau na sai betg co dir.»
«Schai!»
«I tuna forsa curius, ma jau hai l'impressiun che jau possia far bun insatge.»
Ella ha dà in sguard or da fanestra sin las collinas da naiv, nua ch'ils uffants giugavan.
«Vus na stuais far bun nagut.»
«Ma jau hai bain ... Jau manegel, Voss uffant ...»
«Quai è passà.»
«Ma ina mamma ...»
«Igl è stà il meglier che m'ha pudì capitar.»
«Che l'uffant è mort?»
Ella ha dà dal chau, ha guardà sin la maisa e sfruschà cun in maun sur l'ur da la maisa vi.
«Ma pudais declerar quai?»
Ella m'ha guardà e tschertgà ils pleds.
«Durant la gravidanza er'jau gia uschè desperada che jau vuleva ma privar la vita suenter la naschientscha da l'uffant.»
Jau l'hai fixada cun egls spaventads, ella m'ha pusà il maun sin il bratsch.
«Jau na l'hai betg fatg, sco che Vus vesais!»

jedem von ihnen einen Apfel. Ajet biss in den Apfel, der andere Junge nahm ihn beim Ärmel, und die beiden sprangen wieder hinaus. Sie rief ihnen nach:
«Und wie sagt man?»
«Grazia.»
«Lümmel!»
Sie setzte sich wieder zu mir. Ich suchte nach Worten.
«Wissen Sie ...»
«Ja?»
«Ich weiss nicht, wie ich mich ausdrücken soll.»
«Sagen Sie's.»
«Es klingt vielleicht komisch, aber ich hatte das Gefühl, dass ich etwas gutmachen könnte.»
Sie warf einen kurzen Blick aus dem Fenster auf den Schneehügel, wo die Kinder spielten und lächelte.
«Sie brauchen nichts gutzumachen.»
«Aber ich habe Ihnen doch Ihr Kind ...»
«Das ist vorbei.»
«Aber eine Mutter ...»
«Für mich war es das Beste, was passieren konnte.»
«Dass das Kind starb?»
Sie nickte, schaute auf den Tisch, strich mit einer Hand über die Tischkante.»
«Können Sie mir das erklären?»
Sie schaute mich an, suchte nach Worten.
«Ich war schon während der Schwangerschaft so verzweifelt, dass ich mir fest vorgenommen hatte, mir etwas anzutun.»
Ich muss sie wohl entsetzt angestarrt haben, sie legte mir kurz ihre Hand auf den Arm und sagte:
«Oh, ich habe es ja nicht gemacht, wie Sie sehen.»

Ella è ida cun ils mauns tras ils chavels, ha tschertgava in cumenzament.

«Jau hai emprendì a conuscher mes um sco matta durant il temp dal servetsch agricul. Jau sun adina puspè turnada durant la stad. Cun deschnov avain nus maridà. Pir suenter las nozzas hai jau percurschì che la vita da pura m'era bler memia dira. Ins sto esser adina preschent, la lavur è stentusa, ils dis cumenzan la damaun a las sis e na paran da finir. Cur ch'il bab da mes um ans ha surlaschà l'entira puraria ed jau hai stuì surprender cun ventgin onns la plaina responsabladad en iert e chasa e savens er en stalla, è mia vita daventada in martiri. Alura èn naschids ils uffants, in suenter l'auter. Gia tar il segund hai jau engirà che quel saja l'ultim. La vita m'è vegnida insupportabla, ed a la fin nun avev'jau pli nagina forza. Gia il star si la damaun era in turment. I m'han mess al Beverin, siond che jau era cumplettamain a fin cun las gnervas. Quai e stà l'entschatta da la fin. I m'han pupragnà là cun terapias e medicaments, e suenter in mais sun jau turnada a chasa. Jau pudeva puspè lavurar, ma ils sentiments eran tuts morts. Jau traguttava trais giadas al di questas pirlas e ma sentiva sco ina maschina. Ord spira desperaziun hai jau dà fieu a nossa stalla.»

«Vus?»

«Gea, jau. Nagin na l'ha percurschì. Jau hai gì in pau ruaus fin che la stalla nova era construida. La stalla era arsa giu l'atun ed ins ha stuì spetgar fin la primavaira per la reconstruir. Mes um na saveva da nagut, smanatschava adina da mazzacrar l'incendiari, sch'el vegniss a tschiffar el. Cur che la stalla nova è stada finida, ha tut puspè cumenzà da nov.»

Sie strich sich durchs kurze Haar, suchte nach dem Anfang.

«Meinen Mann habe ich als Mädchen im Landdienst kennen gelernt. Ich bin dann jedes Jahr im Sommer wieder hierher gekommen. Mit neunzehn habe ich geheiratet. Erst nach der Hochzeit habe ich gemerkt, dass ich das Leben als Bäuerin nicht ertrug, dieses stetige Angebundensein, die Härte der Arbeit, die Tage, die nicht enden wollen. Als der Vater meines Mannes uns den Hof überliess und ich mit einundzwanzig Jahren die volle Verantwortung in Haus und Garten und oft auch im Hof übernehmen musste, wurde das Leben zur Qual. Dazu kamen die Kinder, eines nach dem andern. Schon beim zweiten habe ich mir geschworen, dass es das letzte sein würde. Das Leben wurde so unerträglich, dass ich kaum noch Kraft hatte, am Morgen aufzustehen. Dann haben sie mich in die Klinik gebracht, weil ich mit den Nerven am Ende war. Dort bekam ich Medikamente. Das war der Anfang vom Ende. Ich konnte zwar wieder arbeiten, aber alle Gefühle waren abgestorben, ich kam mir vor wie eine Maschine. In der Verzweiflung habe ich den Stall meines Mannes angezündet.»

«Sie?»

«Ja, ich. Niemand hat es gemerkt. Und ich hatte bis zum Stallneubau etwas Ruhe, und weil es im Herbst war, musste man mit dem Neubau bis zum Frühjahr warten. Mein Mann wusste von nichts, drohte dauernd, den Brandstifter umzubringen, wenn er ihm zwischen die Finger gerate. Als der neue Stall fertig war, ging alles wieder von vorne los.»

«N'avais mai pensà da scappar?»
«Jau nun aveva il curaschi. Jau avess preferì da ma suicidar. Oz fiss quai different. Ma da quel temp eri sco ina smaladicziun. Mes geniturs pretendevan adina che nossa lètg n'avess naginas schanzas, che jau fiss memia giuvna per maridar, ed uschè vinavant. Dal rest er'jau sut l'influenza da las pirlas.»
«Vus n'avais ditg nagut cur che Vus vegnivas tar mai en controlla.»
«Jau sun bain stada be ina giada tar Vus.»
«L'uffant avess forsa gì in donn dals medicaments.»
«Quai na savev'jau betg. Ma quai ma fiss stà tuttina. Jau aveva decidì da parturir quest uffant e da partir lura per adina.»
«E cur ch'el è naschì mort?»
«Insatge s'aveva midà. Las cundiziuns per mes vut nun eran pli las medemas. Jau sun restada quatter dis a l'ospital, hai dudì che Vus essas svanids senza laschar in messadi. Lura è vegnì il prer e vuleva che jau confessass. Ma jau n'al hai ditg gnanca pled, persuenter tut a mes um. Jau hai pensà ch'el m'assassinass. Ma el ha be tadlà, nus avain cridà ensemen, ed jau sun turnada sin noss bain.»
Ella ha puspè surris. Ses um è entrà cun ils mats, nus avain bavì café. Il pur ha sfruschà sur ils chavels dad Ajet vi, e nus essan turnads en citad.

«Kamen Sie nie auf den Gedanken, wegzugehen?»
«Ich hatte nicht den Mut. Ich hätte mich eher umgebracht als wegzugehen. Heute wäre das anders. Es war wie ein Fluch. Meine Eltern hatten mir immer schon gesagt, dass es nicht gut gehen würde. Zudem war ich unter Medikamenten.»
«Sie haben mir nichts gesagt bei den Kontrollen.»
«Ich war doch nur einmal bei Ihnen.»
«Das Kind hätte möglicherweise einen Schaden gehabt.»
«Das wusste ich nicht. Ich war fest entschlossen das Kind auf die Welt zu bringen und dann zu gehen, für immer.»
«Und als es tot auf die Welt kam?»
«Da hat sich etwas geändert. Die Voraussetzungen für meinen Schwur waren nicht gegeben. Ich bin vier Tage hier im Spital gewesen, ich habe gehört, dass Sie spurlos verschwunden sind, und dann ist der Pfarrer gekommen und wollte, dass ich beichte. Aber ich habe ihm nichts gesagt. Dafür meinem Mann. Alles. Da hat er geweint, und ich bin mit ihm zurück auf den Hof gegangen.»
Sie lächelte wieder, ihr Mann kam mit Ajet und dem Jungen herein, wir tranken Kaffee. Der Bauer strich Ajet beim Abschied übers Haar, und wir sind in die Stadt zurückgefahren.

*E*pilog

I nun è bun ch'in uman resta senz'istorgia. Sch'el scuntra il mund, sto'l retschaiver dad el sia istorgia. Sch'el abanduna il mund, sto'l quintar ad el ina nov'istorgia. Ina bun'istorgia stoi esser, in'istorgia che traglischa sin il frunt.

Sin in'insla da l'Ocean pacific stattan ils abitants mintga damaun a la riva dal mar e gidan il sulegl cun lur chanzun da levar. Els san ch'il sulegl na levass pli, sch'els na spetgassan per al gidar. Perquai chantan els mintga damaun la chanzun: leva, sulegl, leva.

Nus dentant na chantain betg, na percurschain gnanc ch'il sulegl leva. Star si è gia grev avunda.

Perquai sa numna quest'istorgia: l'istorgia da l'um che ha guardà en il spievel ed è stà si, che ha tschertgà la guerra ed ha chattà in uffant. L'istorgia da Fortunat Kauer.

Epilog

Es ist nicht gut, wenn der Mensch keine Geschichte hat. Wenn einer die Welt antrifft, muss er von ihr eine Geschichte erfahren. Wenn er die Welt verlässt, muss er ihr eine neue Geschichte erzählen. Eine gute Geschichte soll es sein, eine Geschichte, die auf der Stirne leuchtet.

Auf einer Insel im Pazifik stehen die Bewohner jeden Morgen am Strand und holen mit ihrem Gesang die Sonne herauf. Sie wissen, dass die Sonne nicht aufgeht, wenn sie eines Tages nicht mehr am Ufer stehen und sie heraufholen. Darum singen sie jeden Morgen den Sonne-erheb-dich-Morgengesang.

Wir aber singen nicht, und die Sonne geht auf, ohne dass wir es wissen. Selber aufstehen ist schon schwer genug.

Darum soll die Geschichte heissen «Die Geschichte vom Mann, der in den Spiegel schaute und aufbrach, der den Krieg suchte und ein Kind fand. Die Geschichte von Fortunat Kauer».